AF154744

A. SCHAEFER

Die Söhne des Windes

Der Opferaltar

novum pro

Dieses Buch ist auch als
e-book
erhältlich.

www.novumverlag.com

Bibliografische Information
der Deutschen Nationalbibliothek:

Die Deutsche Nationalbibliothek
verzeichnet diese Publikation in
der Deutschen Nationalbibliografie.
Detaillierte bibliografische Daten
sind im Internet über
http://www.d-nb.de abrufbar.

Gedruckt in der Europäischen Union
auf umweltfreundlichem, chlor- und
säurefrei gebleichtem Papier.

© 2023 novum Verlag

ISBN 978-3-99146-223-1
Lektorat: Laura Oberdorfer
Umschlagfotos: Starblue,
Scaldkatteri | Dreamstime.com
Umschlaggestaltung, Layout & Satz:
novum Verlag

www.novumverlag.com

Climate neutral
Print product
ClimatePartner.com/16547-2201-1002

Danksagung

Für wundervolle und anregende Ideen, für außergewöhnliche Persönlichkeiten und eine helfende Hand, wenn ich einmal nicht mehr weiter wusste, möchte ich meiner Schwester einen großen Dank aussprechen. Dank auch an meinen Bruder für sein Interesse und seine selbstlose, finanzielle Unterstützung. Ohne ihn stünde mein Buch nun nicht im Regal. Ein besonderes Dankeschön an meinen Vater für die zeitaufwendige Gestaltung meines Einbandes. Danke! Dafür hätte mir am PC die Geduld gefehlt. Ein herzliches Dankeschön selbstverständlich an meine Mutter, die immer an mich geglaubt hat. Zu guter Letzt möchte ich mich noch bei meiner Freundin Alice bedanken für ein offenes Ohr und die vielen schönen Stunden beim gemeinsamen Schreiben kleiner Geschichten.

Inhaltsverzeichnis

Prolog

„SIE SIND IN DER STADT! FLIEHT! RENNT UM EUER LEBEN!"
Mehrfach wurde der Hohepriester der Drachenmagier unsanft angerempelt und geriet ins Straucheln. Immer wieder gelang es ihm, auf den Beinen zu bleiben und weiter zu rennen. Er war fast eins neunzig groß und schlank. Sein giftgrünes Haar fiel ihm mit einer Art beiläufiger Eleganz in die smaragdgrünen Augen. An einem seiner spitzen Ohren hing ein zwei Zentimeter großer Ohrring, der die Form einer Feder hatte. Er trug ein ärmelloses, weißes – nun verdrecktes – Hemd und eine ebenso weiße Hose. Schuhe hatte er keine an. Den durch den Kampf zerrissenen, grünmelierten Umhang der Drachenmagier hatte er irgendwo fallen lassen. Um seinen Oberarm schlang sich ein goldener Reif, in dessen Windungen sich ein schlangenförmiger Drachenkörper widerspiegelte.

Er eilte gehetzt durch die zerstörten Straßen. Fast alle Gebäude, an denen er vorüberkam, waren eingestürzt. Türen hingen aus den Angeln. Scheiben waren eingeschlagen. Er hatte aufgehört zu zählen, an wie vielen ermordeten, geliebten Menschen er vorbeigekommen war. Tränennasse Spuren zeichneten sich auf seinem jungwirkenden hübschen Gesicht ab.

Ein ohrenbetäubender Knall ertönte, als ein gigantisches Stück der Stadtmauer weggesprengt wurde. Dark, der Hohepriester, wandte den Kopf panisch und blickte zurück. Er konnte das Schwarze Heer vorrücken sehen und die Kreaturen der Finsternis. Er erschauderte. Plötzlich blieb er mit dem Fuß hängen und stürzte hart, wobei er sich die Hände aufschürfte. Er sah sich nach der Ursache um und bereute es sogleich wieder. Dark war über die entstellte Leiche seines Schülers Tai gestolpert. Die Tränen und den Ekel niederringend raffte er sich auf und rannte geblendet von Tränen weiter. Allerdings konnte er es nicht verhindern, dass sich Grauen erfüllte Vorahnungen in seinem Kopf bildeten: *Was, wenn ich zu spät komme? Was, wenn ich ihn nicht retten kann? Was, wenn ich ebenso versage wie bei Tai?* Nur sehr langsam und mühevoll konnte er diese Gedanken verdrängen. Er musste sich zusammenreißen. Unter keinen Umständen durfte er zulassen, dass solche Vorstellungen in seinem Kopf weiterhin Gestalt annahmen.

Als er schließlich bei seinem Häuschen angelangt war, welches sich tief im Zentrum der Magierstadt befand, blieb er wie angewurzelt stehen. Ein Angstschauer lief ihm über den Rücken. Die Tür war zertrümmert worden.

„Nein – bitte nicht!", hauchte er.

Panik packte ihn erneut. Dennoch brachte er seine Furcht mühsam unter Kontrolle und betrat vorsichtig sein Haus. Die Dielen über ihm knarrten, also musste jemand oben sein. Er hoffte inständig, dass es nur Joaquin war und keines dieser Ungeheuer, die die Stadt der Magier in Sugiawa überfielen. Ungeheuer, gegen die kein Zauber half, wie er und seine Mitstreiter verlustreich erfahren mussten, als sie versucht hatten, die Stadt vor dem Ansturm des Schwarzen Heeres zu verteidigen. Nun kämpften nur noch wenige Verzweifelte. Der Rest der Menschen hatte Hals über Kopf die Flucht ergriffen. Einige hatten sogar ihre Kinder vor lauter Angst vergessen. Wie die meisten hatte er die Stadt für verloren erklärt. Nun versuchte er zumindest das Leben seines Sohnes zu retten. Er glitt lautlos die Stufen hinauf. Im oberen Stockwerk befand sich der Eingang zu Joaquins Zimmer. Von dem starken Holz der Tür waren nur Holzsplitter übriggeblieben. Im Rahmen befanden sich üble Risse und Kratzer. Das Brett, was einmal die Zimmertür gewesen war, hatte es mit solcher Kraft weggeschleudert, dass es an der gegenüberliegenden Wand in tausend Stücke zerschellt war. Er ließ den Blick mit einer dunklen Vorahnung durchs Zimmer schweifen. Das Mobiliar des kleinen Raumes war dem Erdboden gleichgemacht worden. Sein Sohn Joaquin saß lachend auf der Erde zwischen den Trümmern seines einst bescheidenen, aber schönen Zimmers. Er klatschte nach einem unverständlichen Muster in die Hände, was ein langes knochendürres Wesen nach dem Takt der Hände tanzen ließ.

Trotz des Grauens, welches er eben noch gesehen hatte, entlockte es dem Drachenmagier ein Lächeln.

Joaquin drehte ihm den Kopf zu und strahlte. „Er ist lustig, nicht?"

Sein Vater schüttelte seufzend den Kopf. Wann würde der Junge endlich lernen, dass nicht alle Besucher Freunde und Spielkameraden waren? Er ging auf ihn zu und hob ihn auf die Arme. Der Junge hörte auf zu klatschen und das Knochenwesen brach vor Erschöpfung zusammen. „Warte nur Dark", zischelte es mit den letzten Atemzügen. „Du und dein Bastard, ihr entkommt uns nicht … die Stadt ist vollständig umzingelt … das Schwarze Heer ist überall … überall … auch in der Luft … und unter der Erde … überall … sogar in dir bekannten Menschen …"

Der Drachenmagier wandte sich von dem toten Wesen ab und wollte durch die Tür entschwinden. Doch dort trat gerade ein Trupp Soldaten ein, die alle durch schwarze Rüstungen gepanzert waren, auf denen der rote Salamander prangte. Das Zeichen von Sombra, dem Gott des Hasses und der Finsternis, dem Gebieter über das Schwarze Heer.

Dark wich zum Fenster zurück. Doch von dort kletterten gerade weitere Skelette herein. Die dünne, bleiche Haut war fest über die durchschimmernden, schwarzen Knochen gespannt. Sie saßen in der Falle.

Hilf mir Veneno, schrie der Drachenmagier gedanklich seinem Freund zu.

Ein Bruchteil einer Sekunde verging, dann wurde das Dach mit Ohren betäubendem Getöse fortgerissen. Die Anhänger des Herrn der Finsternis wichen panisch zurück, als ein riesiger geschuppter Kopf über ihnen auftauchte. Der gigantische, giftgrüne Drache riss das Maul auf und verschlang Dark und dessen achtjährigen Sohn. Er stieß sich so heftig von dem Haus ab, um in die Lüfte zu kommen, dass es in seine Einzelteile zerfiel. Er flog bis zu einem Plateau in der Nähe und setzte dort behutsam auf. Nachdem der Drache sich vergewissert hatte, dass niemand in ihrer unmittelbaren Nähe war, legte er den Kopf auf den kargen Fels und öffnete sein Maul. Dark und Joaquin kletterten an seinen mannshohen Reißzähnen vorbei ins Freie. Dark trat an den Rand des Plateaus und blickte auf die brennende Magierstadt herab. Seine grünen Augen sahen verbrannte Felder, zerstörte Häuser, flüchtende Menschen. Und all das brachte sein Herz zum Weinen. Es zog sich schmerzhaft zusammen, bis er keine Luft mehr bekam und glaubte, ersticken zu müssen. Ein endloser Schwall mit Tränen rann über sein von blutigen Kratzern entstelltes Gesicht. Er spürte eine kleine Hand, die sich an seiner festhielt, und blickte zu seinem Sohn hinunter. Er fiel neben ihm auf die Knie und umarmte den Jungen fest.

„Vater, was hast du denn?", fragte Joaquin verwundert, denn noch immer begriff er nicht den Ernst der Lage, noch immer war alles für ihn nur ein Spiel.

Der giftgrüne Drache Veneno, der seinen Herrn leicht mit der Nase anstupste, hob plötzlich abrupt den geschuppten Kopf. Dark, durch ihn gewarnt, wischte sich die Tränen fort und folgte dem Blick des Drachens.

Drei schwarz gekleidete Gestalten waren in der Mitte des Plateaus erschienen. Sie schlugen fast gleichzeitig die Kapuzen ihrer Umhänge zurück und Dark erstarrte, als er die Frau erkannte. Es war niemand anderes als Selina, die Letzte, die er zur Priesterin ausgebildet hatte. Ihr langes, eisblaues Haar umrahmte ihr zartes Antlitz. Ihre nun mitleidlosen, blauen Augen bohrten sich in die seinen. Nichts an ihr erinnerte mehr an das schüchterne, hilfsbereite Mädchen, das er vor acht Jahren unterwiesen hatte.

Der Mann, der die Front des Trios bildetet, war ihm gänzlich unbekannt. Er war gut zwei Meter groß, hatte pupillenlose, schwarze Augen und ein mörderisches Lächeln auf dem blassen Gesicht.

Der Dritte im Bunde war offenbar ein Tiermensch. Er hatte buschige, luxähnliche Ohren und Schnurrhaare. Sie zierten sein leichenbleiches Gesicht, während die gelben Augen boshaft hervorstachen. Sein kurzes, zerzaustes Haar war schwarz wie die Nacht.

„Wir fordern Euch auf, Eure Schuld zu bezahlen, Dark, Hoher Priester der Drachenmagier und Anführer des Korps der Drachen", sagte der große Mann mit triefendem Spott. Dennoch war es eine unmissverständliche Aufforderung, der Dark schleunigst nachkommen sollte, wenn er noch einen Morgen erleben wollte.

„Wer seid Ihr, dass Ihr es wagt, irgendwelche Forderungen an mich zu stellen? Gebt Euch zu erkennen!", forderte der Drachenmagier den Fremden heftig auf. Doch dieser grinste nur unbeeindruckt und kam einen Schritt auf den Drachen, seinen Reiter und dessen Sohn zu. Joaquin machte eine schnelle –, für alle Anwesenden – unvorhersehbare Dummheit. Er stieß seinen Vater mit einem kräftigen Stoß seiner fast grenzenlosen Magie über den Rand der Klippe. Dark war so überrascht, dass er nicht mal schreien konnte. Sein Blick bohrte sich in die traurigen Augen seines einzigen Sohnes, der nur noch ein Lebewohl für ihn auf den stummen Lippen hatte. Veneno tat genau das, was der Junge sich erhofft hatte – er sprang hinter seinem Herrn die Klippe hinunter.

Joaquin wandte sich wieder den drei Ankömmlingen zu. „Ihr wart einer vom schönen Volk!", sagte er und blickte den Mann mit den leeren, schwarzen Augen an. Dann fiel sein Blick auf den Tiermensch. „Und Ihr wart einmal ein reicher Gutsbesitzer, bis zu einem verheerenden Brand, der Euch alles nahm – Macht, Besitz, ... Familie." Zum Schluss wandte er sich an die junge Frau. „Eure Augen sagen mir nur, dass ich Euch kenne", sagte er schließlich verwirrt und zugleich neugierig.

„Wer wir sind, spielt keine Rolle", erwiderte der Tiermensch knurrend. „Du wirst jetzt mit uns kommen, um die Schuld deines Vaters zu bezahlen."

„Einverstanden!", erwiderte Joaquin und grinste verschmitzt. Selina hob überrascht den Kopf. „Wenn Ihr könnt?"

„Was soll das heißen, wenn wir können?", lachte die Bosheit eines Elben, dessen Seele den Dämonen zum Fraß vorgeworfen und nur durch ein Wunder unbeschädigt geblieben war. Aber das wusste er nicht. Er wusste auch nicht einmal seinen wahren Namen. Er kannte nur den, mit dem man ihn immer rief: Marek – Meister der Vampire. Der Name bedeutete nichts weiter als willenlose Puppe und genau das war er auch, willenlos, ein Diener für die Ewigkeit.

Der Tiermensch machte einen Satz, vor dem kein Mensch hätte ausweichen können. Doch das brauchte Joaquin auch gar nicht, denn er klatschte wieder einmal in die Hände. Das dunkle Wesen erstarrte in der Luft. Selina und Marek kniffen misstrauisch die Augen zusammen, während der Junge ein zweites Mal in die Hände klatschte. Der ungläubig und entsetzt blickende Tiermensch begann wie eine Marionette wild herumspringend nach dem Takt von Joaquins Händen zu hechten. Seine beiden Kameraden konnte nicht mehr an sich halten und brachen in brüllendes Gelächter aus.

Währenddessen hatte Veneno seinen Herrn aufgefangen und war zum Plateau zurückgeflogen. Er spreizte die Glieder seiner rechten Klaue und packte den Jungen im Flug. Dieser lachte immer noch und statt laut vor Angst zu schreien, rief er begeistert: „Schneller! Höher! Nun mach schon, Veneno!“

Während der Drache so schnell wie möglich Abstand zwischen sich und die Anbeter der Dunklen Götter brachte, erhob sich der gequälte Tiermensch fluchend. Marek und Selina traten an die Kante heran. Im nächsten Augenblick sprossen aus beider Rücken jeweils ein Paar kräftiger Vampirflügel. Marek hatte als Entschädigung für den Verlust seiner Seele die Fähigkeiten der Vampire vom Gott Sombra erhalten. Selinas magische Fähigkeit hingegen bestand darin, Vampire zu kontrollieren. Allerdings war sie in der Lage, ihre Fähigkeiten auf sich zu übertragen.

„Wenn du dich weitestgehend erholt hast, Pinius, dann sieh zu, dass du zum Drachentempel kommst und am besten noch vor ihnen dort eintriffst. Wir beide verfolgen sie direkt“, sagte Marek ohne jegliche Gefühlsregung.

Damit erhoben sie sich graziös in die Lüfte und jagten dem davoneilenden Drachen hinterdrein.

Der Drachentempel kam bereits in Sicht und Veneno sank tiefer, als Marek und Selina endlich zu ihnen aufgeschlossen hatten. Joaquin bemerkte sie als Erster, da sie sowohl ihren Geruch als auch ihre Magie abgeschattet hatten. Der Junge quiekte vergnügt, deutete auf Marek und sang fröhlich:

„Fledermäuse, Fledermäuse verspeise ich zum Frühstück!
Ess' ich mit Radieschen fein, Fledermäuse, ihr seid mein!"

Dark und Veneno blickten nach hinten und entdeckten den Grund für Joaquins seltsamen Gesang. Der Drachenreiter konnte gerade noch rechtzeitig seinen Kopf einziehen, bevor Marek ihn mit seinen Krallen abschlug. Der Drache sank noch tiefer und drehte sich spiralförmig zwischen den Bäumen hindurch. Sie erreichten nun die Lichtung des Drachentempels.

Veneno, bring Joa zum Tempel! Sombras Handlanger haben dort keine Macht und er natürlich auch nicht, befahl Dark seinem Freund gedanklich.

Und was macht Ihr?

Sie aufhalten, solange ich kann!

Mit diesen Worten sprang er aus dem Sattel und landete auf allen vieren im Gras. In einem Bruchteil einer Sekunde hatte er einen mächtigen Schutzschild errichtet, gegen das Selina und Marek mit einem lauten Krachen schlugen, bevor sie unsanft zu Boden gingen. Sie schüttelten sich heftig und ihre Flügel und Mareks scharfe Klauen verschwanden.

Leicht verwirrt erhoben sie sich. Als sie erkannten, was sie aufgehalten hatte, legte der ehemalige Elb den Kopf schief und grinste.

„Du willst uns allein aufhalten, Mensch?", fragte er spöttisch und hob seine linke Hand träge.

Selina öffnete ihre rechte Hand und sie schleuderten gleichzeitig schwarze Energiepfeile auf den grün schimmernden Schild, den Dark mit zusammengebissenen Zähnen mühsam aufrechterhielt.

„Warum machst du es uns und dir unnötig schwer? Du bist mit deinen Kräften am Ende, Drachenmagie hin oder her!", sagte Marek mit einem verächtlichen Blick. „Gib uns einfach den Jungen und du kannst unbeschadet deiner Wege ziehen!"

„Niemals!", zischte Dark. Langsam wurde es anstrengend. Er spürte, wie ihm die Magie seine Lebenskraft entzog. Wenn ihm nicht bald etwas einfiel, würde ihn die Anstrengung umbringen.

Inzwischen war Veneno mit Joaquin beim Drachentempel angekommen. Am Fuß der Treppe stand eine in Schwarz gehüllte Gestalt, Pinius. Der Drache landete drei Meter von ihm entfernt. Er konnte nicht einfach die Stufen überfliegen und den Jungen an der Pforte des Tempels absetzten. Denn es war ein ungeschriebenes Gesetz, dass man diese heiligen Stufen nur hochgehen, aber niemals darüber rennen oder gar fliegen durfte. Ansonsten holte Gott Lecto sich die Seele des Übeltäters.

Joaquin gab abermals einen vergnügten Laut von sich, begann wieder ein Liedchen zu trällern und klatschte dabei in die Hände:

> *„Tiermensch, Hungerhaken, Tiermensch,*
> *nicht verzagen, keine Angst in diesem Land*
> *hängt dein Kopf nicht an der Wand!*
> *Tiermensch, musst dich plagen, viele*
> *Menschen jagen, das Getier, was du*
> *sonst frisst, Hunger leiden tun die nicht!"*

Pinius hatte wohl oder übel wieder mit dem Tanzen anfangen müssen und schrie jetzt wie am Spieß: „Hör auf, du verdammtes Balg! Lass mich …" Doch Joaquin hatte viel zu viel Spaß, um damit aufzuhören.

Veneno drängte den Jungen langsam, aber sicher die Stufen der Heiligen Treppe hinauf. Während dieser rückwärts die eintausendundeins Stufen erklomm, dichtete er immer neue Strophen für den Dunklen Magier und klatschte im Takt, während der Tiermensch nach Luft ringend komplizierte Drehungen, Sprünge und Schritte machte.

Ein schwarzer Blitz schlug in Pinius ein und verbrannte ihn augenblicklich zu Asche. Darks Schutzschild brach und er wurde zurückgeschleudert bis an die erste Stufe der Heiligen Treppe. Veneno rammte Joaquin seine Nase in den Bauch und schleuderte den nach Atem schnappenden Jungen bis zur Tempelpforte. Dann sprang er zu seinem Herrn und stellte sich schützend über ihn. Der Junge kroch sich den schmerzenden Bauch reibend in den Tempel. Dort brach er vor Schmerz und Erschöpfung zusammen. Er sah den drohenden Schatten nicht mehr, der sich über ihm zusammenbraute.

Währenddessen manifestierte sich Sombra, der Gott der Finsternis, vor Dark und seinem geschuppten Freund. Sein silbriges Haar wehte, als ob ein Sturm es zerzauste, obwohl vollkommene Windstille herrschte. In seinen Augen tobte ein Blizzard. Sein schwarzes Gewand, auf dem ein roter Salamander abgebildet war, flatterte. All diese Bewegungen waren seiner gigantischen magischen Stärke zuzuschreiben. Seine Macht pulsierte in ihm und wurde wellenartig abgestrahlt. Ein bloßer Gedanke konnte genügen, um seinen Feind zu töten.

Er war vor Jahrhunderten aufgrund seines unendlichen Hasses und der Tatsache, dass er als Magier zur obersten Elite gehörte, zum Gott der Finsternis erkoren worden. Der Herr von Zeit und Welt hatte ihn gerufen und er war der Aufforderung gefolgt. Nie wieder würde er den Schmerz einer verlorenen Liebe spüren müssen.

Das wahre Ich des Herrn von Zeit und Welt hatte noch nie jemand zu Gesicht bekommen, noch nicht mal die, die er zu Göttern gemacht hatte. Eine von seinen vielen Gaben war die der Gestaltwandlung. Er erschien mal als Kind, mal als alter Mann, mal als bezaubernde Prinzessin, aber nie in seiner wahren Gestalt. Sombra war er als ein Zauberer mittleren Alters erschienen. Nun stand der Gott über Dark und musterte den verängstigten Drachenreiter und seine Flugechse abfällig. Hinter ihm stand Marek.

„Acht Jahre habe ich geduldig darauf gewartet, dass du dein Wort hältst und mir dein Erstgeborenes bringst. Doch das hast du nicht, also komme ich es mir holen! Sag mir, wo es ist!"

„Im Tempel", erwiderte Dark leise.

Sombra blickte zu dem Heiligtum der Drachenreiter und bemerkte die blau-schwarze Wolke, die sich darüber zusammenbraute.

„Ich habe nie geglaubt, dass es stimmt, was man über eure Heilige Treppe sagt, aber jetzt ...", sagte der Gott und starrte auf das Phänomen.

Dark sprang auf und war drauf und dran, die Stufen ebenfalls hinaufzurennen. Doch Sombra hielt ihn mit einer einzigen Bewegung seines Zeigefingers davon ab.

Selina war mittlerweile dabei, die Stufen zu erklimmen. Gelassen, als hätte sie alle Zeit der Welt, betrat sie den Tempel. Dort war ein Wesen erschienen, mit Augen so braun wie die Erde, Haut so blau wie das Meer, Haare so unförmig wie der Wind und Kleidung so rot wie aufzüngelnde Flammen. Es war ein Bote Lectos, des Gottes, der auch als der Heilige bekannt war. Man wusste aber auch, dass sich dieser Erhabene auf Kompromisse einließ. Wenn er dabei besser wegkam als sein Gegenüber. Er war vor fast achthundert Jahren in den Kreis der Götter aufgenommen worden. Damit war er zwar älter als Sombra, aber bei Weitem nicht so mächtig. Der Herr der Finsternis war der Mächtigste unter allen, daher beugte sich auch ein alter, erfahrener Magier seinem Willen allein um die eigene Existenz zu schützen.

Lecto würde den Jungen zu sich holen, da dieser ein heiliges Gesetz missachtet und somit die Gebote eines Gottes mit Füßen getreten hatte.

Selina fiel vor dem Halbgott auf die Knie.

„Ich flehe Euch an, verschont meinen Jungen! Er ist unschuldig!"

„Wir kommen, um eine verdorbene Seele zu holen", erwiderte das Wesen ungerührt. „Und wir gehen nicht ohne sie!"

„Aber seine Seele ist rein! Nehmt meine an seiner statt! Ich biete Euch meine Seele, aber verschont dafür seine! Er ist doch noch ein Kind!"

Das Wesen sah sie mit den braunen, gefühllosen Augen an, dann sog es ihr die Seele aus dem Körper.

Joaquin war wieder zu sich gekommen und sah die Seelenwanderung sprachlos mit an. Er blickte zu Selina. Ganz plötzlich sah er ihr Gesicht in einer seiner Erinnerungen und wusste mit hundertprozentiger Sicherheit, wer sie war.

„Mutter!", schrie er panisch und rannte zu ihr. Doch als er sie erreicht hatte, konnte er nur noch ihren schlaffen Kopf davor bewahren, auf dem Marmorboden aufzuschlagen.

„Mach sie wieder heil!", brüllte Joaquin den Götterboten unhöflich an.

Doch dieser blickte den Jungen nur verständnislos an. Schließlich ließ er sich doch zu einer Antwort herab: „Entscheidet euch, welche Seele ich von euch mitnehmen soll, entweder ihre oder deine!"

„Ich biete dir was Besseres!", sagte der Junge schnell.

„Was?"

„Liebe!"

„Liebe?"

„Meine Liebe! Ich opfere dieses Gefühl, um meine Mutter zu retten!"

„Wenn du noch Mut, Mitleid und Hilfsbereitschaft drauflegst, bin ich einverstanden", ertönte eine tiefe, gierige Stimme um sie herum. Lecto war höchst erfreut über diesen Vorschlag. Denn ohne derartige Gefühle war der Junge für den Gott des Hasses wertlos. Wie sollte man jemanden erpressen und seelisch quälen, wenn es niemanden gab, der demjenigen etwas bedeutete.

„Einverstanden!", sagte Joaquin. Seine Stimme passte nicht mehr zu seinem Alter, er sprach jetzt wie ein selbstbewusster Mann, der einen wichtigen Vertrag abwickelte.

„So sei es denn", ertönte noch einmal Lectos Stimme.

Joaquin sah noch, wie der Bote seiner Mutter die Seele zurückgab. Dann spürte er ein Ziehen hinter seinem Bauchnabel, das immer unerträglicher wurde, bis er schließlich schmerzgepeinigt in die Knie sank. Nach ein paar Minuten, die ihm wie eine Ewigkeit vorkamen, klang der Schmerz allmählich ab. Eine unglaubliche Leere erfüllte ihn. Er spürte eine sanfte Berührung seiner Schulter und blickte seiner Mutter in die tränennassen Augen.

„Was hast du ihm dafür gegeben?", fragte sie fassungslos.

„Meine Liebe, Mut, Mitleid und Hilfsbereitschaft ...", erwiderte Joaquin leise.

„Wollen wir sehen, wie es deinem Vater geht?", fragte sie leise, um das Thema zu wechseln. Da sie nur zu genau wusste, was ein Verlust solcher Gefühle für ein Kind bedeutete.

Er zuckte gleichgültig mit den Schultern, erhob sich aber dennoch. Sie öffneten die Pforte und blickten die Heilige Treppe hinunter. Dort unten lagen der Hohepriester, der Drachenmagier und sein Freund, der gigantische, giftgrüne Drache Veneno in ihrem eigenen Blut und regten sich nicht mehr. Sombra und Marek waren nirgends zu sehen.

Selina hatte Mühe, sich davon abzuhalten, die Stufen nicht hinabzuspringen. Joaquin hingegen ließ der Anblick seines Vaters und dessen Freundes völlig kalt. Seine einzige Sorge galt seiner eigenen Sicherheit. Er überlegte die ganze Zeit, wie er am besten die Flucht ergreifen sollte, wenn Sombra wieder auftauchte. Dieser war mit Sicherheit noch in der Nähe und wartete nur darauf, dass er den Tempel verließ.

Als sie die letzte Stufe hinter sich hatten, eilte Selina zu Dark. Sie drehte ihn auf den Rücken und bettete seinen Kopf in ihren Schoß. Mit traurigen Augen strich sie ihm eine blutige Haarsträhne aus dem Gesicht. Joaquin stand nur unbeteiligt neben ihr.

„Lebt er noch?", fragte er rein aus Interesse.

Selina warf ihm einen kurzen Blick zu. „Ja. Würdest du bitte nachsehen, wie es Veneno geht?"

„Kann ich machen."

„Selina … warum?", Dark brachte diese Worte, nachdem er die Augen ein wenig geöffnet hatte, nur mühsam heraus.

„Weil ich meine Seele verkauft habe", erwiderte sie leise und voll von tiefem Bedauern. „Für Macht."

Selina hatte Sombra ihre Seele zu Füßen gelegt, um von ihm unterrichtet zu werden. Sie hatte gemerkt, dass sie eine Dunkle Zauberin war und damit die lichte Magie nicht erlernen konnte. Heilmagie war für jeden Schwarzen Magier unmöglich auszuführen. Da der Herr der Finsternis der Einzige war, bei dem sie ihre Art der Zauberei lernen konnte, war sie zu ihm gegangen und hatte ihn auf Knien anflehen müssen, was er natürlich ausgenutzt hatte.

„Bereust du es?", fragte sie nach einer Weile.

„Was? Dass wir uns begegnet sind?"

Sie nickte betrübt.

Dark lachte, verfiel aber gleich darauf in einen Hustenanfall. Nachdem er wieder Atem geschöpft hatte, sagte er: „Auch wenn wir die Zeit zurückdrehen könnten, würde ich es noch einmal tun!"

„Aber du siehst, wohin unsere ...", sie brach ab.

„Liebe! Sag es nur, oder hast du nicht so gefühlt?"

Selina lächelte erleichtert und nickte. „Doch, und ich fühle sie immer noch, Dark. Aber du siehst doch selbst, wohin unsere Liebe geführt hat! Die Stadt der Magier ist zerstört und das Korps der Drachen so gut wie ausgerottet."

„Das ist nicht unsere Schuld, Selina!", sagte Dark mit einem sanften Lächeln. „Sombra hätte so oder so irgendwann die Magierstadt aus reiner Freude am Leid anderer zerstört. Es ist nur ein billiger Vorwand, damit wir uns Vorwürfe machen können, obwohl uns keine Schuld trifft."

„Mutter?"

Sie wandte sich Joaquin zu.

„Veneno lebt noch."

„Ist er schwer verletzt?", fragte sie besorgt.

Ich werde es überstehen, sagte Veneno gedanklich.

„Er sagt, dass er es schaffen wird", sagte Dark erleichtert und setzte sich stöhnend vor Schmerz auf.

„Na wunderbar, da ist das Kind ja!", sagte Sombra und tauchte vor ihnen auf, Marek an seiner Seite. „Aber das ist ja ein Junge?! Wieso hast du Idiot keine Tochter? Kannst du mir mal verraten, was ich mit einer nicht schwimmenden Kröte anfangen soll? Der letzte Drachenmagier war auch schon so untalentiert! Könnt ihr mir mal verraten, wie lange ich noch auf mein passendes Opfer warten soll? Dieser lächerliche Jahrgang hier hat ja nicht mal einen Gestaltwandler zu bieten! Der Letzte, der hatte eine Tochter, leider aber eine, die mit sämtlichen Kinderkrankheiten gestraft war und nach zwei Jahren starb! Und was bringt ihr mir hier, ihr ach so großen Drachenmagier? Bastarde, mit denen man nichts anfangen kann, außer die Hunde zu sättigen!"

„Dann lass ihn doch in Ruhe!", fauchte Dark ihn an.

„Ich soll einen Menschen *verschonen*?", sagte Sombra ungläubig. „Wo kommen wir denn da hin, wenn der Gott des Hasses und der Finsternis anfängt, Gnadenbriefe zu verteilen!?"

„In eine bessere Welt", sagte Selina leise.

Sombra schüttelte sich vor Lachen. Er lachte so ausgiebig, dass ihm sogar Tränen kamen. Nach Luft schnappend rieb er sie weg.

„Siehst du, wohin schon ein solches Gespräch über Gnade führt?", sagte er. „Ich zeige ja sogar eine menschliche Regung."

„Und was ist so schlimm daran, menschlich zu sein? Warum sträubt Ihr Euch dagegen, ein Mensch zu werden? Es hat doch so viel Schönes ...", begann Selina von Neuem. Doch der Herr der Finsternis fiel ihr ins Wort.

„Wenn ich ein hirnloses Insekt sein will, sag ich Bescheid. Aber danke für dein großzügiges Angebot."

„Ihr lasst mir keine Wahl, Meister", sagte sie und erhob sich langsam. Sie schluckte noch einmal heftig, um die lähmende Angst zu vertreiben, bevor sie sie erfassen konnte und nicht mehr losließ.

„Mach dich nicht unglücklich, Kleines", erwiderte Sombra ungerührt. „Sollte dein Versuch, mich zu beseitigen, scheitern – und das wird er –, dann steht dir ein ewiges Leben unter endloser Folter bevor wie Trian. Du erinnerst dich doch noch an Trian, oder?"

Und ob sie sich erinnerte. Trian war im Feuergebirge seit fast fünfhundert Jahren und wurde täglich gefoltert. Sombra sorgte allerdings mit Bedacht dafür, dass er nicht starb. Er hatte ihn mit einem Zeitzauber belegt, um ihm ein ewiges Leben zu ermöglichen. Denn wenn der Gott des Hasses sagte: endlose Folter, dann meinte er es auch.

Selina trat direkt vor ihn und ergriff seine Oberarme. Seine Muskeln spannten sich nicht einmal. Der Gott hob seine linke Augenbraue und blickte sie überheblich und gleichsam gelangweilt an. *Was kann die mir schon anhaben*, dachte er herablassend.

„Ich, Selina, Tochter Sainias, gebe dir, Eric von Levida, der nun als der Gott der Finsternis bekannt ist, meine ganze, glühende Liebe, die für Dark bestimmt war. Möge sie deine Seele doch noch retten."

Ihren ganzen Körper umgab ein feuriges Glühen, das nun auf Sombra überging. Das lodernde Glimmen verschwand allmählich in seinem Körper und Selina sackte kraftlos und ausgelaugt in sich zusammen.

„Ich sagte dir doch, dass es nicht funktionieren würde." *Obwohl ich zugeben muss, dass es mich überrascht. Es wundert mich, dass mir diese Liebe nichts anhaben kann. Wo mir der Herr von Zeit und Welt doch mitgeteilt hatte, dass dieses Gefühl für meinen Körper nicht tragbar ist.*

Genau in dem Moment, in dem er diesen Gedanken vollendete, spürte er ein schmerzhaftes Reißen um sein kaltes Herz, das sich mehr und mehr in seinem Körper ausbreitete. Ein letzter gellender Schmerzensschrei entfuhr seiner Kehle, bevor er in tausend Stücke zerplatzte. Schwarzes Blut, Gedärme und Hautfetzen ergossen sich über die Anwesenden. Nur Joaquin gelang es, sich mit seiner Magie vor den ungewöhnlichen Geschossen zu schützen, da er als Einziger das gesamte Schauspiel abgebrüht hingenommen hatte.

Marek starrte Selina mit vor Hass funkelnden Augen an. Er hob seine Hand. Doch anstatt sie dafür zu strafen, durchbohrte er Darks Brust mit einem schwarzen Lichtblitz. Dann schwang er seinen Umhang um sich und verschwand.

Dark war lautlos auf den Rücken gestürzt. Seine Augen und der Mund standen überrascht offen. Weder Selina, die all ihre Liebe geopfert hatte, um Sombras Körper zu zerschlagen, noch Joaquin zeigten irgendeine Gefühlsregung, als sie Mareks Tat begutachteten. Nur Veneno war an die Seite seines Herrn gekrochen und stupste ihn hoffnungsvoll an. Doch es war zu spät. Der große Drachenmagier war tot. Der Drache stieß ein wehleidiges Brüllen gen Himmel, das in ganz Sugiawa zu hören war und jeder würde wissen, dass ein weiterer Drachenreiter gestorben war, der einen einsamen Freund zurückgelassen hatte. Doch die Drachen würden an dem Ruf der Feuerechse erkennen, dass es Dark war, den der Tod ereilt hatte. Und das, nachdem nach so langer Zeit endlich ein Drachenmagier in Sugiawa erschienen war.

Keiner würde von ihnen zu sagen wissen, wie lange es dauerte, bis ein Erbe der Drachenmagie geboren werden würde. Wie lange mussten sie noch warten, bis der kam, der die Finsternis zerschlug, die Völker vereinte und somit endlich Frieden in die kriegerischen Länder brachte? Wie lange mussten die Völker Sugiawas noch auf den Weißen Drachen warten – den Friedensbringer, den Beschützer? Würde er überhaupt irgendwann kommen? Oder würde Sombra für immer herrschen? Obwohl er seinen Körper verloren hatte, war er immer noch da. Und sehr bald würde er sich ein neues Gefäß angeeignet haben. Wenn das passierte, würde erneut ein Zeitalter des Krieges und der Finsternis über Sugiawa hereinbrechen und sich wahrscheinlich auch auf die näheren Länder ausweiten wie Carrera – das Königreich der Menschen. Laut einer jahrhundertealten Legende würden dort die Menschen geboren werden, die dem Drachenmagier beistehen und den Weißen Drachen erwecken sollten. Fünf Sterbliche, deren Schicksale untrennbar miteinander verwoben sein würden. Auch wenn sie versuchten, sich dagegen aufzulehnen. Am Ende würden sie sich doch nie im Stich lassen.

Vampirjäger ... Kriegerin ... Meisterschwertträger ... Gestaltwandler ... Amazone ...

Kapitel 1

Der Vampirjäger und
die Herrin der Blutsauger

Fünfhundert Jahre zogen ins Land und die Insel Sugiawa erblühte wieder. Die Osthälfte der Insel war die reinste Sandwüste, doch im Westen wuchsen die Pflanzen erneut und die Menschen lebten wieder in Eintracht.

Die Vampire und Drachen verwüsteten die Felder und Dörfer der Sterblichen mit Genuss. Die Lindwürmer waren immer noch erbost und außer sich, dass es ein Mensch – Magier hin oder her – gewagt hatte, ihren Anführer, ihren langersehnten Drachenmagier zu töten. Während die Blutsauger von Sina – sie hatte ihren wahren Namen Selina abgelegt, da ihr selbst gewählter *schwarze Lady* bedeutete und besser zu ihrem jetzigen Wesen passte – dazu angestachelt wurden, die Menschen zu überfallen. Sie wollte sich erstens am Leid der Menschen ergötzen und zweitens hatte man mit neugeborenen Vampiren einen viel atemberaubenderen Sex als mit welchen, die allmählich in die Jahre kamen.

Die Morde und Überfälle gingen ungebremst vonstatten, bis ein großer Krieger in das Land kam. Er war gerade erst mit seinen Kameraden angekommen und ruhte sich in einem kleinen Dorf im Nordwesten aus, als eine Schar von Vampiren angriff. Sie lagen faul unter den Bäumen, geschützt vor der Sonne und tranken zu viel. Ihre Pferde ruhten ebenfalls im Schatten. Die meisten von den Männern waren längst stark betrunken, nur einer hörte die Geschichten über die verfluchte Insel. „Drachen- und Vampirangriffe gehören seit Langem nun zum Alltag", sagte der Älteste des Dorfes zu dem jungen Mann, der lange, schwarze Haare hatte und ein Gesicht mit falkenhaften Zügen.

Sina, die dieses Dorf vorzugsweise beobachtete, sah in ihm sogleich ein neues, potenzielles Opfer. Er war groß, stark, arrogant und hielt sich für unbesiegbar. Genau die Eigenschaften, die ihr immer den meisten Spaß bescherten, wenn sie ihren Opfern den Willen brach. Er gefiel ihr vom ersten Augenblick an, vor allem sein gnadenloser Ausdruck in den blau-schwarzen Augen.

„Und jetzt wollt Ihr, dass ich und meine Männer das verhindern?", fragte er gelangweilt.

Sina kicherte leise. Sie rekelte sich splitternackt auf ihrem gigantischen Bett in den Kissen und spähte durch ein Magieloch auf den jungen Mann. „Du bist so herrlich naiv", säuselte sie. „Es wird mir wahrlich ein großes Vergnügen bereiten, dich zuzureiten, kleiner Vampirjäger und Drachentöter!"

„Es wäre uns sehr willkommen, Herr", erwiderte der Älteste eilig und verneigte sich mehrfach vor dem jungen Mann, der ihn nur herablassend musterte.

„Was bekomme ich dafür?", fragte er schließlich und blickte ihm arrogant ins Gesicht. *Was kann der mir schon geben, was ich nicht sowieso schon habe,* dachte er.

Sina rückte näher an den *Späher* und strich sachte über sein Bild. „Du bekommst mehr, als dir lieb ist, mein Süßer!"

Der Dorfälteste winkte zwei Bauernjungen heran, die eine kleine Kiste vor dem Mann abstellten und sie öffneten. Er beugte sich vor. Die Kiste war bis zum Rand mit Goldstücken gefüllt. Gierig nahm er eine der Münzen aus der Kiste und begutachtete sie eingehend, bevor er sagte: „Abgemacht! Ich töte die Vampire und Drachen, wenn sie Eurem Dorf zu nahekommen."

„Na, dann viel Glück." Sina konnte einen Lachanfall nicht unterdrücken. Nachdem sie sich wieder beruhigt hatte, rief sie sechs der älteren Vampire zu sich und schickte sie los, um ihr den jungen Mann mit dem Falkenblick zu bringen. *Endlich ist mal wieder etwas Aufregendes los. Ich habe mich ja schon so gelangweilt!*

An diesem Abend wurde ein großes Fest gegeben zu Ehren des neuen Vampir- und Drachentöters André. Den Dorfbewohnern war es erst einmal gleich, ob er sich schon bewährt hatte. Das Geld würde er so oder so erst hinterher bekommen, wenn er dann noch lebte.

Ein lautes Kreischen ließ alle verstummen, nur die Betrunkenen lachten weiter. Der junge Mann war noch relativ nüchtern. Er erhob sich, sein Schwert band er sich wieder um die Hüfte. Auf dem Rücken trug er zwei Schmetterlingsschwerter und über dem Steiß befand sich ein kleiner silberner Dolch. Das Erbe seines verstorbenen Vaters. Er gebot den Dorfbewohnern Ruhe und bedeutete, dass sie zusammenbleiben und sich auf den Festplatz stellen sollten, damit sie nicht aus dem Hinterhalt von einem Vampir angegriffen werden konnten. Sie taten, wie geheißen, und schleiften die Betrunkenen mit sich. André spürte einen der Vampire ganz in der Nähe und schleuderte seinen Dolch zwischen die Äste einer nah stehenden Weide. Ein schauriges Kreischen und der Vampir fiel leblos aus dem Baum zu Boden, wo er zu Staub zerfiel. Ein Raunen der Bewunderung ging durch die erstaunten Dorfbewohner, als der junge Mann seinen Dolch holte und auf die Nächsten wartete.

Sie kamen auch und stürzten sich gleich zu fünft auf den Mörder ihres Bruders. Er wich ihnen aus und tötete einen nach dem anderen. Es kostete ihn nicht viel Mühe, da er das schon so oft getan hatte. Nun schwoll ein Jubelgeschrei hinter ihm an und er wandte sich grinsend um. *Das war ja leichter, als ich dachte*, überlegte er zufrieden.

„Wir stehen ewig in Eurer Schuld junger Krieger, sagt uns bitte Euren Namen", bat der Älteste und verneigte sich abermals vor dem jungen Mann.

„Mein Name ist André de Grafia", erwiderte er und nahm das Gold für seine Dienste entgegen.

Das Fest ging weiter und es wurde ausgelassen getanzt und gelacht. Keiner merkte, dass sie beobachtet wurden.

„Gar nicht schlecht, Süßer", flüsterte Sina in einem Ton, der die Selbstbeherrschung eines jeden Priesters zum Einsturz gebracht hätte. „Sieht aus, als müsste ich persönlich vorbeikommen." Sie erhob sich mit einer aufreizenden, geschmeidigen Bewegung, die die Männer zum Hecheln bringen konnte, und streifte ein seidenes, fast durchsichtiges Gewand über.

Unruhige Gedanken kreisten in Darks Kopf herum. Obwohl er nun nur noch ein Geist war, fühlte er sich seinem Volk immer noch verpflichtet. *Die Insel scheint sich erholt zu haben, doch in den Herzen der Lebewesen stauen sich Hass und unbändige Wut gegeneinander. Es wird nie Frieden geben, wenn man Sombras Geist nicht auch auslöscht. Außerdem ist da immer noch Mareks böse Energie, die nur Verderben bringt. Doch wie lange habe ich gewartet? Und noch immer ist kein Erbe erschienen. So kann es nicht weitergehen, auch Veneno wird langsam unruhig. Es muss doch eine Möglichkeit geben, die Linie der Drachenmagier fortzusetzen. Wie soll sich sonst die Prophezeiung erfüllen?*

Herr, wir solltet es abbrechen, es ist ja doch vergebens, erklangen Venenos Gedanken. *Ihr seid tot. Ihr könnt keine Nachkommen mehr zeugen, um einen Drachenmagier auf Erden zu bringen. Und Joaquin ist ein Erzmagier, abgesehen von diesem Hindernis ist er völlig unfähig zu lieben. Er wird nie ein Drachenmagier sein! Unser Vorhaben ist gescheitert.*

Sag so etwas nicht! Warte, gib mir noch etwas Zeit! Ich finde eine Lösung.

Dark lief in seinem Arbeitszimmer, das an die Halle der Weisen angrenzte, die sich über den Wolken befand, hin und her. Ab und zu hielt er inne und dachte krampfhaft über das Problem nach, was sich ihm stellte. Als er damals sein Leben gelassen hatte, hatte er nicht daran gedacht, Joaquin auf die Drachenmagie vorzubereiten. Doch wenn er jetzt so darüber nachdachte, war es wohl doch unwichtig. Ihm war zu Ohren gekommen, dass sein einziger Sohn keine Liebe, geschweige denn Mitgefühl empfand. Was bedauerlicherweise zwei unverzichtbare Bedingungen waren, um ein Drachenmagier werden zu können.

Wie sollte er aber einen Erben dieser seltenen und schwer zu erlernenden Magie auf die Erde bringen, wenn er doch tot war? Er fuhr sich mit der Hand übers Gesicht und blieb am Fenster stehen. Es hatte keine Glasscheibe. Aber das war auch nicht nötig. Ein Zauber schützte die Halle vor Wind und Wetter. Abgesehen davon hatten die wenigsten der Götter noch einen Körper. Daher war der Schutz eigentlich fast überflüssig. Kein Geist konnte Wärme oder Kälte spüren.

Die Halle der Weisen war ein Ort, der über den Wolken lag und an dem sich zu ganz besonderen Anlässen die Götter trafen. Dies taten sie, um sich – wenn das Gleichgewicht gefährlich gestört war, zum Beispiel, wenn die Anzahl von Vampiren überhandnahm – zu beraten und das Problem aus der Welt zu schaffen. Aber sie waren immer darauf bedacht, keinen Unfrieden zu erzeugen.

Sterbliche, wie Dark einer gewesen war, wurden in besonderen Fällen aufgenommen und ihre Seele lebte auf Sugiawa weiter – um zu schützen. Er würde so lange weiter gegen Sombra kämpfen, bis der nächste Drachenmagier bereit war, ihm diese Aufgabe abzunehmen. Seine Schwester Lyneri, die Göttin der Liebe und des Lebens, hatte sich für ihn eingesetzt. Nur gemeinsam hatten sie eine Chance den Herrn der Finsternis aufzuhalten.

Darks geisterhafter Körper löste sich in der Halle der Weisen mehr und mehr auf und setzte sich im Tempel der Drachenmagier wieder zusammen.

Veneno hob den Kopf. Er lag im Drachentempel um das Podest gewunden, auf dem der menschliche Körper von Dark ruhte. Dieser war kreidebleich und eiskalt. Die langen spitzen Ohren standen von seinem Kopf ein wenig ab. Die grünen Augen waren geschlossen. Dark blickte traurig auf seinen von Kristall umschlossenen Körper. Lange schwiegen sie. Eine Stunde, zwei Stunden ... Die Sonne ging draußen unter und Dark schaute noch immer auf seinen alten Körper. Plötzlich kam ihm eine Idee.

Veneno?, fragte er zaghaft. *Könntest du mich nicht für eine gewisse Zeit in deinem Körper mit aufnehmen?*

Natürlich, Herr!

Der Drache öffnete seinen Geist und ließ Dark seinen Zauber vollbringen, der ihre Geister verschmelzen ließ. Dark hatte schnell gemerkt, dass er tatsächlich noch im Stande war, Magie zu erwirken, allerdings nur an anderen Lebewesen, die ihm ihren Geist öffneten.

Lass uns eine Runde um die Insel fliegen, sagte Dark und Veneno trottete zum Ausgang. Außerhalb des Tempels breitete er seine Schwingen und sprang in die Lüfte. Rasch gewann er an Höhe und flog über die Bäume hinweg. Nach fünfhundert Jahren fühlte sich Dark endlich wieder frei. Die kühle Nachtluft wehte ihnen entgegen und Veneno fing an, Späße zu machen. Er drehte einige Spiralen in der Luft und riss sich aus dem darauffolgenden Sturzflug im letzten Moment heraus, bevor sie auf den Boden krachen konnten. Veneno war in den letzten fünfhundert Jahren noch gewachsen. Von seinen ehemaligen dreißig Metern auf stolze vierzig Meter, damit war er der größte Drache, den es je gegeben hatte. Er flog über das Dorf, wo sich der neue Vampirjäger befand, und machte einen jähen Schlenker, um dem Dolch, der nach ihm geworfen wurde, auszuweichen. Bei dieser Aktion wurden ihre Geister auseinandergerissen und Dark schleuderte es in den Himmel davon. Veneno stieß ein rasendes Brüllen aus und schoss seinem Herrn hinterher, doch dieser blieb verschwunden. Die Wut kochte in Veneno hoch. *Wie kann er es nur wagen, meinem Herrn den schönsten Tag seit fünfhundert Jahren zu vermiesen? Dafür bezahlt er!*

Er setzte zum Sturzflug an und schoss auf das kleine Dorf zu. Die Flügel eng an den Körper gepresst, um eine höhere Geschwindigkeit zu erhalten. Mit einem fürchterlichen Krachen landete er auf einer der Holzhütten, die unter seinem Gewicht sofort dem Erdboden gleichgemacht wurde. Ein tiefes Grollen kam aus seiner Kehle, als er André gegenüberstand und ihre Blicke sich begegneten. Er ließ seinen Geist in den des jungen Vampirjägers gleiten.

Er ist eigensinnig, egoistisch, machthungrig und so sehr von materiellen Dingen besessen, dass sein Herz total verdorben und unrein geworden ist. Es wäre also kein Verlust für die Menschheit, wenn ich einen weiteren machtgeilen Irren ausschalte, dachte der Drache zornig.

Er bleckte die Zähne, dann spie er eine Stichflamme aus dem linken Nasenloch. André wich im letzten Moment aus. Er war aus Venenos Blickfeld verschwunden und tauchte plötzlich über dem Drachen auf. André hatte sein Schwert gezogen und streifte damit Venenos Vorderbein, als der Drache auswich. Grünes Blut quoll in Strömen aus seinem Bein und André grinste siegessicher. Mit seinem Schwert hatte er schon so gut wie gewonnen – glaubte er.

Schluss mit den Spielereien, giftete Veneno in Andrés Kopf. Dieser wich überrascht einen Schritt zurück.

„Der Drache spricht???"

Natürlich kann ich sprechen! Was hast du denn gedacht, dass wir Drachen stumm sind wie Fische?

„Nein, das nicht, aber man hatte mich auch noch nicht vom Gegenteil überzeugt."

Warum hast du mich angegriffen?

„Weil ich geschworen habe, dass ich jeden Drachen und jeden Vampir töte, der dem Dorf zu nahekommt."

Dass ich nicht lache, du könntest nicht mal eine Fliege töten, geschweige denn einen Drachen. Außerdem bist du nicht würdig, die Klinge Dolor dein Eigen zu nennen. Hast du auch nur im Entferntesten eine Ahnung, woraus dieses Schwert geschmiedet wurde??

„Das interessiert mich nicht im Geringsten. Jetzt gehört es mir, ich lebe weder in der Vergangenheit noch in der Zukunft. Ich lebe jetzt."

Ja, noch lebst du. Sprich dein letztes Gebet, Mensch!

Veneno, warte!, rief Dark in Venenos zornige Gedanken hinein.

Herr? Wo seid Ihr?

Öffne deinen Geist, mein Freund!

Der Drache gehorchte augenblicklich und Dark verband sich wieder geistig mit ihm.

Ich bin froh, dass du nicht so weit weggeflogen bist, sonst hätte ich dich wohl nicht mehr gefunden.

Es tut mir leid, Herr.

Das braucht es nicht. Aber warum ist dein Körper so angespannt? Weshalb sind deine Gedanken so aufgebracht?

Veneno nickte missmutig zu dem Menschen hinüber, der noch immer das Schwert Dolor in den Händen hielt und auf den Drachen richtete.

Hör gut zu, Mensch, sagte Dark zu André und dieser schreckte hoch. Jetzt war da schon eine zweite, männliche Stimme, die von dem Drachen ausging und unkontrolliert in seinem Kopf erklang. *Unterlass es, meinen Freund anzugreifen, sonst wird es das Letzte sein, was du je getan hast!*

„Drohst du mir etwa?"

Ja, ich denke schon. Also beherzig es und noch eine Bitte hätte ich.

Veneno und André wirkten beide verblüfft.

Vermache dein Schwert deinem erstgeborenen Sohn!

„Das werde ich", sagte André nach kurzer Überlegung. „Aber wer seid Ihr?"

Mein Name ist Dark! Merk dir meine Worte, ansonsten bin ich gezwungen, andere Seiten aufzuziehen. Lebewohl!

Ihr wollt ihn einfach so davonkommen lassen?

Ja, Veneno, das will ich. Mir kommt da gerade eine großartige Idee. Lass mich nur machen und wir werden bald wieder einen Drachenmagier auf Erden haben.

Obwohl es Veneno nicht gefiel, spreizte er die Flügel und schoss in den Himmel davon. Irgendetwas sagte ihm, dass Darks großartiger Plan auch einen Haken hatte.

Hoffentlich ist es nicht wieder eine seiner Schnapsideen, hoffte der grüne Drache und flog zurück zum Tempel der Drachenmagier.

Dort angekommen löste Dark die geistige Verbundenheit und verschwand zurück in die Halle der Weisen. Veneno legte sich wieder um das Podest und bewachte den Leichnam seines Herrn.

Sina war bei Sonnenaufgang in die Hütte des Dorfältesten eingedrungen, hatte ihre vampirischen Fähigkeiten genutzt und alle Anwesenden zu ihren Sklaven gemacht. Der alte Mann und seine Frau sowie die beiden Söhne standen nun unter ihrer Kontrolle. Sie stand vor dem Oberhaupt der kleinen Familie und drückte dessen Kinn hoch, damit er, da sie alle vor ihr knieten, zu ihr aufsehen musste. Sina hatte ihn mit ihrem Blick völlig in ihrem Bann.

„Wer bin ich?", fragte sie, um sicherzugehen, dass alles so lief, wie sie es wollte.

„Meine vierzehnjährige Tochter", hauchte er, unfähig einen klaren Gedanken fassen zu können.

Sina hatte einen Illusionsschleier um sich gezogen. Ihr Haar wirkte nun braun. Es war lang und wellig. Ihre Augen wiesen ein sanftes Grün auf. Sie hatte eine schlanke, aber auch frauliche Figur, die sie nicht verändert hatte. Ihre Brüste waren voll und schön gerundet. Sie trug ein Bauernkleid mit einer hässlichen Braunfärbung und sah dennoch darin einfach göttlich aus.

„Und was ist deine Aufgabe?"

„Ich werde dich vor den Männern beschützen! Nach deiner Entführung werde ich André de Grafia anflehen, damit er sich aufmacht, um dich zu retten", flüsterte er mit einem betäubten Ausdruck in den Augen.

Sina war gezwungen, sich von dem alten Mann, der ihren Vater darstellen sollte, anpreisen zu lassen, da André aus Carrera stammte. Dort war es Sitte, dass der Mann die Frau erwählte, deren Meinung allerdings nichts zählte. Der Vater des Mädchens hatte die Aufgabe, einen geeigneten Gatten für sie zu suchen. Und so wollte es Sina auch hier halten. Sie würde sich schüchtern geben und im Hintergrund bleiben, während sie André mit ihren scheinbar ungewollten, aufreizenden Bewegungen und verlockenden Blicken anstachelte, bis er den Trieb in sich nicht mehr bändigen konnte und sie förmlich zum Beischlaf nötigte.

Als das kleine Dorf allmählich erwachte, begab sich Sina mit einem Eimer zum Brunnen, um Wasser zu holen. Jeder der Bauern, der sie erblickte, wusste plötzlich, dass sie die Tochter des Dorfältesten war. Sie hatte einen einfachen Verwechslungszauber über die Menschen in dem Dorf gelegt.

Sina war gerade dabei, den Eimer aus dem Brunnen zu befördern, und stellte sich dabei besonders ungeschickt und hilflos an, sodass die Krieger und somit auch André auf sie aufmerksam wurden. Der Vampirjäger stand auf, warf seinen Männern einen vielsagenden Blick zu und stolzierte mit geschwollener Brust zu der jungen Frau, die sich mit dem Wasser abmühte.

„Kann ich Euch helfen, meine Dame?", fragte er galant und umfasste den Griff der Kurbel, um den Eimer hochzuziehen. Sina blickte gespielt erschrocken und erleichtert zu ihm auf. „Ja, vielen Dank, mein Herr." Sie schenkte ihm ein bezauberndes Lächeln und drehte sich zu ihm um, sodass ihre prallen Brüste seinen muskulösen Arm streiften. Er schluckte, um sich unter Kontrolle zu halten. Dann trat sie einen Schritt zurück und er förderte den vollen Wassereimer herauf. Als er ihn auf den Brunnenrand stellte, kam die Zauberin sogleich näher. Sie griff nach dem Eimer zur gleichen Zeit wie er und ihre Hände trafen sich. Mit vorgetäuschter Verlegenheit blickte sie zu ihm auf. Zaghaft, aber verlockend lächelte sie ihn an. Ihre Augen glänzten vor Lust und brachten ihn an den Rande seiner mühsam umkämpften Selbstbeherrschung. Er schluckte erneut, diesmal ein wenig verkrampft.

„Ich trage ihn für Euch", sagte er und lächelte, obwohl er ein wenig gepresst klang. Sina merkte sofort, dass er angebissen hatte. Wahrscheinlich würde sie den alten Mann gar nicht großartig brauchen.

„Ich danke Euch, mein Herr. Mein Vater sagt immer, dass es für mich zu gefährlich ist, einem Mann über den Weg zu laufen. Aber ich denke, er muss sich geirrt haben. Es ist nicht gefährlich, es ist schön."

„Es freut mich, das zu hören", erwiderte er, obwohl er sich schon schmutzigen Fantasien hingab. Plötzlich kam ihm noch ein anderer Gedanke. *Wie bekomme ich ihren Vater dazu, sie mir zu überlassen. Wenigstens ein Mal. Nur eine Nacht will ich mit ihr!* Während André sich krampfhaft über dieses unbedeutende Problemchen den Kopf zerbrach, begann bereits die zweite Stufe von Sinas Plan.

Als sie in der Haustür standen, kam der Dorfälteste auf sie zugeeilt, zog seine Tochter von dem Vampirjäger weg und stieß André zur Tür hinaus. Bevor er sie hinter ihm zuschlug, rief er aufgebracht: „Mein Gold könnt Ihr haben, aber nicht meine Tochter!" Dann knallte er sie zu. Wie vor den Kopf gestoßen, stand der junge Mann mit dem Falkenblick vor dem Haus. Verstimmt und immer noch erregt überlegte er, ob er, wenn es dunkel wurde, durchs Fenster bei ihr einsteigen sollte. Urplötzlich hörte er Schreie und lautes Getöse aus der Hütte. Er kehrte um und stürmte ins Haus. Auf dem Boden lag zitternd die vierköpfige Familie. Die schöne, junge Frau war wie vom Erdboden verschluckt.

„Was ist passiert?", brüllte André und riss den Dorfältesten am Kragen hoch. „Wo ist Eure Tochter?"

„Vampire", hauchte er panisch und völlig fertig. „Sie haben sie mitgenommen!" André sah aus der Tür und erblickte zwei Vampire, die mit einer dritten Gestalt in den Krallen über dem Wald außer Sicht gerieten.

„Verdammt!", fluchte der Vampirjäger laut. „Wo bringen sie sie hin?"

„Zum *Schwarzen Schloss*, zum Vampirfürsten!" Marek hatte lange Zeit dort regiert. Doch nachdem Meister Sombra seinen Körper verloren hatte, waren die meisten der Dunklen mit ihm nach Carrera gereist, um nach einer Möglichkeit zu suchen, ihm einen neuen Körper zu verschaffen. Das galt auch für Marek. Allerdings war dem Volk seine Abwesenheit nicht bekannt. Da Sina ebenfalls in der Lage war Vampire zu kontrollieren, hatte er ihr diese Aufgabe übertragen.

Als die Schwarze Zauberin in ihrem Lieblingsschlafzimmer angekommen war, schickte sie alle Vampire hinunter in die Kerker, damit sie sich in der Dunkelheit erholen konnten. Durch ihre Magie war es ihr möglich, die Kreaturen der Finsternis vor der ätzenden Sonne zu schützen. Allerdings wehrte dieser Schutz auch nicht sonderlich lange. Es war nun fast Mittag. Sie warf das kratzige Bauernkleid in die Luft und ließ es verschwinden. Dann lief sie nackt in das angrenzende Badezimmer und ließ sich in das mit heißem Wasser gefüllte Becken gleiten.

„Ich bin gespannt, wie lang du brauchen wirst, André", sagte sie leise.

Die Abenddämmerung war soeben hereingebrochen, als André auf einem schweißgebadeten Pferd vor dem Schwarzen Schloss anhielt.

„Das soll das Schwarze Schloss sein?", fragte er sich verwirrt, als er zu dem großen, weißen, einladenden Palast aufschaute.

Er schwang sich aus dem Sattel und ließ das erschöpfte Tier an dem offenstehenden Tor zurück. Vorsichtig trat er ein und befand sich sogleich in einem wunderschönen Schlossgarten.

Ich frage mich ernsthaft, ob ich hier richtig bin, dachte er verwirrt. Wie zur Antwort sah er plötzlich Sina in Gestalt der Tochter des Dorfältesten hinter den Rosen verschwinden. Sogleich setzte er ihr nach. Er verfolgte sie durch den gesamten Garten und hinein ins Schloss durch eine kleine Hintertür. Zahlreiche Gänge eilte er ihr hinterher. Vor einer angelehnten Tür hielt er inne, um zu verschnaufen. Ganz langsam und vorsichtig drückte er die Tür auf, um hinein spähen zu können. Doch er konnte niemanden sehen. Langsam trat er ein und blickte sich um. Auf dem Balkon war doch jemand, wie er feststellte. Er war nervös, da er nicht wusste, wer ihn dort erwartete. Halb rechnete er schon mit dem Herrn des Hauses. Doch als er um die roten Vorhänge herum spähte, sah er zu seiner Erleichterung die junge Frau, die er so sehr begehrte. Sie trug ein verlockendes, rotes Kleid, welches ihre Vorzüge nur zu gut zur Geltung brachte. Sein Atem stockte ihm einen Moment. Ein heißer Schwall der Erregung überschwemmte seinen Körper. Er wollte sie jetzt! Er wollte sie hier an Ort und Stelle! Er machte einen entschlossenen Schritt, bevor sein Verstand endlich wieder einsetzte und ihn zur Selbstkontrolle zwang. *Sobald wir aus dem Schloss sind*, versprach er sich. Um nicht sofort über sie herzufallen. André wollte gerade den Mund aufmachen, als ihm plötzlich einfiel, dass er nicht mal ihren Namen kannte. „Wie heißt du eigentlich?" Er kam sich wie ein kompletter Idiot vor, als sie dann auch noch anfing, verhalten zu kichern.

„Ich bin Selina", sagte sie schließlich mit einer samtenen, verlockenden Stimme, die fernab jeglicher Keuschheit war. Er schluckte wieder einmal heftig und rief sich nachhaltig in Erinnerung, dass dies gerade der falsche Zeitpunkt für ein Liebesspiel war.

„Selina, wir müssen verschwinden, bevor die Sonne vollends untergeht und die Vampire aus ihren Löchern gekrochen kommen! Komm!" Er packte sie am Oberarm und zog sie mit sich. Doch sein Entschluss, nichts mit ihr anzufangen, wurde von Selina in der Luft zerfetzt, da sie absichtlich stolperte, als sie an dem großen, einladenden Bett vorbeikamen, welches André beim Hereinkommen völlig unbeachtet gelassen hatte. Nun jedenfalls wurde er durch ihren heftigen Aufprall in seinen Rücken direkt in die weichen Kissen gestoßen. Sie landete scheinbar unbeholfen auf ihm. Als er sich umdrehte, um sie ansehen zu können, rieben ihre Brüste unwiderstehlich an seinem Arm. Er spürte, dass ihre Brustwarzen hart vor Begierde waren. Verschwörerisch lächelte sie auf ihn hinab. Sie beugte sich zu ihm hinunter und flüsterte ihm in sein Ohr: „Willst du dir diese einmalige Chance trauter Zweisamkeit entgehen lassen? Wenn ich erst wieder zu Hause bin, werde ich sicher so sehr behütet, dass es an sexuelle Nötigung grenzt! Hilf mir!" Ihre geflehte Bitte war fast zu viel für ihn. Aber noch konnte er sich zusammenreißen. Auch wenn es ihm wie eine grausame Folter vorkam, sich nicht auf diesen Engel einzulassen, der ihn so offensichtlich lockte.

„Wir müssen gehen! Komm jetzt! Bitte!", Andrés Stimme war gepresst, da er die Worte zwischen den Zähnen hervorstieß. Er keuchte von der Anstrengung, sich zu beherrschen. Seine Hose war ihm schon eine ganze Weile viel zu eng. Der Drang, sich in ihr zu verlieren, wurde allmählich unerträglich. Doch sie tat nichts, um es ihm leichter zu machen, ganz im Gegenteil. Kokett saß sie breitbeinig auf seinen gespannten Schenkeln, wo sie sehr intensiv seine Erregung spüren konnte. Sein Schwanz rebellierte heftig. Er wollte aus dem Gefängnis, das die Hose darstellte, ausbrechen und in die junge Frau eindringen, die unter ihrem kurzen, roten Kleid nichts anhatte.

Als sie sich geschmeidig vorbeugte und ihm spielerisch mit ihrer Zunge über seine Unterlippe fuhr, verabschiedete sich sein Verstand endgültig. Mit einem heftigen Aufstöhnen packte er sie und warf sie unter sich. Schnell hatte er ihr das Kleid heruntergerissen und sich seiner eigenen, viel zu engen Sachen entledigt. Seine Schwerter und Dolche schlugen dumpf auf dem samtenen Teppich auf, der das gesamte Zimmer ausfüllte.

Wie ein Tier fiel er über sie her. Immer heftiger trieb er sein Glied in sie hinein und wieder heraus. Und jedes Mal, wenn er sich zurückzog, stöhnte sie protestierend auf. Wobei jeder Vorstoß, den er machte, ihr Lustschreie entlockte.

Selina hatte sich fest an ihn geklammert und mit ihren perfekten, schlanken Beinen seine Hüfte umschlossen. Ihre Hände hatte sie in seinem schwarzen Haar vergraben und sie zog ihn an sich. Sein Kuss war heiß und drängend wie sein Becken. Seine Zunge war in ihren Mund gestoßen wie sein Schwanz in ihre Höhle. Hätte sie sich ihm nicht so bereitwillig hingegeben, wäre von ihm möglicherweise auch Gewalt angewendet worden. So heftig verzehrte ihn das Verlangen nach ihr. Immer wieder bekam er einen neuen Orgasmus, immer wieder trieb er sie zum Höhepunkt und dennoch blieb er unersättlich.

Es war weit nach Mitternacht, als er endlich von ihr abließ und erschöpft und schweißgebadet neben sie in die Kissen sank. Völlig ausgelaugt, aber selig vor Glück, kuschelte Selina sich an André. Ineinander verschlungen schliefen sie ein. Nach Dark war er der erste Mann, für den sie ein solches Verlangen empfand und sie würde ihn sich von niemandem wegnehmen lassen. Ein Funken Verlangen war zurückgekehrt. Es fühlte sich so an wie damals, als der Drachenmagier um sie geworben hatte. Sie fühlte sich seit Langem gewollt. Sina spürte, dass es ihr durch diesen Mann vielleicht möglich war, Lieben wieder zu erlernen, das Gefühl, welches sie für den Frieden geopfert hatte, als sie ihre ganze Macht gegen den mächtigsten der dunklen Götter geschleudert hatte.

Aber mit diesem Begehren kam auch die Eifersucht: *Er gehört nur mir allein! Niemals lasse ich ihn gehen*, schwor sie sich.

Fast ein Jahr war vergangen und Sina lag schweißgebadet auf ihrem Bett. Sie schrie heftig wegen der Anstrengung und der Schmerzen, unter denen sie ihr Kind zur Welt brachte. Ihre Hebamme Sophie, eine junge Frau mit langen, roten Haaren und grünen Augen, redete ihr gut zu. André saß an ihrem Bett und hielt ihre Hand.

„Halt durch", flüsterte er mit einem seltsamen Glanz in den Augen, den sie nicht deuten konnte. Seit einigen Tagen fragte sie sich, ob er ihr Geheimnis entdeckt hatte. Konnte er in all der Zeit, die sie nun zusammen waren, erfahren haben, dass sie nicht nur eine Schwarze Zauberin war, sondern auch die Herrin der Vampire?

Sie stöhnte erneut schmerzgepeinigt auf. Dem folgte das Schreien eines gesunden Kindes. Sophie wickelte es gekonnt in Tücher und reichte das Baby der Mutter. Selig vor Glück nahm sie ihr eigen Fleisch und Blut in die Arme.

„Es ist ein Junge, Mylady", sagte die Hebamme lächelnd, dann zog sie sich aus dem Gemach zurück.

„Er soll Antonio heißen", sagte sie, drückte ihr Kind an sich und kuschelte sich an Andrés starke Schulter. Eine schwache, goldene Aura zeichnete sich um das Kind ab, genau wie um ein anderes Neugeborenes Meilen entfernt auf der Insel Carrera. Der Vampirjäger und der Drachenmagier hatten am selben Tag das Licht der Welt erblickt.

Kapitel 2

Der Drachenmagier und sein Bruder

Ein Jahr zuvor:

Dark eilte durch die vielen Zimmer und fand Lyneri endlich in ihrem Arbeitszimmer. Sie saß an ihrem Schreibtisch und schaute gedankenverloren aus dem Fenster. Sie hatte lange, lila Haare und goldene Augen. Sie trug einen kurzen, blauen Rock, der als Tuch um ihre Hüfte gebunden war und ein enges, ärmelloses, blasslila Oberteil. Lyneri schaute auf, als Dark hereinkam. Sie lächelte ihn an und wies ihm einen Stuhl zu. Er nahm Platz und kam gleich zur Sache. Er war noch nie ein Mann gewesen, der große Reden geschwungen hatte.

„Lyneri, ich brauche dringend deine Hilfe", sagte er und nahm die Hände der Göttin der Liebe und des Lebens in die seinen. „Du hast doch noch deinen Körper auf Erden oder nicht?" Sie nickte und er fuhr fort. „Es geht um die Drachenmagier." Sie seufzte. Was anderes hatte sie nicht erwartet. Seit gut fünfhundert Jahren sprach er über nichts anderes als über den nächsten Drachenmagier.

„Was willst du, das ich tue?", fragte sie sanft und sah in seine giftgrünen Augen.

„Du könntest mit einem Menschen Kinder haben. Du hast doch selbst gesagt, dass du dich in einen verliebt hast oder nicht?"

„Ja schon, aber er fürchtet die Magie mehr als alles andere", sagte sie. „Willst du deinem Erben so einen Vater wirklich zumuten?"

„Es gibt keine andere Möglichkeit, es sei denn, du möchtest lieber mit einem anderen Mann Kinder haben", sagte Dark.

„Nein, das möchte ich nicht. Aber sag mir bitte, Bruder, wie du aus meinem Sohn einen Drachenmagier machen willst? Ich bin genauso wenig ein Drache wie der Mann, mit dem ich gerne Kinder hätte."

„Falls es dir entfallen ist, ich verfüge immer noch über meine Kräfte als Drachenmagier und kann sie auf dich anwenden, wenn du mir deinen Geist öffnest. Ich könnte aus dir einen Drachen machen."

„Bist du dir auch wirklich sicher, dass du das kannst?"

„Ja, hundertprozentig!"

„Also gut, ich vertrau dir und hoffe, du weißt, was du tust", sagte sie und erhob sich. Dark tat es ihr nach und geleitete sie zur Tür.

„Mein menschlicher Körper befindet sich in Custodio, dort ist noch Nacht. Ich erwarte dich dort."

„Ja, bis später", sagte er. Ein Lächeln lag auf seinen Lippen. Er hatte den Stein ins Rollen gebracht. Sombras Ende würde nur noch ein paar Jahrzehnte auf sich warten lassen. Eine geringe Zeitspanne, die er ohne Mühe abwarten konnte. Vielleicht war es dem Drachenmagier auch möglich, Marek zu retten. Joaquin hatte damals irgendetwas von einem Elben erzählt. Vielleicht handelte es sich um denselben, den Lyneri beabsichtigte zu retten. Wenn ja, dann war er kein anderer als Gabriel de Castio, der Prinz des Elbenvolkes.

Veneno, rief er und tauchte wieder neben dem Drachen auf. *Komm, wir müssen nach Custodio, und zwar sofort!* Der Drache öffnete wieder seinen Geist und Dark verschmolz mit ihm. Abermals verließen sie den Tempel. Veneno warf sich in den pechschwarzen Himmel und flog über das Sturmmeer zur Nordostküste Carreras und von dort aus zur Stadt des Königs.

Lyneri saß auf einem Felsvorsprung weit über der Stadt und blickte in den Sonnenaufgang.

Bruder, beeil dich, flehte sie nervös.

Lyneri, hier drüben!

Sie erhob sich und folgte dem Ruf ihres Bruders. Veneno war auf einer Lichtung gelandet und wartete nun, bis sie nah genug herangekommen war. Sanft streichelte sie Venenos großen Kopf.

Bist du so weit?, fragte Dark und blickte aus Venenos Augen auf sie herab. Sie nickte und trat etwas von dem grünen Drachen weg. *Schließ die Augen und entspann dich! Es wird schnell gehen.* Sie atmete langsam und gleichmäßig und öffnete ihren Geist, damit Dark freie Bahn hatte und seine gesamte Macht als Drachenmagier entfalten konnte. Wollige Wärme breitete sich in Lyneris Körper aus und sie spürte, wie ihr magischen Kräfte wuchsen. Sie spürte den Drachen in ihr, der allmählich Gestalt annahm. Nach wenigen Sekunden war alles vorbei und die Verwandlung perfekt. Sie hatte momentan dennoch den Körper einer Frau.

Hör mir jetzt gut zu, sagte Dark eindringlich. *Du bleibst so lange eine Frau, bis du dich das erste Mal freiwillig in einen Drachen verwandelst. Ab dem Zeitpunkt bleibst du ein Drache, bis ich oder der nächste Drachenmagier dich in deine wahre Gestalt zurückverwandeln. Erst dann ist der Zauber über dich aufgehoben, verstanden?*

Sie nickte lächelnd. „Dann werde ich mal gehen", sagte sie gut gelaunt und winkte Dark und Veneno zum Abschied.

Ich werde bleiben und das Ganze im Auge behalten, ließ Veneno vernehmen, *zumindest für die erste Zeit. Später fliege ich dann zum Tempel zurück.*

Ist gut, alter Freund, dann trennen sich vorerst hier unsere Wege. Bis bald, mein Alter. Gib mir Bescheid, wenn etwas Unvorhersehbares geschieht.

Ihre Geister glitten auseinander und Veneno flog in Richtung Berge davon, um nicht von den Menschen gesehen zu werden.

Dark hingegen ließ seinen Geist rasend schnell zurück zur Halle der Weisen fliegen. Er konnte sich nur mit Venenos Hilfe so weit von Sugiawa entfernen. Nun, wo sie sich getrennt hatten, zog es ihn unaufhaltsam dorthin zurück.

Ein junger Mann, Anfang zwanzig, stolzierte zwischen seinen zwei Leibwachen durch das Schloss zum Thronsaal. Er war groß und muskulös, hatte mittellange, schwarze Haare und einen Schnurrbart. Seine Gesichtszüge waren sehr edel und die braunen Augen leuchteten wachsam. Im Großen und Ganzen sah er sehr schmuck aus. Außerdem baumelte an seiner Hüfte ein goldverzierter Degen.

Die Hallentüren wurden geöffnet und er trat gelangweilt ein. Eine junge Frau hatte um eine Audienz gebeten und erwartete ihn dort. Er stellte sich neben den Thron und sein Vater deutete auf die junge Frau mit den nun langen, braunen Haaren. Lyneri grinste in sich hinein, als dem Prinzen, nachdem er einen Blick auf sie geworfen hatte, der Mund aufstand. Sie machte einen eleganten Knicks vor ihm und er schüttelte rasch den Kopf, um sich wieder zu fangen.

„Lady Valente, das ist mein Sohn Gobierno", sagte der alte König mit rauer Stimme. Er hatte graue Haare und einen ebenso grauen Bart, der ihm bis über die Brust fiel. Lyneri spürte gleich, dass er sehr krank war und offensichtlich bald sterben würde. Anscheinend war es sein Wunsch, dass sein Sohn so rasch wie möglich heiratete. Dieser schien offensichtlich nicht abgeneigt.

„Es freut mich sehr, mein Prinz", sagte sie und machte abermals einen tiefen Knicks.

„Gobierno, Lady Valente", sagte er mit krächzender Stimme zu seinem Sohn.

„Die Freude ist ganz auf meiner Seite", erwiderte der junge Prinz und neigte höflich den Kopf. Ein plötzlicher Hustenanfall folgte und der alte König kippte vom Stuhl. Gobierno fing ihn geschockt auf und brüllte nach den Wachen und einem Arzt. Lyneri kniete neben ihm und riss, ohne auf die empörten Blicke des Prinzen zu achten, dem König das Hemd auf und setzte ihn auf.

„Was tut Ihr denn da?" Lyneri antwortete nicht, sondern sprach sanft und beruhigend auf den alten König ein. Mit der Zeit wurde sein Atem wieder langsamer und regelmäßig. Mit trüben Augen sah er zu Lyneri, die ihn noch immer stützte, damit er sich unter gar keinen Umständen hinlegte.

Der Arzt namens Rain war da und untersuchte den König rasch, bevor ihn einige Männer fortbrachten. Lyneri sah ihnen mit bangem Herzen nach. Sie war den ersten Tag wieder hier und schon erlitt der König einen Schlaganfall. Sie konnte es einfach nicht fassen. Gobierno war noch da und seine Blicke bohrten sich in ihren Rücken. Sie wagte es nicht, ihn anzusehen. Was mochte er jetzt nur von ihr denken.

„Warum habt Ihr das getan?", fragte er schließlich und trat auf sie zu.

„Ich habe mal gelernt, dass, wenn jemand einen Schlaganfall erleidet, er sich unter keinen Umständen hinlegen darf, da ihm das Blut sonst ins Gehirn läuft, was in so einem Zustand zum Tode führen kann", sagte sie leise. Sie sah ihn immer noch nicht an.

„So, das glaubt Ihr also", sagte er und klang wütend. „Wie konntet Ihr es nur wagen, meinem Vater vor aller Augen zu demütigen?" Er stürmte an ihr vorbei und ließ sie allein in der Halle stehen. Sie fiel schluchzend auf die Knie. *Warum ist er nur so unfassbar arrogant?*

„Wie geht es ihm jetzt?", fragte Gobierno den Arzt, als er nach Stunden aus dem Schlafgemach des Königs kam. Rain sah erschöpft aus.

„Er wird sich wohl noch einmal erholen", erwiderte dieser. „Das haben wir der jungen Dame zu verdanken. Unglaublich, wo sie wohl so etwas gelernt hat." Er ging beeindruckt und kopfschüttelnd an dem Prinzen vorbei den Gang entlang. Er wandte sich noch einmal um und sagte zu Gobierno: „Wenn Ihr wollt, könnt Ihr ihn besuchen, mein Prinz!"

Gobierno klopfte leise an und trat dann ein. Er betrat ein großes Zimmer mit drei Fenstern, die auf den Hof hinaus gerichtet waren. Alle drei Fenster waren geöffnet, um frische Luft hereinzulassen.

Der König bemerkte seinen Sohn und winkte ihn müde zu sich heran. Er gehorchte sofort und kniete sich neben das Bett des Monarchen.

„Wie fühlt Ihr Euch, Vater?", fragte er.

„Es geht mir den Umständen entsprechend gut", erwiderte er leise. „Wer hätte das gedacht, dass eine Frau mir das Leben retten würde. Sie ist ein Engel, Gobierno. Verurteile sie nicht, weil sie eine kleine Grenze überschritten hat!" Gobierno wandte den Blick ab und schwieg.

44

„Was bedrückt dich, mein Sohn?"

„Ich hab sie angeschrien", sagte er leise und mit gesenktem Blick. „Sie hasst mich jetzt sicherlich."

„Warum fragst du sie nicht einfach, ob sie dich noch will?"

„Was? Ich soll eine Frau fragen, ob sie noch Lust hat, mich zu heiraten? Das ist unter meiner Würde."

„Nun stell dich nicht so an", sagte der König gelassen. „Ich verdanke ihr mein Leben. Es wird Zeit, dass auch du über deinen Schatten springst und sie um Verzeihung bittest."

Gobierno erhob sich und wollte gehen.

„Ach und Gobierno?! Ich will dich erst wieder sehen, wenn du dich bei ihr entschuldigt hast!"

„Ja, Vater!"

Lyneri hockte mit traurigen Augen im Schlossgarten. Sie hauchte einer kleinen, verwelkten Rose wieder Leben ein und fühlte sich nun selbst wieder etwas besser. Als Göttin des Lebens und der Liebe war es ihre Pflicht, Lebewesen in Not zu helfen. Nur war es ihr nicht erlaubt, den Alterungsprozess bei Menschen und anderen Völkern aufzuhalten. Da das einen zu großen Eingriff in die Naturgesetze bedeutete. Zu viele der stärkeren Magier und Zauberinnen hatten dies einfach ignoriert und sich selbst und ihre Familien oder Freunde mit Zeitzaubern belegt, um ewig zu leben und nie zu altern.

Plötzliche Schritte auf dem Kies ließen sie aufhorchen. Sie drehte sich nicht um, da sie keine Lust darauf hatte, von einem Diener eine Botschaft übermittelt zu bekommen.

„Lady Valente?", fragte eine Männerstimme hinter ihr zaghaft.

Sie hörte nicht wirklich hin, sondern sagte nur automatisch: „Ja?"

„Ich … ich …", nun fing er auch noch an zu stottern. Konnte er ihr nicht normal erklären, dass sie sich hier nie wieder blicken lassen sollte? „Ich wollte … äh..."

„Was gibt es denn?", fragte sie leise und strich der kleinen, roten Rose sanft über die Blütenblätter.

„Ich … wollte mich … ähm... ich wollte …"

Jetzt wurde es ihr zu bunt. Sie erhob sich und drehte sich zu ihm, um ihm die Meinung zu sagen. Doch als sie ihn sah, verschlug es ihr die Sprache. Sie konnte nicht glauben, dass *er* vor ihr stand und *stotterte*.

„Ja?", fragte sie und ihre Stimme klang so hoffnungsvoll wie noch nie zuvor.

„Also ich wollte … nun ja, ich weiß nicht, wie ich es sagen soll …", sagte Gobierno und konnte ihr einfach nicht in die Augen sehen.

„Ist es Euch so unangenehm, mein Prinz?", fragte sie zaghaft.

„Nein, und bitte nennt mich Gobierno", sagte er hastig und sah sie jetzt sogar flehend an.

Wie soll ich denn das jetzt verstehen? Er ist doch nicht etwa wirklich im Begriff, seine erste Entschuldigung überhaupt über die Lippen zu bringen, oder doch? Ständig ändern Menschen ihre Meinung, sie sind schon ein sehr seltsames Volk, dachte sie erstaunt.

„Es ist nur … ich …, bitte verzeiht mein Verhalten. Ich habe wohl vorschnell gehandelt. Es tut mir leid." Nun war es endlich raus und er sah ihr schweigend in die Augen. Doch sein stilles Bitten war überflüssig, denn sie lächelte und sagte: „Schon verziehen, mein P… Gobierno."

Eine Weile herrschte ein verlegenes Schweigen, dann reichte er ihr zaghaft seine Hand und sie ergriff diese sofort, ohne weiter nachzudenken. Gemeinsam schlenderten sie an den wunderschönen Rosenbeeten des Schlossgartens entlang.

Es dauerte nicht lange, da wurde eine prunkvolle Hochzeit gefeiert. Diese ging mit der Krönung Gobiernos einher. Sein Vater war nach einer langen, schweren Krankheit nun doch verstorben.

Lyneri war dennoch so glücklich wie noch nie in ihrem Leben. Sie feierte und tanzte ausgelassen mit ihrem Geliebten und Gemahl. Darauf folgte eine traumhaft schöne Hochzeitsnacht, die sie in ihrem ganzen Leben nicht vergessen würde. Als sie schließlich eng an ihren Gemahl, der nach dem Akt der Liebe nun schlief, gekuschelt lag, dankte sie Dark und Veneno für diese einmalige Chance. Denn ohne Darks Drängen hätte sie sich womöglich nicht mal in seine Nähe getraut. Nun konnte sie sich ihnen erkenntlich zeigen, indem sie den Drachenmagier, der in ihrem Bauch heranwuchs, mit Liebe und Barmherzigkeit erzog.

Mit einem Lächeln auf den Lippen schlief sie zufrieden ein. Nun konnte sie und Gobierno nichts mehr auseinanderbringen. Doch wie sehr sie sich irrte, würde ihr noch schmerzhaft bewusstwerden. Noch wusste sie nicht, dass sich ein bedrohlicher Schatten nicht nur über Custodio, sondern über ganz Carrera legte.

Der Gott des Hasses spürte die Geburt eines Drachenmagiers nahen. Er war bereit und wild entschlossen, seinen Körper zurückzugewinnen und zu beenden, was er angefangen hatte. Nichts und niemand würde Sombra aufhalten. Denn er hatte keine Schwäche. Er bot niemandem eine Angriffsmöglichkeit. Denn er kannte keine Gnade. Gefühle und Emotionen bedeuteten ihm absolut nichts.

Neun Monate vergingen allzu schnell und Gobierno lief auf dem Gang vor Lyneris Gemach auf und ab. Immer wieder hörte er ihre Schmerzensschreie von der Anstrengung, ihr Kind auf die Welt zu bringen. Er rang nervös und ungeduldig die Hände. Sie war nun schon über zehn Stunden mit dem Arzt Rain da drin und noch immer hatte es nichts Neues ergeben. Nun lag sie endlich schweißgebadet und erschöpft auf dem Bett und hielt ihren Sohn in den Armen. Er war kleiner als ein normales Baby, sah so zerbrechlich aus und er schrie auch nicht, wie es eigentlich normal für ein Neugeborenes gewesen wäre. Seine kleinen Öhrchen waren spitz und er blickte sie mit seinen goldenen Augen hilflos an. Sie drückte ihn sanft an ihre Brust, woraufhin er vergnügt quietschte und seine Augen vor Geborgenheit und Vertrauen, das er ihr sofort entgegenbrachte, anfingen zu strahlen. Was Lyneri an ihrem Sohn aber am meisten faszinierte, war die uralte Weisheit, die in seinen Augen schimmerte.

„Verzeiht", sagte sie und der Arzt blickte auf. „Aber was halten Sie da eigentlich in den Händen?"

Er drehte sich ihr zu und zeigte ihr einen schwarz-silbernen *Stein*. Sie streckte eine Hand aus und strich über den seltsamen roten Adern des eiförmigen Brockens. Er war warm und schien ein klein wenig zu pulsieren. Eine goldene Aura umgab ihn wie ihren Sohn.

„Wo kommt der her?", fragte Lyneri neugierig.

„Nun ja, ob Ihr es mir glaubt oder nicht. Aber Ihr habt ihn *zur Welt gebracht,* und zwar vor Eurem Sohn", erwiderte Rain und musterte den Stein nachdenklich. Der Arzt war ein kleiner Mann mit deutlichem Bauchumfang, aber dennoch jung – erst Mitte zwanzig. Er hatte ein freundliches, rundes Gesicht, aus dem kleine, kluge, blaue Augen hervorblitzten.

„Was?", Lyneri starrte ihn perplex an, dann schlug sie sich eine Hand vor den Mund. Sie warf ihrem Sohn, der versuchte, nach dem schwarz-silbernen Stein zu greifen, einen Blick zu. *Das muss ein Drachenei sein, oh Dark, warum hast du mir nicht gesagt, dass das Drachenblut so stark ist?* „Ich möchte diesen Stein gern behalten", sagte sie sanft und lächelte zu Rain auf. „Stellt ihn doch bitte dort drüben auf dem Tisch ab."

Als der Arzt dann schließlich gegangen war und Gobierno einließ, saß Lyneri im Bett und blickte nachdenklich ins Leere.

„Lyneri?" Sie blickte sich zu ihm um und lächelte verschwommen. In ihren Armen lag ihr Kind. Es gab keinen Laut von sich, sondern blickte nur zu seiner Mutter auf. Gobierno setzte sich auf die Bettkante und sah seinen kleinen Sohn zum ersten Mal ins Gesicht.

„Es ist ein Junge", sagte Lyneri leise und lächelte ihren Mann noch immer an. „Hier, willst du ihn nicht auf den Arm nehmen?" Sie reichte Gobierno ihr Baby und er nahm es behutsam entgegen. Sein Blick war wie gefesselt von den Augen seines Sohnes. Es war, als würde er in Dimensionen geführt, die noch kein Mensch je betreten hatte. Nur mit Mühe löste er seine Augen von denen seines Sohnes. Er stutzte. Sein Blick war auf die spitzen Ohren gefallen.

„Seine Ohren ... die sind ja spitz ...???"

„Das ist nicht weiter schlimm", erwiderte Lyneri. „Das ist keine Behinderung, im Gegenteil, es ist ein Geschenk Gottes. Ich würde ihn gerne Chris nennen, wenn du nichts dagegen hast."

„So sei es!"

Chris wuchs schnell heran. Mit drei war er schon größer als ein sechsjähriges Kind. Er sang und spielte Klavier wie ein junger Gott. Sodass die Menschen, die ihn spielen hörten, verträumt lauschten und enttäuscht waren, wenn der Zauber seiner Musik aufhörte.

Eines Nachts, als seine Eltern schliefen, ging er zu dem schwarz-silbernen Stein, der wie eine Dekoration auf dem niedrigen Tisch lag. Er kletterte auf den Tisch und bestaunte die goldene Aura des herrlichen Steins. Er strich mit seiner linken Hand behutsam über die warme und pulsierende Schale des Dracheneis. Ein leises Knacken durchschnitt die Luft und feine Risse begannen sich von Chris' Hand auszubreiten.

Er schrak zurück. Er hörte ein Kratzen und Scharren aus dem Inneren des Eies. Eine kleine, schwarze Schnauze bahnte sich einen Weg ins Freie. Nach und nach schüttelte das kleine Wesen die Eierschalen ab und blickte Chris mit seinen leuchtend giftgrünen Augen an. Die kleinen, ledernen Flügel spannten sich und der Schwanz peitschte durch die Luft.

Chris strahlte und hielt dem kleinen schwarzen Drachen seine Hand hin, der sofort darauf sprang, sich an seinem Arm hoch schlängelte und auf Chris' Schulter Platz nahm. Der kleine Junge jauchzte vergnügt, was Lyneri weckte. Sie erhob sich müde und ging zu ihrem Sohn hinüber.

„Warum bist du nicht in deinem Bett?", fragte sie sanft. Chris sah seine Mutter an und deutete auf den kleinen, schwarzen Drachen auf seiner Schulter. Lyneri blickte auf die zerbrochenen Schalen des Dracheneis. *Wie soll ich das Gobierno erklären? Er hasst Drachen mehr als alles andere auf der Welt. Für ihn sind sie doch nur mordlustige Feuerechsen. Was, wenn er erfährt, dass sein Sohn ein kleiner Drache ist? Würde er ihn sogar töten?*

„Aléjandro!", sagte Chris plötzlich und riss seine Mutter aus ihren Gedanken.

„Was?", fragte sie zerstreut.

„Sein Name ist Aléjandro!"

Sie lächelte sanft und schloss ihren Sohn in die Arme. Der kleine Drache Aléjandro kletterte auf ihre Schulter und schmiegte sich zaghaft an ihre Wange. Sie löste sich von Chris und strich dem zwanzig Zentimeter langem Drachen über den kleinen Kopf. Woraufhin dieser unter ihrer liebevollen Berührung zu schnurren begann. Lyneri verkniff sich ein Lächeln.

Chris' Ohren zuckten nervös und er klammerte sich an das Nachthemd seiner Mutter. Verängstigt schaute er an ihr vorbei.

Lyneri blickte sich um und sah Gobierno hinter sich stehen. Sie hielt den Atem an und Aléjandro ließ ein freudiges Quietschen hören. Er sprang unbedacht auf seines Vaters Schulter und schmiegte seinen kleinen Kopf an dessen Wange. Dieser aber packte ihn grob mit beiden Händen und hielt ihn von sich weg.

„Was tust du denn da? Hör auf! Oder du tust dem Kleinen noch weh", flehte Lyneri erschrocken.

„Das ist auch meine Absicht", schrie Gobierno sie an. „Was hat das hier zu bedeuten?" Er hielt für einen Moment inne, als er die Eierschalen sah. „Dieser Stein, der war ein Drachenei und du wusstest das, oder?"

„Ja, ich wusste es, aber ich dachte, es würde nicht schlüpfen, wenn es keine Wärme erhält", erwiderte sie und senkte beschämt den Blick. Chris hielt sich noch immer krampfhaft an seiner Mutter fest. Er zitterte vor Angst. Nie hätte er erwartet, dass sein Vater zu solchen Taten fähig war.

„Papa …", sagte er leise und seine Eltern blickten ihn erschrocken an, als hätten sie vergessen, dass er im Zimmer war.

„Wachen!", brüllte Gobierno zur Tür und zwei Soldaten stürzten ins Zimmer. „Bringt *das hier* hinunter in die Kerker und seht zu, dass es nicht entkommt. Ich werde mich später selbst darum kümmern." Er warf Lyneri noch einen kurzen Blick zu, bevor er wieder ins Bett ging. Sie nahm Chris, der nun anfing zu weinen, auf den Arm und trug ihn zum Balkon.

„Ist ja schon gut, mein Kleiner", sagte sie leise und strich ihm sein schwarzes Haar aus den Augen. „Hör auf zu weinen." Chris schluckte schwer und klammerte sich an seine Mutter. „Wieso hat er das mit Aléjandro gemacht?"

„Dein Vater mag keine Drachen, Chris", erwiderte Lyneri traurig und schaute gedankenverloren in den sternenklaren Himmel. Ein warmer Wind fuhr ihnen durch die Haare.

„Mama?"

„Ja, mein Schatz?"

„Was passiert jetzt mit Al?"

„Ich weiß es nicht. Aber es wäre besser, wenn du ihn vergessen würdest", sagte Lyneri müde.

Sie standen noch eine ganze Weile auf dem Balkon. Gobierno hingegen lag mit offenen Augen im Bett und lauschte ihrer Unterhaltung. *Ob ich vielleicht doch wieder mal übereilt gehandelt habe?* Er schüttelte den Kopf, um den Gedanken zu vertreiben.

Chris schreckte schreiend aus dem Schlaf auf. Er wand sich wimmernd im Bett. Seine Mutter eilte sogleich an seine Seite. Das zweite Herz in Chris' Brust raste. Sein ganzer Körper bebte vor Angst. Immer wieder zuckte ein gemeiner Schmerz durch seinen Rücken. Nach einer Weile beruhigte sich der Junge schließlich. Sein Gesicht war Tränen nass. Er schaute zu seiner Mutter auf.

„Was machen sie mit ihm, er leidet", flüsterte Chris mit brechender Stimme. Er spürte eine so starke Sehnsucht nach Aléjandro, die er nicht zu bändigen vermochte. Er sprang auf, bevor Lyneri antworten konnte, und stürmte hinunter in die Kerker. Seine Mutter ließ ihn gewähren.

Unbemerkt schlich er sich an den Wachen vorbei. Er glitt lautlos wie ein Schatten bis zu Aléjandros Zelle. Seine Magie erwachte und entriegelte ohne sein Zutun die Tür. Chris hielt sich nicht damit auf, sich zu fragen, wie er das geschafft hatte, sondern trat ein. Er musste zu dem kleinen Drachen. Er brauchte ihn wie die Luft zum Atmen. In der hintersten Ecke lag er zusammengekrümmt und zitternd. Seine Flügel waren an mehreren Stellen gebrochen. Als Chris die Tür hinter sich geschlossen hatte, kam Aléjandro sogleich zu ihm gekrochen. Die Schmerzen ignorierte er. Das Einzige, was zählte, war Chris. Solange sie zusammen waren, war alles gut. Der Junge kniete sich neben Aléjandro und sie kuschelten sich eng aneinander. Wenn Chris daran dachte, dass sein Vater ihn von dem Drachen fernhalten würde, brach ihm das Herz. Ein Leben ohne Aléjandro war für Chris unvorstellbar. Ihre Herzen schlugen im Einklang, als sie langsam einschliefen.

Abrupt wurde Chris hoch gezerrt. Aléjandro fauchte und griff ebenso plötzlich an. Ein Mann schrie und der Junge stürzte zu Boden. Im nächsten Moment hockte der schwarze Drache auf Chris' Schoß und knurrte den Eindringling bösartig an. Gobierno hielt sich voller Schreck seinen blutenden Arm. Die Angst um seinen Sohn trieb ihn dazu, sein Schwert zu ziehen. Aléjandro fauchte erneut. Der Schwanz peitschte bedrohlich durch die Luft.

„Vater nicht!", rief Chris flehend. „Er will mich doch nur beschützen! Bitte tu ihm nicht weh!"

„Komm her!", befahl Gobierno hart. Seine Angst war fast greifbar.

Al, sagte Chris gedanklich zu dem schwarzen Drachen. *Ich muss jetzt gehen, aber ich komme wieder. Ich werde dich befreien.*

Zögernd rutschte er von Chris' Schoß runter. Es fiel ihm schwer, sein Ein und Alles gehen zu lassen.

Gobierno zog Chris schnell an sich und knallte die Tür hinter ihnen zu. Er warf noch einen Blick auf den kleinen Drachen. *Ich muss ihn so schnell wie möglich loswerden. Wenn ich jetzt nichts mache, wird er meinen Sohn verhexen.*

Am nächsten Tag standen sie auf dem Marktplatz bei der Hinrichtung des nun sechzig Zentimeter langen Drachen. Er brüllte und versuchte die Seile, die ihn fesselten, zu zerreißen, doch es gelang ihm nicht. Seine Flügel waren seltsam geknickt und er konnte sie nur unter Schmerzen bewegen, wenn überhaupt. Lyneri eilte über den Platz auf das Hinrichtungspodest zu. Sie stieß die Soldaten beiseite und hielt Gobierno im letzten Moment davon ab, den kleinen Drachen zu töten.

„Was fällt dir eigentlich ein?", fauchte er sie wütend an. *Seit Chris' Geburt ist sie einfach nicht mehr dieselbe.*

„Er hat dir nichts getan und dennoch willst du ihn töten", sagte Lyneri außer Atem und mit einem tränenverschmierten Gesicht.

„Diese Drachen sind doch alle gleich", brüllte er sie an. „Geh mir aus dem Weg!"

„Niemals!"

„... Mutter ...", keuchte der kleine Drache verzweifelt und versuchte, seinen Hals zu recken, um seine Mutter wenigstens berühren zu können.

Gobierno war wie vor den Kopf geschlagen.

„Mutter?", wiederholte er ungläubig.

„Ja, Gobierno, er ist unser Sohn. Doch sei gewarnt, denn ich lasse niemanden an meine Kinder heran, die ihnen Leid zufügen wollen." Sie hob ihre rechte Hand und die Fesseln um Aléjandro lösten sich in Luft auf. Alle wichen verschreckt zurück. Der schwarze Drache kroch wie ein verwundeter Hund zu seiner Mutter und sie streichelte ihm den Kopf. Sie warf einen besorgten Blick auf seine verkrüppelten Flügel und seufzte. *Ob Dark das wieder richten kann?*

„Bist du etwa eine von diesen blutrünstigen Bestien?", hauchte Gobierno entsetzt. Auch er war vor Lyneri und dem Drachen zurückgewichen.

„Mama!" Chris rannte auf seine Mutter zu, doch Gobierno hielt ihn rasch fest, bevor er sie erreichen konnte.

„Hallo, mein Schatz."

„Beantworte meine Frage!"

„Ja und nein", sagte sie geheimnisvoll und sah traurig zu ihm auf.

„Du wolltest nur die Drachen an die Macht bringen, nicht wahr?", zischte Gobierno sie an und drückte Chris an sich. „Deswegen hast du auch mich geheiratet und nicht irgendeinen Bauern."

„Es wäre besser gewesen, einen Bauern zu heiraten", stieß Lyneri hitzig hervor, „die sind wenigstens nicht so arrogant. Sie hätten ihn akzeptiert."

„Davon träumst du wohl", höhnte Gobierno. „Keiner hier würde deinen missratenen Sohn akzeptieren."

„... unseren Sohn ...!"

„Das ist mir egal, ich werde keine Drachen in meinem Königreich dulden! Wachen, ergreift sie!"

„Lebe wohl, mein Sohn", sagte Lyneri zu Chris und lächelte ihn noch einmal warmherzig an. „Ich bringe deinen Bruder in Sicherheit und dann komme ich zurück und hole dich."

Chris sah sie verwirrt an. Er verstand nicht, warum sie gehen wollte und warum sein Vater so etwas zu seiner Mutter sagte. Lyneri ließ die menschliche Hülle fallen und erhob sich als kupferfarbener Drache über die Köpfe der Menschen. Sie war gut fünf Meter lang und brüllte die Soldaten an, um sich Respekt und etwas mehr Platz zu verschaffen.

Lyneri nahm Aléjandro sanft in ihre Klauen und spreizte die Flügel, wobei sie einige der Menschen umstieß. Dann drückte sie sich kräftig von dem Podest ab, welches deshalb in seine Einzelteile zerfiel, und schoss in den Himmel davon. Es bedurfte noch ein wenig Übung, doch für den Anfang flog sie gar nicht so schlecht.

Hinter den nahen Bergen hörte sie ein Rufen, dem sie folgte. In einer großen Schlucht lag Veneno und wartete geduldig darauf, dass Lyneri landete.

Ich werde deinen Sohn zu Dark bringen und sehen, was man für seine verkrüppelten Flügel tun kann. Du solltest in der Nähe deines anderen Sohnes bleiben, wer weiß, was Gobierno ihm einredet.

Behutsam nahm der Drache ihr Aléjandro ab, der sich verbissen dagegen wehrte. Er ging erst mit Veneno, als Lyneri ihn sanft dazu veranlasste. Der gigantische Flugwurm stieß sich ab und rauschte in den blauen Himmel davon, den Babydrachen Aléjandro sicher in seiner rechten, vorderen Klaue. Lyneri sah ihm nach. Sie wusste noch nicht genau, was die Zukunft ihr und ihren Söhnen bringen würde. Doch sie würden für ihre Freiheit kämpfen und für die, die sie liebten.

„Michael, wo seid Ihr? Ich brauche Eure Hilfe", rief Lyneri in den blauen Himmel hinein.

Ein weißes Funkeln war zu sehen und im nächsten Moment tauchte ein jung wirkender Mann mit Engelsflügeln auf. Er landete vor ihr und ging in die Knie.

„Ihr habt mich gerufen, Herrin?"

„Ja, es ist sehr wichtig. Geht nach Custodio und wacht über meinen Sohn und alle diejenigen, die ihm beistehen wollen. Im Schloss ist jemand, der Euch unterstützen wird! Ihr werdet wissen wer, wenn Ihr ihn seht!"

„Sehr wohl, Herrin Lyneri."

Kapitel 3

Die Macht des Goldes

Veneno flog, so schnell er konnte, über das Sturmmeer und zurück nach Sugiawa. Der kleine Drache in seiner Klaue fiepte immer wieder schmerzhaft auf. Wenn Veneno sich nicht beeilte, würde Aléjandro wohl niemals fliegen können. Als die Insel endlich in Sicht kam, schöpfte er neue Hoffnung. Er hielt die Nase in den Wind und schnupperte. Dark war schon beim Tempel. Er war angespannt, das konnte Veneno sehr deutlich spüren. Der giftgrüne Drache landete vor den Stufen des großen schwarzen Tempels. Die humpelte er auf drei Beinen hoch. Aléjandros schmerzverzerrtes Quieken ließ Dark aufhorchen. Er stand neben seinem Leichnam und wandte sich den Besuchern zu, die gerade die Pforte passierten.

Veneno, sagte er erleichtert, doch gleich darauf wurde er wieder ernst. *Was genau ist passiert?*

Gobierno, sein Vater, und er nickte zu Aléjandro hinunter, *hat ihn gefoltert. Er hat ihm die Flügel an mehreren Stellen gebrochen. Lyneri hofft, dass Ihr ihm helfen könnt.*

Dark starrte den kleinen Drachen an. Seine Augen wurden traurig, als sie über Aléjandros geschundene Flügel glitten. *Setz ihn ab*, sagte er schließlich und Veneno gehorchte sofort. Der kleine, schwarze Drache, um den die goldene Aura wieder aufleuchtete, reckte seine kleine Schnauze zu Darks Gesicht, um ihn zu berühren. So einen durchsichtigen Menschen hatte er noch nie gesehen.

„Wie heißt du denn, mein Kleiner?", fragte Dark behutsam. Seine Stimme hallte in dem großen Tempel wieder.

„Aléjandro ...", fiepte der schwarze Drache neugierig und sein Schwanz schlug hin und her wie bei einem fröhlichen Hund.

„Nun, Aléjandro, ich möchte versuchen, deine Flügel zu heilen, damit du hoffentlich bald fliegen kannst. Dürfte ich mir deine Flügel etwas näher ansehen?"

Aléjandro zögerte, dann ließ er es aber zu, da Dark ihn sowieso nicht berühren konnte. Nachdem Dark sich ein Bild von Aléjandros Zustand gemacht hatte, seufzte er.

Das wird ein hartes Stück Arbeit, dachte er besorgt.

Werdet Ihr ihn retten können?, forschte Veneno nach.

Wer weiß, aber ich denke, seine Chancen stehen nicht ganz schlecht.

Es dauerte Wochen, Monate, bis Aléjandro endlich die Verbände von seinen Flügeln abnehmen durfte. Sie ließen sich zwar schmerzfrei strecken, aber wenn man genau hinsah, bemerkte man die Stellen, wo der Knochen gebrochen worden war.

Aléjandro wuchs noch schneller heran als Chris. Er war zwar erst vier Jahre alt. Doch sie zählten die Jahre mit, seit Lyneri das Ei auf die Welt gebracht hatte. Trotzdem war er schon so groß wie ein durchschnittlicher Jugendlicher. Sein Haar war schwarz wie die Nacht und seine katzenartigen Augen giftgrün so wie Venenos Schuppen. Er stand in Menschengestalt auf einem Felsvorsprung und überlegte, ob er einen Versuch wagen sollte. Seine Mutter war zu Besuch und beobachtete ihn.

„Was meinst du Mutter, soll ich einen Sprung wagen?", fragte er, ohne Lyneri anzusehen.

„Das ist ganz allein deine Entscheidung, aber wenn es dir nicht gelingen sollte, bin ich da, um dich aufzufangen", erwiderte sie ruhig. Aléjandro grinste. „Es wird gut gehen." Und er sprang.

Seine Flügel wuchsen aus seinem Rücken, breiteten sich zu voller Größe aus und er segelte über die Wälder Sugiawas. Es war ein unbeschreiblich schönes Gefühl, so über den Wolken zu schweben. Der Wind blies ihm angenehm ins Gesicht. Er breitet die Arme aus, als wollte er die ganze Welt umarmen. Lyneri tauchte unter ihrem Sohn auf. Als ob sie es geahnt hätte, landete Aléjandro wenig später auf ihrem breiten Rücken.

„Schatz, was hast du?", fragte sie besorgt.

„Mein rechter Flügel schmerzt", stieß er zischend hervor. Nun, da er endlich den Mut gefunden hatte, war das Ergebnis seines ersten Fluges niederschmetternd. Seine Hoffnungen kamen ihm auf einmal lächerlich vor. Er würde niemals fliegen.

Er schlang die Arme um die Brust, damit der Schmerz ihn nicht auseinanderreißen konnte.

„Lass uns umkehren", sagte Lyneri plötzlich und drehte bei. Aléjandro erwiderte nichts. Er war zu sehr in Gedanken versunken. Wie gern würde er jetzt Chris' Engelsstimme hören, die ihm über die Enttäuschung helfen könnte. Allein die Vorstellung, er könne von ihm tröstend in die Arme genommen werden, tat schon fast weh. War es wirklich utopisch von ihm, zu denken, er würde seinen Bruder jemals wiedersehen? Dark und auch seine Mutter hatten ihm verboten, diese Insel jemals zu verlassen. Sollte er sich daran wirklich halten?

Lyneri berichtete Dark, was sich bei Aléjandros erstem Flug zugetragen hatte. Auf dem Gesicht des Drachenmagiers spiegelte sich Sorge ab. Ja, Dark war ernsthaft besorgt um den jungen Halbdrachen. Aléjandro hatte sich oft gefragt, warum Dark nicht sein Vater sein konnte, und immer wieder erhielt er von Veneno dieselbe Antwort: „Dark ist vor über fünfhundert Jahren ermordet wurden, er hatte nicht daran gedacht, dass es vielleicht klüger gewesen wäre, fähige Nachkommen zu zeugen." Aléjandro schmunzelte, Veneno war immer so direkt. Er nannte die Dinge beim Namen und redete nicht um den heißen Brei herum.

„Aléjandro", das war Darks Stimme, die ihn da rief. Er wandte sich dem Drachenmagier zu und wartete darauf, dass er weitersprechen würde. „Komm mit, mein Junge, ich möchte dir etwas zeigen."

Aléjandro gehorchte, wenn auch etwas verwirrt. *Gibt es vielleicht doch eine Heilung für meine Flügel?*

Schweigend folgte Aléjandro Dark hinaus aus dem Tempel und durch den Wald. Stunden liefen sie, bis sie das Meer erreichten. Dort hielt Dark an. Sie waren die Nacht durchgelaufen und spürten nun die ersten Sonnenstrahlen, die Aléjandros linke Gesichtshälfte erwärmte. Dark hob den Arm und deutete mit dem Zeigefinger in südwestliche Richtung. Aléjandro folgte seinem ausgestreckten Arm mit den Augen. Doch in der Richtung, die Dark anzeigte, konnte er nur Wasser sehen.

„In dieser Richtung liegt Carrera", sagte Dark und Aléjandro stutzte. Wieso erzählt er mir das? „Ich habe gehört, dass es dort eine Kräuterhexe geben soll, die die Fähigkeit besitzt, alle Wunden heilen zu können. Geh zu ihr, wenn du dich traust, das Sturmmeer zu durchschwimmen. Sie kann dir vielleicht noch helfen."

Dann löste er sich in Luft auf und ließ Aléjandro allein an den Klippen zurück. Sollte er es wirklich wagen, das gefürchtete Sturmmeer zu durchqueren? Wenn er fliegen könnte, wäre er in einem Tag dort. Doch es zu durchschwimmen, würde Wochen dauern.

Es scheint eine Art Prüfung zu sein, dachte Aléjandro und ließ sich ins Gras sinken. *Sonst wären Mutter oder Veneno hier, um mir zu helfen.*

„Dark", schrie er in den Himmel hinein. „In welcher Stadt lebt diese Hexe?"

„Gehe in die Hauptstadt von Carrera, Custodio. Von dort aus musst du immer weiter in südöstliche Richtung. Irgendwann stößt du auf einen großen Wald, der auf den Grenzen zwischen Estado, Herradura und Cuidadona liegt. In diesem Wald wirst du sie finden. Genau da, wo die drei Staatsgrenzen aufeinandertreffen."

Nun würde er doch noch nach Carrera kommen und dann auch noch in die Stadt des Königs. Jetzt stellte sich ihm nur noch die Frage, ob er ihn gleich umbringen sollte oder lieber später. *Besser spät als nie,* sagte sich Aléjandro und erhob und streckte sich genüsslich. *Erst such ich die Kräuterhexe auf, dann kümmere ich mich um den elenden Narren.*

Er warf noch einen Blick zurück, dann sprang er mit einem Kopfsprung von den Klippen. Nachdem er aus dem Meer wieder aufgetaucht war, verwandelte er sich in einen Drachen. Gleichmäßig und in aller Ruhe begann er zu paddeln. Seine Flügel breitete er aus, um auf den Wellen treiben zu können, wenn ihm das Paddeln zu anstrengend wurde.

Nach etlichen Monaten – sein fünfter Geburtstag war längst vorbei – kam der Strand von Herradura in Sicht. Er schwamm nun noch langsamer. Er verwandelte sich lieber zurück und beobachtete die Fischer, die mit ihren Booten rausfuhren. Rasch tauchte er unter einem der Schiffe ab. Unter Wasser suchte er nach Schutz vor den Menschen am Strand. Schließlich fand er einige Felsen, die genügend Deckung versprachen, und schwamm auf sie zu. Im sicheren Schutz der Felsen tauchte er wieder auf und rang nach Luft. Müde und erschöpft klammerten sich seine Arme an den Felsen, während seine Füße nach Halt suchten, den er nun endlich auch fand. Mühsam zog er sich aus dem Wasser und an den Felsen hoch. Oben angekommen legte er sich auf den Rücken. Sein Atem ging stoßweise und seine Glieder schmerzten von den Strapazen der Reise. Wie lange würde es wohl dauern, bis er sich vollständig erholt hatte?

Nachdem sein Atem wieder ruhiger und regelmäßiger ging, setzte er sich auf und blickte auf das Meer hinaus. *Ich hab's geschafft! Ich bin in Herradura!* Sein Herz machte einen kleinen Hüpfer. Neue Hoffnung keimte in ihm auf, den Rückweg würde er hoffentlich fliegend bewältigen.

„Hallo", rief plötzlich eine freundliche Stimme und er drehte sich verwirrt um. Er war so erschöpft, dass er das Mädchen gar nicht hatte kommen hören. „Bist du neu hier? Warst du auch auf dem Schiff, das vor ein paar Tagen untergegangen ist? Siehst aus, als ob du lange geschwommen wärst. Ich bin übrigens Maja und wie heißt du? Meine Mutter und ich wohnen in dem kleinen Fischerhäuschen dort drüben. Mein Papa ist gerade rausgefahren, um nach Überlebenden des Schiffsunglücks zu suchen, so wie viele der anderen ..."

Aléjandro sah sie nur an. Das Mädchen redete wie ein Wasserfall. Unaufhaltsam sprudelten ihr weitere Worte aus dem Mund. *Was will die eigentlich von mir? Soll die sich doch einen anderen suchen, den sie nerven kann.*

„Hey, hör mal, ich ...", begann er zögerlich und wurde prompt unterbrochen.

„Maja?", das war eine junge Frau, die da vor dem Fischerhäuschen stand, worauf Maja kurz davor gedeutet hatte.

„Ja, Mama?"

„Bring deinen neuen Freund doch mit rein, das Essen ist fertig. Dann könnt ihr euch drinnen weiter unterhalten."

Unterhalten, schnaubte Aléjandro missbilligend, *die redet doch nur mit sich und lässt sonst keinen zu Wort kommen.*

Aléjandro erhob sich und Maja sprang freudestrahlend auf, packte unerwartet seine Hand und zog ihn mit nach Hause. Der junge Drache war so überrascht, dass er gar nicht wusste, wie er damit umgehen sollte. Ohne auf seine Zustimmung zu warten, bugsierte Maja ihn ins Haus und schloss die Tür hinter ihm. Dann zog sie ihn weiter bis zum Küchentisch, wo sie ihm eiligst einen Stuhl zuwies und sich sofort neben ihn setzte. Aléjandro ließ seinen Blick in der Küche umherschweifen. Dann erhob er sich wieder, um wenigstens sein vor Nässe tropfendes Hemd auszuziehen.

„Junger Mann", sagte Majas Mutter und er sah sie einen Moment an. „Die Tür links führt in den Waschraum, dort könnt Ihr Euch umkleiden. Ich bring Euch gleich trockene Kleidung, wenn es Euch genehm ist." Aléjandro wunderte sich immer mehr über das Verhalten dieser ärmlichen Zweibeiner. Obwohl sie arm waren, luden sie einen Fremden zum Essen ein und gaben ihm sogar noch trockene Kleidung. Er konnte es nicht erklären, aber irgendwie mochte er die kleine Familie.

Er hatte sich seiner Kleidung entledigt und nahm erst mal ein Bad, um den Salzgeruch von sich abzuwaschen. Dann schlüpfte er in die schwarze Hose, die Majas Mutter für ihn bereitgelegt hatte. Die Sandalen zog er aus Gewohnheit nicht an, lieber ging er barfuß.

Als er sich gerade das Oberteil überziehen wollte, hämmerte es an die Eingangstür. Er hielt inne und lauschte. *Wer kann das sein?* Ein seltsam scharfer Geruch mit dem Gestank des Todes vermischt kroch in seine feine Nase. Er hörte, dass die Tür von innen geöffnet wurde – von Maja, wie ihm seine Nase gleichzeitig sagte. Er spürte ihre Angst, dann hörte er eine strenge Stimme, die es gewohnt war, Befehle zu erteilen.

„Ist dein Vater zu Hause?"

„Nein, Herr", erwiderte Maja mit einer ängstlichen Stimme.

„Deine Mutter?"

„Ja, Herr. Mama, der Hauptmann möchte dich sprechen."

Hauptmann? Hauptmann wovon? Aléjandro stand noch immer wie angewurzelt da.

Er konnte nicht verstehen, warum irgendein Hauptmann hierherkam. *Was sollen die beiden schon verbrochen haben?*

„Ma'am, auf Befehl des Königs steht Ihre Familie unter Arrest", sagte der Hauptmann, ohne auch nur eine Erklärung abzugeben, warum das so sein sollte.

„Was? Aber Hauptmann, was haben wir denn getan?", fragte sie erschrocken.

„Ihr Mann ist beschuldigt, mit Juwelen, die seiner Hoheit gehören, geflohen zu sein. Wenn er nicht bis zum Einbruch der Dämmerung morgen Früh erscheint, werden Sie und Ihre Tochter für ihn sterben."

Das ist doch ungeheuerlich, dachte Aléjandro. Bohrender Hass stieg in ihm hoch wie Galle. Er konnte nicht fassen, zu welchen Taten sein Erzeuger fähig war. *Warum zerstörte diese Schlange auch noch das Leben einfacher Leute? Quälte er sie denn nicht schon genug?*

Er machte einen kleinen Schritt, die Holzdiele unter seinem Fuß knarrte. Aléjandro erstarrte. *Hat der Hauptmann das Knarren hören können?* Seine Frage beantwortete sich von selbst.

„Was war das?", fragte der Hauptmann schlagartig. „Haben Sie einen *Gast*?" Er sprach das Wort Gast derart aus, als glaubte er, hier ginge eine Verschwörung gegen seinen ach so geliebten Monarchen vor.

„Ja", erwiderte Majas Mutter rasch. „Er ist einer der Schiffbrüchigen. Wir haben ihm nur gestattet, ein Bad zu nehmen und dann mit uns zu essen."

„Soso", sagte der Hauptmann völlig ungerührt und schob sie beiseite. Aléjandro spürte, wie dieser sich mit großen Schritten dem Waschraum näherte. Er blickte zum Fenster und entschwand hinaus, bevor der Hauptmann auch nur die Klinke gedrückt hatte. Das Oberteil fiel achtlos zu Boden. Geduckt schlich er um das Häuschen herum. Er späte um die Hausecke und erblickte weitere Soldaten. Dann warf er einen Blick zum

Fenster zurück. Jeden Moment konnte der Hauptmann seinen Kopf durch das Fenster stecken. Aléjandro machte einen Satz und zog sich rasch aufs Dach. Einen Wimpernschlag später war der Hauptmann auch schon beim Fenster.

Flach auf dem Bauch kroch er über das Dach und beobachtete die Soldaten und die junge Frau sowie Maja, die vor Angst zitterte.

„Geflohen", sagte der Hauptmann nur, als er über die Türschwelle ins Freie trat und Aléjandro zog eiligst den Kopf zurück.

Mit einer lässigen Handbewegung wies er die Soldaten an, Frau und Tochter mitzunehmen, dann lief er zurück zu den wartenden Pferden. Keiner der Nachbarn warf den Soldaten auch nur einen Blick zu. Sie gingen stillschweigend ihrer Arbeit nach und ignorierten, was soeben geschehen war. Aléjandro konnte nicht fassen, dass es den Menschen so gleichgültig war, wie der König mit ihren Nachbarn umging.

Er sprang leichtfüßig vom Dach und sah den wegreitenden Soldaten nach. Sollte er ihnen folgen? Immerhin waren Maja und ihre Mutter die ersten Menschen gewesen, die ihm ohne Misstrauen begegnet waren. Er würde ihnen helfen. In der Schuld eines Menschen zu stehen, passte ihm ganz und gar nicht.

Die Sonne brannte auf seine dunkle Haut, als er den Soldaten mit Abstand folgte. Er kam zu einem Wald, wo er den Soldaten wohl ruhig näher auf den Pelz rücken konnte. Aléjandro schwang sich auf einen der Bäume und kam schneller voran als die Soldaten vor ihm zu Pferde. Bald hatte er sie eingeholt, oder besser gesagt: überholt. Sie hatten die Gefangenen, unter denen auch Maja und ihre Mutter waren, hinten an die Pferde gebunden und zogen sie hinter sich her. Hass und Verachtung schüttelten Aléjandro. Menschen waren doch die brutalsten Kreaturen, die auf Levida wandelten.

Nach einiger Zeit war er komplett entnervt und sah zurück zum Hauptmann. *Mensch, sind das lahme Viecher.*

Er wartete ab, bis der Hauptmann mit seinen Soldaten und den Gefangenen vorbeigezogen waren, dann erst folgte er ihnen weiter. Bald war der Wald zu Ende und er musste sich eine neue Deckung suchen. Nachdem auch die Gefangenen den Wald verlassen hatten, sprang er von dem Ast herunter und blickte ihnen im Schutz der Bäume hinterher. Seine Augen sahen alles, selbst wenn die Entfernung zwischen ihm und seiner Beute über einen Kilometer betrug.

Als sich das Tor der Palastmauer hinter ihnen schloss, wandte er den Blick ab und ließ sich hinter dem Baum nieder. Er musste nicht näher heran, um zu erfahren, wo der Kerkereingang war, das hatte er noch lebhaft in Erinnerung.

Soll ich sie heut Nacht aus dem Kerker befreien oder Gobierno morgen bei der Hinrichtung bloßstellen? Er musste zugeben, Letzteres hatte durchaus seinen Reiz, doch dann fielen ihm Darks Worte wieder ein. *„Suche dir erst einen Fluchtweg, bevor du die Kobra verspottest."* Es war besser, sie im Schutz der Dunkelheit zu retten und später zurückzukommen, wenn seine Flügel geheilt waren.

Er stand auf und streckte sich. Seine Augen blickten zur Sonne, die sich nun südwestlich befand. Er würde noch ein paar Stunden warten und sobald die Dunkelheit hereingebrochen war, würde er seine Schuld begleichen.

Wie ein Schatten glitt er durch die Dunkelheit. An der Palastmauer blickte er sich um. Da er niemanden entdecken konnte, fuhr er seine Klauen aus und kletterte flink und mühelos an der senkrechten, glatten Mauer empor. Oben angekommen, machte er sich rasch ein Bild von seiner Umgebung, dann sprang er von der Mauer. Unbemerkt schlich er an den Wachen vorbei und drang ins Schloss ein.

Die machen es einem ja nicht gerade schwer, in den Palast einzudringen, dachte Aléjandro herablassend. Ein Schauer lief ihm dem Rücken hinunter, als er zu den Kerkern hinunterging. Nie würde er diesen Tag vergessen. Er schüttelte den Kopf, um sich auf das Wesentliche konzentrieren zu können.

Die Kerkergänge waren weit verzweigt wie ein Labyrinth. Doch das störte ihn nicht. Er wusste, wo er zu suchen hatte. Er stieg weitere Treppen in die unheimlichen Gänge hinab. Er konnte das Krabbeln von Spinnen und anderem Ungeziefer hören, das aber bald von den Schreien der Gefolterten übertönt wurde. Aléjandro ging gerade an solch einer Folterkammer vorbei und ihm schien das Trommelfell zu platzen, als der Gefangene einen gellenden Schrei ausstieß. Am liebsten wäre Aléjandro herumgefahren und hätte ihn zum Schweigen gebracht, aber dann hätte er sich dem Folterknecht gezeigt und wäre nicht mehr stillschweigend in die unteren Etagen gelangt. Mühsam ging er weiter. Sein Körper entspannte sich erst, als das Schreien nur noch ein Flüstern in der Ferne war. Nach zwei Stunden stand er in einer Sackgasse. Ein Grinsen offenbarte seine perfekten weißen Zähne. Es war noch alles genau wie vor zwei Jahren. Nichts schien sich verändert zu haben. Er zog einen verborgenen Hebel und die Steinplatte schwang zur Seite. Als er eingetreten war, schloss sie sich wieder geräuschlos.

Sein rechtes Ohr zuckte, als ein leises Wimmern an sein Ohr drang. *Das muss die Kleine sein*, dachte Aléjandro ungerührt. Er war nur erleichtert, dass dieses Theater bald vorbei sein würde.

Er folgte dem Wimmern und stand bald vor einer dicken Eisentür. Der Schlüssel hing an der gegenüberliegenden Wand. Er nahm ihn vom Haken, um keinen unnötigen Lärm zu machen, und schloss die Zellentür auf.

Er spürte die Angst, die ihm förmlich entgegenschlug, als er die Tür aufdrückte. Maja kniete neben dem Körper ihrer Mutter und ihr Gesicht war tränenverschmiert, als sie zu Aléjandro aufblickte.

Ihre Augen weiteten sich, als ihr klar wurde, wen sie da vor sich hatte. Maja sprang auf und viel Aléjandro schluchzend in die Arme. Zögernd hielt er sie fest, dann fiel sein Blick auf Majas Mutter. Seine Nase sagte ihm alles, was er wissen musste. Sie war vergewaltigt worden. Ihrem Mörder hatte es offenbar nicht gereicht, sie einfach zu foltern. Irgendwie war Al erleichtert, als er merkte, dass dies nicht Gobiernos Tat war. Ohne ein weiteres Wort hob er Maja hoch und verließ die Zelle.

„Warte, meine Mama ist doch noch da drin", sagte sie verzweifelt.

„Ich kann für deine Mutter nichts tun", erwiderte Aléjandro scharf. „Ich werde es auch nicht und wenn du noch so laut flennst. Deine Mutter ist tot und ihren Leichnam hinauszu-schleppen, würde nur Zeit kosten, und die haben wir nicht."

Maja wimmerte noch lauter los.

„Wenn du nicht bald aufhörst zu heulen, dann lass ich dich hier allein zurück, haben wir uns verstanden?", herrschte er sie unerbittlich an.

Maja verstummte schlagartig. Jemand wie Aléjandro war ihr noch nie begegnet. Obwohl er offensichtlich nichts für Mitmen-schen übrighatte, half er ihr. Hatte er Schuldgefühle? Sie beugte sich seinem Willen und klammerte sich fest an ihn aus Angst, er könnte seine Drohung vielleicht doch noch wahr machen.

Aléjandro suchte vergeblich den Hebel auf der anderen Seite der Steinplatte. Ohne mit der Wimper zu zucken, fuhr er seine Klauen aus und zertrümmerte den dicken Fels. Er sprang über die Trümmer hinweg und eilte rasch durch die Gänge zurück zum Ausgang. *Es ist zu einfach, viel zu einfach*, dachte Aléjandro und seine Augen flogen hin und her immer wieder Ausschau haltend nach verdächtigen Bewegungen. Dasselbe galt auch für seine spitzen Ohren. Rastlos zuckten sie mal dahin und mal dorthin.

Ein bulliger Folterknecht versperrte den Weg an der nächs-ten Biegung. Aléjandros Augen mochten ihn noch nicht aus-machen können, da selbst ein Drache nicht um Ecken schauen konnte. Doch seine Nase und sein Gehör verrieten ihm, wo ge-nau der Mann stand und auch, ob er bewaffnet war. Das war er, mit einer schwarzen, ledernen Peitsche.

Aléjandro hielt an und spähte um die Ecke. Der Mann stand mit dem Rücken zu ihm und redete offensichtlich mit einem an-deren Henker, der gerade seiner Arbeit nachging. Hier war Alé-jandro schon gewesen. Das war der Ort, wo ihm beinahe das Trommelfell geplatzt wäre. Sollte er den bulligen Kerl töten? Aber wenn er das tat, würde der andere automatisch das ganze Schloss alarmieren und dann war es fast unmöglich, ungesehen aus dem Kerker zu entkommen. Noch während Aléjandro un-schlüssig da stand, tippte ihm Maja auf die Schulter. Er sah sie fragend an und sie deutete mit sprachlos geöffnetem Mund auf seine Hände, sie leuchteten wieder golden. Gleichzeitig spürte er, wie die Macht der Magie in ihm wuchs und bereit war, eingesetzt zu werden. Der bullige Kerl verstummte, also hatte er das Leuchten bemerkt. Sein Freund fragte: „Was hast du, Eduard?"

Es war Zeit für den Drachen, zu handeln. Er wusste nicht, ob er sich auf seine Macht verlassen konnte. Oder ob er dies überhaupt bewerkstelligen konnte. Dennoch musste er es versuchen. Aléjandro stellte sich den Fels am Strand vor, wo er Schutz gesucht hatte, und versetzte sich und Maja ins Wasser, bevor der Folterknecht Eduard auch nur einen Schritt hatte machen können.

Prustend klammerte sich Maja an Aléjandro, als sie auftauchten. Er seufzte; dass die Kleine vielleicht nicht schwimmen konnte, hatte er gar nicht bedacht. Er schaute um den Fels herum und sah das Haus von Majas Familie. Es schien verlassen zu sein. Er kletterte mit Maja aus dem kalten Salzwasser, nahm sie bei der Hand und eilte mit ihr im Schutz der Dunkelheit auf das Haus zu. Aléjandro hatte schon die Hand auf der Klinke, als er stockte. Ein beißender Geruch nach Tod und Metall stieg ihm in die Nase. Ein zweiter Geruch verriet ihm, wer da doch noch in der Nähe war und lauerte. Er zog Maja fort von der Tür, sah sich rasch um und suchte nach weiteren Soldaten, doch er fand keine.

Das Niesen von Maja ließ ihn zusammenfahren und rief den Hauptmann auf den Plan, der im Haus auf seine Rückkehr gelauert hatte. Der riss die Tür auf und blendete Maja mit seiner Fackel, aber nicht Aléjandro. Dessen Augen gewöhnten sich so schnell an den Helligkeitswechsel, dass ihn die Fackel des Hauptmanns nicht im Geringsten beeindruckte.

„Ich wusste, dass Ihr zurückkommen würdet, aber ich hätte nicht gedacht, dass es Euch gelingen würde, die Kleine aus der Todeszelle zu holen. Es scheint, als hätte ich Euch gewaltig unterschätzt", sagte der Hauptmann, als er Aléjandro sein Schwert an die Kehle setzte.

„Wenn Ihr meint, mich damit beeindrucken zu können, habt Ihr Euch gewaltig geschnitten", erwiderte Aléjandro ungerührt über die Schwertspitze an seiner Kehle. „Und da Ihr uns gesehen habt, kann ich Euch leider nicht lebendig davonkommen lassen."

„Seid nicht albern", sagte der Hauptmann belustigt. „Kommt friedlich mit und stellt Euch dem König, dann wird er für Euch Gnade walten lassen."

„Die Gnade Eures Königs ist mir bekannt", sagte Aléjandro kalt. Seine Stimme klang nun so unbarmherzig wie nie zuvor. Allmählich drohte ihn der Hass gegen seinen Vater zu ertränken.

„Kommt mit, und zwar beide", bellte der Hauptmann sie an, doch als Antwort schlug Aléjandro ihn nieder.

Der Hauptmann kämpfte sich auf die Beine und starrte mit zornigem Blick in Aléjandros eiskalte Augen. Der Halbdrache schnellte auf ihn zu, doch anstatt dem Hauptmann den Kopf abzuschlagen, entwand er ihm die Fackel und schleuderte sie im hohen Bogen ins Meer. Völlige Finsternis umfing sie. Maja saß gut zwanzig Meter vom Hauptmann entfernt, der wie wild mit seinem Schwert herumfuchtelte, um Aléjandro zu treffen. Aléjandro hingegen trennte ihm mit präziser Genauigkeit den Kopf vom Rumpf. Er bückte sich und nahm dem Hauptmann dessen Geld ab. Er würde es brauchen, damit ihn die Hexe auch behandelte.

Plötzlich stutzte er. Auf dem Unterarm des Hauptmanns prangte eine Tätowierung, die die Form eines Salamanders hatte. Das Zeichen von Gott Sombra. Aléjandro starrte es eine geschlagene Minute an. *Mutter hatte recht! Die Dunklen haben längst die Macht im Schloss ergriffen. Ich frage mich, wer noch alles zu Sombras Anhängern gehört.* Er verwarf die dunkle Vorahnung, eilte stattdessen zu Maja und zog sie auf die Beine, um sie ins Haus zu zerren.

„Bleib ruhig und rühr dich nicht vom Fleck", zischte er ihr zu. Er rannte in dem Haus hin und her und suchte etwas zu essen sowie trockene Kleidung zusammen. „Zieh das an", raunte er ihr zu und drückte ihr trockene Sachen in die Hand. Er selbst zog seine nun getrockneten Kleider an, die er am Mittag hier hatte liegen lassen, packte das kleine Essenbündel und drückte es Maja in die Hand. Dann schob er sie wieder nach draußen. Niemand war zu sehen.

„Und wohin gehen wir jetzt?", fragte Maja leise.

„*Wir?*", Aléjandro warf ihr einen entgeisterten Blick zu. „Ab hier gibt es kein *wir* mehr. Jeder ist auf sich allein gestellt. Sieh zu, dass sie dich nicht schnappen, und vergiss nicht, ich hab dich lediglich aus dem Gefängnis gerettet, weil ich dir was schuldig war!"

„Aber ... aber ...", sie schniefte und versuchte, die Tränen zurückzuhalten, doch im nächsten Moment wimmerte sie wieder los.

„Sei bloß still", knurrte er sie an. Doch es half nichts. Ihr Weinen würde selbst ein Mensch bald hören. „Also schön, also gut, aber nur bis wir einen Unterschlupf für dich gefunden haben."

Schlagartig hörte Maja auf zu weinen und sah ihn an, dann strahlte sie und nickte freudig. Er seufzte schwer, *worauf hab ich mich da nur eingelassen?* Er kniete nieder und nahm das Mädchen auf den Rücken. Sie schlang ihre Arme um seinen Hals und hielt sich fest. Dann lief er los und bald verschluckte sie die Dunkelheit.

Er lief die Nacht durch und hielt erst an, als die ersten Sonnenstrahlen die Baumwipfel kitzelten. Maja war auf seinem Rücken vor Erschöpfung eingeschlafen. Er blickte sich einen Moment im dichten Wald um. Seine Nase fing einen leichten Kräutergeruch auf, dem er sofort folgte. Wo sonst sollte sich die Kräuterhexe aufhalten, als da, wo es nach getrockneten Kräutern roch.

Nach gut drei Stunden sah er ein Häuschen, welches zwischen den mächtigen Wurzeln eines uralten Baumes herausragte. Der Baum war mit dem Haus verwachsen und so war es für menschliche Augen schwer zu erkennen. Er ging auf das Hexenhaus zu und klopfte kräftig an die Tür. Maja erwachte dadurch und blinzelte Aléjandro verschlafen an.

„Wo sind wir?", fragte sie leise, doch Aléjandro antwortete nicht.

Die Tür ging quietschend auf und eine kleine, bucklige, alte Frau blickte zu Aléjandro auf. Er war fast doppelt so groß sie. Ihr Haar war schlohweiß, ihre Zähne gelb.

„Was wollt Ihr?", fragte sie mit krächzender Stimme. Aléjandro erklärte ihr knapp sein Anliegen, ohne näher darauf einzugehen, dann hielt er ihr das Geld vor die Nase, sie war sofort einverstanden, bat sie rasch hereinzukommen und verriegelte die Tür von innen.

„Ihr wisst aber hoffentlich, dass das dauern wird, bis Ihr vollständig genesen seid", sagte sie und fixierte Aléjandro, der sie nur mürrisch betrachtete. Schließlich nickte er. „Dann lasst mal sehen ..."

Er offenbarte ihr seine Flügel und sie begutachtete mit Kennermiene die feinen Brüche. Maja starrte ihn nur an. *Wieso hat er Flügel?*

„Ja, ja, so was hab ich mir gedacht", sagte die Kräuterhexe schließlich. „Das kann schon ein gutes Jahr dauern." Aléjandros Gesicht verfinsterte sich. Geduld war etwas, das er nicht besaß. Aber er würde sich darin üben müssen.

„Kommt mit", sagte sie und winkte auch Maja, ihr zu folgen. Sie führte die beiden in ein Nebenzimmer, wo ein Bett stand. „Hier könnt ihr euch beide ausruhen, während ich Euer Heilmittel zusammenmische."

Sie verließ kurz das Zimmer und kehrte mit einer selbst gemachten Hängematte zurück, die sie an zwei Wurzeln aufhängte.

„Dort kannst du schlafen, Kleine", sagte sie und wandte sich dann an Aléjandro. „Ihr werdet auf dem Bett schlafen müssen, da Ihr auf dem Bauch liegen müsst, wenn ich Eure Flügel heilen soll."

Aléjandro nickte knapp und sie verließ das Zimmer.

Die alte Frau hielt ihr Versprechen und pflegte mit allen ihr zur Verfügung stehenden Mitteln Aléjandros Flügel. Doch es dauerte länger als ein Jahr, viel länger. Es waren nun bald drei Jahre vergangen, seit Aléjandro Maja aus dem Kerker gerettet hatte, und noch immer befahl ihm die Alte, ruhig liegen zu bleiben und zu schlafen. Er hatte es meist, oder besser gesagt nie, befolgt. Er fühlte sich alles andere als sicher und fiel vor Müdigkeit hin und wieder in einen unruhigen Schlummer, aus dem er jedes Mal hochschrak, als fürchte er, die Soldaten seines Vaters würden sich an ihn heranschleichen können, wenn er zu fest schlief. Hätte er die Befehle der Alten für voll genommen und befolgt, wäre er längst wieder zu Hause und müsste sich auch nicht mehr um Maja kümmern. Doch seit sein Vater ihm diese Wunden beigebracht hatte, hegte er gegen jeden Menschen Misstrauen, fast jedem. Maja war nun schon so lange treu und liebevoll an seiner Seite, dass er ihr zumindest ein gewisses Maß an Vertrauen entgegen brachte. Dennoch musste er so bald wie möglich ein sicheres Zuhause für sie finden. Als Sohn Lyneris würde sein Leben stets in Gefahr sein. Er konnte ihr keine Sicherheit geben.

Er lag mit finsteren Blicken auf dem Bett. Seine Flügel hatte er in eine bequeme Haltung gebracht, während er auf dem Bauch lag und vor sich hin grübelte.

„Die alte Frau hat Recht", sagte Maja unerwartet und Aléjandro funkelte sie mit bösen Blicken an, weil sie seine Gedanken unterbrochen hatte. Doch sie gab nicht klein bei. In der Zeit, die sie nun schon mit Aléjandro verbracht hatte, hatte sie viel Selbstvertrauen gefasst und einen richtigen Dickkopf entwickelt. „Du solltest wirklich mal richtig schlafen, sonst wirst du den Rest deines Lebens hier verbringen." Er knurrte etwas Unverständliches, doch sie ließ nicht locker. „Ich mach dir einen Vorschlag, wenn etwas ist, wecke ich dich sofort, einverstanden?" Sie würde bald vierzehn werden, zwei Tage bevor Aléjandro acht wurde. Sie hatte Aléjandro nie nach seinem Geburtstag gefragt, wenn sie es sich eingestand, wusste sie nur wenig über ihn. Nach einer Weile nickt er schließlich und schloss sofort die Augen, die Müdigkeit übermannte ihn und er war kurz darauf fest eingeschlafen. Sie kniete neben sein Bett und beobachtete ihn mit einem zufriedenen Lächeln. Endlich schlief er und konnte sich richtig erholen.

Die alte Frau spähte zur Tür herein.

„Und schläft er endlich?", fragte sie forsch.

„Ja", erwiderte Maja und lächelte sie an.

„Gut, dann werde ich die Zeit nutzen und noch ein paar Kräuter sammeln. Sie zu, dass er liegen bleibt und kein Theater macht."

„Mach ich", erwiderte Maja und nickte.

Die Alte verließ das Haus und nahm ihre gewöhnliche Route zur Kräuterwiese, wie sie sie nannte. Dort angekommen, sammelte sie gewissenhaft die Kräuter, die Aléjandro zur Heilung seiner Flügel benötigte. Eigentlich brauchte sie diese für ihn nicht mehr, aber es war immer besser, etwas für den Notfall da zu haben. Morgen, spätestens übermorgen würde sie diesen seltsamen Jungen los sein und konnte in Ruhe alt werden. Wenn er damals kein Geld gehabt hätte, dann hätte sie ihm die Nase vor der Tür zugeschlagen. Ob ihr das diesen Gast aber erspart hätte, bezweifelte sie stark.

Sie bückte sich und wollte ein weiteres Kraut pflücken, als jemand darauf trat. Sie schrak zusammen und blickte auf. Über ihr hatte sich ein Mann mit braunem Haar und Schnauzbart aufgebaut und sah verächtlich zu ihr herab. Sie verbeugte sich rasch vor dem neu ernannten Hauptmann und wartete, doch der Hauptmann sagte nichts, stattdessen hielt er ihr einen Steckbrief vor die Nase, auf der ein junges Mädchen abgebildet war.

„Flucht und Mord", sagte er knapp. „Hast du das Mädchen gesehen, altes Weib?"

„Nein, an solch ein hübsches Ding hätte ich mich erinnert", erwiderte die Kräuterhexe ausweichend und trat einen Schritt zurück. Der Hauptmann hielt ihr einen Geldbeutel vor die Nase und grinste: „Bist du dir auch wirklich sicher?"

Maja kochte gerade einen Tee, als die Kräuterfrau zurückkam.

„Hallo", sagte Maja fröhlich, doch die alte Frau stieß sie unwirsch beiseite und warf eines der Kräuter ins Feuer des Kamins. Es gab ein zischendes Geräusch und weißer Dampf quoll kurz auf, bevor er sich verflüchtigte.

„Was tust du denn da, Oma?", fragte Maja erschrocken und blickte sie verdutzt an.

„Geh raus und bring mir Feuerholz!", befahl diese, ohne Maja auch nur anzusehen. „Und beeil dich gefälligst!"

Was hat sie denn nur? Maja zuckte verwundert die Schultern und trat aus dem Haus. Das Feuerholz wurde gleich bei der Hütte gestapelt. Sie wusste noch genau, wie sie die ganzen langen Monate Feuerholz gehackt, Wäsche im Fluss gewaschen und gekocht hatte und so weiter und so weiter. Doch sie hatte es gern getan für Aléjandro. Mochte er ihre Gefühle auch nicht erwidern. Solange es niemanden gab, der sie adoptieren wollte, konnte sie in seiner Nähe sein. Auch wenn sie dann seine schlechte Laune ertragen musste. Doch es war ihr egal. Vielleicht war ihr das Glück hold und sie konnte für immer bei Aléjandro bleiben. Vielleicht würde er ihr dann mehr Vertrauen entgegenbringen.

Fast drei Jahre waren seit ihrer Flucht vergangen. Ihr blondes Haar war nun so lang, dass es ihr bis zur Taille reichte und sie es meist zu einem Zopf flocht, damit es sie bei der schweren Arbeit nicht störte. Ihre Augen waren hellgrün, voller Lebensfreude und Hoffnung. Sie war schlank und man sah ihr an, dass sie allmählich zur Frau wurde. Eine feine Narbe zog sich über ihre rechte Schläfe. Diese Wunde hatte sie sich beim Holzhacken zugezogen, als sie es das erste Mal machen musste. Aléjandro hatte ihre Wunde gereinigt und sie durch seine Magie genäht. Er konnte offenbar alles. Er war intelligent, stark, wahnsinnig schnell und ein Magier war er auch. Obwohl Magie Häresie war, konnte sie nicht anders, als ihn für sein Talent zu bewundern. Sie hingegen war nur eine Fischerstochter, dumm, ungeschickt und zu nichts wirklich zu gebrauchen. Es war kein Wunder, dass er sie so schnell wie möglich loswerden wollte. Sie seufzte. Über ihre miserablen Chancen nachzudenken, würde ihre Lage auch nicht verbessern.

Nachdem sie einige Holzscheite auf ihre Arme geladen hatte, ging sie leicht wankend zurück zur Tür der Hütte, die sie offengelassen hatte. Kurz bevor sie den Eingang erreicht hatte, tauchte ein Mann vor ihr auf. An seiner Brust auf der silbern glänzenden Rüstung schimmerte das Abzeichen des Hauptmanns der königlichen Armeen. Sie erstarrte und die Holzscheite fielen klappernd aus ihren Armen. Der Schrei blieb ihr im Halse stecken, als sie in das grinsende Gesicht des Hauptmanns blickte.

„Ich bin Blando, erster Hauptmann der königlichen Armeen und Oberbefehlshaber über Herzog Fajos Truppen", sagte er und machte eine leichte Verbeugung, wobei er Majas Hand bestimmt, aber dennoch behutsam fasste. Er deutete einen Handkuss an und richtete sich dann wieder auf. Mit der freien Hand winkte er einen seiner Soldaten heran und befahl ihm, das Holz für Maja in die Hütte zu tragen.

„Warum seid Ihr denn so blass, Mädchen?", fragte er gelassen.

Sie antwortete nicht. Seit über zwei Jahren waren sie nun hier und es hatte noch nicht einmal den leisesten Grund gegeben, beunruhigt zu sein. Und jetzt tauchten des Königs Soldaten hier auf. Jetzt, wo Aléjandro endlich schlief. Sie musste ihn warnen, egal wie. Er durfte ihretwegen nicht in eine Falle laufen. Ihr fiel die Tätowierung auf dem Unterarm des Hauptmanns ins Auge, die aussah wie ein Salamander. Al hatte gesagt, dass diese Menschen böse waren, dass sie nur offiziell für den König arbeiteten, in Wirklichkeit aber die Diener des Gottes Sombra waren, einem sehr, sehr mächtigen Schwarzen Magier, dem man sich nur in den Weg stellte, wenn man des Lebens müde war.

Sie riss ihre Hand los, stieß den überraschten Hauptmann beiseite und rannte in die Hütte. Doch urplötzlich stellte sich ihr die alte Frau in den Weg.

„Geh mir bitte aus dem Weg, Großmutter", sagte sie verzweifelt, doch die Alte rührte sich nicht. Im nächsten Moment legte der Hauptmann Maja die Arme um die Hüfte und zog sie zu sich heran.

Al hatte auch gesagt, dass diese Menschen vor nichts zurückschreckten. Vergewaltigung und Mord waren bei den Dunklen ein Sport.

Maja fing an zu zittern, als ihr Als Warnung wieder in den Sinn kam.

„Nur keine Panik, meine Liebe", sagte er noch immer grinsend. „Wir werden deinen Freund nicht im Schlaf meucheln. Doch müssen wir sichergehen, dass er uns nicht während der Rückreise nach Custodio umbringt. Ich war einer der Ersten, die den Leichnam von dem früheren Hauptmann gesehen haben und der war einer der besten Kämpfer. Er hatte sich seinen Posten wirklich verdient. Sein Kopf lag dennoch sauber abgetrennt neben seinem Körper. Ich frage mich immer noch, wie dein Gefährte das ohne Klinge geschafft hat."

„Was habt Ihr mit ihm vor?", fragte Maja leise und sah Blando über die Schulter hinweg an.

„Ich? Gar nichts, ich soll ihn lediglich unversehrt zum König bringen."

„Hat er noch eine Zukunft?"

„Daran zweifle ich", erwiderte Blando frei heraus. Als er Majas erschrockene Miene sah, fügte er hinzu: „Aber du schon, meine Liebe. Wenn sich jemand findet, der gedenkt, dich zur Frau zu nehmen. Du bist doch schon vierzehn, oder?"

„Noch nicht", sagte sie. Ihre Stimme war bald nur noch ein Flüstern. „Ich hab in drei Tagen Geburtstag."

Bin ich verrückt? Wieso erzähle ich ihm das? Wenn er wirklich zu den Dunklen gehörte, stehe ich doch selbst kurz vor einer Vergewaltigung.

„Also kein Grund, um sich Sorgen zu machen", erwiderte er und legte eine unverschämte Fröhlichkeit an den Tag.

Maja jedoch machte sich schreckliche Sorgen. Vor allem um ihren geliebten Al.

Sie befreite sich aus seinem Griff und wich an die Wand zurück. Unauffällig tastete sie sich in Richtung Tür, hinter der Aléjandro friedlich schlief.

„Ihr versteht einfach nicht", stieß sie heftig hervor. Mit einem Satz war sie hinter der Alten und verschwand ins Nebenzimmer. Sie schlug die Tür zu und verriegelte sie von innen mit dem Schlüssel, den Aléjandro für sie angefertigt hatte. Sie wandte sich dem Drachen zu und rüttelte ihn grob, schrie ihn an, er möge doch endlich aufwachen. Schließlich regte er sich und weckte neue Hoffnung in ihr. Die Tür krachte und ächzte hinter ihr. Lange würde diese dem Ansturm nicht mehr standhalten.

Aléjandro blickte sie benommen an, während sie sich an dem letzten Verband um seinen rechten Flügel zu schaffen machte.

„Nun steh schon auf", sagte sie und zog ihn mühsam auf die Beine. Er schwankte gefährlich und drohte wieder umzukippen, als er seine geheilten Flügel verschwinden ließ. *Was hat er denn nur?*

Während Aléjandro sich bemühte, auf die Beine zu kommen, schlug es die Tür aus den Angeln. Maja starrte entsetzt dorthin,

Aléjandro nur verwirrt. Er schüttelte energisch den Kopf, um klare Sicht zu bekommen, doch vor seinen Augen verschwamm alles. Zuerst bemerkte er die alte Kräuterhexe, die hereinlugte, um nichts zu verpassen.

„Alte Hexe", zischte er boshaft, als er begriff, was vor sich ging. „Ich würde schon noch hinüberkommen und dich erledigen, wenn du nicht schon so schrecklich hinfällig wärst!"

Wieder schwankte er und Maja packte ihn erneut am Arm, um ihn zu stützen. Er warf ihr einen kurzen Blick zu, sagte jedoch nichts.

Die alte Frau zog ihren Kopf ein wenig zurück, doch Hauptmann Blando trat einen Schritt auf Aléjandro zu. Dieser richtete seine Aufmerksamkeit auf ihn und versteifte sich, als er die Tätowierung sah. Dieser Mann gehörte – wie auch der letzte Hauptmann – zu Herzog Fajos Soldaten. Es war nicht auszuschließen, dass Fajo selbst sich dem Gott der Finsternis verschrieben hatte.

„Wie mutig", spöttelte Aléjandro mit einem gehässigen Leuchten in den Augen. „Ich gebe Euch einen guten Rat, Hauptmann, zieht lieber den Kopf ein, bevor er Euch noch abgebissen wird."

„Ich danke für den Tipp, aber ich glaube kaum, dass Ihr in der Verfassung seid, irgendjemandem Schaden zuzufügen."

„Dass Ihr Euch da mal nicht irrt."

Doch der Hauptmann hatte recht, denn Aléjandro ging kurz darauf in die Knie und begann zu würgen und zu husten.

„Aléjandro", rief Maja entsetzt. Sie fiel neben ihm auf die Knie und sah ihn mit bangen Blicken an. „Was hast du?"

„Dämpfe", stieß er hasserfüllt hervor.

Maja begriff schlagartig. Sie blickte die alte Frau mit offenem Mund an. „Warst du das? Kommen die Dämpfe von der Pflanze, die du in den Kamin geworfen hast?"

Aléjandro hob noch einmal den Kopf und sah die alte Hexe an, bevor er umkippte und bewusstlos liegen blieb.

„Nein!" Maja rüttelte ihn verzweifelt und Tränen flossen in Strömen über ihre Wangen. „Bitte nicht."

„Bleib ruhig", erwiderte Blando gelassen. Ein breites Grinsen offenbarte die gelblichen Zähne. „Er lebt noch. Er ist nur bewusstlos."

Er trat auf sie zu und zog sie mit seinen kräftigen Armen mühelos auf die Beine. Sie zerrte und versuchte, ihren Arm aus seinem Griff freizubekommen, doch es gelang nicht. Sie hielt sein ständiges Grinsen einfach nicht mehr aus und schlug ihn mit ihrer freien Hand ins Gesicht. Sein Grinsen erlosch und sie begann heftig zu zittern. Sie wusste längst, dass sie zu weit gegangen war. Er schluckte heftig, dann wies er seine Männer laut an, Aléjandro hinauszubringen und zog Maja hinter sich her.

Ich werde mich später an ihr rächen, dachte er wütend und gedemütigt. *Wenn Marek sie nicht für sich beansprucht. Warum geht es eigentlich immer um diese aufgeblasenen Adligen? Wie hatte dieser Mann es nur geschafft, Sombras Liebling zu werden?*

Draußen band er ihr die Hände und warf sie über den Rücken seines Pferdes. Dann fesselte er ihr noch die Fußknöchel zusammen und saß auf. Aléjandro hatten sie ein mit einer Flüssigkeit getränktes Tuch um den Mund und die Nase gebunden, damit er die lähmenden Dämpfe weiterhin einatmete.

Sie ritten den ganzen Tag und auch die Nacht durch. Maja schläferte das gleichmäßige Schaukeln des Pferdes allmählich ein.

Als die Sonne am nächsten Tag aufging, erblickte Maja die Hauptstadt Carreras, die Stadt des Königs. Nachdem sie das Schlosstor passiert hatten, hielten sie und stiegen ab. Blando hob sie von seinem Pferd und befreite sie von ihren Fußfesseln. Maja schmerzte alles durch den unangenehmen Transport und sie betete, dass es Aléjandro gut ging.

Sie wurde in die Kerker geführt, von Aléjandro war nichts zu sehen. Kurz vor ihrer Zelle nahm man ihr die Handfesseln ab und stieß sie in das kahle, feuchte Loch. Es gab keine Fenster, nur eine Fackel brachte spärliches Licht. Sie setzte sich an die Wand und zog die Beine an. Ihren Kopf legte sie auf ihre Knie, dann verfiel sie in nachdenkliches Schweigen.

Als Aléjandro langsam wieder zu sich kam, fühlte er sich irgendwie lang gestreckt. Er konnte keinen Muskel bewegen, seine Gedanken waren noch immer benebelt.

Er warf einen Blick nach rechts und sah einen bulligen Kerl mit einer ledernen Peitsche und seinen Kumpanen, der deutlich kleiner und schmächtiger wirkte, jedoch unbewaffnet war. Dieser warf ihm einen Blick zu und merkte, dass Al wach war, und machte seinen Freund darauf aufmerksam. Beide traten auf Aléjandro zu, der, wie er jetzt feststellte, auf irgendein Brett gefesselt war und damit zu den beiden ungleichen Gestalten aufschauen musste.

„Na endlich wachst du auf", sagte der Kleine mit krächzender Stimme. „Du musst nämlich wissen, dass es keinen Spaß macht, einen Ohnmächtigen zu foltern."

Aléjandro blickte ihn abschätzend an, langsam, aber sicher kehrten seine Kräfte zurück. Er würde diese beiden Komiker in Stücke reisen, Maja suchen und dann von hier verschwinden. Sein Vater war ihm jetzt völlig egal. Er wollte nur noch nach Hause, auch wenn das nun bedeutete, dass er Maja mitnehmen musste. Der Schmächtige stellte links und rechts neben seinen Kopf zwei kleine Gefäße, die einen stickigen Dunst ausstießen und Aléjandro benebeln sollten. Dennoch blieb er bei Bewusstsein.

„Nicht, dass es dir einfällt, über uns herzufallen", lachte der Kleine mit einem schmierigen Grinsen. „Wir wissen genau, wer du bist!"

Daran zweifelte der Drache gewaltig. Niemand konnte behaupten, ihn wirklich zu kennen. Allerdings vermutete er, dass Gobierno oder einer von Sombras Anhängern sie über seine möglichen Fähigkeiten in Kenntnis gesetzt hatte.

Aléjandros Gesicht blieb die ganze Folter über ausdruckslos. Sie versuchten, seine Haut mit glühenden Eisenstäben zu versengen, zogen ihn in die Länge – was sie aufgaben, als die Vorrichtung an der Kraft, die Aléjandro dagegensetzte, zerbrach –, quetschten seine Finger, zerschnitten seine Haut an Bauch und Armen, doch keine dieser Wunden blieb sichtbar. Das Lächerlichste in Aléjandros Augen war jedoch der Versuch, als der bullige Folterknecht seine Füße mit einer Feder zu kitzeln versuchte. Aléjandro gähnte gelangweilt und legte den Kopf etwas seitlich, um eine bequemere Lage zu bekommen. Die beiden

Narren konnten nicht wissen, dass er seinen Drachenpanzer die ganze Zeit genutzt hatte, um keinen bleibenden Schaden zu erleiden. Seine Haare waren schweißnass, auch sein nackter Oberkörper glänzte durch die drückende Hitze vor Schweiß. Er blies sich eine glitschige Haarsträhne aus den Augen und beobachtete weiter den schmächtigen Folterknecht, der anscheinend nach einer Methode suchte, Aléjandro Schmerzen zuzufügen. Wie es schien, erfolglos.

„Wie lange soll das hier denn noch gehen?", fragte Aléjandro entnervt und durchbohrte den Schmächtigen mit seinen tödlichen Blicken. „Das alles hier ist doch nur reine Zeitverschwendung." *Bleib ruhig*, sagte er sich selbst, *Geduld bewahren! Wenn die Dunklen Götter geduldig sein können, kann ich das auch!*

Der Schmächtige starrte zur Tür und fiel augenblicklich auf die Knie. Der bullige Kerl ließ die Feder fallen, mit der er noch immer vergeblich versucht hatte, Aléjandros Fußsohlen zu kitzeln, und fiel neben seinem Kumpanen auf die Knie. Die Tür befand sich direkt hinter Aléjandro, sodass er den Kopf hätte verdrehen müssen, um zu erkennen, wer da gerade eingetreten war. Durch die beiden Duftgefäße konnte er auch nicht den Geruch des Ankömmlings aufnehmen. Er wusste nur eins, es musste ein Mann sein. Vor Frauen, die als minderwertig galten, würde kein Mann auf die Knie fallen.

„Und? Wie weit seid ihr gekommen?", fragte eine strenge Stimme, die Aléjandro mühelos erkannte. Lodernder Hass quoll in seiner Brust hoch, vergessen war die Vorsicht, vergessen waren alle Mahnungen seiner Mutter, Darks und Venenos. Nun galt es nur noch, seinen Hass zu befriedigen und das konnte er am besten, wenn er diesen Mann endlich tötete.

„Ähm...", die Folterknechte warfen sich einen Blick zu, dann antwortete der Schmächtige: „Er hat keine Reaktion gezeigt ..."

„Wie bitte? So wie er aussieht, habt ihr noch nicht mal angefangen", erwiderte der Mann trocken. Es war unüberhörbar, dass er mehr als unzufrieden mit seinen Untertanen war.

Aléjandro hörte Schritte näherkommen und konnte seinen Vater nun sehen, auch wenn dieser ihm noch den Rücken zuwandte. Er bemerkte, dass sein Vater eine Peitsche am Gürtel trug und auch einen Degen. Er versuchte, seine Arme zu bewegen, doch seine Muskeln gehorchten ihm nicht. Allerdings machte er seinen Vater auf sich aufmerksam.

„So, die beiden haben es also nicht geschafft, aus dir auch nur ein Wort herauszubekommen", sagte Gobierno und schaute mit arrogantem Blick auf seinen Sohn herab.

„Sie haben nicht gefragt", erwiderte Aléjandro schnippisch und blickte seinem Vater mit unverfrorenem Trotz in die Augen.

„Du reißt das Maul ganz schön weit auf", stellte Gobierno fest, während seine Hand an seiner Peitsche entlangfuhr. „Aber das werden wir ändern. Bringt ihn in das Zimmer!"

Aléjandro blickte ihn verdutzt an, *welches Zimmer?* Dann weiteten sich seine Augen, als eine schreckliche Erinnerung zurückkehrte. *Doch nicht das Zimmer?!*

Kapitel 4

Racheakt

3 Jahre zuvor:Michael ritt auf einem Apfelschimmel durch den Wald. Er war auf dem Weg zu André de Grafia. Der junge Jäger war vor Kurzem mit seiner Frau und seinem dreijährigen Sohn an den Waldrand außerhalb von Custodio gezogen.

Er ahnte es eher, als dass er es wusste, doch dass Andrés Sohn und Chris am selben Tag geboren wurden und ihrer beider Mütter eine mächtige Zauberin nannten, konnte einfach kein Zufall sein. Beide verknüpfte jetzt schon eine unsichtbare Bindung. Doch welche Rolle jeder der beiden spielen würde, das konnte man noch nicht sagen. Es gab nur zwei Möglichkeiten, entweder kämpften sie miteinander oder gegeneinander. Michael hoffte, dass Ersteres der Fall sein würde. Doch was, wenn sie beide auf die dunkle Seite wechseln würden? Was, wenn sie sich gegen ihn wenden würden? Stimmte Lyneris Blickwinkel von den Menschen? Waren sie wirklich so leicht zu Hass fähig und ließen sich leicht verführen? Konnten aus Chris und Antonio auch solche Menschen werden? Er wusste die Antwort. Doch er verdrängte sie. Darüber wollte er nicht nachdenken, noch nicht. Irgendwann würde er es müssen, aber war es dann nicht vielleicht schon zu spät?

Ein warmer Wind erfasste Michaels weißes Gewand und wehte ihm seine langen weißen Haare ins Gesicht. Er sah noch sehr jung aus und trug auch keinen Bart. Seine Augen waren saphirblau und richteten sich nun auf das Ziel vor ihm: Andrés Hütte und die Scheune nebenan. Die Flügel hatte er verschwinden lassen, er bot auch so einen ungewöhnlichen Anblick. Vor allem für Menschen, die der Magie nicht mächtig waren.

Er hielt seine Stute vor dem kleinen Häuschen der de Grafias an und stieg ab. Michael hörte jemand seinen Namen rufen und wandte sich um. André kam auf ihn zu. Dieser sah erschöpft aus, da er den ganzen Morgen auf dem Feld gearbeitet hatte. Der Vampirjäger hatte sein langes schwarzes Haar abgeschnitten. Bei der Feldarbeit hätte es ihn nur gestört.

„Michael, schön, dich hier zu sehen. Ich wusste, dass du vorbeikommen würdest. Komm doch rein", er schüttelte seinem Freund, den er heute eigentlich zum ersten Mal sah, denn Michael hatte sein Gedächtnis um eine Erinnerung erweitert, die Hand und führte ihn anschließend in sein Haus, das er aus eigener Kraft erbaut hatte.

„Sophie, wir haben Besuch", rief er und eine junge Frau mit langem, dunkelrotem Haar und grünen Augen kam aus dem Nebenzimmer. Ein kleiner Junge stand hinter ihr und lugte an ihrem Bein vorbei zu Michael, der ihn überrascht anlächelte.

„Dein Sohn?", fragte er.

„Ja, das ist Antonio", erwiderte André stolz. „Komm, setz dich, ich habe etwas Wichtiges mit dir zu besprechen."

Sophie brachte den beiden Männern etwas zu trinken und verschwand dann mit Antonio ins Nebenzimmer. Als die Tür ins Schloss fiel, sagte André: „Es hat einen bestimmten Grund, warum ich dir den Brief geschrieben hab. Es geht um Antonio. Er ist mein einziger Sohn und somit auch mein Erbe."

Dieser Brief war selbstverständlich nie geschrieben worden. Er war durch die Magie des Erzengels ebenfalls nur Andrés Fantasie entsprungen, um Michael einen Grund zu liefern, sich mit Antonio zu beschäftigen, damit er Lyneris Auftrag durchführen konnte. Er sollte Antonio unterweisen und beschützen.

„Und du möchtest, dass ich ein Auge auf ihn habe?", fragte Michael und musterte seinen scheinbar langjährigen Freund forschend.

„Ja! Ich habe mir viele Feinde gemacht, Michael", erwiderte André. „Es ist nicht auszuschließen, dass sie sich rächen wollen. Ich möchte nicht, dass mein Sohn und Sophie da mit reingezogen werden oder dass Antonio aus lauter Zuneigung zu mir eine Dummheit begeht."

„Was gedenkst du dagegen zu tun?", fragte der Erzengel Lyneris. Er hatte bis jetzt den Becher vor sich nicht angerührt. „Willst du wieder auf die Jagd gehen?"

„Ich weiß nicht genau, aber was soll ich denn sonst tun? Die Vampire werden immer dreister. Sie haben vor zwei Wochen mitten in der Nacht unser Feld verwüstet. Ich hab sie alle getötet. Ich habe das Gefühl, Sina anzulocken, wenn ich auch nur einen entkommen lasse. Ich weiß, dass sie noch immer auf der Suche nach mir ist. Michael, was soll ich denn jetzt machen? Irgendwie ist mein Ende so oder so besiegelt."

„So darfst du nicht denken, André", mahnte Michael ihn. „Denn dann wird es auf jeden Fall so kommen."

„Dann werde ich wieder auf die Jagd gehen, die Feldarbeit war mir sowieso zu anstrengend. Vampire zu meucheln ist da doch irgendwie einfacher."

„Soll ich, während du auf der Jagd bist, deinen Sohn und Sophie in meine Obhut nehmen?", fragte Michael.

Doch bevor er antworten konnte, krachte es über ihnen und das Dach wurde eingedellt. Michael und André starrten die Decke an. Dann rannte André ins Nebenzimmer.

Sophie hielt Antonio fest an sich gedrückt. Beide zitterten vor Angst. Am Fenster erhaschten sie kurz den Blick auf einen vorbeifliegenden Vampir. Michael tauchte neben André auf. Er eilte auf Sophie zu und zog sie und Antonio auf die Beine.

„Raus hier!", brüllte André. Er selbst rannte in sein Zimmer, während Michael Andrés Familie in Sicherheit brachte. Im Zimmer angekommen, riss er einen schmalen Schrank auf. Dort stand sein Schwert in der schwarzen Hülle. Außerdem hingen dort auch die Schmetterlingsschwerter und sein Dolch.

Er schnallte sich alles um und kletterte auf den Fenstersims. Wo er einen besseren Überblick bekam über die Anzahl der Vampire. André stieg auf das Dach, um jede Einzelne der Kreaturen im Auge zu behalten.

Die Vampire hatten die Flüchtenden eingekreist, woraufhin Michael einen Schutzschild um sie herum errichtet hatte. Immer wieder versuchten sie an dem Erzengel Lyneris vorbeizukommen. Aber es gelang ihnen nicht.

Wird Zeit, dass ich handle, dachte André und zog seinen Dolch aus der Scheide. Er sprang mit einem großen Satz vom Dach auf den Rücken eines Vampirs und durchbohrte dessen Herz mit dem silbernen Dolch. Sofort fuhren die anderen drei Vampire herum. Sie fletschten bösartig die Zähne. Dann griffen sie ihn gleichzeitig an.

Er entkam ihnen immer um Millimeter. Urplötzlich stieß er mit dem Dolch ein weiteres Mal zu. Nun waren es nur noch zwei. Kurz darauf löste sich der Dritte zu Staub auf. Der Letzte schaffte es nur, ihm im Gesicht einen tiefen Kratzer zu hinterlassen, bevor auch er durch André getötet wurde.

Dann ging er zu seiner Frau, seinem Sohn und Michael.

„Ist bei euch alles in Ordnung?", fragte er besorgt und schloss die zitternde Sophie in seine Arme.

Sein Sohn hingegen war begeistert und völlig aufgedreht. Es war keine leichte Aufgabe für Michael, den Jungen wieder zu beruhigen. Als es ihm schließlich doch gelang, hatte sich auch Sophie wieder gefasst.

André seufzte schwer, als sein Blick auf sein halb zertrümmertes Haus fiel. Es würde eine Ewigkeit dauern, bis er es wieder repariert hätte.

Er zuckte mit den Schultern. Irgendwie würde er sein Leben schon wieder in den Griff bekommen. Davon war er vollkommen überzeugt.

Seit dem Vorfall mit den Vampiren hatte André alle Hände voll zu tun. Jedes Mal, wenn ein Vampir einen Rachefeldzug versuchte, waren sie in ständiger Gefahr, Sina anzulocken. Er besiegte zwar jeden Einzelnen mühelos, aber dennoch kam er nicht zur Ruhe. Es war wie ein Knoten in seiner Brust, der jede Sekunde dicker wurde. Irgendetwas stimmt nicht.

Antonio war wissbegieriger, als selbst Michael je erwartet hatte. Er unterrichtete den Jungen in sämtliche Richtungen. Das Kämpfen aber lehrte André seinem Sohn höchstpersönlich.

An einem sehr heißen Sommertag saß Antonio auf einem Baumstamm und hatte die Augen geschlossen. Er dehnte seinen Geist aus und fühlte die Tiere des Waldes angefangen bei Ameisen bis hin zu einem Hirsch, der ihn scheu beobachtete.

Michael bestand darauf, dass er seine Umgebung mit allen Sinnen wahrnahm und auch verstand. Letzteres erwies sich weitaus schwieriger, als der Junge gedacht hatte. Es gab so vieles in diesen Wäldern, was er noch lernen musste. Doch so sehr er sich auch bemühte, viele dieser Dinge gelangen ihm einfach nicht.

Im Gegensatz zu den spirituellen Dingen kam er mit den materiellen viel besser zurecht. So auch mit den Gegenständen, die die Menschen benutzten, um sich gegenseitig abzuschlachten.

Sein Vater war sehr stolz auf ihn und sein Geschick, was die Jagd betraf. André hatte ihn eines Tages einmal mit auf die Pirsch genommen, nachdem er Antonios ewigem Gedränge und Gebettel nachgegeben hatte. André war auf der Suche nach einem entflohenen Vampir, der in den westlichen Wäldern von Herradura sein Unwesen trieb und die Bevölkerung in Angst und Schrecken versetzte.

Herradura war einer der neun Teile von Gobiernos riesigem Reich Carrera. Der zehnte war eine große Insel nordwestlich mit dem Namen Sugiawa. In Herradura befand sich die Hauptstadt der gesamten Provinzen, Custodio, was so viel wie Wächter bedeutete. Damit lag man auch gar nicht so daneben. Gobierno machte dem Namen der Stadt alle Ehre und wachte wie eine Schlange über ihre Beute; jederzeit bereit zuzustoßen. Nichts, aber auch gar nichts, schien seinem scharfen Blick verborgen zu bleiben. Er sah wirklich alles, alles, was er sehen wollte!

Der Vampir, der sich wie aus dem Nichts auf sie gestürzt hatte, war um die zwei Meter groß und so blass, dass er fast durchsichtig wirkte. Er schnappte nach André und trennte ihn somit von seinem fünfjährigen Sohn, der rückwärts stolperte. Der alte Vampir fesselte den Jungen mit seinem bloßen Willen an dem nächstbesten Baum. Dann ging er auf André los, der mit präziser Gelassenheit die Schmetterlingsschwerter zog. Er ließ die Schwerter mithilfe seiner Handgelenke rasch kreisen und verfolgte jede Bewegung des Untoten mit eisiger Geduld. Er hatte sich noch nie unnötig bewegt und würde es auch jetzt nicht tun. Ein seltsames Prickeln fuhr André den Rücken hinunter und ein kurzer Blick über seiner Schulter zeigte ihm eine ganze Schar von jungen Vampiren. Es waren mindestens ein halbes Dutzend dieser Kreaturen. Allerdings waren sie unerfahren. Sie würden leicht zu besiegen sein. Die Schar der jungen Vampire stürzte sich auf André, der dieser Herausforderung mit seinen Schwertern und einem Grinsen auf dem Gesicht entgegentrat. Währenddessen wandte sich der alte Vampir wieder Antonio zu. Der Junge zog und zerrte an seinen unsichtbaren Fesseln, doch es brachte ihm alles nichts. Der Vampir kam immer näher und war nun drauf und dran, ihn zu verschlingen. Antonio schrie nach seinem Vater. Dieser wurde einen Moment abgelenkt, was ihn bald den Kopf gekostet hätte, wenn er ihn nicht reflexartig eingezogen hätte. Er zog seinen Dolch und warf ihn mit präziser Genauigkeit auf die Brust des alten Vampirs zu. Der Dolch drohte schon vorbeizufliegen, doch dann streifte er den Kopf quer über den Augen des Monsters. Dieses schrie und wälzte sich wimmernd im Dreck, um die Schmerzen zu lindern. André tötete den letzten der jungen Vampire und sprang zu seinem Sohn. Die Fesseln waren verschwunden, als André die Konzentration des Vampirs gestört hatte. Er schloss den zitternden Jungen in die Arme. Der Vampir hatte sich nun hinter André aufgebaut, ohne dass es der Vampirjäger bemerkt hatte. Er war einfach zu sehr damit beschäftigt seinen Sohn zu trösten. Antonio jedoch spürte die Gefahr und stieß seinen Vater von sich und vorerst aus der Gefahrenzone. Der Kopf des Vampirs mit dem giftigen Gebiss schnellte auf den Jungen zu und prallte unvorhergesehen an eine unsichtbare Barriere. André stockte der Atem. Er hatte nie viel für Magie übriggehabt und nun schien diese trügerische Macht von seinem Sohn Besitz zu ergreifen. Eine Sekunde darauf umgab eine goldene Aura seinen Sohn und der Vampir erstarrte. Einen Lidschlag später zerfiel er zu Staub, da er abermals den magischen Schild berührt hatte.

Antonio musste schmunzeln. Er hatte das Gesicht seines Vaters noch gut in Erinnerung, als er ihm unbewusst gezeigt hatte, welche Macht in ihm schlummerte. Michael hatte daraufhin ein sehr ernstes Gespräch mit Vater und Sohn geführt. Zum Schluss stand fest, dass Antonio bewusst lernen sollte, wie er die Magie anwenden konnte, ohne sich dabei umzubringen und dass er sich weiterhin von seinem Vater im Normalkampf unterrichten lassen würde. Was so viel hieß, wie, dass er lernte, wie ein Mann mit dem Schwert, Messer und allem Möglichem zu kämpfen, denn manchmal, und das schärfte André ihm in jeder Stunde ein, hatte man möglicherweise keine Klinge bei sich, um sich zu schützen, dann musste auch ein Stock oder Ähnliches seinen nötigen Dienst tun.

Immer noch saß er im Schneidersitz auf dem Baumstumpf und *betrachtete* den Geist einer Ameise. Es war wirklich erstaunlich, was diese kleinen Tierchen für einen Orientierungssinn hatten. Manchmal beneidete er sie darum und gab sich immer mehr Mühe, seine Umgebung völlig wahrzunehmen. Doch bis zu Perfektion war es noch weit. Das machte aber nichts. Er war noch sehr jung und es gab auch keinen Zwang, alles auf einmal lernen zu müssen. Er tat, was Michael ihm immer wieder versuchte klarzumachen und nahm sich Zeit. „Wer überstürzt handelt, wird sich des Ausmaßes der möglichen Gefahr nicht bewusst. Handle überlegt und gezielt." *Ja*, dachte Antonio, *das sind weise Worte meines Meisters*. Manchmal fragte er sich, ob Michael, sein Meister, noch andere Zöglinge hatte.

Ein Wesen, das weitaus größer als eine Ameise war, erfasste sein Geist. Er konzentrierte sich völlig auf das Fremde und dann drang eine wohlbekannte Stimme an sein scharfes Gehör.

„Ich muss sagen, du bist besser geworden." Das war Michael.

Antonio öffnete die Augen und blickte seinen Meister lächelnd an.

„Aber dennoch war es ein großer Fehler, dich nur auf mich zu konzentrieren und alles andere außen vor zu lassen. Was glaubst du wäre, wenn ich nur ein Vorbote des Unheils gewesen wäre und ein anderer dich hinterrücks gemeuchelt hätte. Du hättest ihn viel zu spät wahrgenommen."

„Tut mir leid, Meister", sagte Antonio etwas geknickt und schlug die Augen nieder. Doch gleich darauf schnellte sein Kopf hoch und er blickte aufgeregt in Michaels gutmütiges Gesicht. So wie er im Sonnenlicht stand mit seinem weißen Gewand, sah er aus wie ein Schutzengel, der von einem Gott gesandt worden war, um Antonio zu beschützen. „Morgen ist doch mein achter Geburtstag, ich wollte dich fragen, ob du kommst?"

„Nichts wird mich daran hindern können", erwiderte Michael lachend. Es war nun schon das zehnte Mal in drei Tagen, dass Antonio ihn das fragte. „Aber ich hoffe, es ist in Ordnung, wenn ich gegen Mittag komme."

Antonio strahlte und nickte glücklich.

„Aber nun komm, deine Mutter hat schon das Abendbrot auf dem Tisch", sagte Michael und reichte dem Jungen die Hand. Dieser ergriff sie auch sogleich und sie gingen gemeinsam zum wieder errichteten Haus der de Grafias.

Antonio erzählte seinen Eltern schwärmerisch vom Leben der Ameisen, Käfer, Hasen und, und, und ...

André warf Michael einen verwunderten Blick zu. Schließlich fragte er: „Ich dachte, du wolltest ihm die Magie lehren? Aber stattdessen lässt du ihn das Leben von Ameisen erkunden. Sag mir alter Freund, was bezweckst du damit?"

„In allen Elementen und allem Leben steckt Magie. Jemand wie Antonio kann das spüren, wenn er sich dem am Anfang bewusst widmet. Wenn er das von klein auf tut, wird er es später auch unbewusst aufnehmen und es für eine Selbstverständlichkeit halten. Mit diesem Wissen und der nötigen Übung könnte er auch die Energie aus den Lebewesen ziehen und sie einsetzen, um sich zu stärken. Aber ich will dir nicht verhehlen, dass es durchaus möglich wäre, dabei dieses Lebewesen zu töten. Im Grunde geht es darum, dass er erkennt, was für eine schwere Last auf seinen Schultern ruht und ob er damit richtig umgeht. Nicht so wie einige andere, die ihre Macht nur für sich selbst nutzen. Es ist wichtig, dass er für den Erhalt von Leben seine Macht einsetzt und sie nicht zerstört."

„Wie soll er das denn allein schaffen?", erwiderte André. „Ich glaube, ich kann dir da nicht ganz folgen."

„Niemand sagt, dass er es allein tun muss. Das würde auch niemand schaffen. Nein, er braucht Verbündete, die mit ihm Seite an Seite stehen, um die Welt zu erhalten."

Antonio sah zu Michael auf. „Was redest du denn da? Papa, was soll das ganze Gerede über mich und meine Fähigkeiten? Hab ich irgendetwas falsch gemacht?" Antonio wirkte verwirrt und etwas verängstigt. Michaels Worte waren ihm einfach zu hoch. Er konnte nicht viel damit anfangen und außerdem hatte er keine Freunde. Niemand wollte mit ihm befreundet sein, da André die Dämonen aufwiegelte. Doch das störte Antonio nur wenig. Er hatte sich nie Freunde gewünscht, wozu auch, wenn man einen Vater wie André hatte, Sophie seine Seelennöte linderte und Michael ihm eine anspruchsvolle Ausbildung in der Magie durchlaufen ließ.

Doch jetzt war alles anders. Sein Meister fing nun an, von Verbündeten und Freunden zu reden. Wo um Himmelswillen sollte er jemanden kennenlernen, der sein Freund werden wollte? Michael schien ein Ding der Unmöglichkeit von ihm zu verlangen.

In dieser Nacht lag Antonio noch lange wach. Er konnte einfach nicht einschlafen. Michaels Worte gingen ihm einfach nicht aus dem Kopf. Immer wieder warf er sich hin und her. Er versuchte Ordnung in seine verwirrten und durcheinandergewirbelten Gedanken zu bringen, doch das gelang ihm nicht sonderlich gut. Immer wieder drängten sich neue Fragen auf. Schließlich stand er auf und öffnete die Fensterläden. Sein Blick schweifte über das große Feld neben der Scheune. Eine dunkle Gestalt stand vor der Scheune und sah zu ihm herauf.

Antonio stockte der Atem und er stand bewegungslos am Fenster, wenn man davon absah, dass sich seine Finger ins Fensterbrett krallten. Sein Geist hatte noch nie eine solch böse Aura gespürt. Er konnte spüren, wie die Gestalt lächelte. Von einer Sekunde auf die nächste war das boshafte Wesen verschwunden. Eine geschlagene halbe Stunde stand Antonio noch am Fenster und fragte sich allmählich, ob er sich das nicht nur eingebildet hatte. Fieberhaft suchte er die Gegend ab, doch der nächtliche Besucher blieb verschwunden. Auch Antonios Geist konnte keine bösen Energien mehr spüren.

Er schloss das Fenster und stieg wieder ins Bett. Er zog die Decke über den Kopf. Allmählich machte sich bohrende Angst in ihm breit, doch irgendwie hatte ihn diese Gestalt fasziniert. Wenn er auch nicht sagen konnte, warum.

Antonio war am nächsten Morgen auffallend still. Sein Vater hatte ihm den Dolch geschenkt, den er immer zur Jagd mitgenommen hatte, und verkündete feierlich, dass er Antonio auch bald gut Dienste leisten würde. Antonio hatte sich bemüht, erfreut zu klingen, doch Sophie bemerkte seine gedrückte Stimmung. Der Junge legte den Dolch auf dem Küchentisch ab.

„Was bedrückt dich, mein Schatz?", fragte sie schließlich beim Frühstück.

Antonio warf seinen Eltern einen Blick zu, bevor er aussprach, was ihm auf dem Herzen lastete.

„Gestern Nacht war ein Unbekannter auf dem Hof und hat unser Haus beobachtet. Er hat mich gesehen und ich konnte seine bösartige Aura spüren. Es war grauenvoll."

André fiel klappernd das Messer aus der Hand. „Hast du ihn erkennen können?"

Einen Moment war Antonio verwirrt, weil sein Vater das Wort „ihn" so merkwürdig betonte. Dann sagte er: „Nein, es war ja stockfinster."

„Also könnte es auch eine Frau gewesen sein?", hackte André unerbittlich nach.

Antonio nickte langsam, nicht wissend, worauf sein Vater da hinauswollte.

„Was tat die Person?", forschte André weiter und fixierte seinen Sohn mit seinem Falkenblick.

„Ich glaube, sie hat gelächelt und dann ist sie plötzlich verschwunden."

„Verdammt!", donnerte André und schlug mit der Faust auf den Tisch. Das hatte er befürchtet. Sophie und Antonio zuckten zusammen und starrten ihn entsetzt an. Was war bloß in ihn gefahren. André erhob sich und rannte in sein Zimmer. Er trug zwar immer eines seiner Zwillingsschwerter bei sich. Aber das würde nicht ausreichen, nicht bei einem Gegner wie ihr. Andererseits, was konnte er ihr schon entgegensetzen? Er würde sie allein und weit weg von seiner Familie stellen. Was dann geschehen würde, malte er sich lieber nicht aus.

Als er zurück in die Küche kam, saßen Sophie und Antonio immer noch am Tisch und schwiegen sich an. André trat zu ihnen und sagte: „Ich werde für eine Weile fortgehen. Es gibt da eine Sache, die ich noch erledigen muss."

„Du wirst doch zurückkommen, oder, Papa?", fragte Antonio leise und blickte mit bangem Herzen zu seinem Vater auf.

„Natürlich", erwiderte dieser und grinste. „Merk dir eins, mein Sohn, nichts, aber auch gar nichts wird uns je auseinanderbringen. Ich bin immer bei dir, das darfst du niemals vergessen!"

Antonio sprang vom Stuhl und André hob ihn hoch. Er drückte den Jungen noch einmal fest an sich, küsste ihn auf die Stirn und sagte: „Eins vergiss niemals, wer sich geschlagen gibt, ohne die Situation völlig überblickt zu haben, ist schon verloren. In der Gefahr erkennt man, wer man wirklich ist und auf wen man sich verlassen kann."Antonio schaute etwas verwirrt drein und André lachte. „Nur keine Bange Junge, du wirst es schon noch verstehen."

Nachdem er Sophie in den Arm genommen und geküsst hatte, setzte er Antonio ab und verließ das Haus.

Er eilte hinüber zur Scheune und stieß das Scheunentor auf. Dort drinnen in einer Ecke hatte er eine Box für sein schwarzes Pferd erbaut. Er nahm den Sattel und die Trense von der Halterung und betrat die Box der Stute. Leise rief er ihren Namen. Sie wandte ihm ihren Kopf zu. Er trat an ihre Seite und legte ihr den Sattel auf. Dann zurrte er den Gurt fest. Er legte ihr die Trense an und führte sie am langen Zügel hinaus ins Freie. Dort warf er der schwarzen Stute die Zügel über den Kopf und saß auf. Er trieb sie zur Eile und wenig später verschwanden sie im nahen Wald.

Antonio und Sophie sahen ihm nach. Als er verschwunden war, sagte Sophie: „Geh doch bitte die Ziegen füttern, während ich die Wäsche mache!" Antonio ging aus dem Haus und schloss die Tür hinter sich. Einen Moment lehnte er sich dagegen. Er wurde dieses beklemmende Gefühl, dass etwas ganz und gar nicht stimmte, einfach nicht los. Es klebte an ihm, seit er den nächtlichen Besucher gesehen und seine Aura zu spüren bekommen hatte.

Er schlenderte grübelnd zum Ziegengatter. Auf dem Weg dorthin nahm er einen Weidenkorb und füllte ihn mit frischem Gras. Dann trug er ihn zum Gehege und schüttete ihn dort aus. Die Ziegen blökten hungrig und schlangen das Gras gierig hinunter.

Lächelnd streichelte er der kleinsten Ziege über den weichen Kopf. „Na Mono, wie gehts dir heute?"

Mono sah ihn mit runden Kulleraugen an.

„Mir gehts nicht so gut. Irgendetwas zieht herauf, ich kann es spüren, aber leider nicht zuordnen. Kannst du mir nicht helfen?"

„Das kommt ganz darauf an", erwiderte die Stimme einer Frau.

Antonio sah erst die Ziege an, bis plötzlich die eiskalte Bosheit in seinen Geist drang und er herumwirbelte. Vor ihm stand eine junge Frau mit langen, blauen Haaren. Sie trug ein weißes Gewand aus Seide, das mit Goldfäden verziert war. Gleich einer Göttin schwebte sie auf ihn zu und lächelte ihn süß an. Ihre zu Eis erstarrten, blauen Augen lösten sich ein wenig aus der Starre und schienen wirklich Wärme zu entwickeln.

Lange schauten die beiden sich an, ohne ein Wort zu verlieren, bis einer ihrer Begleiter zu quengeln anfing.

„Herrin, worauf warten wir? Können wir nicht dieser Heuchlerin eine Lektion erteilen? Bitte Herrin überlasst sie uns!"

Heuchlerin? Antonio sah von der jungen Frau zu ihrem Begleiter und wieder zurück. *Meint der ... Mutter?*

„Wer sind Sie?", fragte er und fixierte die junge Frau mit fragenden Blicken. Dennoch streifte sein Geist wachsam umher, ob von irgendwo Gefahr für ihn drohte. Doch noch war alles ruhig.

„Mein Name ist Sina", sagte sie mit einem zufriedenen Lächeln, denn sie spürte mehr als deutlich seinen tastenden Geist. „In dir wohnt die Gabe der Magie."

„Was?"

„Du hast die Begabung, Magie wirken und formen zu können", erwiderte sie. „Möchtest du mich nicht begleiten und noch tiefer in die Magie eintauchen, als du es dir jemals erträumt hast?"

„Antonio?", das war Sophie, die gerade aus dem Haus trat und nach ihm suchte.

Die Begleiter Sinas sahen sie und im Nu hatten sie sich auf sie gestürzt, um der schönen jungen Frau die Kleider vom Leib zu reißen. Antonio schrie entsetzt auf und wollte zu Sophie rennen, doch Sina hielt ihn zurück. Sie hatte nicht mal einen Blick für ihre treulose Hebamme übrig.

„Lasst mich los!", schrie er sie an und versuchte sich aus ihrem eisernen Griff, der sich um sein Handgelenk gelegt hatte, zu befreien.

„Wirst du mit mir gehen?", fragte sie noch einmal. „Dann bin ich bereit, meine Diener von ihr fernzuhalten."

Ihm blieb die Antwort erspart, denn einen der Diener durchbohrte eines der Schmetterlingsschwerter, das von André de Grafia aus großer Distanz geworfen worden war. Nun jagte er auf seiner Stute zu Sophie und Sinas Begleiter stoben auseinander. André hingegen sprang aus dem Sattel und kniete sich neben Sophie.

„Ist alles in Ordnung?", fragte er fassungslos. „Oh, es tut mir so leid, dass ich euch da mit reingezogen habe."

„So, leid tut es dir", sagte Sina mit eisiger Gelassenheit. Sie hatte sich gebückt und drückte Antonio fest an sich. Er wehrte sich nicht dagegen. Antonio wusste auch nicht, warum. Doch irgendwie gab ihm ihre Umarmung ein Gefühl der Stärke. *Soll ich wirklich mit ihr gehen? Wird sie dann meine Eltern in Ruhe lassen? Und was wird aus Michael? Er wollte doch kommen. Wieso ist er noch nicht hier? Jetzt bräuchte ich den Rat meines Meisters mehr denn je.*

André hatte seine Aufmerksamkeit jetzt Sina zugewandt. Er atmete tief durch und versuchte ruhig zu bleiben. Sie jetzt zu provozieren wäre mehr als unklug, da sie Antonio in ihren Armen hielt.

„Lass den Jungen gehen", sagte er leise.

„Ihn gehen lassen? Wo denkst du hin", sagte Sina zuckersüß. „Ich –"

„Wenn ich mit Euch gehe", sagte Toni plötzlich und Sina und André sahen ihn gespannt an. Sein Vater schien sogar entsetzt zu sein. „Werdet Ihr meine Eltern dann verschonen und sie in Frieden hier leben lassen?"

Sina sah ihn einen Moment unverwandt an. *Die Schlampe hat sich als seine Mutter ausgegeben*, dachte sie erbost.

„Antonio, du weißt nicht, worauf du dich da einlässt", schrie André entsetzt. Seine Augen waren weit aufgerissen und Schweißtropfen liefen ihm übers Gesicht.

„Papa, ich will doch nur, dass euch nichts passiert", erwiderte Antonio. Er hatte Angst, doch nicht vor Sina, wie er verwundert feststellte, sondern um seine Eltern.

Sina hatte unterdessen einen ihrer Diener herangewinkt und wies ihn an, Antonio gut festzuhalten. Sie hingegen erhob sich und ging graziös auf André und Sophie zu.

„Steh auf!", blaffte sie ihn unwirsch an.

Langsam erhob er sich, doch nicht einen Moment ließ er Sina aus den Augen. *Egal, was diese Hexe sich auch einfallen lässt, meinen Sohn bekommt sie niemals!*

Sie machte eine wegwischende Handbewegung und André wurde von ihrer Macht weggeschleudert. Er schlug mit dem Kopf hart auf und blieb etwas benommen im Gras liegen. Währenddessen glitt Sina geschmeidig auf ihn zu. In seinem Kopf drehte sich alles, als er sich aufsetzte. Er spürte, wie Sina näherkam und zog sein Schwert. Als sich das Drehen in seinem Kopf gelegt hatte, öffnete er die Augen und sah, dass Sina innegehalten hatte und die schwarze Aura um sein Schwert misstrauisch beäugte. Er erstarrte, sein Schwert schien ein Eigenleben zu besitzen, er konnte es förmlich spüren. Sina hob ihre rechte Hand und schoss einen Energiepfeil auf André ab, der aber niemals zu dem Jäger hindurchgedrungen wäre, da die Aura des Schwertes einen Bannkreis um ihn herum errichtet hatte und ihn vor jeglichen Angriffen der Zauberin schützte.

Er konnte ihr Fluchen und die Wutschreie hören. Doch plötzlich besann sie sich eines Besseren und löste sich in Luft auf. Sie tauchte neben Sophie auf und zog diese erbost nach oben.

„Höre, was ich dir zu sagen habe, Vampirjäger", rief sie mit lauter Stimme, die nur so von Hass triefte. „Stecke dein Schwert zurück in die Scheide und lege all deine Waffen dort ab, dann kommst du zu mir! Wenn du meinen Anweisungen folgst, dann wird deiner kleinen Freundin nichts geschehen."

André biss sich auf die Lippe. *Was nun?* „Und du glaubst, dass ich dir das abnehme?", fragte er und funkelte sie mit hasserfüllten Blicken an.

„Du weißt doch, zu was ich fähig bin", erwiderte Sina ungerührt.

Andrés Hände zitterten. Er hatte keine Wahl. Natürlich wusste er, wozu dieses Weibsbild fähig war. Mit knirschenden Zähnen schob er sein Schwert zurück in die Scheide, das jähe Glimmen verschwand. Dann legte er alle seine Waffen ab bis auf den kleinen Dolch in seinem Stiefelschaft. Etwas Schutz musste er sich ja auch gewähren können. Wenn er starb, nützte er weder Sophie noch seinem Sohn etwas.

„Sehr schön und nun komm her!"

Langsam und sehr vorsichtig näherte er sich Sina und seiner Frau. Er wusste selbst nicht, worauf er sich da einließ. Antonio zappelte wild herum und trat dem Diener Sinas schließlich gegen sein Schienbein. Augenblicklich ließ er den Jungen los, der sofort zu seinen Eltern rannte. Keiner der anderen schien das bemerkt zu haben. André war der Erste, der seinen Sohn auf sich zu rennen sah. Er ging in die Knie. Sina, die glaubte, er würde sich vor ihr in den Staub werfen, grinste. Nun hatte sie ihn genau da, wo sie ihn haben wollte. Antonio schoss an ihr vorbei und in die Arme seines Vaters, der ihn nun so fest an sich drückte, als wollte er ihn nie wieder gehen lassen.

„Gott, ich hatte solche Angst um dich", hauchte André aufgelöst.

„Ich auch", flüsterte Antonio leise. „Aber wenn ich mit ihr gehe, lässt sie euch doch in Ruhe."

„Nein, nein, Antonio", erwiderte André verzweifelt. „Das würde sie nicht. Du musst dich nicht für eine Sache opfern, die längst verloren ist."

„Aber mit deinem Schwert hättest du doch noch eine Chance."

„Nicht, solange Sophie in ihrer Gewalt ist", sagte André. „Du musst fliehen, und zwar jetzt! Ich werde sie aufhalten. Dich soll sie nicht kriegen. Ich möchte, dass du stark bist und ein Leben hast ..." Ein Entsetzensschrei durchschnitt die von Angst geschwängerte Luft. André und Antonio fuhren entsetzt herum und sahen, dass die Diener von Sina über Sophie herfielen und die Zauberin verschwunden war. André nahm seinen Sohn auf den Arm und eilte so schnell er konnte zu seinem Schwert. Doch Sina tauchte genau zwischen ihm und dem Schwert Dolor auf. Er kam schlitternd zum Stehen und schluckte schwer. Antonio klammerte sich fest an seinen Vater, aus Angst ihn zu verlieren, wenn er ihn losließ.

„Eure nette, kleine Unterhaltung war mir und meinen Dienern zu langweilig, da haben sie sich halt über die kleine Hure hergemacht", sagte Sina und ein boshaftes Lächeln lag auf ihren schönen, roten Lippen.

„Beleidige meine Mutter nicht", brüllte Antonio sie an.

André setzte seinen Sohn ab und stellte sich schützend vor ihn. „Geh!", raunte er ihm flehend zu. Er selbst aber machte sich bereit, Sina gegenüberzutreten.

Antonio zögerte, dann lief er los, so schnell ihn seine kurzen Beine trugen. Als er die ersten Bäume erreichte, blieb er stehen und sah zu seinem Vater zurück.

Sina hatte ihn abermals zu Boden geworfen und fesselte ihn durch die Magie an Ort und Stelle. Sie streifte ihr Gewand ab und ließ es zu Boden gleiten. Panik breitete sich in Andrés Brust aus und schnürte ihm die Kehle zu. Fast liebevoll öffnete sie sein Hemd. Er versuchte, sich zu bewegen. André zog und zerrte an seinen unsichtbaren Fesseln, doch befreien konnte er sich nicht. Er flehte nur noch, dass Antonio weit genug weg war, um das nicht sehen zu müssen.

Sein Hoffen war vergebens, denn Antonio stand hinter einem Baum und beobachtete jene grauenvolle Szene, die sein Leben grundlegend verändern würde. Er zitterte wie verrückt, als er sah, wie Sina splitternackt über seinen geliebten Vater herfiel, und er hörte die verzweifelten Schreie seiner Mutter, die ganz plötzlich verstummten.

„Mutter ...", flüsterte er geschockt. Tränen stiegen in ihm hoch, als sich die Wahrheit in seinen Kopf drängte und ihn beinahe um den Verstand brachte. Dann sah er zu seinem Vater hinüber, er atmete auf. Andrés Brust hob und senkte sich rasch. Er schien erschöpft und ausgelaugt, aber er lebte wenigstens noch.

Antonio fasste einen Entschluss. Er rannte im Schutz der Bäume so nah wie möglich an die Waffen seines Vaters heran. Dann atmete er noch einmal tief durch und sprintete so schnell er konnte auf sie zu.

Die Diener Sinas bemerkten ihn und versuchten, ihm den Weg abzuschneiden, nicht zu Fuß, sondern aus der Luft. *Vampire*, schoss es Antonio durch den Kopf. Er hechtete nach vorn und bekam eines der Schmetterlingsschwerter zu fassen. Er zog es aus der Scheide und schon schoss einer der Vampire auf ihn zu, um ihn auch zu töten. Doch Antonio war schneller. Er machte seinem Vater alle Ehre und tötete jeden Einzelnen seiner Angreifer. Am Ende waren nur noch zwei von Sinas Dienern übrig, die auf Distanz blieben und Antonio lauernd beobachteten.

André brachte ein Grinsen zustande.

„Ganz schön hartnäckig, der Kleine", sagte Sina, als sie Antonio bemerkte, der ihre unnützen Diener meuchelte.

„Er ist mein Sohn, hast du das etwa schon vergessen?", keuchte André zufrieden.

„Wie könnte ich", erwiderte Sina kalt.

Antonio sah jetzt zu seinem Vater und Sina hinüber. Sinas und seine Blicke trafen sich. Keiner wollte diese Verbindung lösen. Antonios Geist tastete nach dem silbernen Dolch, der noch auf dem Küchentisch lag. Als er ihn schließlich fand, befahl er ihm, *zu kommen*. Der Dolch schoss aus dem Haus auf den Rücken der Zauberin zu, doch Sina hatte seine Bemühungen längst bemerkt und lenkte die Flugbahn um. Die blitzende Klinge bohrte sich durch Andrés Brust.

Sina hatte André von seinen Fesseln befreit, nachdem ihn der Dolch durchbohrt hatte.

Antonio schrie entsetzt auf und rannte zu seinem Vater. Er fiel neben ihm auf die Knie. André atmete ruckartig. Es fiel ihm sichtlich schwer, für Antonio noch ein Lächeln zustande zu bringen.

„Warum … bist … du … zurückge… gekommen?", fragte André mit schwacher und immer leiser werdender Stimme.

„Ich kann dich und Mama doch nicht einfach allein lassen, ihr seid doch alles, was ich habe", sagte Antonio verzweifelt. „Bitte stirb nicht, Papa! Ich hab dich so lieb."

„Du vergisst schnell … ich hab dir … dir doch …gesagt, …dass uns nichts … nichts trennen kann. Und daran …halte ich fest. Ich werde immer … bei dir … sein, immer … so lang du mich … im Herzen trägst."

André packte den Dolch mit beiden Händen und zog ihn mit schmerzverzerrtem Gesicht aus seiner Brust. Dann reichte er ihn Antonio.

„Er gehört … dir, ich möchte, dass du … ihn nimmst", sagte André, seine Stimme war nur noch ein Flüstern. „Mach dir keine Vorwürfe … ich bin nicht … nicht durch deine … Hand gestorben!"

„Aber Papa, ich hab doch den Dolch …"

„Du wolltest … ihn doch nur … benutzen, um … mir zu helfen …, aber nicht um … mir Schaden … zuzufügen … Geh … geh nun endlich …"

Seine Stimme versagte und auch sein Herz hörte auf zu schlagen. Antonio kniete neben ihm, völlig benommen von den Ereignissen und mit dem blutigen Dolch in der Hand. Es dauerte eine Weile, bis er begriff, dass er die Stimme seines Vaters nie wieder hören würde und auch nicht die liebevolle Stimme seiner Mutter. Sein achter Geburtstag hatte in einer Katastrophe geendet.

„Mörderin!", schrie er unerwartet und Sina zuckte überrascht über seine plötzliche Lautstärke zusammen. Er sprang auf die Beine und funkelte sie an. Eine Woge des Hasses drohte ihn zu überschwemmen und ließ für Angst und Trauer keinen Platz.

Sina hatte sich inzwischen wieder angekleidet. Sie wirkte völlig ungerührt über Antonios Anschuldigungen.

„Wirst du jetzt mit mir kommen?", fragte sie, als wäre nichts gewesen.

„Lieber sterbe ich!", brüllte er sie an. Er wandte sich dem Leichnam seines Vaters zu, fiel wieder auf die Knie und legte sich den Dolch an die Brust. Mit beiden Händen packte er die silberne Waffe und wollte sich selbst das Herz durchbohren, doch starke Hände hielten ihn davon ab. Gleichzeitig wurde er durch weißes, grelles Licht geblendet, sodass er die Augen zusammenkneifen musste.

Sina erging es nicht anders. Als sie das Licht nicht mehr aushalten konnte, löste sie sich in Luft auf und verließ Custodio.

Antonio verlor die Besinnung, als die Geschehnisse des Tages noch einmal mit aller Macht auf ihn eindrangen. Dicke Tränen flossen seine Wangen hinunter. Das Letzte, was er noch spürte, waren die starken Arme, die ihn mühelos hochhoben und wegtrugen. Wohin wusste er nicht und es war ihm auch egal.

Kapitel 5

Verbrannte Seelen - neue Hoffnung?

Einige Monate vor Andrés Tod:

„Chris, ich bitte dich, mach die Tür auf!", sagte Gobierno entnervt.

Chris lag in seinem Zimmer auf dem Bett und blickte mit tränenverschmiertem Gesicht zur Tür, gegen die sein Vater nun schon seit Stunden hämmerte. Nachdem vor fünf Jahren seiner Mutter und Aléjandro die Flucht gelungen war, hatte er sich in sein Zimmer eingesperrt und niemanden hereingelassen. Wenn er hungrig wurde, stahl er sich nachts aus dem Zimmer und hinunter in die Küche. Mittlerweile war er ein fähiger Koch geworden. Seinen Vater so zu ignorieren, bescherte ihm die einzige Freude seit Langem. Er hatte ihm bis heute nicht verziehen, wie er Aléjandro gefoltert hatte. Es gab nur einen Menschen in dem ganzen Schloss, der von Chris' Streifzügen wusste und ihn heimlich unterstützte – der Arzt Rain.

„Chris, nun mach endlich diese verdammte Tür auf!"

„Geh weg", schrie Chris zur Tür hinüber, „Lass mich allein, ich will dich nie wiedersehen! Hörst du? Nie wieder!"

Gobierno hielt erstarrt inne. *Was habe ich nur getan*, schoss es ihm unwillkürlich durch seine traurigen Gedanken. Dann schüttelte er den Kopf, *nein, nicht ich bin schuld. Sie hätte sich dieses Eies entledigen müssen, dann wäre all dies nie passiert.*

Er wandte sich um und lief den Gang entlang. Ein Diener holte ihn ein und fiel vor ihm auf die Knie.

„Mein König, Eure Gemahlin ist dabei, ihr Kind auf die Welt zu bringen."

Er nickte nur knapp und lief zu den Gemächern seiner neuen Frau. Sie war seit Jahren seine heimliche zweite Frau, von der nur Lyneri, wie er glaubte, nichts gewusst hatte. Selbst sein Bruder hatte sich nicht bremsen können und mit ihr letztes

Jahr einen Bastard gezeugt, obwohl er genau wusste, dass sie mit Gobierno verheiratet war. Daraufhin hatte er seinen Bruder auf die Insel der Wasserfälle verbannt, aber den Jungen behalten. Warum wusste er selbst nicht so genau. Sein Bruder Takeru und auch seine Frau hatten ihn auf Knien angefleht, das Leben des Säuglings zu schonen, was er dann merkwürdigerweise auch getan hatte. Es spielte keine Rolle. Vielleicht würde der kleine Bastard ein ausgezeichneter Heerführer sein, wie es sein Vater gewesen war, und wenn nicht, dann konnte er ihn immer noch töten lassen.

Rain kam gerade aus ihrem Zimmer und blickte den König lächelnd an.

„Es ist ein Junge, mein König", sagte er und hielt Gobierno die Tür auf, damit dieser eintreten konnte.

Es war wie damals vor acht Jahren gewesen, als Lyneri auf dem Bett gesessen hatte. Nun aber saß eine andere junge Frau dort. Sie hatte lange, schwarze Haare und graue Augen, die nun sanft zu Gobierno aufschauten. Dann reichte sie ihm seinen Sohn. Der Junge schien völlig normal. Er war etwa so groß wie jedes andere Baby auch, hatte keine spitzen Ohren und schrie wie am Spieß.

Gobierno lächelte zufrieden. *Ja, er scheint ein ganz normales Kind zu sein. Das ist mein Sohn!*

Plötzlich hörten sie jemanden Klavier spielen. Das Kind verstummte sofort und schien gebannt zu lauschen. *Chris*, dachte Gobierno und verließ mit dem Kind auf dem Arm die Gemächer der Königin, die ihm nur verdutzt nachschaute. Er blieb vor Chris Tür stehen und das Klavierspiel verstummte.

„Ich hab gesagt, du sollst mich in Ruhe lassen", sagte Chris prompt und noch immer mit gequälter Stimme. Er war so enttäuscht von seinem Vater, dass seine Sturheit nun keine Grenzen mehr kannte. Nein, er konnte ewig in diesem Zimmer bleiben und ausharren. Das wusste Gobierno sehr genau, doch einen Versuch wollte er noch wagen.

„Chris, willst du nicht wenigstens deinen kleinen Bruder sehen?", fragte er verzweifelt.

Chris stutzte. Ja, es stimmte, er konnte es riechen, sein Vater hielt ein Baby auf dem Arm, das eindeutig dessen Sohn war. *Mein Bruder, nein, Halbbruder*, verbesserte er sich.

Der Riegel knarrte und Chris öffnete die Tür. Er war schon einen Meter fünfzig groß und sah seinen Vater nun mit misstrauischen Augen an.

Gobierno holte tief Luft. „Es tut mir leid, was ich getan habe ...", begann er, doch Chris fiel ihm ins Wort.

„*Das* kann aber meinen Bruder nicht ersetzten, geschweige denn meine Mutter zurückbringen", sagte Chris mit erstickter, wütender Stimme. „Deine Einsicht kommt viel zu spät, Vater, und einen neuen Bruder will ich auch nicht. Er ist einfach nicht Al!" Damit knallte er ihm die Tür vor der Nase zu und wenige Augenblicke später saß er wieder am Klavier und spielte eine elend traurige Melodie.

Das Baby in Gobiernos Armen fing wieder an zu weinen.

„Hör auf zu weinen, Terco", sagte er leise und drückte seinen Sohn an seine Brust. *Ob Chris mir jemals verzeiht?*

Er ging mit gedrückter Stimmung zurück zu seiner Frau. Er hatte keine Ahnung, wie das Leben weitergehen sollte, wenn Chris seine Entschuldigung nicht annahm.

„Es muss sein, Mylady, zu viele würden ihn zu gerne tot sehen", sagte Rain, der Arzt, in einem beteuernden, aber dennoch unmissverständlich drängenden Tonfall.

„Aber ... er braucht mich ...", begann die junge Mutter schwächlich.

Doch der Mann schüttelte heftig mit dem Kopf.

„Er braucht zunächst erst mal eine Zukunft und die hat er nicht, wenn er in der Schusslinie der Schwarzen Anhänger ist. Ich flehe Euch an, tut es – für Euren Sohn."

„Um meinen ersten Sohn der Gefahr auszusetzen?"

Der Mann wand sich unwohl. Er wusste, wie sehr die Königin jeden ihrer Söhne liebte. Sogar Chris würde sie lieben, wenn er ihr nur eine Chance gäbe. Er verstand, wie viel er von ihr verlangte und auch, dass es Gobierno niemals erfahren durfte.

„Versteht doch, sein Leben ist wichtiger als das Eures ersten Sohnes. Er soll laut einer alten Prophezeiung der Götter die Finsternis zerschlagen und das kann er nur, wenn er die Kindheit überlebt. Die Dunklen werden alles daran setzen, ihn zu töten, noch bevor seine Zeit gekommen ist." Lyneri hatte zu ihm gesprochen, ihn gedrängt für die Sicherheit des Kronprinzen zu sorgen und auch für das Leben des Bastards. Denn es war dringend erforderlich, dass beide erwachsen wurden und ihre Stärken erproben konnten, um zu gegebener Zeit die jahrhundertealte Prophezeiung zu erfüllen.

„Ihr verlangt einen Teil meiner Seele, meines Blutes und meiner Liebe zu opfern", begann sie.

„Verzeiht Mylady, aber ich würde es nicht tun, wenn es nicht notwendig wäre. Wenn wir jetzt nicht handeln, ist es vielleicht zu spät ..."

„Ich verstehe Euch, dennoch fällt es mir unendlich schwer", sie verfiel ins Schweigen. Dann streckte sie ihm schnell ihr Kind entgegen, dass sie während des Gesprächs auf dem Arm gehalten hatte. „Nehmt ihn endlich, bevor mich die Kraft verlässt."

Der Mann nahm das Baby entgegen – als er ihr geholfen hatte, das Kind auf die Welt zu bringen, hatte er es schon einmal so in den Armen gehalten –, verbeugte sich vor ihr und verließ den Saal. Nach einer Weile kehrte er mit ihrem ersten Sohn auf dem Arm wieder zurück und legte ihn in das Bettchen, was noch vor wenigen Augenblicken dem kleinen Bruder gehört hatte. Nun ging es in den Besitz des Bastards über, den die junge Frau aber ebenso liebte wie ihren ehelichen Sohn.

Als der Mann sich entfernen wollte, rief sie ihn noch einmal zurück. „Er soll Ruz heißen. Sagt der Amme, dass mein Junge ... *Bastard*", nur schwer kam ihr dieses Wort über dir Lippen. „... jetzt einen Namen hat. Ruz, wie der legendäre Ritter, der nur einen Arm hatte und dennoch bis zu seinem Tod ungeschlagen blieb. Einer der wenigen großen Helden, die im Bett an Altersschwäche gestorben sind."

Chris hatte die ganze Nacht durchgespielt und dachte noch längst nicht daran aufzuhören. Durch sein Spiel wurden alle traurig und deprimiert. Früher hatte er immer fröhliche Lieder gespielt. Lieder von Hoffnung und Glück. Doch nun waren sie nur noch todtraurig.

Er hörte schlagartig auf zu spielen, als ihm ein beißender Geruch in die Nase stieg. *Was ist das?*

Er stand auf und ging zur Tür. Draußen auf dem Gang sah er sich um, dann folgte er dem Geruch neugierig. Je näher er der Quelle dieses Gestankes kam, desto deutlicher konnte er jemanden plärren hören. Er stieß eine Tür auf und beißender Rauch und Flammen schossen ihm entgegen. Doch sie fühlten sich nicht heiß an, sondern angenehm warm und er konnte auch noch alles sehen. Er wurde nun mutiger und trat in die Flammen. Er konnte eine junge Frau weiter hinten erkennen, die ein schreiendes Kind in den Armen hielt, und er eilte auf sie zu. Eine dunkle Aura lag auf dem Ort, die sich allmählich verflüchtigte, so als wäre vor Kurzem ein Schwarzer Magier hier gewesen. Da Chris aber keine Erfahrung mit Magie hatte, konnte er dieses drückende Gefühl nicht zuordnen.

Das ist Terco, dann muss diese Frau seine Mutter sein. Aber wie konnte hier ein Brand entstehen?

„Kommen Sie, ich bring Sie hier raus", schrie er ihr über das Knistern der Flammen hinweg zu. Doch sie winkte nur ab. Zusammengekauert saß sie in einer Ecke. Nahe am Ersticken reichte sie ihm ihr Kind und lächelte noch einmal schwach, bevor sie zur Seite umkippte.

Chris stand da wie gelähmt. Doch das Schreien des Kindes riss ihn aus der Starre. Er rannte zu den Balkontüren, die zu Bruch gegangen waren, und sprang ohne Federlesen von dem Balkon. Da die einzige Tür mittlerweile unpassierbar war. Er wusste nicht, wie er den Sturz überleben sollte. Alles in ihm sträubte sich gegen einen frühzeitigen Tod, doch schwarze lederne Flügel erschienen wie aus dem Nichts. Er dachte nicht nach, sondern setzte sie so gut wie möglich ein, um sicher zu landen. Seinen Halbbruder hatte er fest an sich gedrückt. Er legte eine Bruchlandung hin. Doch weder er noch Terco waren verletzt und so atmete er erleichtert auf.

Als der Rauch seinen Geruchssinn nicht mehr so stark benebelte, bemerkte er die Veränderung an Terco. Er roch irgendwie nicht mehr nach dem König, sondern nach einem fremden Mann. Er hörte Schritte und jemand kniete sich neben ihn. Es war der Arzt, der nicht nur bei Tercos Geburt dabei gewesen war, sondern auch bei Chris' und Aléjandros.

„Ist dir was passiert?", fragte er entsetzt. Dann fiel sein Blick auf Terco, der lächelnd in Chris' Armen lag. „Ist er in Ordnung?"

„Uns gehts gut", erwiderte Chris außer Atem. Er wusste noch immer nicht, was eigentlich geschehen war. „Wo ist Papa?"

„Sie haben den Brand bald unter Kontrolle", erwiderte Rain müde und setzte sich neben Chris. „War noch jemand in dem Zimmer?"

„Ja ...", Chris brachte es nur mühsam heraus. Bestürzt blickte ihn der Arzt an. „Sie hat mir *Terco* gegeben, dann ist sie ohnmächtig geworden. Sie hat mich nur angelächelt. Was sollte ich denn tun? Ich konnte sie doch nicht raustragen ..."

„Schon gut, mein Prinz", der junge Mann lächelte wieder. Er hatte bemerkt, dass Chris den Namen seines Bruders seltsam betont hatte. Doch überging er das geflissentlich. „Natürlich konntest du es nicht, mach dir keinen Vorwurf. Wieso bist du eigentlich in die Flammen gegangen?"

„Ich hab Rauch gerochen und dann hörte ich *Terco* und seine Mutter schreien. Also bin ich nachsehen gegangen."

Abermals ignorierte der Arzt gekonnt Chris' Anspielung.

Nach zwei Stunden kamen einige Soldaten und auch Gobierno auf sie zu. Der König blieb wie angewurzelt stehen, als er Chris' Flügel bemerkte. Rain hatte sie in der Erleichterung, dass die beiden Jungen unverletzt waren, völlig übersehen.

„Was hat *das* zu bedeuten?", fragte er, bemüht ruhig zu bleiben.

Chris sah ihn verdutzt an. Er begriff nicht, was sein Vater meinte. Doch der junge Arzt hatte begriffen, als er Chris einen Blick zugeworfen hatte.

„Nehmt es nicht so ernst, mein König", sagte er rasch. „Wenn es nicht so wäre, wäre Euer jüngster Sohn in den Flammen gestorben!"

„Schweig!"

Die Flügel hatten sich aufgelöst, als Gobierno ein zweites Mal zu seinem Sohn sah. Verwirrt starrte er auf die Stelle, an der er diese teuflischen Lederschwingen zu sehen geglaubt hatte.

„Komm mit, Chris", sagte er und verließ gefolgt von Chris, der noch immer Terco auf den Armen hielt, den Schlossgarten.

Im Thronsaal angekommen, rief er einen Boten zu sich und eine Dienerin, die sich um Chris und Terco kümmern sollte. Nachdem sie mit den beiden Jungen den Saal verlassen hatte, trat der Bote ein und verneigte sich tief vor seinem König.

„Ihr habt mich gerufen, mein König?"

„Ja, ich will, dass du zu Herzog Fajo reitest und ihm Folgendes ausrichtest …"

Chris lag bäuchlings auf dem Bett und beobachtete sein Kindermädchen, wie sie Terco in ihren Armen wiegte und leise ein Lied sang. Seine Gedanken schweiften ab zu seinem Vater. *Wird er mich jetzt auch so bestrafen wie Al, für Dinge, die wir gar nicht beeinflussen können?* Er seufzte schwer. *Ich hab ihm doch nichts Böses gewollt, nur meinen Bruder, Halbbruder,* korrigierte er sich verbissen, *gerettet. Vielleicht glaubt er jetzt auch noch, ich hätte das Feuer gelegt.*

Es klopfte und Gobierno trat ein. Er sah zu Chris hinüber und winkte ihn zu sich. Gemeinsam verließen sie das Zimmer. Er führte ihn zurück in den Thronsaal, dort blieb er an einem Fenster stehen und sah hinaus.

„Du wirst einige Zeit zu Herzog Fajo gehen", sagte er, ohne Chris anzusehen.

„Warum, Vater?", fragte Chris vorsichtig.

„Weil ich das gesagt habe", polterte dieser los.

Chris zuckte heftig zusammen. Sein Atem ging stoßweise, während sein Herz raste und er senkte den Blick beschämt. *Ich habe meinen Vater zutiefst enttäuscht, wie konnte ich das nur tun?*

„Ich werde packen gehen", sagte er leise mit tränenerstickter Stimme.

Gobierno erwiderte nichts darauf und so verließ Chris den Thronsaal und eilte in sein Zimmer zurück, wo er eiligst packte. Er nahm nur das Nötigste mit, obwohl er nicht wusste, wie lange er bei Herzog Fajo bleiben würde. Einen Monat? Ein Jahr? Zehn Jahre? Für immer? Er wusste nicht, wie lange es dauern würde, bis sich sein Vater bewusst würde, dass er von Chris nichts zu befürchten hatte.

Zwei Wochen vergingen. Sein Vater redete kein Wort mehr mit Chris und ging ihm bestmöglich aus dem Weg. Was eigentlich kein Problem war, da Chris den ganzen Tag in seinem Zimmer verbrachte und sie sich nur zum Essen sahen. Eine Frau in mittlerem Alter kümmerte sich um Terco und gab ihm auch Milch, da sie auch vor Kurzem ein Kind bekommen hatte.

Am Abend kam der Bote zurück in Begleitung von Herzog Fajo und seiner Leibwache. Gobierno und der Herzog unterhielten sich stundenlang und das Abendbrot zog sich mehr und mehr in die Länge. Chris spürte es bei solchen Essen immer wieder, Geduld war einfach nicht seine Stärke.

Nach dem Essen verabschiedete sich Herzog Fajo von Gobierno und führte Chris zu seiner Kutsche. Chris hasste diese Gefährte, die da auf vier Rädern durch die Gegend rollten, denn sie waren eng und unbequem.

Nachdem er darin Platz genommen hatte, begann die endlose, holprige Fahrt. Herzog Fajos Reich grenzte zum Glück an Herradura an. Er herrschte über die kleinste der Provinzen, Cuidadona. Als sie nah der Grenze waren, fing Chris' Nase einen wohlbekannten, wenn auch schwachen Geruch auf. Er lehnte sich halb aus dem Kutschenfenster und starrte gebannt in die Richtung, aus der der Duft kam. Doch er sah nichts, nur Wald. Dann vermischte sich der Geruch von Heilkräutern mit dem ihm bekannten.

„Herzog, sagt mir bitte, was es hier in der Nähe gibt", bat Chris, als er sich etwas enttäuscht auf seinen Sitz zurücksinken ließ.

„Man sagt, dass eine Kräuterhexe an der Stelle ihre Hütte errichtet hätte, wo die Grenzen von Herradura, Cuidadona und Estado aufeinandertreffen", sagte der Herzog lächelnd, wenn er auch verdutzt wirkte. „Warum fragt Ihr, mein Prinz?"

Chris antwortete nicht. Es war eindeutig der Geruch seines Bruders gewesen, den er da aufgeschnappt hatte. Vielleicht sollte er die Kutsche einfach verlassen und zu seinem Bruder zurückgehen. Aber wenn er das täte, hätte er seinen Vater ein zweites Mal zutiefst enttäuscht und das wollte er nun wirklich nicht. Er lehnte sich missmutig in dem Sitz zurück und starrte ins Leere. Die ganze Fahrt über sprachen sie kein Wort und als sie nach drei Tagen endlich vor dem Schloss des Herzogs hielten, waren Chris Glieder alle steif. Ungelenk und müde stieg er aus der Kutsche. Sie hatten während der drei Tage nur so wenig wie möglich Pause gemacht, um rasch anzukommen.

Zum ersten Mal in seinem Leben stand Chris nun vor Herzog Fajos Palast, der bald noch prunkvoller war als der des Königs. Der Herzog führte den Jungen durch den Hof und zeigte ihm dann einige Zimmer des Schlosses, darunter den Saal, wo sie speisen würden, und die Vorhalle. Er zeigte ihm selbst seine eigenen Räume und nebenan befand sich ein Gemach, das eigens für Chris hergerichtet worden war.

Es war groß und hell. Die Fenster waren in Richtung Süden ausgerichtet und ein großer Flügel stand in dem Zimmer, den Chris sofort staunend betrachtete und bei dem er sich niederließ. Verträumt spielte er eine Sonate und sah sich dann den Rest des Zimmers an. Ein breites Bett mit Baldachin und einem Nachtschränkchen stand zwischen den beiden großen Fenstern. Es gab einen großen Kleiderschrank, einen Schreibtisch und einen großen Spiegel, der schräg an der Wand befestigt war.

Chris bedankte sich fröhlich und der Herzog verließ sein Zimmer. Draußen blieb er stehen und ein böses Grinsen huschte über sein Gesicht. *Endlich hab ich dich, kleiner Drachenmagier. Wenn ich mit dir fertig bin, wirst du Dark schon allein wegen seiner bloßen Existenz hassen!*

Mit beschwingten Schritten eilte er einige Etagen tiefer und in einen kleinen Raum hinein, der fast leer war. An der Wand gegenüber der Tür stand eine aus Marmor gemeißelte Statue eines Mannes, dessen Blick tödlich schien. Davor war ein kleiner Altar.

Fajo trat ehrfürchtig ein und kniete vor dem Altar nieder.

„Meister Sombra, wenn Ihr mich erhören wollt, dann kann ich Euch wahrlich gute Neuigkeiten berichten."

Lange herrschte Stille, die schwer auf Fajo lastete. Schließlich zerriss eine Stimme, die einen eisigen, gar mörderischen Klang hatte, das drückende Schweigen. Der junge Herzog zuckte heftig zusammen.

„Sprich!"

„Es ist mir gelungen, den Drachenmagier in die Finger zu bekommen. Ihr hattet wie immer Recht, als Ihr sagtet, dass ein kleiner Brand im Zimmer der Königin genügen würde."

„Die Königin ist tot", es war keine Frage, sondern eine Feststellung. „Bis Gobierno die Tragweite seiner tatsächlichen Probleme erkennt, ist es längst zu spät. Ihre einzige Chance auf einen Sieg liegt in dem Drachenmagier! Ich hoffe, das hast du begriffen!"

Fajo bejahte hastig, dass er verstanden hatte.

„Gut, dann sorge nun dafür, dass seine Seele zerbricht, sodass er niemals das Vertrauen und das Lieben lernt!" Der Gott des Hasses spuckte diese letzten Worte mit Verachtung aus. Es war nur allzu deutlich, dass er nichts auf die Liebe gab.

Einige Monate vergingen und Chris blühte regelrecht auf. Doch irgendwie vermisste er Terco, wenn er auch nicht genau sagen konnte, warum. Aber noch mehr fehlte ihm Aléjandro. Es war, als ob er nur die Hälfte eines Ganzen wäre. Er und Aléjandro gehörten einfach zusammen. Man durfte sie nicht trennen.

Fajo gab sich in dieser Zeit sehr zuvorkommend und freundlich. Er war immer noch am Grübeln, wie er den Befehl seines Gottes am besten ausführte.

Chris hatte vor allem Freude daran, sich mit Fajos einjähriger Tochter Ronja zu beschäftigen. Es dauerte nicht mal zwei Tage, da waren die beiden Kinder ein Herz und eine Seele. Was dem Herzog seine Aufgabe nicht gerade erleichterte.

An einem Abend brach ein schreckliches Gewitter los und Chris hockte zitternd unter seiner Decke. Ein Blitz zuckte, Donner grollte und Chris stieß einen angstverzerrten Schrei aus. Fajo trat in sein Zimmer. Er hatte eine Entscheidung getroffen.

„Chris?", seine Stimme klang seltsam. Doch das bemerkte der verängstigte Junge nicht. „Komm mit zu mir, dann bist du nicht allein bei dem Gewitter." Rasch sprang der Junge aus dem Bett und nur mit einem Nachthemd bekleidet, folgte er dem noch jungen Herzog, der noch nicht viel älter als zwanzig sein konnte, in dessen Gemach.

Er bedeutete dem Jungen, dass er sich ins Bett legen konnte. Währenddessen zog er sich aus und warf alles über den Stuhl. Chris tat wie ihm geheißen, doch hielt er sich bei jedem Donnergrollen die Ohren zu, auch wenn das nicht viel brachte.

Fajo hatte sich unbemerkt in sein Bett gelegt und schloss den zitternden Jungen in seine Arme. Chris wurde etwas ruhiger, konnte sich aber dennoch nicht entspannen. Ein bohrendes Gefühl blieb in ihm zurück, das ihm versuchte, deutlich zu machen, dass er alles andere als in Sicherheit war. Doch er konnte es einfach nicht zuordnen und so drückte er sich an Fajos nackten Körper.

„Ja, Gewitter sind wirklich eine schlimme Sache." Noch immer hatte sein Tonfall etwas seltsam Fremdes und Angsteinflößendes.

Chris blickte ihn verdutzt an und vergaß völlig das Gewitter. *Was meint er? Will er mich nur trösten oder mir noch mehr Angst machen?*

„I... ich versteh nicht ganz, Herzog", sagte Chris zögerlich.

Fajos Hand schob Chris Nachthemd nach oben. Der Junge wollte zurückweichen, doch der freie Arm des Herzogs schloss sich wie ein Schraubstock um Chris' Körper und hielt ihn eisern fest.

„Was tut ... Ihr ... da ...?", fragte Chris mit vor Angst zitternder Stimme.

Fajo blickte ihn immer noch nicht an. Seine Hand glitt weiter nach oben und er schien dieses Gefühl der Überlegenheit zu genießen. Als sich seine Hand zwischen Chris Beine drängte, schlug der Junge mit den Fäusten gegen seine Brust und keuchte vor Entsetzen auf. Das Gewitter grollte weiter im Hintergrund. Doch es half alles nichts. Der Herzog ignorierte Chris' Widerstand. Nur als der Junge anfangen wollte zu schreien, warf er ihm einen Blick zu, der ihn augenblicklich zum Schweigen brachte. Chris schluckte heftig, schloss die Augen und begann flehende Gebete gegen den Himmel zu schicken, während sich Fajo an ihm verging. Im Hintergrund konnte er das bedrohliche Donnergrollen hören.

Zur selben Zeit in Custodio:

Langsam kehrte Aléjandros Bewusstsein zurück. Die beiden unfähigen Folterknechte hatten ihm mit diesem Kräutergestank die Besinnung geraubt und nun hier in einem anderen Zimmer an den Handgelenken gefesselt, sodass er zwar aufrecht stehen, aber sich kaum bewegen konnte. Er war schon einmal in diesem Raum gewesen. Es war nun schon gut fünf Jahre her, doch er würde diesen Tag wohl niemals vergessen, geschweige denn den Mann, der ihn hier schon einmal gefoltert hatte. *Was denken sich die Menschen nur dabei? Macht ihnen das Foltern auch noch Spaß? Ja, das tut es wohl offensichtlich, solange es sie nicht selbst betrifft.* Ein plötzlicher Schmerz zog sich diagonal über Aléjandros Rücken und riss ihn aus seinen Gedanken. Er stieß einen Schrei hervor, aus Schmerz, aber auch aus Überraschung. Denn er hatte durch die Benommenheit nicht bemerkt, dass noch jemand in diesem Raum war. Aléjandro drehte den Kopf so weit er konnte und erblickte seinen Vater, der mit einer Peitsche in der Hand hinter ihm stand und ein zweites Mal ausholte. Der schwarz glänzende Drachenpanzer schützte Aléjandro größtenteils vor dem Schlag. Doch auf der schon blutenden Stelle entflammte eine heftiger, wenn auch nur kurz andauernder Schmerz und er stieß zischend die Luft aus.

Gobierno trat hinter ihm hervor und baute sich vor seinem Sohn auf. Mit ausdruckslosem Gesicht blickte er in Aléjandros vor Hass glitzernde, giftgrüne Augen. Aléjandros linkes Ohr zuckte. Die Tür ging auf und ein großer Mann trat ein. Er hatte längere, schwarze Haare und tiefschwarze Augen, die Al mit kalter Zufriedenheit beobachteten. Eine derartige Kälte und Grausamkeit ging von diesem Mann aus, dass es dem jungen Drachen einen eisigen Schauer über den Rücken jagte. Dann fiel ihm an dem Fremden noch etwas anderes auf. Er konnte einfach kein Mensch sein. Denn Aléjandro konnte kein Leben in ihm spüren, ganz anders als bei seinem Vater, der strotzte gerade so vor Energie.

Plötzlich versteifte sich Aléjandro. Ein ganz bestimmter Geruch stieg ihm in die Nase. Fassungslos starrte er den Dunklen Magier an. Er war es gewesen! Er hatte Majas Mutter brutal vergewaltigt und ermordet.

„Was genau willst du eigentlich von mir?", herrschte Aléjandro seinen Vater an, nachdem er sich wieder gefangen hatte. *Marek mache ich mir lieber nicht zum Feind – noch nicht*, dachte Al.

Gobierno schlug ihm die Peitsche unerwartet ins Gesicht und Blut sickerte seine linke Wange hinunter. Der Hass drohte Aléjandro zu überschwemmen, doch noch konnte er ihn zügeln.

„Ich werde dich hinrichten lassen, da du den Hauptmann ohne mit der Wimper zu zucken und ohne triftigen Grund gemeuchelt hast, und außerdem gibt es eine Zeugin", erwiderte Gobierno mit einem schmierigen Grinsen.

„Was du nicht sagst", höhnte Aléjandro. Er blickte ihn belustigt an und musste sich zusammenreißen, um nicht laut loszulachen. „Was will sie gesehen haben? Es war stockdunkel und außerdem haben die Worte einer Frau keinerlei Gewicht! Sofern ich mich erinnere, warst du es doch, der dieses Gesetz erlassen hat. Aber was solls, ich leugne es doch gar nicht." Für den König war das wie ein Schlag in den Magen. „Und ich bereue auch nichts dergleichen."

„Wie bitte? … Du gibst es zu? Aber … warum? Das kannst du doch nicht machen …"

„Ich habe es bereits getan!"

„Euer Hoheit", das war der Mann in der Ecke. Seine Stimme war wie ein eisiger Windhauch. „Es gehen Gerüchte um, dass der Gott des Hasses, Sombra, seine Hand im Spiel hat. Viele schwören, dass die ständigen Überfälle auf Reisende das Werk der Schwarzen Magier seien."

„Lächerlich!", erwiderte Gobierno. „Es gibt keine Magier mehr! Ich habe sie vernichtet!"

Aléjandro schnaubte verächtlich. Wie konnte sich der König immer noch an diesen haltlosen Gedanken klammern wie ein

Ertrinkender. Seine eigenen Söhne hatte ihm doch schon das Gegenteil bewiesen oder gab es für ihn zwischen Drachen und Magie keine Verbindung?

„Wie dem auch sei", sagte der Mann mit den kalten, schwarzen Augen gleichgültig. „Tatsache ist, dass sich die Anhänger des dunklen Gottes zusammenschließen und offenbar einen Angriff planen. Was wollt Ihr also tun, mein König?"

Der Drache hörte den kaum merklichen Spott in seiner Stimme, als dieser die Worte *mein König* formulierte. Dieser Mann war kein Freund. Aléjandro ging sogar noch weiter, denn er war sich sicher, dass dieser gut aussehende, junge Adlige, der fast sechs Jahrhunderte erlebt hatte, einer der Dunklen Magier war, vor denen Dark ihn gewarnt hatte. Die Beschreibung, die der Drachenmagier ihm einmal von seinem Mörder gegeben hatte, passte zu hundert Prozent auf diesen Mann. Demnach war er Marek, der Herr der Vampire und Liebling vom Gott des Hasses und der Finsternis.

„Sie auslöschen, was sonst", fauchte Gobierno. Alles, was auch nur im Entferntesten mit Magie oder Göttern oder Drachen zu tun hatte, musste zum Wohle der Menschheit beseitigt werden. „Geht und sagt meinem ersten General, dass er die Truppen bereit machen soll! Wir ziehen noch heute gegen sie in den Krieg! Sollten tatsächlich noch einige der Hexer überlebt haben, ist es unsere Pflicht sie auszulöschen!"

Marek lächelte böse, für den König unsichtbar, aber nicht für Aléjandro, der dem Vampirfürsten entsetzt nachstarrte.

„Warum so schockiert?", fragte sein Vater mit ruhiger, distanzierter Stimme. Allerdings schwang wie immer Misstrauen darin mit.

„Es verwirrt mich nur", erwiderte Aléjandro leise.

Gobierno lachte beherrscht. „Was? Dass ich gegen Teufelsanbeter zu Felde ziehe?"

„Nein." Der König blickte ihm forschend in die giftgrünen Augen. „Es ist doch komisch, oder? Du sagst, dass du nichts mehr hasst als die Magie und alle, die mit ihr zu tun haben. Aus purer Angst davor verbannst du sogar eine der mächtigsten Lich-

113

ten Zauberinnen, obwohl sie dich auch heute noch aufrichtig liebt. Was du nicht verdient hast! Aber auf der anderen Seite", fuhr er fort, als Gobierno schon protestieren wollte, „vertraust du einem durch und durch Schwarzen Magier."

„Du weißt nicht, wovon du redest!", fauchte der König. Seine Wut über Aléjandros freche, anmaßende Worte trieb ihm die Zornesröte ins Gesicht.

„Dann sag mir, welchen Beweis hast du? Was macht dich so sicher, dass er kein Dunkler ist? Du bist nicht magisch! Du kannst so etwas gar nicht spüren!"

„ICH VERBIETE DIR, SO MIT MIR ZU REDEN!", brüllte Gobierno außer sich.

„Warum? Weil meine Worte der Wahrheit entsprechen und du immer noch gern die Augen vor der Wahrheit verschließt?"

Gobierno hatte es die Sprache verschlagen.

„In letzter Zeit häufen sich die Vampirangriffe – übrigens sind es auch magische Geschöpfe, dunkle, aber magische! Die Kräuterhexe hat davon berichtet. Und muss ich dir wirklich sagen, wer dahintersteckt? Wer aus wehrlosen Bauern Vampire gemacht hat?"

Noch immer versuchte der König vergeblich, seine Sprache wiederzufinden.

„Es war Marek! Und wenn du nicht langsam aufwachst aus deiner süßen, kleinen Ich-habe-alles-im-Griff-und-es-ist-alles-in-Ordnung-Welt, in der alles rosarot ist, dann wirst du nicht einmal merken, wie du deinen Thron an die Schwarzen Hexer verlierst!"

„Schweig ... du lügst ... das kann nicht wahr sein ...", flüsterte Gobierno schwach. Es war mehr ein Flehen als eine Forderung.

„Es ist wahr und wenn du nicht bald aufhörst, die Liebe und Zuneigung, die dir gegeben wird, mit Füßen zu treten, dann wird niemand mehr an deiner Seite stehen, wenn du alles verlierst! Dann bist du allein und keiner wird sich deiner erinnern! Höchstens als der Mann, der die Hände in den Schoß legte und Sombra eine weitere Chance bot, das Land in Finsternis zu tauchen."

„SCHWEIG!", schrie der König mit fast überschnappender Stimme. Ungläubiges Entsetzen stand in seinen weit aufgerissenen Augen. Die Hände hatte er zu Fäusten geballt. Nur langsam drangen Aléjandros Worte tiefer in seinen Geist ein und nur langsam, sehr langsam begann er zu begreifen.

Plötzlich erstarrte Gobierno. Aléjandro sah ihn verdutzt an. Ein Zauber schien von seinem Vater Besitz ergriffen zu haben und lähmte Körper und Geist. Ein junger Mann mit weißem, langem Haar und weißer Robe stand vor ihm.

„Wer bist du?", fragte Aléjandro misstrauisch.

„Mein Name ist Michael", er sprach sehr schnell und befreite Aléjandro mit einer lässigen Handbewegung von seinen Fesseln. „Du musst dich beeilen, dein Bruder Chris, er schwebt in großer Gefahr. Du bist der Einzige, der ihm helfen kann, dir vertraut er! Und nun geh!"

„Aber wohin denn?"

„Zu Fajos Schloss! Flieg am Meer entlang, dann kannst du es nicht verfehlen!"

„Was ist mit Maja?", er stand schon auf dem Balkongeländer, als er Michael das fragte.

„Ich werde mich um sie kümmern! Triff mich auf der Insel Sugiawa in dem Dorf Guda!"

Im nächsten Moment schoss Aléjandro durch die Nacht. Er konnte nur hoffen, dass die Kräuterhexe ihre Arbeit gut gemacht hatte. Michael blieb zurück. Er warf einen Blick auf den König und lächelte zufrieden. *Gut, dass Aléjandro und der König sich mal ausgesprochen haben.* Dann verschwand er auf die gleiche geheimnisvolle Weise, wie er gekommen war. In einigen Stunden würde Gobierno wieder zu sich kommen.

Drei Stunden flog Aléjandro dahin. Der Wind peitschte ihm ins Gesicht und fuhr ihm durch seine pechschwarzen Haare. Endlich kam Fajos Schloss in Sicht. Einige Minuten später setzte er auf einem Balkon zur Landung an. Ein Blitz zuckte, Donner grollte und er war bis auf die Knochen aufgrund des anhaltenden Regens durchnässt. Das Blut der Wunde auf seinem Rücken vermengte sich mit dem Regenwasser. Der vertraute Geruch seines Bruders stieg ihm in die Nase und er fand ihn rasch. Aléjandro flog zu dem Fenster und zertrümmerte es.

Chris schreckte hoch. Er lag splitternackt mit tränenverschmiertem Gesicht im Bett. Außer ihm war niemand im Zimmer.

„Chris, ich bin's, Aléjandro!"

„Al?", flüsterte er mit heißerer, ungläubiger Stimme. Dann sprang er aus dem Bett und warf sich in Aléjandros Arme. Dicke Tränen flossen ihm die Wangen hinab, während sein Bruder ihn behutsam festhielt. Aléjandro hörte Schritte und die Tür ging quietschend auf. Herzog Fajo stand nur mit einer Hose und Stiefeln bekleidet in der Tür. Sein Schwert steckte in der Scheide an seinem Gürtel.

„Wer seid Ihr? Lasst sofort den Jungen los!"

Aléjandros Augen blitzten vor boshaftem Unglauben, als ihm sein Geruchssinn verriet, was Fajo mit Chris gemacht hatte. Er streckte seine linke Hand aus und im nächsten Moment hatte er die dünne Decke in der Hand. Er wickelte Chris darin ein und hob ihn behutsam hoch. Aléjandro würde nicht vor den Augen seines sanftmütigen Bruders morden. Daher warf er Fajo nur einen Hass erfüllten Blick zu, der dem Herzog klar machte, dass Aléjandro sich bei einem zukünftigen Treffen nicht zurückhalten würde und entschwand aus dem zertrümmerten Fenster. Er konnte Fajos wütende Schreie hören. Doch es scherte ihn nicht. So schnell ihn seine Flügel trugen, schoss er über das Meer. Je weiter er von dem Herzogtum entfernt war, desto besser wurde das Wetter, bis es schließlich ganz aufhörte zu regnen und die Sonne zwischen den Wolken hervorbrach.

Nach Stunden kam Sugiawa endlich in Sicht. Ein erleichtertes Lächeln legte sich über Aléjandros Gesicht. Chris hingegen war während des Fluges in seinen Armen eingeschlafen. Er steuerte auf das Dorf Guda am Fuß des westlichen Gebirges zu. Wegen der Form nannte man es die Teufelshörner. Es wurde gemieden, da es die Heimat der Grünbauchtupfendrachen war.

Aléjandro setzte zur Landung an. Die Bewohner wichen erschrocken vor ihm zurück. Er wirkte mit seinen großen, schwarzen Schwingen fast wie ein Vampir. Mütter zogen ihre

Kinder fest an sich, während die Väter versuchten, tapfer zu sein. Sie stellten sich schützend vor ihre Familien und warteten angespannt.

„Wer seid Ihr?", fragte eine zitternde Männerstimme. Der Mann war etwa in mittlerem Alter. Er war klein und stämmig. Außerdem hatte er einen breiten Brustkorb. In seinen zitternden Händen hielt er verkrampft eine Axt fest.

Aléjandro sah ihn abschätzend an. Der Mann schien nicht wirklich daran zu glauben, es mit ihm, einem Halbdrachen, aufnehmen zu können. Aber dennoch trat er ihm so gegenüber.

„Antwortet mir!", seine Stimme klang nun etwas fester.

„Herbert", sagte eine kleine Frau hinter ihm leise und legte ihm eine ihrer schlanken Hände auf seine Schulter. „Kann es sein, dass er ein Kind in den Armen hält?"

Herbert schaute auf und musterte das Bündel in Aléjandros Armen kritisch. Es bewegte sich.

„Du hast Recht", sagte er entgeistert.

Chris öffnete die Augen und strahlte seinen Bruder an. Aléjandro setzte Chris ab. Der Junge hielt die Decke mit der einen Hand fest um sich geschlungen und mit der anderen griff er nach Aléjandros Hand.

„Was wollt Ihr hier? Sprecht!", Herberts Stimme wurde immer kühner.

„Du wirst allmählich tollkühn", erwiderte Aléjandro und seine Augen funkelten belustigt. „Du weißt nicht, mit wem du es zu tun hast, aber Befehle weißt du zu erteilen."

„Bruder?"

Aléjandro schaute Chris an.

„Was machen wir hier? Es ist doch offensichtlich, dass wir hier nicht erwünscht sind."

„Wir warten hier auf jemanden", sagte Aléjandro und hockte sich neben Chris. „Ich hoffe, dass er bald hier auftaucht."

„Wie heißt er?"

„Michael, wenn man seinen Worten glauben mag", antwortete er achselzuckend.

„Glaubst du ihm?"

„Ich? Ob ich ihm glaube?" Aléjandro musste lachen. „Brüderchen, er ist ein Mensch. Du solltest wissen, dass ich seit jenem Tag nur noch mir selbst vertraue. Wobei ich bei dir noch eine Ausnahme machen könnte."Michael tauchte wie aus dem Nichts einige Meter von Aléjandro entfernt auf. Bei ihm war Maja. Aléjandro erhob sich und Chris blickte die Neuankömmlinge neugierig an. Maja rannte auf Aléjandro zu und fiel ihm um den Hals. Er war völlig perplex.

„Ich hab dir gesagt, dass ich sie herbringen würde", sagte Michael und ein schelmisches Grinsen huschte über sein täuschend junges Gesicht.

„Ja, ja", Aléjandro winkte ungeduldig ab. Dann stellte er Chris die Neuankömmlinge vor, wenn auch nicht gerade mit Begeisterung. Ob Michael sein Versprechen nun gehalten hatte oder nicht, interessierte Aléjandro nicht. Er blieb ein Mensch und für Menschen hatte der Halbdrache noch nie viel übriggehabt. Das mit Maja war ein unglücklicher Zwischenfall gewesen. Es hatte nichts zu bedeuten und so etwas würde mit Sicherheit nicht noch einmal vorkommen. Nicht solange Aléjandro da auch noch ein Wörtchen mitzureden hatte.Michael entschuldigte sich kurz. Er nickte einer älteren Frau zu und betrat dann eine der vielen Holzhütten.

„Wie geht es ihm jetzt?", fragte er die Dorfälteste und Heilerin.

„Körperlich ist er gesund. Aber seine Seele hat einen schweren Schlag erlitten. Es tut mir leid, aber sobald wird er sich von dem Verlust seiner Eltern nicht erholen", erwiderte sie betrübt. Dann verließ sie die Hütte.Michael trat an das Bett heran, auf dem Antonio mit offenen, aber glasigen Augen lag. Er schien überhaupt nicht anwesend zu sein.

„Michael?", Maja trat ein. „Chris braucht dringend Kleidung und Aléjandros Wunde fängt, wenn wir sie nicht schnell behandeln, noch zu eitern an."Michael nickte geistesabwesend und bat Maja, die beiden und die Heilerin hereinzuschicken, was sie sofort befolgte.

Gobierno war vor einer Weile aus der Starre erwacht, in die ihn Michael versetzt hatte. Nun stand er nachdenklich in seinem

Schlafzimmer. Es war ihm wie ein Traum vorgekommen. Aber nun erinnerte er sich wieder daran, warum er Maja und ihre Mutter verhaften ließ. Wenn es so etwas wie Magie wirklich gab, dann hatte er unter einem bösen Bann gestanden. Marek war der Einzige gewesen, der das Recht hatte, ihn in seinen Privaträumen aufzusuchen. Er und der Arzt Rain, der ihn wie Lady Valente bedrängt hatte, Aléjandro nicht zu foltern. Sie hatten sich für ihn eingesetzt. Und nun behauptete sein missratener Sohn, dass Marek der Übeltäter sei.

„Ach, die stecken doch alle unter einer Decke!", fauchte er, schlug die Balkontüren krachend zu und warf sich aufs Bett.

Ich werde mit Rain mal ein ernstes Wort sprechen müssen! Und was Marek betrifft. Solange er mir hilft, die Teufelsanbeter auszumerzen, gibt es keinen Grund, gegen ihn vorzugehen. Es ist mein Land und ich lasse es mir von niemandem wegnehmen!

Einige Wochen vergingen, bis Aléjandros Wunde vollständig verheilt war. Zurück blieb nur eine große Narbe, die sich von seinem rechten Schulterblatt diagonal über seinen Rücken zur Hüfte zog. Mit jedem Tag, den Antonio und Chris gemeinsam verbrachten, heilte ihre Seele, bis nur noch ein winziger Funken des Hasses übrig blieb, den sie in die hinterste Kammer eingeschlossen hatten.Michael behielt jeden der drei sorgfältig im Auge und er war zufrieden, als er sah, welche Zuneigung die beiden Jungen zueinander entwickelt hatten. Besonders freute es ihn für Antonio, der in seinem Leben nur Ablehnung von Gleichaltrigen zu spüren bekommen hatte. Nur einer machte Michael große Sorgen und das war Aléjandro. Jeder Tag, der verstrich, schürte den Hass in dem jungen Halbdrachen noch mehr. Er würde erst inneren Frieden finden, so fürchtete Michael, wenn Gobierno tot vor seinen Füßen lag. Es musste schon ein Wunder geschehen, um Aléjandro davon abzuhalten. Das Einzige, was Michael ruhig schlafen ließ, war Maja. Solange sie bei Aléjandro war, hielt er seinen Hass noch im Zaum. Was aber wäre, wenn er sie zu einer Familie brachte und dann nie wieder ein Wort mit ihr sprach. Oder schlimmer noch, was, wenn sie sterben würde? Die Antwort war klar, wenn das passierte, würde Aléjandro in seinem Hass regelrecht ertrinken.

Als er seine Bedenken seiner Herrin Lyneri äußerte, lächelte sie wissend und gab ihm einen hilfreichen Rat.

„Ich möchte, dass ihr zu Lord Valador geht", sagte Michael eines Abends und sah dabei besonders Aléjandro an.

„Warum?", fragte Chris neugierig.

„Weil ihr dort eine anständige Ausbildung bekommt und Maja vielleicht sogar eine Familie, die sich liebevoll um sie kümmern wird."

„Ich will nicht", platzte es aus Maja heraus und sie klammerte sich an Aléjandros Arm, der sie nur entsetzt, wenn auch verblüfft ansah. „Ich bleib bei Aléjandro, wenn er es mir erlaubt."

Sie sah ihn flehend an, während er noch immer nach Fassung rang. Michael lächelte verstehend.

„Maja, er geht doch mit zu Lord Valador", ein sanftmütiges Lächeln lag auf seinem Gesicht.

„Tu ich das?", fragte Aléjandro angriffslustig. Doch Michael überging ihn.

„Aber er muss sich dort auf seine Ausbildung konzentrieren und wird nicht mehr so viel Zeit für dich haben. Das verstehst du doch, oder?"

„Ja", hauchte sie und ließ den Blick sinken. „Ja, natürlich."

Aléjandro schnaubte verstimmt. „Nenn mir nur einen guten Grund, warum ich zu Valador gehen sollte!", forderte er den Erzengel barsch auf.

Doch nicht Michael antwortete, sondern Chris. „Weil ich möchte, dass du mitkommst!"

Aléjandro gab sich seufzend geschlagen. *Wie könnte ich meinem Bruder auch nur einen Gefallen abschlagen?*

Chris und Maja strahlten sich hoch erfreut an, als Aléjandro klein beigab.

Kapitel 6

Die Tochter des Kriegshelden

8 Jahre später:

„Jasmin!", schallte eine Frauenstimme durch die relativ große Holzhütte. „Jasmin, steh auf!" Einen Moment war Stille, dann: „Jasmin, der Tag ist kein Schlafsack!"

„Ja, doch ...", stöhnte Jasmin schlaftrunken. „Ich komm gleich", und gähnte. Manchmal verwirrte die Ausdrucksweise ihrer Mutter Linda sie immer noch, aber offenbar war dieser Ton in Alexandreta Sitte. Wenn Jasmins Vater nicht bald wieder kam, würde das noch stark auf sie abfärben. Ob das Jack Rubens so gefallen würde, bezweifelte sie stark.

Alexandreta war ein fortschrittliches Land. Dort herrschte Gleichberechtigung zwischen Männern und Frauen. Jeder hatte die gleichen Rechte und Pflichten. Man galt erst mit achtzehn als erwachsen und Hochzeiten waren eher selten. Hier in Carrera konnten Mädchen bereits mit vierzehn verheiratet werden, während die Jungen erst mit zwanzig in den Kreis der Erwachsenen aufgenommen wurden. Heiraten war die einzige Chance für junge Frauen, Ansehen zu erlangen. Allerdings konnte sich Jasmin für den Gedanken nicht sonderlich begeistern. Ihr großer Traum war es zu kämpfen. Sie wollte eine Kriegerin sein, stark und unbesiegbar. Der einzige Haken an ihrem Wunsch war, dass sie es nicht durfte. Der Krieg war Männersache! Dort hatte ein kleines Mädchen, geschweige denn eine Lady nichts zu suchen. *Lady, bah!* Sie hasste diesen Begriff. Sie gab sich auch alle Mühe, keine zu werden. Denn welche Dame spielte mit Halbstarken im Schlamm?

„Nicht gleich, sondern sofort! Adrian ist auch schon gekommen", schrie Linda erneut.

„Adrian?!", sie setzte sich auf und gähnte noch mal herzhaft, dann streckte sie sich und stand mühsam auf. Ihre blonden Haare waren total zerzaust und ihr Nachthemd zerknittert.

Das siebenjährige Mädchen verließ ihr Zimmer und stolperte halb blind die Treppe hinunter in die kleine Küche. In der Mitte des Raumes stand ein Tisch für vier Personen. Ihre Großmutter, die Mutter ihres Vaters, und Adrian saßen am Tisch. Jasmins Mutter Linda stand an der Feuerstelle und ließ einen Topf mit Bohnen vor sich hin köcheln. Alle schienen bester Laune zu sein.

„Morgen." Wieder gähnte sie, dann ließ sie sich auf ihren Platz fallen.

„Du siehst aus, als ob du mit deiner Bettdecke gekämpft hättest", lachte Adrian, der im Gegensatz zu ihr völlig ausgeschlafen schien. Er hatte kurzes, dunkelbraunes Haar und kakaobraune Augen. Ein verschmitztes Lächeln lag auf seinem sonnengebräunten Gesicht. Er hatte gestern seinen vierzehnten Geburtstag gefeiert. Wobei er und Jasmin dies zum Anlass genommen hatten, die ganze Nacht mit den anderen Dorfkindern Krieg zu spielen. Sie und Adrian hatten mit dem zehnjährigen Sohn des Wirts die königliche Garde dargestellt, während die anderen acht Jungen die Banditen hatten sein müssen. Wie immer hatte Adrians Gruppe gewonnen. Zum einen war er der Älteste und Stärkste, was die Muskelkraft betraf, und zum anderen konnte Jasmin sehr gerissen und hinterhältig sein.

„Haha", erwiderte Jasmin gedehnt und warf ihm einen entnervten Blick zu. Sie hatte durch diese Aktion nur zwei Stunden Schlaf bekommen. Obwohl sie noch nie eine Langschläferin gewesen war, waren ihr zwei Stunden entschieden zu wenig. „Was gibts zu essen?"

Linda stellte ihrer Tochter eine Schüssel Haferbrei vor die Nase und legte daneben ein Stück Brot.

„Ääääähhhh, was ist denn das?", war das Einzige, was sie vor Ekel herausbrachte.

„Dein Frühstück, was sonst?", sagte Linda gleichgültig und setzte sich an die Stirnseite.

„Mein was??? Bist du sicher, dass du mir nicht das Hundefutter gegeben hast? Ich meine, eine Verwechslung kann ja jedem Mal passieren."

„Iss!", sagte Linda unerbittlich. Vielleicht hätte sie ihre Tochter strenger nach Carreras Sitten erziehen sollen.

„Ich glaub, da lass ich das Frühstück ausfallen. Was gibts zum Mittag?"

„Bohnen!"

„Iiiihhhh, das wird ja immer ekliger", sagte Jasmin und verzog angewidert das Gesicht.

„Du stehst nicht eher auf, als du aufgegessen hast. Ist das klar?", erwiderte Linda. „Außerdem willst du deinem Vater doch eine Freude machen, oder nicht?"

Jasmin stutzte: „Papa kommt aus dem Krieg zurück? Heute?"

Linda lächelte und nickte. „Es kann jeden Tag so weit sein. Der Krieg gegen die Anhänger der dunklen Götter ist vor einer Woche beendet worden. Wir haben heute Morgen den Brief erhalten."

Der Krieg, den Gobierno jahrelang gegen die Armee der Teufelsanbeter geführt hatte, war grausamer gewesen, als viele sich in ihren dunkelsten Träumen hätten ausmalen können. Die Anhänger des Dunklen waren vor allem eins: heimtückisch. Aber nun war er beendet und Gobierno scheinbar siegreich.

Jasmin sprang auf und ihrer Mutter in die Arme. Dann setzte sie sich wieder und schlang hungrig den Haferschleim hinunter und aß auch das trockene Brot.

Acht Jahre hatte der Krieg gedauert. Ein riesiges Heer aus Verstoßenen und Banditen, unterstützt von den Teufelsanbetern, hatte sich zusammengeschlossen und begonnen, in Casa zu plündern, zu brandschatzen und zu morden. König Gobierno hatte ein Heer aus allen Ländern Carreras zusammengerufen und gegen das andere geführt. Nach seiner Verwundung hatte er sich zurückziehen und seinen Generälen die Kriegsführung überlassen müssen. Lord Sanguin von Cabecera hatte ihn gerettet und in Sicherheit gebracht. Doch durch seine verletzte Schulter war Gobierno nicht mehr im Stande, ein Schwert länger als zehn Minuten ohne Schmerzen sicher zu führen. Seitdem war er sehr verbittert, denn der Kampf war schon immer sein Leben gewesen. Vor allem, nachdem ihn seine zweite Frau Nile mit seinem eigenen Bruder betrogen hatte. Bei diesem Tiefschlag hatte er sich in den Krieg stürzen können, um den Schmerz zu verdrängen. Nun aber blieb ihm dies auch verwehrt. Er hatte sie über alles geliebt. Deshalb hatte ihr plötzlicher Tod ihn noch weiter niedergeschlagen. Das war auch der einzige Grund, warum er ihren Bastard nicht im Meer ertränkt hatte. Nun war er ein einsamer, alter Mann mit zwei Söhnen, einer Tochter und dem Bastard, denen er aber allen keine große Aufmerksamkeit schenkte. Er war viel zu sehr mit seinem eigenen Elend beschäftigt.

Den ganzen Tag saßen Jasmin und Adrian am Brunnen und warteten auf ihren Vater. Adrians Vater war an einer schweren Krankheit vor fünf Jahren gestorben. Vor sechs Jahren hatte der König Bauern eingezogen, um die eigenen Reihen zu verstärken und seine Krieger zu entlasten. Doch einen kranken Mann, der sich nicht einmal auf den Beinen halten konnte, hatte selbst der König nicht zum Kriegsdienst befohlen.

„Was meinst du, wie viele werden wohl zurückkommen?", fragte Adrian.

„Was?", Jasmin hatte ihm gar nicht zugehört.

„Na ja, in einem Krieg überlebt nur ein geringer Teil. Die Frage ist, wie viele und wer hat überlebt."

„Mein Vater hat überlebt, ich weiß es."

„Aber du kanntest deinen Vater doch gar nicht. Ich meine, du warst nicht mal zwei Jahre alt, als er in den Krieg musste. Woher willst du das also wissen?"

„Adrian, manche Dinge kann man nicht erklären. Es ist ein Gefühl in mir drin. Auch ich werde irgendwann Kriegerin sein!"

„Du? Aber du bist doch ein Mädchen! Dich wird keiner aufnehmen, glaub mir. Du müsstest die Elitekämpfe gewinnen, wenn du respektiert werden willst. Aber mach dir keine Illusionen, du musst ein Mann sein, damit sie dich überhaupt starten lassen. Also vergiss es ganz schnell wieder."

„Hörst du das?"

„Was?"

„Da kommt ein Pferd auf das Dorf zu. Das ist bestimmt Vater!", sie sprang auf und rannte dicht gefolgt von Adrian zu ihrer Mutter ins Haus. „Mama, Mama, da kommt ein Reiter! Komm schnell!"

Sie eilten aus dem Haus und gesellten sich zu den anderen Dorfbewohnern, die das Hufgetrampel ebenfalls gehört hatten.

Der Reiter bremste sein Schweiß gebadetes Pferd ruckartig ab und schwang sich aus dem Sattel.

Der Dorfälteste trat auf ihn zu und hieß den erschöpften Mann willkommen.

„Nun, was bringt Ihr für Neuigkeiten?", fragte er den Boten.

„Ihr wartet alle vergebens", sagte er. „Kundschafter haben uns mitgeteilt, dass es keine Überlebenden aus den unteren Schichten gibt. Wer in Kriegszeiten auf das Schlachtfeld zog, der wird nicht mehr zurückkehren."

Eisige Stille breitete sich in dem kleinen Dorf am Silbersee aus. Keiner konnte glauben, was der Bote da eben gesagt hatte.

„Habt Ihr schon die Neuigkeiten über den Ausgang der Schlacht gehört?", fragte ein Mann in der Taverne einen anderen. Es war eine kleine Taverne an der Grenze von Lord Malvados Reich Aloja und Lord Lavodors Reich Casa. Ein sehr heißer Tag neigte sich dem Ende zu.

„Was Neuigkeiten, lass hören!", erwiderte der andere wissbegierig.

„Keiner der Rekruten soll die Schlacht überlebt haben! Nur Höhergestellte wie Generäle."

„Ja, weil die sich rechtzeitig aus dem Staub gemacht haben!"

„Pssst, nicht so laut, wenn dich einer hört ..."

Sie redeten so laut, dass ein junger Mann mit braunen Haaren und Bartstoppeln nicht umhin konnte mitzuhören. Ein ernster Ausdruck lag auf seinem Gesicht. *Sind denn wirklich alle tot?*, fragte er sich. Seine linke Hand ruhte auf dem Griff des Meisterschwertes. Er hatte es sich angeeignet, nachdem er den Besitzer in einem ungleichen Kampf, er mit Dolch und sein Gegner mit dem Meisterschwert, getötet hatte.

Er seufzte leise. Ihn reizte keine weitere Schlacht. Es war wirklich grausam gewesen. Man konnte nur noch über Leichen gehen und watete fast knietief im Blut. Er selbst hatte eine Fleischwunde am rechten Oberarm und viele kleinere Wunden, die nur noch wie Kratzer aussahen.

„Ricardo?", er schreckte aus seinen Gedanken hoch und blickte in das Gesicht seines Kriegskameraden. Sein Name war Jack Rubens. An seinem Gürtel hing ein Weiteres der legendären Meisterschwerter, welches er sich ebenfalls im Krieg erworben hatte. Er setzte sich zu Ricardo und schob ihm sein Getränk zu. Jack hatte keine gefährliche Wunde erlitten. Dank Ricardo hatte er nur einen Kratzer an der Schläfe. Wäre er von Ricardo nicht zur Seite gestoßen worden, dann hätte er das Schlachtfeld ebenfalls nicht lebend verlassen.

„Auf den Frieden und die Freiheit!", sagte Jack ernst, hob seinen Humpen und Ricardo stieß grinsend mit ihm an.

„Sag mal Jack, hast du eigentlich Familie zu Hause?", fragte Ricardo nachdenklich.

Jack sah ihn einen Moment lächelnd an. „Ja, das habe ich, meine Frau Linda, meine Mutter und meine kleine Tochter. Sie müsste jetzt eigentlich acht Jahre alt sein. Ich überlege die ganze Zeit, was ich ihr mitbringen könnte, du weißt schon, sieben Geburtstagsgeschenke auf einmal."

„Du willst ihr was mitbringen? Nachdem du gerade eine grausame Schlacht hinter dir hast?", fragte Ricardo verwundert.

„Ja, warum nicht? Ich denke, ich werde ihr das Fohlen meiner trächtigen Stute schenken. Sie wird auch in gut vier Monaten fohlen."

„Dann sollten wir zusehen, dass wir schleunigst nach Hause reiten", sagte Ricardo und erhob sich. Gemeinsam verließen sie die Taverne und gingen zu ihren Pferden.

Jack stieg auf eine Rappenstute mit weißen Abzeichen an den Beinen und breiter Blässe. Die trächtige Schimmelstute nahm er am Zügel. Ricardo stieg auf einen dunkelbraunen Wallach und sie ritten nach Nordwesten.

Ihre gesamte Kleidung war abgenutzt, sie sahen aus wie schäbige Landstreicher, wären da nicht die reinrassigen Pferde gewesen, die sie mit sich führten. Das Einzige, was blank und sauber war, waren ihre Meisterschwerter. Gut verstaut und verwickelt, vor fremden Augen abgedeckt, lagen hinter Ricardos Sattel gut verschnürt die übrigen drei Meisterschwerter. Er würde weiterreisen und fähige Krieger finden, die es wert waren, ein Meisterschwert ihr Eigen zu nennen. Er hegte den Gedanken, eines seinem ältesten Sohn zu geben. Aber erst wenn er ihn erfolgreich getestet hatte. Jack hatte eine trächtige Stute aufgelesen, die bald fohlen würde. Sie war so ein ungewöhnlich starkes und intelligentes Tier. Er hatte kein Interesse an einem weiteren Meisterschwert gezeigt, denn er hatte nicht vor, irgendjemanden auszubilden. Für die Stute und ihr Fohlen hatte er durchaus Verwendung. Pferde bedeuteten Reichtum.

Sie schlugen, als es dunkel wurde, ihr Nachtlager auf. Übermorgen Nachmittag würden sie Jacks Heimatdorf erreichen. Endlich würde er seine geliebte Frau und seine kleine Tochter wieder in die Arme nehmen dürfen.

Schnelles Hufgetrampel weckte Ricardo und er spähte durch das Dickicht zum Waldweg. Sie hatten mit Absicht ihr Lager etwas in den Wald hinein verlegt. Ein einzelner Reiter mit einem kleinen Pferd schoss an ihm vorbei.

Könnte ein Bote sein, überlegte Ricardo und sah dem Reiter nach, bis ihn die Dunkelheit verschlang. Dann legte er sich wieder hin und erwachte erst, als Jack ihn am nächsten Morgen wachrüttelte.

„Wach auf, wir müssen los", sagte er fröhlich und sattelte seine Stute.

„Jack, gestern Nacht ist ein Bote hier vorbeigeritten. Was meinst du, ob er auch diese Nachricht verbreitet, von wegen alle wären gefallen?"

„Nun ja, ich denke schon. Wollen wir einen Reisegalopp anschlagen, der uns die Nacht durchreiten lässt? Dann wären wir morgen früh vielleicht schon da."

„Lass uns so schnell reiten, dass wir spätestens heute Abend dort ankommen", sagte Ricardo und sattelte seinen Wallach eiligst.

Sie stiegen auf und jagten dem Boten hinterher. Am Anfang hatte sich Jack noch Sorgen um die trächtige Stute gemacht.

Doch diese besaß so viel Feuer, dass es ihr ein Leichtes war, mit den anderen beiden Pferden Schritt zu halten. Sie schafften es wirklich, die Strecke bis zur Abenddämmerung zurückzulegen. Kurz vor dem Dorf verlangsamten sie ihre Pferde in den Schritt und näherten sich vorsichtig.

Das Dorf wirkte wie ausgestorben. Nur aus der kleinen Schenke drangen aufgeregte Stimmen. Die beiden warfen sich einen Blick zu, dann stiegen sie vor der Taverne ab, banden ihre Pferde neben dem kleinen Pferd des Boten an und traten ein.

Keiner schenkte ihnen Beachtung, da die Anwesenden mehr von dem Boten hören wollten, obwohl niemand glauben wollte, was er sagte.

Jack zeigte Ricardo eine junge Frau, die dem Boten gerade sehr zusetzte. Sie hatte langes, blondes Haar, welches sie zu einem Zopf geflochten hatte, und rehbraune Augen, die wütend den Boten durchbohrten. Sie wurde lauthals von den Dorfbewohnern angefeuert. Doch am lautesten brüllte ein kleines Mädchen um die acht Jahre alt und ebenfalls mit langen, blonden Haaren, aber mit strahlend blauen Augen, Jacks Augen.

„Wer ist sie?", fragte Ricardo.

Jack grinste: „Wirst du gleich sehen. Pass auf!"

Er ging unbemerkt an die junge Frau heran, nahm ihre Hand und zog sie mit sanfter Gewalt zu sich herum. Linda lag in seinen Armen und brachte erst mal kein Wort heraus. In der Taverne breitete sich Schweigen aus.

„Jack?"

Er grinste nur. Sie schlang ihre Arme um ihn und drückte ihn fest an sich. Ricardo und Jasmin beobachteten die Szene mit hochgezogenen Augenbrauen. Ricardo wirkte überrascht, Jasmin hingegen entsetzt. *Was macht der mit meiner Mutter?*

„Ich dachte schon, du wärst tot", hauchte Linda und Glückstränen rannen ihr über das Gesicht.

Der Älteste trat vor: „Jack Rubens? Seid Ihr es wirklich?"

Er wandte sich dem alten Mann zu und nickte. Dann wandte er sich an Linda: „Wo ist unsere Tochter?"

„Jasmin, komm her, dein Vater möchte dich gern sehen."

Jasmin starrte sie einen Moment perplex an. Dann streckte sie Adrian gehässig die Zunge heraus, als wollte sie sagen: „Ätsch, ich hab es dir doch gesagt!" Sie rannte zu ihrem Vater und er hob sie hoch.

„Wie siehst du denn aus?", fragte er verdutzt, als er ihr verdrecktes Aussehen begutachtete. „Was hast du angestellt? Was ist eigentlich aus Adrian geworden?"

„Ich habe ihn verprügelt, weil er mir einreden wollte, dass du tot bist! Der hat tatsächlich geglaubt, was der Bote gesagt hat", sagte Jasmin stolz.

Jack musste lachen.

„Darf ich euch Ricardo Taylor vorstellen, ohne ihn wäre ich heute nicht hier", sagte Jack fröhlich und winkte Ricardo zu sich.

Zurückhaltend kam dieser näher und quittierte Lindas Dankeschön mit einem knappen Nicken.

Am nächsten Tag reiste Ricardo nach einem sehr herzlichen Abschied von Jack und seiner Familie weiter.

Zwei Wochen blieb Jack, dann traf ein Bote des Königs ein, der ihm mitteilte, dass er umgehend zum König bestellt wurde. Also machte Jack sich wieder auf den Weg. Jasmin nahm mit einem trotzigen Gesichtsausdruck von ihm Abschied.

„Ich will aber mit dir gehen, Papa!", sagte sie nun zum hundertsten Mal und Jack antwortete wieder: „Wenn du alt genug bist, dann nehme ich dich mit nach Custodio."

Er nahm Linda noch mal in den Arm, gab ihr einen leidenschaftlichen Kuss und stieg dann auf sein Pferd. Der Bote ritt vorneweg und bald darauf waren sie im Wald verschwunden.

Auf Zehenspitzen schlich Jasmin die Treppe hinunter. Draußen war längst finstere Nacht, als sie die Eingangstür aufschob und hinausschlüpfte. Niemand war zu sehen. Mit einem Reisebündel unter dem Arm und einem Dolch – den ihr ihre Oma zum Geburtstag geschenkt hatte mit den Worten: „Das ist mein Geschenk an dich, mein lieber Tamio, gebrauche ihn gnadenlos!" –

rannte sie hinüber zu dem kleinen Stall. Noch immer fragte sie sich, wer eigentlich Tamio war, offenbar war ihre Großmutter noch verwirrter als angenommen. Sie zog die Stalltür auf, eilte hinein und legte ihr Reisebündel auf den Boden.

Ein plötzliches Geräusch ließ sie hochfahren, sie wirbelte herum. Auf dem Heuballen, neben einer leicht aufgeschobenen Box saß jemand. Durch das spärliche Licht des Mondes, das durch die offenen Fenster leuchtete, vermochte sie nur seine Umrisse auszumachen.

„Wird langsam Zeit, dass du kommst, ich hätte dich viel früher erwartet", sagte ihr eine vertraute Stimme und Jasmin stieß zischend die Luft aus.

„Adrian, spinnst du? Was machst du eigentlich hier?", herrschte sie ihn an.

„Ich hab auf dich gewartet", erwiderte er und stand auf.

„Ach, und wie kommst du zu der Annahme, dass ich dich mitnehmen würde?"

„Weißt du, du bist nicht die Einzige, die das Kriegshandwerk erlernen will. Außerdem ist das Reisen zu zweit immer viel lustiger als allein."

„Du hältst mich nur auf! Deine Mutter wird das nicht erlauben."

„Oho", sagte Adrian und zog belustigt die Augenbrauen hoch. „Aber *deine* Mutter ist natürlich einverstanden!"

„Ach, sei bloß still!", giftete sie ihn mürrisch an.

Er holte sein Pferd aus der Box und Jasmin sattelte schnell das Pferd ihres Vaters. Der Bote hatte darauf bestanden, dass Jack den Wallach ritt, den der Gesandte des Königs extra mitgebracht hatte.

Sie befestigte ihr Bündel hinter dem Sattel und schwang sich hoch. Sie trug wie immer Bauernkleidung, aber kein Kleid, sondern eine abgenutzte Hose und ein altes Wams, das sie gefunden hatte. Außerdem hatte sie Stiefel an. Adrian war ähnlich gekleidet und stieg nun auch auf. Langsam, um keinen unnötigen Lärm zu veranstalten, trieben sie ihre Pferde aus dem Dorf und hinein ins große Abenteuer.

Linda stand früh auf. Sie ging langsam ins Bad und wusch sich mit dem kalten Wasser aus einer vorbereiteten Schüssel. Dann zog sie sich geschwind an. Sie seufzte ein wenig enttäuscht. So hatte sie sich ihr Leben hier nicht vorgestellt. Sie vermisste Alexandreta und das einfache Leben dort. Selbst Kochen dauerte hier ewig, hier gab es keine Mikrowelle, geschweige denn einen richtigen Herd. Aber all dies waren banale Kleinigkeiten im Vergleich dazu, dass Jack fast gestorben wäre in diesem schrecklichen Krieg und nun forderte der König seine Treue ein, es war als würde sie ihn nun vollends verlieren. Es war eine weite Reise von hier bis Custodio. Nur die Götter allein konnten wissen, wann sie ihn wiedersehen würde. Ob sie ihn wiedersehen könnte.

Sie ging den schmalen Flur entlang zu Jasmins Zimmer und klopfte behutsam.

„Schatz, komm aufstehen", sagte sie leise und trat in das kleine Zimmer. Doch das Bett war leer. Sie seufzte laut. *Warum hat sie mich nicht gefragt, ob wir ihm gemeinsam hinterher reisen können?*

Sie kniete nieder und faltete die Hände wie zu einem Gebet.

„Göttin Lyneri, ich bitte Euch, helft mir, meine Tochter zu finden, bevor ihr etwas zustößt. Bitte! Ich brauche Euch. Mein spärliches Talent für Magie reicht nicht aus für ein Portal."

Nach Wochen standen sie endlich auf einem Hügel und blickten hinunter in die Stadt des Königs, Custodio.

„Sie ist wunderschön", sagte Jasmin begeistert und trieb ihr Pferd als Erste den Hügel hinunter und zum Stadttor hin.

Sie hatten keine Probleme auf ihrer Reise gehabt. Adrian hatte, wenn sie in einer Schenke übernachteten, das Gespräch geführt. Er wirkte älter als vierzehn Jahre. Jasmin hatte sich gespielt unterwürfig im Hintergrund gehalten und nur geredet, wenn sie gefragt worden war. Alle beide hatte die Reise erschöpft und ihnen schmerzten die Hintern. Sie sehnten sich nach einem heißen Bad und einem bequemen Bett. Sie hatten es nach all den Wochen satt, auf dem harten Waldboden schlafen zu müssen.

Adrian ritt neben sie.

„Es wäre besser, wenn ich vorneweg reite und du wieder eine unterwürfige Haltung einnimmst. Außerdem solltest du den Umhang überwerfen", sagte er.

„Wieso?", fragte sie entnervt. Jasmin hatte gehofft, dass diese Maskerade endlich ein Ende haben würde, wenn sie Custodio erst mal erreicht hätten.

„Weil du ein Mädchen bist. Du kennst doch die Gesetze des Königs, oder etwa nicht?"

„Ist ja gut", murrte sie und zerrte den Umhang aus ihrer Tasche, dann warf sie ihn über und zog die Kapuze etwas ins Gesicht.

Problemlos passierten sie das Tor und ritten gemächlich in die Stadt. Sie hielten nicht an, denn ihr Ziel war das Schloss. Na ja, wohl eher die Schlossmauer.

„Halt!", rief einer der wachhabenden Soldaten missgelaunt.

Sie hielten ihre Pferde vor den beiden Männern an.

„Was wollt ihr?", fragte der Zweite ebenso mürrisch.

„Wir möchten ...", doch Adrians Worte gingen in dem Wutanfall einer jungen Frau unter. Sie hatte sich vor einem General aufgebaut und schrie und tobte. Er dagegen versuchte sie zu beruhigen. Die zwei Soldaten starrten perplex in ihre Richtung, während Jasmin auf dem Sattel zusammenschrumpfte.

„Wie konnte sie vor uns hier sein?", hauchte sie fassungslos.

„Warum fragst du deine Mutter nicht einfach?", schlug Adrian vor.

„Bist du wahnsinnig", fuhr sie Adrian an. Die Wachen wandten sich den beiden nun wieder zu. „Die bringt mich um!" Und auch Linda hatte das Gespräch mit dem General abgebrochen, nachdem sie die beiden am Tor gesehen hatte, und rauschte auf sie zu.

„Wie kannst du es nur wagen, abzuhauen?", keifte Linda ihre Tochter an.

„Mama ich ... ich wollte ... ja ... ich wollte zu Vater!"

„Das hättest du sagen können", schrie sie weiter und kam immer mehr in Rage.

„Jasmin", rief der General dazwischen. „Komm her! Gib Adrian das Pferd!", Linda starrte ihn fassungslos an. „Linda bitte.

Ich will nur mal mit ihr reden, unter vier Augen versteht sich. Entschuldige uns bitte."

General Jack führte seine Tochter um ein Haus in die Nähe der Ausbildungsplätze der Soldaten und ihrer Pferde. Dort blieb er stehen und wandte sich zu ihr um.

„Warum bist du hergekommen?", fragte er.

„Ich will Kriegerin werden!", sagte sie frei heraus. Jack sah sie stirnrunzelnd an. „Egal, was du sagst, es kann meinen Entschluss nicht ändern und ich gehe auch nicht wieder nach Hause", setzte sie trotzig fort.

„Verstehe", sagte er. Er wusste nicht so recht, was er davon halten sollte.

Er bedeutete ihr, ihm zu folgen und sie gingen schweigend zurück zum Tor, wo Linda noch wutentbrannt wartete.

„Können wir jetzt nach Hause gehen?", herrschte sie die beiden an.

Jack schüttelte den Kopf. „Ich möchte, dass ihr hierherzieht. Ich habe ein Haus hier bekommen. Wenn ihr zurückreist, ist es nicht sicher, ob wir uns überhaupt mal alle fünf Jahren sehen."

Linda biss sich auf die Lippen, bevor sie über Jack mit einem Schwall Beschimpfungen herfiel. Stattdessen sagte sie mit ruhiger Stimme: „Also gut, ich werde mich um den Umzug kümmern!"

Seit diesem Tag trainierte Jasmin heimlich mit ihrem Vater jeden Abend. Mit vierzehn war sie so gut geworden, dass ihr Vater einen Vorschlag machte, der ihr Leben grundlegend verändern sollte.

Sie legten einmal nach drei Stunden Training gerade eine Pause ein und ruhten sich im Schatten aus. Jack trug nur eine Hose und seine Stiefel, von dem Meisterschwert an seiner Hüfte mal abgesehen, und Jasmin hatte eine lederne Hose und ein ledernes, korsettähnliches Oberteil an, das breite Träger, aber keine Ärmel hatte. Beide waren total verschwitzt und ihr Atem ging noch etwas schneller als normal.

„Sag mal, Süße, was denkst du über die Elitewettkämpfe?", fragte Jack und beobachtete die Reaktion seiner Tochter genau.

„Die Elitekämpfe? Da nehmen nur die größten Krieger teil und der Sieger erhält Ruhm und Ehre und außerdem wird er gleich zum zweiten General ernannt! Dort starten zu dürfen, wäre der Wahnsinn", schwärmte sie. Doch ihre Begeisterung legte sich rasch wieder. „Aber um an den Kämpfen teilnehmen zu dürfen, müsste ich ein Junge sein. Außerdem weiß ich nicht, ob ich der Sache gewachsen bin ..."

„Jasmin", ermahnte er sie scharf. „Wenn ich sage, dass du so weit bist, dann bist du es auch!"

„Ja, General!"

„Außerdem denke ich, dass du dich doch einfach als Junge verkleiden könntest. Niemand wird es bemerken und keiner würde zugeben, von einer Frau geschlagen worden zu sein. Verstehst du?"

„Ja!", ihre Begeisterung kehrte zurück.

„Wir müssen es nur vor deiner Mutter verheimlichen, sie würde durchdrehen. Aber wenn du erst mal gewonnen hast, kann sie nicht anders, als es zu akzeptieren, genau wie es dann auch der König muss."

„Genial, aber ich kann mich wohl schlecht einschreiben ..."

„Das mache ich, du startest für den König, genau wie vier andere aus meiner besten Einheit. Du wirst dich freuen, Adrian wird nämlich auch mit starten!"

„Das wird ja immer besser!"

„Aber du darfst es auch ihm nicht verraten!", ermahnte er sie nachdrücklich.

„Alles klar, ich will mir doch nicht meine Chance vermasseln!"

Jasmin war überhaupt nicht wiederzuerkennen. Sie trug einen Hut mit breiter Krempe, unter dem sie ihre Haare hochgesteckt hatte, und Waldläuferkleidung. Das Oberteil war etwas weiter, um ihren Busen, den sie mit einem Verband straff verbunden hatte, besser verstecken zu können. Sie trug eine enge, dehnbare Hose, um ihre Beine auch ungehindert bewegen zu können.

Jack hatte ihr dazu noch Beinschienen gegeben, die der beste Huf- und Waffenschmied Custodios namens Rinaldo aus Drachenklauen gefertigt hatte. Die beiden Männer hatte schon als Kinder zusammen gespielt. Krieg und Trennung hatte ihre Freundschaft nicht schmälern können. Aber auch Jack kannte seinen Materiallieferanten nicht und wenn er nach dem Unbekannten gefragt wurde, lächelte er nur geheimnisvoll und sagte, dass es ihm nicht zustehe, dessen Namen preiszugeben.

Ihr großer Tag war gekommen. Nun konnte sie sich beweisen. Jetzt, wo sie im Turnier war, konnte keiner sie mehr hinauswerfen. Wenn wirklich jemand erkannte, dass sie eine Frau war, dann musste sie gewinnen. Sonst würde es wieder heißen, dass Frauen keine Chance hatten gegen Männer und sich zu Hause gefälligst hinter den Herd zu stellen hatten.

Doch das würde Jasmin nicht tun. Niemals würde sie eine Hausfrau werden. Kinder hätte sie schon ganz gerne irgendwann, aber nur mit dem Richtigen, das hieß, er müsste sie kämpfen lassen und es ihr nicht verbieten.

Sie stand nervös bei ihrem Vater und den anderen vier jungen Kriegern. Adrian war der Jüngste mit zwanzig. Die anderen waren zwischen einundzwanzig und fünfundzwanzig. Jasmin war vierzehn. Doch ihr Vater meinte dazu nur, dass auch sie volljährig sei. Denn sie war kein Mann.

Die Lords waren inzwischen mit ihrem Gefolge und fünf ihrer besten Krieger angekommen.

„Also hört mir jetzt gut zu. Es sind mit euch fünfzig Krieger. Zuerst ist der Waffenkampf dran. In der nächsten Runde kommt ein halsbrecherischer Ritt über einen Parcours. Darauf folgt das Bogenschießen vom Pferderücken aus. Dann wird vom Pferd aus gekämpft. Wer als Erstes aus dem Sattel fällt oder im Sattel besiegt wird, was bei einer wahren Schlacht den Tod zur Folge hat, ist der Verlierer. Zum Schluss erst ist der Nahkampf dran. Also los! Ihr lauft euch alle gemeinsam warm, dann dehnt ihr euch, bevor ihr mit dem Waffenkampf anfangt. Ich will, dass ihr immer kampfbereit seid!"

Sie taten, wie ihnen geheißen worden war. Nach einer guten halben Stunde kam Jack zu ihnen und sie unterbrachen ihre Kämpfe.

„Hier, jeder von euch zieht einen der kleinen Zettel!", sagte er und hielt ihnen fünf zusammengefaltete Zettel hin. Er hatte sie nicht angeschaut. Jack wollte, dass der Zufall entschied, wer gegen wen und wann zu kämpfen hatte.

Jeder nahm sich einen der Zettel und entfaltete ihn.

„Ich bin in Pool A und hab die 3", sagte Jasmin gleichgültig.

„Pool D 50", sagte Adrian.

„Ich bin in Pool C", sagte Brandark grinsend. Er war groß, schlank und blond. „Nummer 37."

„Ich bin Pool A", sagte Mike. Er war der Kleinste der fünf, aber nicht minder kampfstark. „Bin die Nummer 13!"

„Tja, und ich bin in Pool B die Nummer 21", sagte Benno. Er war ein zurückhaltender, dunkelhaariger, junger Mann, der aber im Kampf Feuer in den Adern hatte.

„Na, dann bist du der Erste, Tamio", sagte Jack zu Jasmin. Sie nickte verstehend. „Macht euch noch weiter warm, ihr werdet alle aufgerufen!" Dieser Name war die Idee von ihrem Vater gewesen. Allmählich wurde sie misstrauisch. Erst ihre Großmutter und jetzt auch noch ihr Vater? Sie hatte sich die ganze Nacht den Kopf zerbrochen, war aber zu keiner Lösung gekommen. Es blieb immer eine bohrende Frage zurück: Wer war Tamio?

Nach einer weiteren halben Stunde erklang die kräftige, tiefe Stimme des Leiters dieser Veranstaltung: „Willkommen zu den diesjährigen Elitewettkämpfen in Custodio. Wir beginnen auch gleich mit der ersten Runde. Im Pool A gehen folgende Kämpfer an den Start …

„Tamio komm, du bist dran!", rief Jack Jasmin zu und sie eilte auch sofort zu ihm.

Das Herz schlug ihr bis zum Hals vor Aufregung.

„Bleib ruhig", sagte Jack, der eine Hand auf ihre Schulter gelegt hatte, um sie etwas zu beruhigen. „Du machst das schon. Dein erster Gegner ist Franko Jones aus Publicio."

„Einer von Lord Grosors Kriegern? Die sollen richtig gut sein", sagte sie mit einem nervösen Zittern in der Stimme.

„Schon, aber du bist besser. Sonst hätte ich dich hier gar nicht angemeldet. Mein Ruf steht auf dem Spiel bei einer Niederlage deinerseits. Aber nur wenn sie entdecken, wer du bist."

Sie nickte verstehend.

Der erste Kampf war vorbei. Nun war Jasmin an der Reihe.

„Und nun rein mit dir und mach mich stolz!", sagte ihr Vater und gab ihr einen Klaps auf die Schulter.

Als Jasmin ihrem Gegner gegenüberstand, wurde sie ganz ruhig. Das Lampenfieber legte sich, ihr Körper war angespannt vor freudiger Erwartung. Sie trug kein Schwert, nur einen Dolch über dem Steiß und natürlich die Beinschienen. Ihr Gegner Franko Jones hingegen hatte sehr wohl ein Langschwert und auch er trug einen Dolch bei sich. Jasmin wusste genau, dass solche Kämpfe auch mal mit dem Tod eines Kriegers enden konnten, doch das scherte sie nicht. Sie war die Tochter von Jack Rubens, die Tochter des Kriegshelden!

Der Gong ertönte und Franko Jones griff sofort an. Jasmin wich zur Seite aus. Immer wieder griff er an und immer wieder entschwand Jasmin blitzschnell aus seiner Reichweite. Ein erneuter Angriff folgte, doch Jasmin hatte keine Lust mehr, mit ihm zu spielen, und riss ihr Bein hoch. Der Unterschenkel mit den Beinschienen aus Drachenklaue und das Schwert krachten aufeinander. Verbissen standen sie nun da. Er versuchte krampfhaft, ihr rechtes Bein abzuwehren, das immer stärker gegen sein Schwert drückte. Jasmin sprang hoch. Sie drückte ihr rechtes Bein auf dem Schwert ab, sodass er sie mehr oder weniger in der Luft hielt. Mit dem Linken stoppte sie vor seinem Hals und zog ihren Dolch. Die scharfe Klinge streifte seinen Hals ein wenig, sodass es etwas blutete. Franko war erstarrt. Noch nie hatte er jemanden so kämpfen sehen. Jack und seine Krieger grölten vor Freude und jubelten ihr begeistert zu.

„Tod!", sagte der Kampfrichter laut, was nur signalisierte, dass der Kampf vorbei war. Dann erklärte er Jasmin zum Sieger.

Jasmins Herz machte einen Sprung. Das Schlimmste hatte sie überstanden. Sie war nicht für den Schwertkampf geschaffen, deshalb war sie auch so nervös gewesen. Nun ging sie zurück zu ihrem Vater.

„Ich habe gewonnen!", jubelte sie. „Das Schlimmste hab ich hinter mir!"

Jack lächelte zufrieden. „Wohl wahr, aber ruhe dich nicht auf deinen Lorbeeren aus! Noch hast du nicht gewonnen."

„Ich werde natürlich weiterhin mein Bestes geben und noch mehr. Keine Angst, ich werde dich nicht enttäuschen!"

Lord Grosor trat zu ihnen.

„Ich muss sagen, dass Ihr Schützling mich sehr beeindruckt hat, General Jack", sagte er und musterte Jasmin kritisch. „Aber wird er auch in den anderen Disziplinen so eine gute Vorstellung bieten können?"

„Das versichere ich Euch, Lord Grosor. Dennoch Franko hat gut gekämpft ..."

„Das nützt ihm nichts, er hat verloren!

Damit verabschiedete er sich von ihnen.

„Du musst aufpassen. Er ist ein sehr schlechter Verlierer und wird alles daransetzen, um zu gewinnen", sagte Jack leise zu Jasmin.

„Okay, ich werde ihn im Auge behalten", erwiderte sie.

„Mike, du bist auch gleich dran, also halte dich warm!"

Auch Mike, Brandark, Benno und Adrian kamen eine Runde weiter. Nun galt es, einen gefährlichen Parcours mit einer schnellen Zeit zu durchqueren.

Jasmins Gegner war diesmal ein junger Mann namens Tito aus Herradura, einer von Lord Bonados Schützlingen. Sie mochte Lord Bonado. Ihr Vater war ihm schon häufiger persönlich begegnet und sprach sehr achtungsvoll von ihm. EDer Lord war schon immer freundlich und gütig gewesen, auch zum Volk und zu den Frauen, nie war er irgendeiner Frau oder einem Mädchen gegen ihren Willen zu nahegetreten. Deshalb schätzte Jasmin ihn auch so sehr.

Der Parcours war ziemlich groß. Es fing an mit einer kleinen, gestellten Schlucht, die man überspringen musste. Sie war etwa ein Meter fünfzig breit. Als Nächstes kam ein Wassergraben mit eiskaltem Wasser. Dann eine Mauer, die einen Meter zwanzig hoch war. Als Nächstes kam ein Stück mit Geröll und Ästen und zum Schluss eine unebene Strecke von fünfhundert Metern, wo es überall Löcher gab und die Pferde stürzen konnten. Die letzten dreihundert Meter waren eben und ungefährlich. Sie waren für den Endspurt, wenn der Reiter und sein Pferd überhaupt so weit kamen.

„Das ist Wahnsinn!", stieß Adrian geschockt hervor. „Die Pferde können sich die Beine brechen. Die Hälfte wird es nicht über die Ziellinie schaffen."

Jack war dicht hinter seine Tochter getreten. „Was denkst du, schaffst du es?"

„Ich bin nicht das Problem", sagte sie mit einem missgelaunten Gesichtsausdruck. „Cäser und das Löcherfeld machen mir Sorgen. Er könnte sich die Beine brechen." Cäser war das Fohlen von der Stute, die Jack vor sechs Jahren aus der Schlacht mitgebracht hatte.

„Hört mal alle her Jungs!", sagte Jack und seine angehenden Krieger versammelten sich um ihn. „Durch das Löcherfeld gibt es einen direkten Weg. Er schweift ein wenig nach rechts ab, sodass der Weg zur Zielgeraden länger ist. Aber ihr kommt unbeschadet hindurch."

„Woher weißt du das?", wollte Jasmin wissen.

„Der König hat es mir gesagt. Ich denke mal, dass es die anderen nicht wissen. Aber eigentlich sieht man die Löcher, wenn man nicht zu schnell reitet. Das größte Problem für euch wird der Wassergraben sein, der ist einen Meter achtzig lang. Ich denke nicht, dass man ihn einfach überspringen kann ..."

„Ich werd's zumindest versuchen", sagte Jasmin und stieg auf ihren Lipizzanerhengst Cäser. „Also dann, wünscht mir Glück!"

„Machen wir!", sagte Adrian grinsend.

Jasmin ritt zum Parcours. Ihr Gegner war schon an der Startlinie. Sein Pferd war kleiner als Cäser. Es hatte einen kleinen Kopf und war durchweg hellbraun. Jasmin stutzte, er ritt doch tatsächlich eine reinrassige Araberstute.

„Viel Glück, besonders deinem Pferd", sagte sie und er nickte ihr lächelnd zu.

„Dir und ihm auch", erwiderte er und warf einen Blick auf den herrlichen Lipizzanerhengst, der die Stute interessiert beschnupperte. Sie hingegen ignorierte ihn prompt.

Das Startsignal ertönte und die Stute schoss wie von der Tarantel gestochen los. Cäser brauchte einen Moment, doch dann setzte er ihr mit großen Sprüngen nach. Jasmin bekam ihn erst nach dem Sprung über den Graben wieder in den Griff. Die Araberstute hatte sich nicht geweigert, durch das eisige Wasser zu laufen. Trotzdem bremste es sie aus. Jasmin hingegen gab Cäser die Sporen und lag nun flach auf seinem Hals. Einen Zentimeter vor dem Wasser sprang der Hengst ab und landete gleichauf mit der Stute auf der anderen Seite des Beckens. Kopf an Kopf schossen sie dahin, doch Jasmin nahm ihren Hengst zurück und sammelte ihn, um über die Mauer springen zu können. Cäser rumorte zwar und schlug auch beim Sprung über die Mauer aus, aber er gehorchte. In einem schnellen Schritt, es war mehr ein Trotten, überquerten die beiden Pferde, die Araberstute noch immer mit zwei Pferdelängen Abstand vor ihm, das Geröll. Darauf folgte das Löcherfeld. Die kleine Stute trabte sicher um die Löcher herum, doch Jasmin musste Gas geben, wenn sie noch gewinnen wollte.

„Also gut, mein Junge, jetzt ist es an dir, ob wir als Team anerkannt werden oder nicht. Wir müssen über dieses Löcherfeld, schaffst du das? Ich denke doch! Mein Vertrauen hast du. Hol uns den Sieg, Süßer!"

Cäser hatte die ganze Zeit ruhig dagestanden und interessiert gelauscht. Nun wendete er und trottete etwas zurück. Dann machte er wieder kehrt und raste auf das Löcherfeld zu. Er galoppierte so sicher zwischen den Löchern hindurch, dass er fast übermütig wirkte. Doch Jasmin ermahnte ihn noch rechtzeitig, sie hatte den schrägen Weg entdeckt, den ihr Vater gemeint hatte, trieb Cäser in die Richtung und auch noch mehr zur Eile. Er flog regelrecht über das Gras. Am Ende des Feldes schoss der Hengst quer hinüber zum Ziel, doch auch die Araberstute hatte das Ende des Feldes erreicht und jagte nun auf das Ziel zu. Als sie an Cäser vorbeiziehen wollte, legte dieser die Ohren an und biss sie in ihr linkes Ohr. Erschrocken stieg die Stute und hätte fast ihren Reiter abgeworfen. Cäser ließ noch ein warnendes Wiehern ertönen, bevor er wieder nach vorn und zum Ziel schaute. Erst als Cäser durchs Ziel war, ließ sich die Stute dazu bewegen, ihm nachzugehen.

Jasmin war von Cäsers Rücken gesprungen und drückte seinen schönen Kopf an ihre Brust.

„Du bist der Größte, Süßer! Aber musstest du sie gleich beißen?"

Sie hatte zuerst nach mir geschnappt, übermittelte der Hengst ihr zufrieden seine Gedanken, wie es die Drachen taten. *Auf der Zielgeraden kurz bevor ich sie gebissen habe.*

Dass ihr Hengst sprechen konnte, hatte sie schon erkannt, als er erst ein paar Tage alt gewesen war. Sie wusste nicht, woher und warum er das konnte. Aber es gefiel ihr sehr. Denn wer konnte mit seinem Pferd über alles Mögliche reden und auch noch geistreiche und lustige Antworten erwarten? Auch war er schneller und ausdauernder als jedes andere Pferd, das sie je gesehen hatte.

Jack und die vier anderen jungen Krieger eilten auf sie zu.

„Ich hab echt gedacht, du verlierst", sagte Benno.

Tito kam noch einmal zu ihr rüber.

„Ich wollte mich für meine Stute entschuldigen. Sie hatte ja zuerst nach deinem Weißen geschnappt", sagte er.

„Schon okay, Cäser hat sich ja revanchiert", erwiderte Jasmin lachend. „Ich hoffe doch, es ist nichts weiter passiert."

„Nein, nein, sie hat bloß einen Schreck bekommen. Es ist das erste Mal für sie gewesen, dass einer ihrer Artgenossen derart zurückgeschlagen hat. Mach dir um sie keine Sorgen. Sie ist zäh und wird sich wieder erholen."

„Trotzdem, ihr wart ein tolles Team", sagte Jasmin.

„Ihr auch, Tamio. Sieh zu, dass du einer der fünf Besten wirst!"

„Werde ich, verlass dich drauf."

„Er scheint nett zu sein", sagte sie zu Jack, als Tito gegangen war.

„Ja, scheint wohl so. Hör auf, Löcher in die Luft zu starren und schieß dich ein. Erst wenn du auch den Kampf auf dem Pferderücken überstehst, kannst du aufatmen. Wir wissen ja beide, dass dich niemand außer mir im Nahkampf je schlagen wird. Also bleib dran und halt Cäser warm." Dann eilte er zurück zum Parcours, um sich auch anzusehen, wie die anderen die Hindernisse überwanden.

Jasmin hatte noch einmal das Bogenschießen geübt und jede Zielscheibe ins Schwarze getroffen. Nun ruhte sie sich mit Cäser etwas aus, damit er dann auch fit war.

Jack kam strahlend auf sie zu.

„Sie haben es alle vier geschafft!", rief er ihr schon von Weitem zu. „Leon, Adrians Gegner, hatte aufgegeben, weil seine Stute nicht durch Eiswasser laufen darf. Sie hat erst eine Fußverletzung hinter sich, so hat Adrian kampflos gewonnen. Die anderen drei haben eindeutig gewonnen. Neo, Mikes Gegner, ist ausgeschieden, weil sein Wallach schwer bei dem Löcherfeld gestürzt war, hat sich aber zum Glück nichts an den Beinen getan. Wenn du mich fragst, war das ein Wunder. Aber genug geredet, ich hoffe, du bist gut vorbereitet, denn du bist gleich der Erste beim Bogenschießen."

Jasmin nickte und führte Cäser zum Start. Dort stieg sie auf, drückte ihrem Vater noch mal die Schulter und trieb Cäser voran. Während er einen schnellen Galopp einlegte, spannte sie den ersten Pfeil. Sie schoss und traf ins Schwarze, dasselbe schaffte sie auch bei den nächsten drei Zielscheiben. Ein letzter Schuss noch und sie hatte es geschafft. Sie spannte den Bogen schnell. Plötzlich machte Cäser einen jähen Seitensprung. Der Pfeil schnellte von der Sehne und traf den Rand der Zielscheibe noch, während Jasmin ihre Beine krampfhaft an den Pferdeleib gepresst hielt. Cäser war wieder auf dem Weg und schoss durchs Ziel.

„Was war denn das?", fragte ihr Vater leicht verärgert.

„Ich weiß nicht. Cäser hat sich plötzlich erschrocken, ich kann mir das auch nicht erklären ..."

Ich schon, schnaubte Cäser wütend. *Da hat einer einen Stein nach mir geworfen, der mich unerwartet an der Flanke getroffen hat. Deshalb bin ich auch zur Seite gesprungen! Kannst du mir noch mal verzeihen?*

„Natürlich, es war ja nicht deine Schuld", sagte sie zärtlich. „General, da hat irgend so ein Rindvieh mit einem Stein nach Cäser geworfen und ihn an der Flanke erwischt."

„Die sind offenbar zu allem bereit, um zu gewinnen", murmelte Jack. Er glaubte seiner Tochter sofort.

„Wer glaubst du, war es?"

„Grosor, Malvado, Lavodor ... keine Ahnung, könnte jeder gewesen sein", sagte Jack achselzuckend. „Wir können es niemanden nachweisen, nur hoffen, dass Lioz, dein Gegner, einen vorbeischießt."

Jasmin atmete hörbar aus. *Großartig, wenn ich deswegen verliere, bin ich total erledigt und außerdem hab ich meinen Vater enttäuscht. Ich will nicht nur eine Frau sein, die ihren Mann bedienen muss! Ich will Anerkennung und Respekt!*

Sie schüttelte den Gedanken ab und beobachtete Lioz. Er hatte die ersten drei Ziele ins Schwarze getroffen. Nun kam das Vierte. Er zielte, schoss und traf die Mitte der Scheibe genau. Jasmin und ihre Freunde stöhnten enttäuscht auf.

„Er hats noch nicht geschafft", sagte Jack ruhig.

Und Jack sollte Recht behalten, denn Cäser half nach. Der weiße Hengst hatte sich beim Ziel aufgestellt und drohte dem Hengst von Lioz dermaßen, dass dieser anfing zu buckeln. Der Pfeil löste sich und schoss weit am Ziel vorbei. Lioz achtete nicht darauf, sondern versuchte, seinen Hengst unter Kontrolle zu bekommen. Dies gelang ihm auch, denn Cäser hatte sich still und heimlich zurück zu seiner Herrin begeben.

Bei ihr angekommen, sprang sie ihm gleich um den Hals. So glücklich hatte er sie noch nie erlebt. Er rieb seinen Kopf an ihr und schnaubte zufrieden. Auch die anderen waren völlig aus dem Häuschen. Doch am meisten war es Lord Malvado, der Lioz anschrie und tobte, wieso er sein Pferd nicht unter Kontrolle hatte halten können.

„Danke, Süßer", flüsterte Jasmin in Cäsers Ohr.

Adrian und Benno gewannen fair, aber Mike und Brandark verloren knapp. Nun ging es daran, den Zweikampf zu Pferd zu bestehen.

Jasmin stand durch ihre ersten zwei Siege nun immer am Anfang. Sie legte Cäser die Schutzrüstung an, stieg auf und nahm die Lanze entgegen, die Jack ihr reichte. Rinaldo, der Huf- und Waffenschmied, hatte in Jacks Auftrag auch eine leichte Lanze gefertigt, damit Jasmin auch mit ihr umgehen konnte.

Nun ritt sie auf die eine Seite des Feldes und Derek Lavodor, der Sohn von Lord Lavodor, ritt auf die andere Seite. Er trug im Gegensatz zu ihr eine Rüstung. Sie hasste diese engen Teile, in denen sie sich nicht bewegen konnte, auch ein Kettenhemd, das ihr Adrian angeboten hatte, hatte sie abgelehnt.

Der Gong ertönte und zeitgleich jagten sie aufeinander zu. Jasmin wusste genau, was sie tun wollte und auch Cäser kannte seinen Teil der Aufgabe. Es sah aus, als ob Jasmin die Lanze plötzlich zu schwer wurde. Sie senkte sich rapide und die Spitze bohrte sich in den Boden. Jasmin hatte Sekunden vorher die Beine aus den Steigbügeln gelöst und drückte sich mithilfe der Lanze aus dem Sattel. Cäser legte einen abrupten Stopp ein. Dereks Lanze fuhr unter Jasmin weg und sie trat ihm ins Gesicht, sodass er aus dem Sattel kippte. Dann vollführte sie die Drehung komplett und saß wieder fest im Sattel. In dem Moment trottete der Hengst wieder los, bis zum anderen Ende des Feldes. Die Menge war im ersten Moment zu Eis erstarrt. Doch dann löste sich die Starre und alle fingen begeistert an zu jubeln. Auch der König war heute schon zum zweiten Mal von dem jungen Tamio beeindruckt.

Adrian schlug Luvien, auch ein Kämpfer von Lord Grosor, beim zweiten Anlauf und Benno wurde an der Schulter verwundet und verlor seinen Kampf gegen diesen kleinen Giftzwerg Pérfido, der ebenfalls zu Lord Grosors Leuten gehörte.

„General, ich hab's endlich hinter mir! Jetzt kommt nur noch der Nahkampf ohne Waffen!", rief Jasmin freudig.

„Freue dich nicht zu früh. Außerdem ist es jedem erlaubt, einen Stab zu führen. Ich hab mich erkundigt nach euren Gegnern", sagte er und warf auch Adrian einen Blick zu. „Die beiden gehören zu Lord Grosor, müsst ihr wissen. Seine besten Krieger. Adrian, dein Gegner ist der dort drüben", er deutete auf einen Hünen, der gerade den Worten von Lord Grosor lauschte und immer wieder mal nickte. Er hatte dunkles Haar und einen Schnauzbart. Eine fette Narbe zog sich über sein Gesicht.

„Der ist ganz schön groß", bemerkte Adrian.

„Größe ist nicht alles", erwiderte Jack. „Du weißt doch, wer hoch hinauswill, fällt tief. Ich rate dir, einen dieser langen Schlagstöcke zu führen. Es ist besser, man hat, als man hätte!"

„Natürlich, General, mach ich."

„Tamio, dein Gegner ist der Kleine neben dem Hünen."

Jasmin sah hinüber, ihre Augen wurden groß. „Bist du sicher, dass der nicht in den Kindergarten gehört?", fragte sie skeptisch und unterdrückte ein Grinsen.

„Urteile niemals nach dem Äußeren. Ich hab mir die beiden angesehen, sie sind wirklich sehr gut. Nehmt euch in Acht! Ach übrigens, er heißt Pérfido. Den Hünen nennen sie Tremendo."

Jack schlenderte zum König, um ihm Bericht zu erstatten.

„Komisch, dass er dir nicht geraten hat, auch einen dieser Schlagstöcke zu nehmen", sagte Adrian und musterte Tamio.

„Er weiß, dass ich damit nicht großartig umgehen könnte. Außerdem hab ich längst eine Strategie", erwidert Jasmin gelassen. „Komm jetzt, die Halbfinalkämpfe gehen gleich los und wir wollen sie doch nicht kampflos im Regen stehen lassen, oder?"

„Nein, natürlich nicht", sagte Adrian und grinste übers ganze Gesicht. Irgendwie kam ihm Tamio bekannt vor. Seine Stimme, wie er sich bewegte, und doch konnte er es nicht zuordnen.

Bei dem Kampffeld angekommen, das fünf mal fünf Meter groß war, trafen sie auf ihre Gegner und Lord Grosor.

„Ich hoffe, ihr seid gut, sonst werden wir euch schnell besiegt haben", sagte Pérfido gehässig.

„Wie kommst du darauf, dass ihr gewinnt?", sagte Jasmin mit einem spöttischen Grinsen.

„Du wirst dir wünschen, nie geboren worden zu sein, wenn ich dich auf dem Kampffeld auseinandernehme", giftete Pérfido.

„Klar! Bist du sicher, dass du hier richtig bist? Meiner Meinung nach gehörst du in die Kindergruppe", erwiderte Jasmin ungerührt.

„Schweig still", herrschte Grosor Pérfido an. „Wir werden ja sehen, wer es verdient hat, General des Königs zu werden."

„Ja, das werden wir", sagte Jasmin stolz.

Jack stieß zu ihnen und führte seine Tochter zu der einen Seite des Feldes. Während Pérfido auf der anderen Seite Stellung bezog und Grosor ihm noch Anweisungen zu zischte.

„Ich hab dir doch gesagt, dass du ihn nicht unterschätzen sollst", stieß Jack hervor.

„General, ich bitte dich, der geht mir gerade mal bis zur Brust", kommentierte sie.

„Ich hab auch gesagt, dass man nicht nach dem Äußerem urteilen soll", blockte Jack ab. „Er geht meist auf Bauchhöhe, deshalb ..."

„Wohin sonst bei der Größe", spottete Jasmin.

Jack warf ihr einen warnenden Blick zu. „Wenn du verlierst, weil du ihn unterschätzt hast, kannst du was erleben! Haben wir uns verstanden?", herrschte er sie an.

„Ja, ja, ist ja gut, ich nehme ihn ja schon ernst", flüsterte Jasmin verärgert zurück. „Vater, ich weiß, was ich tue. Lass mich nur machen!"

Er sagte nichts mehr, sondern ging zurück zu Adrian. Jasmin rückte ihren Hut zurecht und trat dann auf die Wettkampffläche. Ihr Vater hatte Recht gehabt. Pérfido benutzte wirklich einen Schlagstock. *Liegt wohl an seinen kurzen Ärmchen*, schoss es Jasmin durch den Kopf und sie konnte ein Glucksen nicht unterdrücken. Sie fing sich aber rasch wieder und nahm Haltung an. Der Kampfrichter gab das Zeichen für den Start und los ging es. Jasmin wich dem Stab von Pérfido aus, wie sie es auch in ihrem ersten Kampf gegen Franko getan hatte. Doch als sie angreifen wollte, wurde ihr Bein nach vorn gezogen und im nächsten Moment kam der Stock von der Seite. Jasmin hatte keine andere Wahl, als richtig in den Spagat zu gehen und den Kopf einzuziehen. Der Stock schlug ihr den Hut vom Kopf und ihr langes blondes Haar wallte über ihre Schultern. Pérfido erstarrte. Jasmin, die das vordere Bein zwischen seinen Beinen hatte, riss es hoch, sodass sie den Spagat regelrecht überdehnte und Pérfido sein Heiligtum quetschte. Dieser ging mit den Händen an seinen Hoden in die Knie. Der Schlagstock fiel klappernd zu Boden. Keiner sagte etwas, als Jasmin sich erhob und die Haare aus dem Gesicht warf. Jack war zum Kampfrichter gegangen und redete dermaßen auf ihn ein, dass dieser sich nach einer Viertelstunde endlich dazu durchringen konnte, Jasmin zur Siegerin zu erklären.

Daraufhin stürmte Grosor zum Kampfrichter und traktierte diesen ebenfalls. Jack war stattdessen zu Jasmin gegangen und führte sie vom Feld zurück zu Adrian, dem der Mund offenstand.

„Mund zu, es zieht", sagte Jasmin.

Adrian klappte den Mund zu, dann aber fragte er völlig perplex: „Wie ... wie ..."

„Ich hab dir doch gesagt, ich werde Kriegerin", erwiderte sie gelassen. „Ist nur blöd, dass ich ausgerechnet jetzt den Hut verloren hab. Was machen wir jetzt?"

„Wir warten darauf, dass Lord Grosor zum König rennt und petzt", antwortete ihr Jack.

Es dauerte auch nicht lang, da war Lord Grosor beim König gewesen und hatte sich beschwert. Nun kam Gobierno auf sie zu und baute sich vor ihnen auf. Jack, Jasmin und Adrian machten eine knappe Verbeugung, dann richteten sie sich wieder auf.

„Was hat das hier zu bedeuten, Jack?"

„Majestät wollten die Besten und die habe ich auch starten lassen, ganz nach Wunsch."

„Wie lange ist sie schon bei den Truppen?"

„Sie war noch gar nicht. Ich habe meine Tochter persönlich und allein trainiert, weil sie diesen Wunsch nach meiner Rückkehr geäußert hat."

Gobierno starrte seinen Freund verständnislos an.

„Die Gesetze der Elitekämpfe sagen eindeutig, dass man bis zum Schluss mitmachen muss, wenn man sich einmal dazu bereit erklärt hat. Auch darf nur der Kämpfer selbst sagen, wann er und ob er aufgeben will. Niemand kann ihn aus dem Turnier werfen."

„Aber Jack, das ist eine Frau!", stieß der König hitzig hervor. „Sie hat keines dieser Rechte!"

„Ich mache Euch einen Vorschlag, mein König. Lasst sie weiterkämpfen, wenn sie wirklich verliert, werde ich sie auf der Stelle mit irgendjemandem verheiraten, der ihr Manieren beibringt." Jasmin starrte ihren Vater geschockt an. „Doch sollte sie gewinnen, dann macht sie, wie es das Gesetz will, zum zweiten General!"

„Jack, wenn sie verliert, dann zieht sie Euren Namen mit in den Dreck. Ihr würdet alles verlieren, was ihr Euch mühevoll mit Eurem eigenen Blut aufgebaut habt. Ist es Euch das wirklich wert?"

„Dieses Risiko gehe ich ein."

„So sei es denn!"

Der König wandte sich ab und stolzierte gefolgt von seiner Leibwache zu seinem Thron zurück. Lord Grosor rauschte an ihnen vorbei.

„Vater, jetzt, da es alle wissen, geh ich rasch meine Ledersachen anziehen", sagte Jasmin.

„Tu das, aber beeil dich!"

Adrian und sein Gegner Tremendo der Hüne betraten das Kampffeld. Der Schlagstock ruhte ruhig in Adrians Hand, auch sein Gegner hatte einen.

Der Kampfrichter gab das Startsignal und die beiden gingen sofort in die Offensive. Adrian war schneller als der Hüne. Aber dieser hatte weit mehr Kraft als er in seinem Schlag. Es ging eine Weile hin und her, bis plötzlich Adrians Stab durchschlagen wurde und er nur noch eine Hälfte in der Hand hielt. Er wich einem Schlag aus und hechtete zu der zweiten Hälfte seines Stockes. Er bekam ihn zu fassen, rollte sich ab und wehrte daraufhin einen weiteren Schlag des Hünen ab. Adrian hatte aber nicht die Zeit gehabt, sich aufzurichten. So musste er in der niederknienden Haltung verweilen. *Verdammt, der ist einfach zu groß*, fluchte er innerlich. Doch dann fiel ihm Jasmins Kampf wieder ein. Sie war noch tiefer unten gewesen als er und hatte gewonnen, indem sie Pérfido einfach … das war's! Er würde es ihr einfach gleichtun. Bei diesen Zweikämpfen gab es nur wenige Regeln. Erstens: Beide Duellanten sollten am Ende noch am Leben sein. Zweitens: Keine Einmischung von Außen. Drittens: Keine versteckten Klingen oder sonstige Waffen bei sich zu führen. Da am Ende des Tages der zweite General feststehen sollte, wurden diese Regeln streng befolgt. Er drückte rasch mit der einen Stockhälfte den Stock von Tremendo beiseite und schlug fast zeitgleich den anderen Stock zwischen die Beine des Hünen. Dieser stöhnte schmerzhaft auf und ging in die Knie. Adrian erhob sich und trat ihm noch mitleidlos ins Gesicht. Jasmin hatte das Ende seines Kampfes gesehen und jubelte ihm am lautesten zu.

„Halbfinalsieger ist Adrian!", rief der Kampfrichter. Dann kamen zwei Ärzte mit einer Trage und kümmerten sich erst mal vor Ort um Tremendo.

Adrian ging grinsend zu Jasmin und sie fiel ihm freudestrahlend um den Hals.

„Du hast gewonnen!"

„Ja", sagte er und ließ sie los. „Jetzt sind wir Finalgegner. Ich hoffe, du machst es mir nicht zu schwer!"

„Und du mir nicht zu leicht!", erwiderte sie grinsend.

Der Finalkampf begann. Die meisten starrten nur Jasmin an, da sie es noch immer nicht glauben konnten, dass sich eine Frau über die Gesetze des Königs hinweggesetzt hatte und nun hier im Finale stand. Wenn sie gewinnen sollte, würde seit Jahrhunderten der Unterdrückung eine Frau den Titel des zweiten Generals tragen.

Adrian und Jasmin kämpften so schnell, wie sie es noch nie in ihrem Leben getan hatten, und die Menschenmenge war nur noch ein verschwommener Schleier. Bei einer kurzen Atempause fiel Jasmins Blick auf einen jungen Mann. Er hatte blonde, schulterlange Haare und wunderschöne, rehbraune Augen, die sehnsüchtig den Kampf bestaunten. Seine Blicke trafen kurz Jasmins und im selben Moment zog Adrian ihr die Beine weg, womit er sie wieder in die Wirklichkeit zurückkriss. Sie stürzte auf die Schulterblätter und nahm die Hände zu Hilfe, um sich in den Handstand zu drücken und Adrian fast gleichzeitig in die Magengegend zu treten. Während er in die Knie ging, bekam sie wieder den Boden unter die Füße. Sie legte ihm ihr rechtes Bein an den Hals.

„Du könntest tot sein", flüsterte sie feixend.

„Irgendwann besiege ich dich, Süße, verlass dich drauf", erwiderte er genauso leise. Dann sagte er mit lauter Stimme: „Ich gebe mich geschlagen!"

„Sieger ... Siegerin ist ..."

„Jasmin Rubens", half sie dem Schiedsrichter auf die Sprünge.

„Äh, ja ... Siegerin der Elitekämpfe und somit ... ähm... zweiter General ... ist Jasmin Rubens!"

Jasmin nahm ihr Bein von Adrians Hals und half ihm aufstehen. Sie ergriffen den linken Arm des anderen zum Kriegergruß. Dann ließ er ihren Arm los und kniete vor ihr nieder.

„General", sagte er mit einem Lächeln auf den Lippen.

Ein kleines Feuerwerk startete in Jasmins Bauch und sie strahlte übers ganze Gesicht. Sie hatte es geschafft. Sie war die erste Frau, die überhaupt einen Rang innehatte, der ihr auch Rechte einbrachte.

„Ich bin stolz auf dich, Jasmin", flüsterte Jack ihr ins Ohr. Sie drehte sich zu ihm herum und fiel ihm um den Hals.

„Danke Vater, vielen, vielen Dank!"

„Komm, ich habe da noch etwas für dich. Als zweiter General solltest du auch angemessen gekleidet vor dem König erscheinen!"

Jack führte Jasmin in ein nahes Zelt. Dann deutete er auf einen Stuhl und verließ das Zelt wieder. Jasmin nahm den Stuhl genauer in Augenschein, auf ihm lag eine silbern und golden glänzende Rüstung. Nachdem sie den Zelteingang geschlossen hatte, zog sie ihre Ledersachen aus und schlüpfte in das Stoffteil. Dieses war grün mit langen Ärmeln. Es umschloss ihren gesamten Oberkörper. Die Beine blieben frei. Dann legte sie die Rüstung an, die an der linken Seite fast nahtlos zu verschließen war. Sie war als kurzer Rock geschnitten, der alle zehn Zentimeter einen langen Einschnitt hatte, damit Jasmin nicht daran gehindert wurde, ihre Beine zu benutzen. Der Rock war mit dem Oberteil verbunden, das einem Korsett ähnelte. Ihre Schultern wurden mit leichten, harten Schulterplatten bedeckt und ihre Unterarme wurden von einem aus demselben seltsamen Metall gefertigten Schützer umfasst. Sie zog Stoffstiefel an, die aber eine harte Sohle hatten und auch den Fuß schützten. Zum Schluss legte sie ihre Beinschienen wieder an.

Die ledernen Handschuhe fielen ihr erst beim Gehen auf, so nahm sie diese noch rasch und streifte sie über ihre schlanken Finger. Dann verließ sie das Zelt. Draußen warteten schon alle auf Jasmin und wieder sah sie diesen jungen Mann, der noch keine zwanzig sein konnte. Sie ging auf ihn zu.

„Hallo", sagte sie und lächelte ihn an. „Wie heißt du denn?"

„..." Er war für den ersten Moment sprachlos und starrte sie nur an. Doch dann sagte er: „Äh... Guten Tag, ich bin ..."

„Da bist du ja! Was fällt dir ein, einfach abzuhauen? Komm sofort mit!" Herzog Fajo schob sich durch die Menge, der junge Mann drehte sich erschrocken zu ihm um. Dann warf er Jasmin ein wehleidiges Lächeln zu und verschwand blitzschnell in der Menschenmasse. Jasmin sah nur verwundert in die Richtung, in der sie glaubte, ihn verschwinden gesehen zu haben. Fajo stürzte erbost an ihr vorbei und entschwand in eine völlig andere Richtung.

Jack tauchte wie aus dem Nichts an ihrer Seite auf und führte sie zwischen der Menge hindurch zum König, wo sie beide schließlich niederknieten.

Linda hatte, nachdem der König Jasmin zum General geschlagen und sie auch noch zur Leibwache seines Sohnes Terco gemacht hatte, getobt. Natürlich erst als ihre Haustür hinter ihr zugefallen war und sie mit Jack und Jasmin allein war. Nicht nur Jasmin hatte sich an diesem Abend einiges anhören müssen, sondern auch ihr Vater.

Nun saß Jasmin in ihrem Zimmer, ein Handtuch um sich herumgewickelt und auch um ihre Haare, da sie gerade gebadet hatte. Sie lehnte an dem Fensterbrett im ersten Stock und blickte in den nächtlichen Sternenhimmel. Der junge Mann mit den rehbraunen Augen und dem sehnsüchtigen Blick ging ihr nicht aus dem Kopf. *Wer ist dieser Junge? Wieso war Fajo nur so wütend? Bestimmt nicht nur, weil er abgehauen ist. Ich meine, er ist ja nun wirklich kein kleines Kind mehr. Ob ich ihn je wiedersehe? Er hatte so traurige Augen ...*

Ihre Gedanken wurden jäh von dem erregten Geschrei ihrer Mutter und dem Gestöhne ihres Vaters durchbrochen. Sie blickte aufgeschreckt zur Wand. *Offenbar versöhnen sie sich gerade,* dachte sie und seufzte resigniert. *Was daran so toll sein soll?!*

Am nächsten Morgen war Jasmin früh wach. Heute würde sie offiziell den Kampfeinheiten vorgestellt werden und auch einige übernehmen. Ihr Vater hatte sie über die Jahre schon auf alles vorbereitet. Jasmin war bereit ihrer neuen Aufgabe als General gerecht zu werden. Sie hatte ihre Rüstung in Rekordzeit angelegt und warf sich den roten Umhang, der das Zeichen des Generals war, über die Schultern und eilte hinunter in die geräumige Küche. Linda deckte soeben den Tisch. Als Jasmin eintrat, blickte sie auf. Ein fröhliches Lächeln lag auf ihrem Gesicht. Jasmin wurde schlagartig misstrauisch.

„Was ist passiert, dass du so fröhlich bist?", fragte sie vorsichtig. Nur am Sex in der vergangenen Nacht konnte das nicht liegen.

„Erzähl ich dir, wenn dein Vater kommt", erwiderte sie und lächelte geheimnisvoll.

Was immer ihre Mutter so glücklich machte, würde nichts Gutes für Jasmin bedeuten. Da war sie sich sicher. Immerhin war Linda gestern Abend noch außer sich gewesen. Normalerweise währte ihr Groll einige Tage. Jack betrat barfuß und nur mit einer Hose bekleidet die Küche. Wortlos setzte er sich neben Jasmin. Er warf ihr einen entschuldigenden Blick zu. Verwirrt erwiderte sie ihn.

„Also", sagte Linda und baute sich vor Jasmin auf. Sie hatte die Hände auf den Tisch gestützt und beugte sich zu ihrer Tochter hinüber. Eine schlimme Vorahnung keimte in Jasmin.

„Ja?", fragte sie zaghaft. *Bitte, lass sie sich nichts zu Grausames ausgedacht haben,* flehte sie stumm. *Bitte, bitte, lass mich ir-*

gendeine schwere Arbeit wie Ställe ausmisten machen, aber bloß keine Hausarbeit!

„Du hast sechs Jahre hinter meinem Rücken mit deinem Vater trainiert", begann sie.

Jasmin stöhnte, dass sie die Jahre aufzählte, verhieß nichts Gutes.

„Lass mich ausreden!", forderte Linda und Jasmin nickte zustimmend. „Du hast sechs Jahre lang an deinem Vater gehangen und von ihm gelernt, zu kämpfen und zu töten! Ich finde es nur gerecht, wenn du die nächste Zeit mir widmest! Was ich damit sagen will, ist, dass du auch lernen musst, was es heißt, eine Frau zu sein!" Linda wusste genau wie schwierig es war in Carrera Fuß zu fassen, wenn man so selbstbewusst war, wie ihre Tochter. Sie hatte das selbe erlebt, als sie zu Jack gezogen war. Er liebte sein Land und sie liebte ihn, daher war sie mit ihm gegangen. Sie war in einem Zwiespalt. Auf der einen Seite freute sie sich, dass ihre Tochter so selbstbewusst und stark war, doch auf der anderen sorgte sie sich sehr um sie. Sie würde es nicht ertragen noch ein Kind zu verlieren. Wenn Jasmin weiter mit dem Kopf durch die Wand wollte, würde sie sich immer mehr Feinde machen. Was sie brauchte waren dringend gute Freunde. Möglicherweise fand sie diese außerhalb des Palastes.

„Mutter, ich bin eine Kriegerin, keine Sklavin!", rief Jasmin dazwischen.

Linda hob bestimmend die Hände. „Du wirst die nächsten sechs Monate jeden Abend von sechs bis neun Uhr die Pflichten einer Frau ausüben, was auch das Anhören von Bewerbern betrifft!"

„Nein!" Jasmin war geschockt. „Vater, sag was!" Doch dieser wand sich nur verlegen ab. Er hatte offenbar schon zugestimmt, was auch die zufriedene Miene ihrer Mutter erklärte. „Ich werde nicht heiraten!"

„Das habe ich nicht gesagt", erwiderte Linda ruhig. „Ich sagte nur, dass du deinen Bewerbern die Chance auf ein Treffen gibst, damit sie sich wenigstens vorstellen können und wer weiß, vielleicht gefällt dir ja einer."

Jasmin quittierte diese Hoffnung mit einem abfälligen Schnauben.

„Ich schätze mal, ich habe keine Wahl", stellte sie zähneknirschend fest.

Linda lächelte zufrieden und sagte liebevoll: „Nein, die hast du nicht."

Nach einem schnellen Frühstück verließen Jack – er hatte sich Hemd und Stiefel noch angezogen sowie sein Schwert umgeschnallt – und seine Tochter das Haus und gingen zum freien Platz, wo sich die Rekruten befanden. Auf dem Weg dorthin stellte Jasmin ihren Vater zur Rede.

„Warum hast du mir nicht geholfen? Warum hast du keine andere Strafe für mein Verhalten vorgeschlagen?", fragte sie mit finsterem Blick.

„Weil Linda recht hat. Als Frau solltest du auch kochen können." Er erinnerte sich noch lebhaft an Jasmins Misserfolge, als sie zwölf gewesen war und ihre Mutter versucht hatte, es ihr beizubringen. Abgesehen vom mangelnden Interesse hatte sie auch absolut kein Talent.

„Das sehe ich ja noch ein, aber warum das mit den Bewerbern? Ich habe nicht vor, in nächster Zeit zu heiraten! Abgesehen davon gibt es sowieso keinen, der eine Frau wie mich heiraten würde."

„Wenn du dich da mal nicht irrst", erwiderte Jack missgelaunt. Jasmin blickte ihn fragend an. „Allein um dich aus deiner jetzigen Position zu entfernen, würden viele Lords ihre Söhne auf dich ansetzen! Wenn du mich fragst, hätten sie alle des Königs Wohlwollen!"

Jasmin lachte spöttisch auf. „Wenn ich mal heirate, dann aber keinen arroganten Adligen", sagte sie unmissverständlich. Das besänftigte Jack ein wenig.

„Davon mal abgesehen bist du zu einer wunderschönen Frau herangewachsen. Es wird nicht mehr lange dauern und sie werden sich um dich schlagen!" Jack grinste.

Seine Tochter hingegen verzog das Gesicht. Als sie fast bei den Rekruten angekommen waren, blieb sie stehen und stellte die eine Frage, die sie besonders unruhig machte. Sie hatte

Angst vor der Antwort, doch wenn sie nicht fragte, würde sie es nie wissen.

„Papa?" Jack hielt an und wandte sich zu ihr um. „Würdest du mich wirklich zwingen, jemanden zu heiraten?"

Der General schmunzelte. „Nein, natürlich nicht! Ich halte dich durchaus für fähig, eine solche Entscheidung selbst zu treffen."

Die Mittagspause nutzte Jasmin, um in die Stadt hinunterzugehen und sich bei Rinaldo, dem Huf- und Waffenschmied, zu bedanken.

Als sie an seiner Tür ankam, hörte sie eine melodische, sanfte Stimme, die sich mit Rinaldos rauer, fast grober vermischte.

Als sie zum Klopfen ansetzte, verstummte die Engelsstimme. Jasmin erstarrte, konnten sie wissen, dass sie hier draußen war? Schließlich trommelte sie kurz mit den Knöcheln gegen die Tür. Rinaldo kam herangepoltert und öffnete sie einen Spalt breit. Sein gutmütiges, rundliches Gesicht mit dem zerzausten Haar und dem zottigen Vollbart erschien in der Tür.

„Jasmin, nicht wahr?", sagte er und lächelte warmherzig. „Komm rein, nur keine falsche Scheu."

Sie trat lächelnd ein und sah sich dabei unauffällig um, aber niemand war hier. Die Hintertür und die Fensterläden waren allesamt geschlossen. War Rinaldo deshalb so zur Tür gepoltert, damit sein Besucher heimlich durch die Hintertür verschwinden konnte?

„Also, was kann ich für Euch tun, General?", fragte er feierlich. Offenbar war er sehr stolz, für Jasmin diese Rüstung angefertigt zu haben. „Ich hoffe doch, es ist alles mit der Rüstung in Ordnung?!"

„Ja, alles bestens. Ich bin gekommen, um mich zu bedanken. Sie ist wundervoll. Ich hätte nicht gedacht, dass ich jemals eine Rüstung bekommen würde, zumindest nicht so schnell."

„Hab 'nen Tipp bekommen, dass es sich lohnen würde", erwiderte Rinaldo grinsend. „Du siehst aus wie eine Kriegsgöttin!"

Dieses unerwartete Kompliment trieb ihr einen Hauch Rosa ins Gesicht.

„Ich muss dich was fragen. Das ist mir sehr wichtig."

„Nur zu!"

„Der Mann, der vorhin hier war, ist dein Lieferant, nicht wahr? Ich meine, er ist derjenige, der dir die Überreste toter Drachen bringt."

Rinaldo schwieg. Das Lächeln auf seinem Gesicht war deutlich verblasst.

„Nein, mach dir keine Sorgen. Ich werde ihn nirgendwo verpfeifen und schon gar nicht beim König!", sagte sie rasch und sah, wie sich der Schmied etwas entspannte. „Ich hatte gehofft, dass er mir helfen könnte. Schließlich kommt er sicher viel rum."

„Was willst du wissen?", fragte Rinaldo nun interessiert.

„Es sind zwei Dinge. Einmal wüsste ich gern, wer Tamio war. Mein Vater und meine Großmutter erwähnten ihn, aber ich kann mir keinen Reim darauf machen. Wenn ich Vater nach Tamio gefragt habe, hat er immer dicht gemacht. Und zweitens wäre da dieser junge Mann, den ich bei den Elitekämpfen gesehen habe. Er war mit Herzog Fajo dort", ein böses Zischen erfüllte den Raum so leise, dass Jasmin glaubte, es sich eingebildet zu haben. Also fuhr sie fort: „Aber dieser Junge schien nicht wirklich zu ihm zu gehören. Er war so traurig. Ach, ich weiß auch nicht genau! Auf jeden Fall wüsste ich gern, wer er ist! Ich habe das Gefühl, es wissen zu müssen, obwohl ich mir das nicht erklären kann. Vater sagte, dass du früher viel gereist bist um Erfahrungen zu sammeln, daher dachte ich, du könntest mir vielleicht weiter helfen."

„Verstehe", sagte Rinaldo. „Beschreibe mir den Jungen so gut wie irgend möglich!"

Jasmin lächelte ihn dankbar an und tat wie ihr geheißen.

Unerwartet spürte sie hinter sich jemanden und der Schmied blickte an ihr vorbei. Blitzschnell fuhr sie herum und sah sich einem großen, jungen Mann gegenüber, der sie mit seinem goldenen Blick abschätzig musterte. Ein atemberaubendes, schiefes Lächeln lag auf seinen perfekten Lippen. Seine glatten, schwarzen Haare reichten ihm bis zu den Schulterblättern. Seine Ohren waren lang und spitz. Sie standen ihm ein wenig vom Kopf ab.

„Er ist ein Killer! Suche nicht nach ihm!", sagte der fremde, schöne, junge Mann.

„Wie bitte?" Die Kriegerin starrte ihn nur verständnislos an.

Er lächelte nachsichtig. „Der Junge bei Fajo, der kaum sechzehn ist, ist ein Attentäter!"

„Das glaube ich nicht!", widersprach Jasmin.

Der auffallend hübsche, junge Mann mit den exotischen Augen zuckte gleichgültig die Schultern. „Dann lass es." Abrupt wechselte er das Thema. „Wie geht es Terco?"

„Ähm... unverändert gut", erwiderte sie vorsichtig. Sie würde sich nicht verleiten lassen ein Urteil über den verwöhnten Kronprinzen zu fällen.n. Ihr Gegenüber sah ein wenig enttäuscht aus, lächelte aber immer noch ununterbrochen. „Oh, also ist er arrogant und selbstgefällig wie eh und je."

Jasmin schwieg. Innerlich aber stimmte sie ihm von ganzem Herzen zu.

„Und Ruz?"

Allmählich fragte sich Jasmin, woher er die Prinzen kannte. Aber offenbar war er wirklich so gut informiert, wie sie geahnt und gehofft hatte, als sie hier angekommen war.

„Er ist selten zu sehen. Hält sich aus allen politischen Dingen raus und zieht es vor, irgendwelche Banditen zu jagen, als auf den königlichen Banketten zu erscheinen."

Er lachte. Ein unbeschreiblich süßer Ton voller Wärme. „Der elende Rumtreiber!"

Dann wand er sich an Rinaldo. „Ich geh dann! Melde dich, wenn sich was Neues ergibt! Mutter sitzt regelrecht auf glühenden Kohlen. Du weißt ja, wie du mich erreichen kannst."

„Bis bald und viel Glück – dir und deiner Mutter! Hoffe nur, dass ihr das Schlimmste verhindern könnt."

„Werden wir!" Bevor er endgültig ging, sah er noch einmal Jasmin an, die ihn sprachlos wegen seines plötzlichen Entschlusses zu gehen anstarrte. „Eins noch. Ich habe den Namen Tamio noch nie gehört. Wer der Junge war, musst du wohl selbst herausfinden. Vielleicht kannst du ja deine Großmutter unauffällig aushorchen", schlug er vor und grinste frech. „Ich muss mich jetzt verabschieden. Aber ich bin sicher, dass sich unsere Wege bald wieder kreuzen werden. Adieu, Jasmin Rubens, zweiter General der königlichen Garde." Er sprach diese letzten Abschiedsworte mit aufrichtiger Ernsthaftigkeit aus, ohne den leisesten Spott in der Stimme.

Jasmin konnte nicht anders, als ihn zu mögen, wobei sein liebenswürdiges Lächeln das Übrige dazu beitrug. Mit einem letzten freundlichen, aber auch distanzierten Nicken wandte er sich von ihr ab und verließ die Schmiede mit geschmeidigen, lautlosen Schritten.

Kapitel 7

Mein Feind, ich mag dich sehr!

Die Sonne erhob sich gerade erst. Das Gras, auf dem er kniete, war noch feucht vom Morgentau. Vor ihm erhoben sich sanft drei Grabhügel, die er mit Blumen geehrt hatte. In einem steckte zusätzlich noch ein Schwert, welches zeigte, dass hier ein Krieger bestattet worden war. Hinter dem jungen Mann mit den dunkelbraunen, zerzausten Haaren und den rehbraunen Augen stand ein schwarzes Pferd mit feuerroter Mähne. Das Knacken eines Astes veranlasste das treue Tier, den Kopf zu heben. Mit einem leisen Wiehern empfing es einen Neuankömmling. Der Mann, der soeben auf die kleine Lichtung getreten war, legte dem Jüngeren seine Hand auf die Schulter.

„Komm nach Hause! Du kniest nun schon zwei Tage hier", sagte er mit seiner tiefen, beruhigenden Stimme.

„Es ist allein meine Schuld, dass er sterben musste", flüsterte der junge Mann heiser.

„Er hat dein Leben gerettet, damit du lebst und nicht, damit du dahinvegetieren musst!", erwiderte der Ältere streng. „Jetzt steh auf!"

Langsam kämpfte er sich wieder auf die Beine. Das Pferd trat an ihn heran, um ihn zu stützen. *Dein Vater hat Recht,* sagte es sanft. *Was geschehen ist, ist geschehen.*

„Letztlich werden wir alle so enden, nicht wahr?", fragte er leise.

„Wahrscheinlich, Ray. Noch ein Grund mehr, das Leben nicht zu vergeuden. Genieße es, solange du kannst!"

„Ich geh mich hinlegen!"

Er blickte seinem Sohn nachdenklich hinterher, als dieser wankend zurück zum Lager taumelte.

„Es quält ihn, hab ich Recht?"

Ja, aber ich denke, er wird es überstehen, erwiderte der Hengst und sah den Vater seines Herrn scharf an. *Über Dianas Tod ist er auch hinweggekommen, hat ja nur vier Jahre gedauert.*

„Tut mir leid", sagte er aufrichtig, denn der Sarkasmus war ihm nicht entgangen. „Ich habe nur versucht, ihn zu beschützen."

Weil sie eine Dunkle Zauberin war, Söldnerkönig Ricardo?!

Sein Kopf ruckte hoch und er starrte das Pferd an. „Woher ...? Warum wundere ich mich noch über dich? Du weißt doch immer über solche Sachen Bescheid."

Ich kann es spüren. War Eure Frau auch eine? Der Hengst blickte zu dem dritten Grab, welches wie das zweite leer war, da man die Leichen der beiden Frauen nicht gefunden hatte. *Fürchtest du die Zauberei?*

„Das spielt keine Rolle", erwiderte Ricardo abweisend und wandte sich zum Gehen. „Sie starb vor langer Zeit."

Ist sie wirklich tot oder nur in Eurem Herzen gestorben?

Doch der Meisterschwertträger antwortete nicht mehr, sondern ging zurück zum Lager. Der schwarze Hengst trottete hinter ihm her.

Ray warf sich in seinem Bett aus Fellen hin und her. Er konnte einfach nicht schlafen. Jedes Mal, wenn er eindöste – sogar, wenn er nur die Augen schloss –, sah er das Feuer, die Pfeile, die auf sie niedergeprasselt waren, und hörte den Schmerzensschrei seines Freundes, als er tödlich getroffen zu Boden ging.

Er setzte sich ruckartig auf und wischte sich den kalten Schweiß vom Gesicht. Seine rehbraunen Augen wanderten hinüber zu den Betten seiner beiden besten Freunde – Balios und Hektor, die friedlich und laut schnarchend schliefen. Die zwei Meisterschwertträger ahnten nichts von seinen Schuldgefühlen. Entschlossen schlug Ray die Decke fort und stand auf. Er warf sich ein schwarzes Hemd über und zog die Stiefel über die Hosenbeine. Zum Schluss schlang er den Gürtel mit dem Meisterschwert um seine schlanke Hüfte, dann trat er aus dem Zelt.

Black Stalshion, rief er gedanklich laut und deutlich.

Einen Moment herrschte völlige Stille. Das gesamte Söldnerlager schlief. Dann hörte der junge Mann leises Hufgeklapper, als der rabenschwarze Hengst mit der feuerroten Mähne aus der Finsternis auf ihn zu kam. Bedächtig hielt er vor seinem Herrn an.

Das treue Tier rieb seinen großen Kopf Trost spendend an Rays Brust.

Steig auf! Ich bring dich zu den Wasserfällen!

„Wozu soll das gut sein?"

Der Hengst überging seinen schwachen Protest und drängte ihn mit sanften Rippenstößen zum Aufsteigen. Ray schwang sich auf den breiten Rücken von Black Stalshion und hielt sich mit den Händen in dessen Mähne fest.

Der schwarze Hengst mit der feuerroten Mähne trabte um eine letzte felsige Biegung und befand sich vor den Wasserfällen. In einem steinernen Becken – leicht versteckt – lagen heiße Quellen. Der Hengst nötigte Ray geradezu, ein Entspannungsbad zu nehmen.

Als sich der junge Söldner in das angenehm heiße Wasser gleiten ließ, entkrampften sich seine Muskeln und die Anspannung ließ langsam nach. Der Hengst war aus seinem Blickfeld verschwunden und graste in der Nähe.

Ray ging weiter hinein. Als er um einen großen Felsen herumging, stieß er mit einer wunderschönen, jungen Frau zusammen. Ihr goldenes Haar war feucht vom Wasserdampf. Die Tropfen in ihrem Haar sahen aus wie Diamanten. Sie blickte mit ihren himmelblauen Augen erschrocken zu ihm auf. Verlegen versuchte sie ihre Blöße zu bedecken.

Sekunden, die ihr wie eine Ewigkeit vorkamen, starrte er sie nur an. Während sie verlegen den Blick senkte.

Schließlich räusperte Ray sich. Er war krampfhaft um Fassung bemüht. Was schwer war, denn der Vollmond leuchtete hell heute Nacht und offenbarte jeden herrlichen Zentimeter ihres athletischen Körpers. Ihre Arme konnten ihre vollen Brüste nicht gänzlich verbergen. Und auch das klare Wasser gereichte ihr nicht zum Vorteil.

Ray konnte nicht anders. Er streckte die Hand aus, um ihr Gesicht zu streicheln, nur um zu wissen, dass sie wirklich echt war und keine Halluzination. Als seine Hand sanft über ihre Wange strich, ruckte ihr Kopf hoch. Sie starrte ihn überrascht und entsetzt zugleich an.

„Verzeihung", murmelte er und senkte den Blick, als sie ihn ein wenig vorwurfsvoll ansah. Aber dennoch streichelte er ihr weiterhin sanft über ihre Wange hinunter zu ihrem zarten Hals. Es hatte ihn erwischt. Nun schon das zweite Mal. Wieder würde er anfangen, sich seinem Vater zu widersetzen und das nur wegen einer Frau.

Jasmin war schockiert. Aber nicht, wie sie feststellen musste, weil er ihr Gesicht sanft liebkoste, sondern weil sie es genoss, seine Hand auf ihrer Haut zu spüren. Trotz des hohen Toleranzgrades, den ihr Vater hatte, wusste sie, dass er das hier nicht billigen würde. Es würde ihn rasend vor Eifersucht machen, sein einziges Kind von sich wegtreiben zu sehen wegen irgendeines dahergelaufenen Mannes.

Bevor sie völlig den Kopf verlor, sagte sie leise: „Ich sollte jetzt gehen."

Bemüht ihn nicht zu berühren, wollte sie sich an ihm vorbeischieben. Zu ihrem Unglück waren die heißen Quellen von hohen Felsen umgeben und hatten nur den einen Ausgang, der hinter Ray lag. Der Durchgang, in dem die beiden standen, war schmal. Aber dennoch war sie peinlich darauf bedacht, ihn unter keinen Umständen auch nur zu streifen.

„Warte!", Ray fuhr herum und stemmte die Hände neben ihrem Kopf an den Fels.

Erschrocken starrte sie ihn an. Sie musste sich höllisch zusammenreißen, um ihm keinen gezielten Tritt zu verpassen.

„Wann werde ich dich wiedersehen?"

„Ähm... also vielleicht – nein! Überhaupt nicht!" Sie wollte nichts lieber als ihn wiedersehen. Aber sie konnte doch nicht ewig vor ihrem Vater verbergen, dass sie sich heimlich wegschlich, um einen Mann zu treffen.

Er lächelte. Jasmin wurde heiß und kalt zugleich. Sie versuchte immer noch, vernünftig zu sein und sich bloß nicht hinreißen zu lassen. Aber nun merkte sie langsam, dass sie diesen Kampf schon verloren hatte. „Wirklich?", fragte er leise und kam ihrem Gesicht gefährlich nahe. Sie konnte seinen Atem auf ihren Lippen spüren. Ein angenehmer Schauer lief ihren Rücken hinunter und ihr Herz klopfte heftig. Mit seinem muskulösen Körper drückte er sie sanft an die Felsen. Jasmin legte ihm zaghaft eine ihrer zierlichen, schlanken Hände auf die Brust, um ihn auf Abstand zu halten. Dabei bemerkte sie seinen viel zu schnellen Herzschlag. Verdutzt blickte sie zu ihm auf. Sie hätte nicht erwartet, dass sie eine ähnliche Wirkung auf ihn hatte wie er auf sie. Er kam noch näher und strich mit seiner Wange an ihrer entlang. Dann flüsterte er ihr ins Ohr: „Um mich ist es geschehen. Ich muss dich wiedersehen, bitte!"

Jasmin schluckte, um sich eine Zustimmung zu verkneifen.

„Ich lass dich nicht gehen, wenn ich nicht weiß, ob wir uns wieder treffen! Bitte!"

Diese letzte geflehte Bitte war zu viel für sie.

„Aber mein Vater ...", das war die einzige Ausrede, die ihr noch einfiel.

„Dachte ich mir. Aber was solls? Meiner will's auch nicht. Vergiss sie einfach. Das hier ist unser Leben und nicht das unserer Väter!"

Er fuhr mit seiner Zunge ganz sanft an ihrem Ohr lang und sie erschauderte. Ein leises Stöhnen entwich ihr. Sogleich schlug sie die Hand vor den Mund. Sie warf ihm einen bösen Blick zu, weil sie sich von ihm bloßgestellt fühlte. Sie stieß ihn heftig von sich und wandte sich um. So schnell sie konnte, eilte sie durch das hüfthohe Wasser. Er folgte ihr mit einem frechen Grinsen auf den Lippen. Als sie das Ufer erreichte, bekam er ihr Handgelenk zu fassen und zog sie mit Schwung zu sich herum. Sie lag in seinen starken Armen und konnte sich nicht mehr bewegen.

„Wie heißt du?", fragte er leise und drückte sie entschlossen an sich.

„Lass mich los!", forderte sie.

„Das werde ich", sagte er und sie blickte ihn lauernd an.

„Worauf wartest du?", knurrte sie ungeduldig.

Er lächelte unheilverkündend. „Wenn du mir versprichst, dass wir uns wiedersehen!"

Jasmin starrte ihn an. Sie zerbrach sich den Kopf über die Möglichkeiten, die ihr blieben. Aber keine gefiel ihr. Denn zu ihrem Unglück wollte sie ihn auch wiedersehen.

„Okay", sagte sie schließlich. „Ich verspreche es!"

„Wann? Wo?", fragte er sofort.

Einer Eingebung folgend sagte sie schließlich: „Hier! Gleiche Zeit! Morgen!"

„Wo finde ich dich, wenn du nicht kommen kannst?", fragte er mit Unschuldsmiene.

„Ich werde kommen! Und nun lass mich los!"

Er beugte sich vor und küsste sanft ihren Hals. Sie erschauderte. Dann ließ er sie gehen. Doch sie entfernte sich nicht. Noch immer stand sie dicht an ihn gedrängt.

Schließlich sah sie ihn an. „Würdest du dich bitte umdrehen, damit ich aus dem Wasser kann?"

„Oh", er grinste und musterte sie von oben bis unten. „Ich glaube nicht, dass es an dir noch etwas gibt, was ich noch nicht gesehen habe."

„Trotzdem", zischte sie und lief rot an vor Verlegenheit.

Schulterzuckend und immer noch schelmisch grinsend drehte er ihr den Rücken zu. Hastig kletterte sie aus dem Wasser und warf sich ihr altes Kleid über, das sie hinter einem der Büsche versteckt hatte. Als sie sich wieder umdrehte, sah sie sich Ray gegenüber, der noch immer splitternackt war. Sofort wandte sie den Blick ab.

„Zieh dir doch was an", bat sie.

„Deinen Namen, bitte!", etwas Flehendes lag in seiner Stimme.

„Wieso? Ich weiß ja nicht mal deinen ...", begann sie ausweichend.

„Ray! Mein Name ist Ray", unterbrach er sie sogleich. „Wie ist deiner?"

Cäser, komm her und hilf mir!, flehte sie in Gedanken.

Der Hengst kam angaloppiert und hielt direkt zwischen den beiden. Wobei er Ray unsanft zur Seite stieß. Sie schwang sich auf den breiten Rücken des Hengstes und nahm die Zügel. Sie wendete und ritt fort.

„Bitte", rief Ray ihr hinterher. „Nur deinen Namen! Bitte!"

„Jasmin", antwortete sie. Dann verschwand sie zwischen den Bäumen.

Black Stalshion war neben ihn getreten und wartete, dass er sich anzog und nach Hause reiten konnte.

„Jasmin", wiederholte Ray selig und zog seine Kleider an. Als er sein Schwert umschnallte, kam ihm eine Idee. „Black?"

Ja?

„Ihr Pferd ist doch wie du, oder?"

Ja.

„Könntest du es wiederfinden?"

Ja.

Jasmin trat kurz vor Mitternacht ins Haus. Es brannte noch Licht in der Küche. Verwundert sah sie auf. Ihre Eltern gingen doch sonst immer schon früher zu Bett, um sich ungestört nahe sein zu können. Sie kam in die Küche und sah ihren Vater an der Anrichte lehnen. Ihre Mutter saß am Tisch und ihr gegenüber hatte ein junger Mann Platz genommen. Er war groß, hatte kurze, blonde Haare und gelbgrüne Augen sowie ein schmales, kantiges Gesicht – Derek Lavodor, der Zweitgeborene von Lord Lavodor aus Casa.

Jasmin riss sich zusammen, denn sie konnte sich nicht vorstellen, was ausgerechnet er hier wollte. Das letzte Mal, als sie ihn gesehen hatte, hatte er gegen sie das Lanzenreiten verloren. Wollte er eine Wiedergutmachung?

Sie bemühte sich um einen Knicks, als Derek aufstand und eine Verbeugung vor ihr machte. „Guten Abend, Herr Derek. Welch eine Überraschung." Sie war immer noch leicht rot im Gesicht und ihre Gedanken schweiften ständig zu Ray ab. Der Lord-Sohn schien ihre Unkonzentriertheit zu bemerken.

„Ich habe gerade mit Euren Eltern gesprochen, Jasmin", sagte er und vermied es mit Bedacht, ihren Titel auszusprechen. Dies fiel auch ihr auf. Hinter Dereks Rücken machte Jack ein finsteres Gesicht. Lindas Miene war unergründlich, aber über seine Anwesenheit schien sie sich auch nicht zu freuen. „Ich würde Euch gern unter vier Augen sprechen, wenn das möglich ist."

„Oh", entfuhr es Jasmin. „Ähm, wollen wir dann nach draußen gehen?" *Wenn er handgreiflich wird, will ich nicht, dass die Küche meiner Mutter darunter leiden muss. Ich werde mich gnadenlos gegen ihn zur Wehr setzen.*

Er wirkte ein wenig überrascht von ihrem Vorschlag, willigte aber ein.

Sie gingen ein Stück. Unter einem nahen Baum hielten sie an und er wandte sich ihr zu. Ohne Umschweife kam er zur Sache und Jasmins schlimmste Vorahnungen bestätigten sich, als er vor ihr niederkniete.

„Ich halte hiermit in aller Form und Demut um Eure Hand an", sagte er geradeheraus.

Jasmin konnte nicht anders, als ihn sprachlos anzustarren.

„Ich weiß, dass das alles ein wenig schnell für Euch ist. Aber ich bin sicher, dass aus dieser Verbindung eine wundervolle Beziehung wachsen kann ..."

„Unsere Vorstellungen von einer wundervollen Beziehung gehen sicher weit auseinander, Herr Derek", gab Jasmin zu bedenken.

„Auch das wird sich nach einer gewissen Zeit geben", erwiderte er ungerührt über ihren Einwand.

„Verzeiht mir. Aber ich bin ein wenig durcheinander", sagte Jasmin.

„Ich bin sicher, dass Ihr dennoch schnell versteht, dass ich eine vorteilhafte Partie für Euch bin. Trotz Eurer mannigfaltigen Vorzüge ist es nicht sicher, dass je wieder ein Adliger um Eure Hand anhalten wird."

Spinnt der völlig? Vorteilhaft? Das ich nicht lache! Was zum Teufel soll ich mit einem Adligen, der mich wie eine Dienerin behandelt?

„Mein Herr, ich glaube, Ihr versteht nicht. Ich habe nicht vor, in nächster Zeit zu heiraten, selbst wenn die Partie noch so vorteilhaft ist. Und wenn Ihr ehrlich seid, wollt Ihr mich doch gar nicht."

„Jasmin", begann er empört.

„Ist es denn nicht so, dass Euer Vater Euch auf mich angesetzt hat, um mich von meinem Posten zu drängen?", fragte sie frei heraus.

„Jetzt geht Ihr zu weit", fauchte Derek ungehalten und sprang auf die Beine. „Wie könnt Ihr es wagen, meinem ehrenwerten Vater so was zu unterstellen?"

„Es tut mir leid", sagte Jasmin kühl und ohne Reue. „Es ändert trotzdem nichts. Ihr könnt mich nicht glücklich machen und ich bin gewiss die letzte Frau auf der Welt, die Euch glücklich machen kann."

„Wie wahr", entfuhr es ihm. Schnell biss er sich auf die Zunge, doch zu spät. Jasmin hatte ihn gehört.

Sie lächelte wissend. „Gute Nacht, Herr Derek!" Sie ging an ihm vorbei, blieb aber noch einmal stehen und sah ihn über ihre Schulter hinweg an. „Ich hoffe, Ihr findet, was Ihr sucht."

Sie ließ den wütenden Derek allein im Dunkeln zurück und verschwand im Stall. Bei Cäser angekommen, erzählte sie ihm von der Unverschämtheit des Lord-Sohns.

„Kannst du dir das vorstellen? ICH, die Frau dieses ungehobelten, hirnlosen, ..."

„Sie hat ihn verschmäht!" Jack klang vergnügt.

Sie standen am Fenster und sahen, wie ihre Tochter in den Stall zu Cäser eilte. Linda sah ihren Mann über die Schulter hinweg an. „Trotzdem, ich hoffe, dass sie höflich geblieben ist."

Jack antwortete nicht, sondern blies die Kerze auf dem Tisch aus und tauchte die Küche in Finsternis.

„Wo bist du? Hätten wir nicht die Kerze mit hoch ins Zimmer nehmen können? So sehen wir doch gar nichts!"

Der General stellte die halb abgebrannte Kerze auf den Schrank und schlich sich zu Linda zurück, die durch das Mondlicht, das durch das Fenster brach, ein wenig zu sehen war.

„Jack, wo bist du?" Linda sah sich nervös in dem stockdunklen Zimmer um. „Hör auf damit, das ist nicht witzig!"

„Ich will ja auch nicht, dass du lachst", erwiderte er direkt hinter ihr und zog sie eng an sich. Er fuhr ihr mit der Zunge die Halsschlagader entlang bis hinauf zu ihrem Ohr. Während seine Hände ihr Kleid öffneten.

„Jack", sie stöhnte erregt auf. Dennoch versuchte sie, einen klaren Kopf zu behalten. „Jasmin kommt sicher gleich zurück. Sollten wir nicht in unser Zimmer gehen?"

Er hatte die letzte Schleife gelöst, die ihr Kleid hielt und es glitt zu Boden. Splitternackt stand seine Frau nun vor ihm. So schön wie am ersten Tag.

„Sie wird im Stall schlafen bei Cäser", sagte er leise. Seine Hände strichen über ihren samtweichen Körper.

Sie riss sich plötzlich von ihm los, knallrot im Gesicht und keuchte vor Erregung. Linda wich vor ihm zurück, bis sie an den Küchentisch stieß.

„A... Aber wir haben's doch gestern erst getan", sagte sie ausweichend.

Jack grinste und kam langsam auf sie zu. Er stützte seine Hände links und rechts auf die Tischkante. Dann neigte er den Kopf und fuhr sanft mit der Zunge über ihre vollen, wohlgerundeten Brüste. Sie erzitterte unter seiner Berührung und konnte sich ein leises Stöhnen nicht verkneifen.

„Willst du es etwa nicht?", fragte er leise, während er sich seines Hemdes und des Schwertes entledigte.

„Doch", gab sie kaum hörbar zu und zog ihn an sich, um ihm einen leidenschaftlichen Kuss zu geben.

Der Morgen brach hell, warm und freundlich an. Die Sonne stieg am Horizont empor und versprach einen heißen Tag. Reges Treiben herrschte in der Stadt und im Schloss. Nur einer verschlief diesen herrlichen Vormittag.

Ein leises Klopfen ertönte an der Schlafzimmertür des Kronprinzen und eine vergeblich bittende Stimme ertönte zum wiederholten Mal.

„Ich bitte Euch, Eure Hoheit, steht auf. Prinz Ruz, Herr Tiberius, Herr Sailir, Herr Derek, Herr Casey und Herr Valor erwarten Ihr Kommen zum wöchentlichen Jagdausflug."

Doch der Kronprinz Carreras drehte sich schläfrig auf die andere Seite und ignorierte das Flehen geflissentlich.

Wie anmaßend dieser Diener war, zu glauben, ein Prinz würde auf Bitten eines Lakaien auch nur einen Finger rühren.

Der abgeschmetterte Diener lief beschämt und nervös zu den jungen Adligen und General Jasmin zurück, die noch immer auf den Kronprinzen warteten. Prinz Ruz sah ihn näherkommen und seufzte wissend auf. „War ja klar, dass er nicht kommt." Er war ein groß gewachsener, junger Mann mit kurzem, schwarzem Haar. Er hatte ein schmales, glattes Gesicht. Seine braunen, mit goldenen Tupfen durchsetzten Augen wurden von schmalen Augenbrauen überschattet. Er trug eine dunkelbraune Kniehose und ebenso farbige Stiefel. Das beige Hemd hatte er ein wenig zu weit aufgeknöpft. Der sanfte Frühlingswind ließ es leicht flattern, sodass man seine Muskeln erahnen konnte. Über die Schulter hatte er sich den Pfeilköcher und den Bogen gelegt. Ein schwarzer Gürtel war um seine schlanke Hüfte geschlungen und hielt das Schwert an seiner Seite.

„Das ist doch unglaublich!", beschwerte sich Sailir, der Erstgeborene von Lord Lavodor, als der Diener Ruz' Ahnung bestätigte. „Warum sagt er jedes Mal, dass er mit uns jagen will, wenn er dann doch nie kommt!"

„Regt Euch nicht auf Sailir", erwiderte Ruz beschwichtigend.

„Ich finde nur, dass man zu dem stehen sollte, was man sagt! Die Welt dreht sich doch nicht nur um ihn!", fuhr er erhitzt fort. Sailir war kleiner als Prinz Ruz, hatte aber breitere Schultern und war um einiges muskulöser. Sein Gesicht war nicht so schmal, aber ebenso gebräunt und von glänzendem, kastanienbraunem Haar umrahmt. Seine Augen waren von einem warmen Grün.

„Brechen wir auf!", warf Tiberius ein, der erste Sohn von Lord Naranjo. Er war ein großer, breitschultriger Mann mit blauen

Augen und kurzem, aschblondem Haar. Nun schwang er sich auf seinen dunkelbraunen Fuchs mit weißen Fesseln.

Sailir zog sich auf seinen schwarz-braunen Hengst. Casey und Valor, die Söhne von Lord Bonado, taten es ihm gleich und schwangen sich auf ihre Pferde. Derek, Sailirs Bruder, wandte sich mit einem spöttischen Gesichtsausdruck Jasmin zu.

„Wie schade", höhnte er. „Aber offenbar werdet Ihr wieder hierbleiben müssen. Ohne den Kronprinzen gibt es keine Jagd für Euch." Er hatte ihr weder die Niederlage bei den Elitespielen verziehen, noch die Ablehnung seines Antrages. Ihre bloße Anwesenheit machte ihn rasend, und wenn er sie dann auch noch in dieser allzu knappen Rüstung sah, konnte er vor Wut platzen. Niemals würde er es hinnehmen, dass eine Frau bei der königlichen Garde war und dann auch noch als General. Ihm war es völlig egal, wie verdient sie den Titel hatte. Sein Vater sah es genauso. Irgendwie würden sie Jasmin schon von ihrem Posten verdrängen.

Jasmin lächelte unbeirrt und machte eine übertriebene Verbeugung vor Lavodors Zweitgeborenem, die ihn immer wieder bis zur Weißglut trieb. „Nun, dann kann ich meinem Tag zumindest sinnvollen Dingen widmen", erwiderte sie leise, sodass nur Derek sie hören konnte. Etwas lauter fügte sie hinzu: „Ich wünsche den edlen Herren eine schöne Jagd." Sie nickte Prinz Ruz aufrichtig zu und ging. Cäser lief hinter ihr her.

Sobald sie außer Hörweite war, ließ sie sich über Derek aus.

„Dieser arrogante, kleine ..."

Jasmin, es hat doch keinen Sinn, sich zu ärgern, die sind adlig, die werden sich nie ändern, sagte ihr Lipizzanerhengst gedanklich.

„Ich weiß", fauchte sie so giftig, dass Cäser vor ihr zurückschreckte. Sogleich bereute sie ihren Ausbruch wieder. „Tut mir leid!" Sie streichelte seinen Kopf, während sie über ein entscheidendes Problem nachgrübelte. *Wie bekomme ich den Respekt, der mir zusteht?*

Sie hatte kaum darauf geachtet, wo es hinging, denn es überraschte sie ein wenig, als sie vor ihrer Haustür stand. „Ich geh hinein", rief sie Cäser zu, der sich nun eine schöne Stelle zum Grasen suchte. Dann öffnete sie die Tür und trat ein.

In der Küche war ihre Mutter, die bereits das Mittagessen vorbereitete. Als Jasmin hereinkam, lächelte sie zu ihr auf. Doch sogleich bemerkte sie deren düsteren Gesichtsausdruck.

„Der Kronprinz kommt wieder nicht zur Jagd", folgerte sie.

Linda ließ die Kartoffel, die sie geschält hatte, und das Messer in die Blechschüssel gleiten und setzte sich zu Jasmin, die mittlerweile am Küchentisch Platz genommen hatte. Ihr Schweigen war Antwort genug für ihre Mutter.

„Ich versteh gar nicht, warum ich immer wieder die Hoffnung hege, dass er doch einmal kommt? Ich meine, jeden Sonntag steh ich um Punkt sechs auf und bereite sein Pferd für den Ausflug vor und mach meine Trainingseinheit! Aber nie kommt er! Ich frage mich, was passieren würde, wenn ich sein Pferd mal nicht fertigmachen würde?", schloss sie nachdenklich.

„Ach, Süße", sagte Linda mitfühlend. „Betrachte es mal von der anderen Seite. Sein Pferd freut sich über deine liebevolle Pflege."

„Ein schwacher Trost", schnaubte Jasmin geringschätzig. Sie stand mit einem säuerlichen Gesichtsausdruck auf. „Ich gehe zu Vater und trainiere mit!"

„Jasmin?"

„Ja?"

„Ich habe dir eine Arbeit besorgt."

„Ich habe eine! Wozu sollte ich noch eine brauchen? Vater und ich verdienen doch wirklich gut!"

„Das weiß ich, aber das ist auch nicht der Punkt", erwiderte Linda geduldig. „Ich dachte nur, du möchtest vielleicht eine Alternative zu deiner eigentlichen Strafe."

Jasmin blickte sie verdutzt an. „Du ersparst mir diese Abende, wenn ich stattdessen arbeite?", fragte sie skeptisch, nicht sicher, ob sie wirklich richtig gehört hatte. Immerhin hatte sie erst eine Woche ihrer sechs Monate langen Strafe hinter sich.

„Ja!"

„Was ist das für eine Arbeit?"

„Du hilfst in der Taverne von Regina. Sie war eine alte Freundin deiner Großmutter."

„Oh, ... ähm... ist die genauso wirr im Kopf?", fragte sie vorsichtig.

„Nein, keineswegs", entgegnete Linda ernst. „Die Taverne ist in der Nähe des östlichen Stadttores von Custodio. Also, machst du es?"

„Ich seh's mir mal an", erwiderte Jasmin ausweichend und ging aus der Küche in den Flur und zur Haustür hinaus. Sie pfiff nach Cäser, der sogleich zu ihr galoppiert kam. Da der Kronprinz ihre Dienste nur selten in Anspruch nahm, hatte sie für ihren Geschmack zu viel freie Zeit. Ihr war schon klar, dass er sie nur das nötigste machen ließ, weil sie eine Frau war. Normalerweise hätte sie als seine Leibwache durchgehend bei ihm sein müssen.

„Lass uns zu Reginas Taverne reiten, Mutter hat mir dort eine Arbeit besorgt. Ich möchte mir das mal ansehen. Möglicherweise mach ich es, dann muss ich nicht mehr zu diesen dummen Abenden bei meiner Mutter."

Willst du dir nicht vorher etwas Unauffälligeres anziehen?

Sie lächelte und nickte. „Warte hier, ich bin gleich wieder da."

Sie ritt in dem alten Bauernkleid, das sie auch schon bei dem Zusammentreffen mit Ray getragen hatte, hinunter zu Reginas Taverne. Als Cäser das Haus erreichte, legte sich ein angewiderter Ausdruck über ihr Gesicht. „Das soll die Taverne sein? Was für eine Gruft!"

Das einstöckige, alte Haus war heruntergekommen. Die Wände aus Holz sahen sehr morsch aus und es schien ein Wunder zu sein, dass es überhaupt noch stand.

Jasmin schwang sich von Cäser und ging die beiden Holzstufen zu der Veranda des Hauses hinauf. Unter ihr knarrten die Bretter gefährlich.

„Was Gutes hat es ja", murmelte Jasmin und versuchte möglichst flach und durch den Mund zu atmen, denn es stank ganz abscheulich nach Gülle und verbranntem, schlechtem Essen. „Hier wird kaum jemand reinkommen und sehen, wie ich kellnere." Sie grinste plötzlich. „Wenn ich überhaupt was zu tun hab. Das Ding ist abrissreif!"

Gut gelaunt trat sie in die Taverne ein. Drinnen sah es auch nicht einladender aus als von außen. Die Fenster waren so verdreckt, dass man nicht einmal die Gasse draußen erkennen konnte. Tische, deren Oberflächen völlig zerkratzt und teilweise verbrannt und durchlöchert waren, standen in dem kleinen Gastraum. Ein alter Tresen nahm die gesamte hintere Front des Raumes ein. Dort saß ein einzelner Mann, der in einem verblichenen und zerrissenen Umhang gehüllt war und an einem verstaubten Glas nippte. Hinter dem Tresen stand eine kleine, dicke Frau mit Mopsaugen, dichten Augenbrauen und einem Doppelkinn. Ihre kleinen, dicken Wurstfinger versuchten, mit einem dreckigen Fetzen Stoff ein Glas zu säubern – erfolglos, es wurde nur umso schmutziger.

Jasmin bemühte sich, ihren Ekel zu verbergen, und trat an den Tresen.

„Guten Tag, sind Sie Regina?"

Sie nickte und musterte Jasmin von oben bis unten. Ihre Augen wurden groß, als sie erriet, wen sie vor sich hatte. „Jasmin Rubens", krächzte sie hocherfreut.

Jasmin bekam ein mulmiges Gefühl, als sie die leuchtenden Augen der Frau sah. Vielleicht war es doch keine so gute Idee gewesen herzukommen. Auch der Mann am Tresen hatte sich ihr zugewandt und offenbarte sein zahnloses Grinsen.

„Die Alte ist schlimmer als Großmutter!", ereiferte sich Jasmin, nachdem sie gegen sechs Uhr abends wieder in der Küche ihrer Mutter war. Linda saß am Tisch und Jack lehnte wieder mal an der Anrichte. Beide hörten geduldig zu und ließen ihrer Tochter Zeit, um sich abzureagieren. „Die hat gar nicht interessiert, dass ich mich noch gar nicht entschieden hatte, ob ich das überhaupt machen wollte! Im Gegenteil, die hat schon Plakate vorbereitet, absolut ordentlich, ganz im Gegensatz zu ihrer Bruchbude! UND WISST IHR, WAS AUF DENEN DRAUFSTAND?" Jasmin war bereits am Schreien.

„Nun, du wirst es uns sicher gleich sagen", mutmaßte Jack gelassen.

Jasmin funkelte ihn böse an. Sie hasste es, dass er so ruhig blieb, wenn sie außer sich war.

„Darauf wurde angekündigt, dass Jasmin Rubens, also ich, ab sofort in ihrem blöden Loch kellnern wird! Jetzt wird es jeder erfahren! Ich muss schon genug Spott und Verachtung vom Adel ertragen und jetzt kommt das hier auch noch dazu! Ich bin das Gespött der Leute!"

„Dann mach es doch einfach nicht", erwiderte Jack schulterzuckend. „Lass sie auflaufen."

„Jack", empört starrte Linda ihn an. „Sie ist eine arme alte Frau. Gönne ihr ein wenig Erfolg."

„Ich gönn ihr allen Erfolg dieser Welt, aber nicht auf Kosten meiner Tochter!"

Jasmin lächelte mit grimmiger Zufriedenheit.

Linda seufzte. „Es tut mir leid, dass es nicht so geklappt hat. Ich dachte, du würdest dich über eine Kellnerarbeit mehr freuen als über Strickarbeit."

„Das hätte ich auch, wenn die es nicht allen erzählt hätte!", schnaubte Jasmin.

„Dann geh wenigstens noch einmal hin und gib ihr auf eine höfliche Art und Weise zu verstehen, dass du keine Zeit hast, um diese Arbeit neben deiner eigentlichen auszuführen!"

Jasmin nickte, obwohl es ihr widerstrebte, noch einmal dort hinzugehen.

Cäser wirkte höchst zufrieden mit sich. Aber er wollte seiner Reiterin keinerlei Gründe dafür nennen. Selbst als sie vor Reginas Taverne hielten und Jasmin von seinem Rücken glitt, schwieg er beharrlich.

Sie strich ihr Bauernkleid noch einmal glatt, seufzte tief und trat dann ein. Die kleine Gaststube war bis auf den letzten Stuhl besetzt. Jasmin blieb abrupt stehen und starrte entgeistert auf die vielen Menschen. Bevor sie sich wieder gefasst hatte, tauchte Regina an ihrer Seite auf und zerrte sie zum Tresen. Dort drückte sie ihr ein großes Tablett mit gefüllten Biergläsern in die Hand und stieß sie in die Menge. Wie in Trance bediente sie die unzähligen Männer, die sich hier versammelt hatten. Erst als einer unverschämt wurde, wachte sie aus ihrer Starre auf. Ein großer Mann hatte sie am Arm gepackt, sodass ihr das Tablett aus den Händen glitt und Bier und Glasscherben auf dem Boden verteilt wurden. Sie zog ihr Bein instinktiv hoch. Doch konnte sie nicht zutreten, wie sie es sonst immer getan hatte, denn das lange Kleid behinderte sie. Der Fremde packte ihr Knie und zog sie eng an seinen Körper. Sie konnte seinen widerlichen Atem auf ihrem Gesicht spüren, der sie fast in Ohnmacht fallen ließ. Er war kurz davor, sie zu küssen, als er plötzlich eine silberne Klinge an der Kehle hatte.

Jasmin und der Mann, der sie gepackt hielt, drehten gleichzeitig den Kopf und sahen einen jungen Mann mit rehbraunen Augen und dunkelbraunen, kurzen, zerzausten Haaren. Ein überlegenes Lächeln lag auf seinen Lippen.

„Ich würde Euch raten, die Dame loszulassen, oder ich muss Euch eine Lektion erteilen!"

Widerstrebend und mit misstrauischen Blicken das Meisterschwert beäugend, ließ der Mann Jasmin los, die sogleich einige Schritte rückwärts machte und dabei einem anderen auf den Fuß trat. Dieser wirbelte herum, Jasmin duckte sich und die Faust jenes Mannes traf einen anderen am Kiefer. Sogleich brach eine Schlägerei los. Ihr Retter packte Jasmin entschieden an der Hand und zog sie aus dem Gerangel zu der Treppe, die nach oben in die Gästezimmer der Taverne führten.

Als die Zimmertür hinter ihnen ins Schloss fiel, nahm Ray seinen schwarzen Hut ab. Mit einem breiten Lächeln sah er sie an. Verlegen blickte sie überall hin, nur nicht zu ihm. „Ähm, danke! Aber ich wäre schon mit ihm fertig geworden."

„Natürlich", erwiderte Ray und grinste leicht spöttisch. „Das hab ich gesehen."

Jasmin machte ein böses Gesicht. Sie schob ihn entschieden zur Seite und wollte das Zimmer verlassen. Sie hatte die Hand schon auf der Klinke, als er sie herumzog und gegen die Tür drückte. Eine Sekunde später lagen seine Lippen überraschend sanft auf ihren. Als er sie freigab, blickte sie ihn lange empört an. Schließlich räusperte sie sich.

„Ich muss jetzt gehen!", flüsterte sie.

„Ich warte bei den heißen Quellen", sagte er und lächelte sanft. „Du kommst doch, oder? Du hattest es versprochen!"

„Ich ... ich denke nicht", erwiderte sie leise.

Sofort wich das Lächeln von Rays Gesicht und machte purer Enttäuschung Platz, die Jasmin einen schmerzhaften Stich versetzte. Sie legte ihm die zitternden Finger an die Wangen, zog ihn zu sich hinunter und gab ihm einen zärtlichen Kuss. Ray erwiderte ihn sogleich und presste seine Lippen fest auf ihre, als wollte er sie nie wieder loslassen. Fast fünf Minuten klebten sie aneinander, bis sie sich keuchend lösten.

„Das fühlte sich nicht so an, als ob du dich von mir verabschieden möchtest", sagte Ray und zog sie in eine sanfte, aber bestimmte Umarmung.

Sie schlang ihre Arme um ihn und hielt sich an ihm fest wie zur Bestätigung seiner Vermutung. „Ich bin jeden Abend hier, ab sechs Uhr", sagte sie leise. „Wenn du magst, kannst du ..."

„Natürlich komm ich, was ist das für eine Frage!"

Sie lächelte verlegen. „Jetzt muss ich aber wirklich gehen", sagte sie, löste sich sanft von ihm, gab ihm einen flüchtigen Kuss auf die Wange und verließ rasch das Zimmer.

Offenbar hatte sie es Cäser zu verdanken, dass Ray gekommen war, denn er und Black Stalshion schienen schon die besten Freunde zu sein. Nur ein Gedanke jagte ihr durch den Kopf, als sie auf Cäser nach Hause ritt: *Vater wird das niemals tolerieren!*

Allerdings hinderte sie diese Erkenntnis nicht daran, jeden Abend im gestreckten Galopp zur Taverne zu rasen, eine Stunde lang die Leute zu bedienen und dann unbemerkt mit Ray auf ein Zimmer zu verschwinden. Dort lagen sie sich stundenlang in den Armen und küssten sich. Ab und zu wurde Ray ein wenig dreist. Doch Jasmin zog seine Hände immer wieder entschieden auf ihren Rücken zurück, wenn sie sich zu verirren drohten.

Kapitel 8

Es war einmal ein Prinz ...

Die Mittagssonne hatte ihren höchsten Stand erreicht. Die meisten Menschen hatten sich in den Schutz ihrer kühlen Häuser zurückgezogen und warteten den Abend ab, um auf dem Markt ihre Besorgungen zu machen oder ihre Waren lautstark anzupreisen. Es war sehr ruhig in der Stadt des Königs. Eines der wenigen Geräusche verursachte ein sanfter Sommerwind, der keck die Blätter rascheln ließ. Sonnenstrahlen fielen durch die offenen Balkontüren. Durch weiße, seidige Vorhänge auf cremefarbene Laken und das junge Gesicht eines Mannes, welches zwischen ihnen hervorschaute. Die Wärme der Sonne weckte ihn langsam. Verschlafen rieb er sich die Augen und setzte sich gemächlich auf. Er gähnte und streckte sich genüsslich, bevor er aufstand, um ins Bad zu gehen.

Lord Traidor stand mit einer schwarzen Robe bekleidet, auf der ein roter Salamander gedruckt war, in einem großen Saal aus Marmor, der ebenso dunkel war wie sein Gewand. Am Ende des rechteckigen Raumes erhob sich ein Thron aus düster glänzendem Stein, der mit roten Adern durchzogen war. Davor befand sich eine lange Tafel aus Eichenholz mit trügerisch hart wirkenden Stühlen daran.

Ein Wesen, fester als Luft, aber bei Weitem nicht mit der Konsistenz eines menschlichen Körpers, schwebte eine Handbreit über den glatten, schwarzen Fliesen und blickte in die Leere.

„Meister, Ihr habt mich gerufen?", ergriff Marek leise das Wort und sah den Gott der Finsternis geduldig an. Der uralte, körperlose Magier sah seinem Diener direkt in die schwarzen, leblosen Augen.

„Ja", erwiderte er leise, „es ist Zeit, den Gestaltwandler zu erwecken. Du musst ihn nur zu Argo bringen, damit er das Ritual durchführen kann."

„Das ist alles?", forschte der Lord vorsichtig nach. „Soll ich nicht dabeibleiben, damit er es auch schafft, ihn nach der Erweckung zu Euch zu bringen? Ihr wisst doch selbst, wie inkompetent er ist!"

„Argo schafft es allein", erklärte er gelassen, aber mit einem undefinierbaren Glitzern in den Augen.

Marek blickte seinen Herrn misstrauisch an.

„Verzeiht Meister, aber das klingt, als wolltet Ihr, dass er scheitert."

Gott Sombra blickte wieder in die Ferne. Er hatte sich entschieden und vom leichten Weg abgewandt. Egal, was es ihn kosten würde, er musste seinen Plan durchziehen, komme, was wolle.

Lord Traidor spürte, dass er entlassen war, und verließ mit lautlosen Schritten den Raum.

Das Bad hatte seinen müden Körper belebt. Er hatte sich angezogen und musterte sich selbstverliebt im mannshohen Wandspiegel.

Perfekt, dachte der Kronprinz Carreras zufrieden.Terco trug eine samtene, schwarze Hose und ebenso dunkle Stiefel. Ein weißes Hemd mit goldenen Schnörkeln verziert bedeckte seinen Oberkörper. Ein goldener Gürtel schlang sich um seine Hüfte und hielt einen Degen mit Silbergriff an seiner Seite. Sein Haar war kurz und lackschwarz, die Augen grau. Er war ein wenig kleiner als Prinz Ruz.

Der Kronprinz verließ hocherhobenen Hauptes und stolzierend wie ein Pfau sein Gemach. Er durchschritt die reich verzierten und weiten Flure, ging gemächlich breite Treppen mit hüfthohem Geländer hinunter und kam in einer großen Eingangshalle an. Viele Türen gingen von ihr ab. Das große Schlossportal gegenüber der Treppe führte hinaus in den Schlossgarten. Terco wandte sich von ihr ab und trat rechts von der Treppe durch eine Doppeltür, die ihm zwei Soldaten öffneten, als er näherkam.

Dahinter befand sich ein luxuriös eingerichteter, großer Saal. Die Wände waren mit Wandteppichen behangen. Drei prunkvolle Kronleuchter aus Gold hingen von der Decke. Unter ihnen befand sich eine lange Tafel, an der zehn Menschen saßen. Am Kopf des Tisches hatte es sich Gobierno, der König Carreras, bequem gemacht. Rechts von ihm war der erste Stuhl frei – Tercos Platz. Daneben saßen der Reihe nach: Prinz Kail, seine Zwillingsschwester Joy, Sailir und Derek, die Söhne Lord Lavodors. Links vom König saßen Lord Traidor, sein Berater, Prinz Ruz, Tiberius, der Sohn von Lord Naranjo, sowie Casey und Valor, die Söhne Lord Bonados.

Terco stolzierte an der Tafel entlang und ließ sich auf seinem Stuhl nieder.

„Guten Morgen, Vater", grüßte er Gobierno, dieser nickte ihm knapp zu.

Marek blickte den Kronprinzen mit hochgezogenen Augenbrauen an: *Und der soll Carreras Hoffnungsträger sein*, dachte er abschätzig. *Offenbar ist Argos Ritual die letzte Chance, um aus ihm einen Mann zu machen.*

Auf einen Wink Gobiernos hin begannen die Diener, die unauffällig in einer Ecke des Saales gewartet hatten, die Speisen aufzutragen. Es duftete köstlich, doch Terco wandte sich Gobierno zu, um eine Sache klarzustellen.

„Vater, ich werde dann ausreiten!"

„Tu das doch", erwiderte Gobierno gleichgültig. „Reitet jemand mit?"

Der Kronprinz blickte am Tisch entlang.

„Tut uns leid, Euer Hoheit", erbarmte sich Sailir zu sagen, „Aber wir haben heute Unterricht bei General Jack."

„Warum reitet Ihr nicht allein aus?", schlug Prinz Ruz unschuldig vor.

„Ihr weigert Euch, einem meiner Wünsche nachzukommen?", ereiferte sich der Kronprinz. Wie immer musste er seinen Ausritt ohne die Gesellschaft gleichaltriger Adliger machen. *Wie egoistisch sie alle sind! Können die sich zeitlich nicht nach mir richten? Das ist ja wohl das Mindeste. Ich bin schließlich der Kronprinz!*

„Ihr habt doch nicht etwa Angst, am helllichten Tag mit Eurer Leibwache allein auszureiten?" Leiser Spott schwang in Mareks Stimme mit.

Terco fuhr zu ihm herum, senkte aber sofort den Blick. Er konnte Lord Traidor nicht in die Augen sehen. Dieser Mann schüchterte ihn mit seiner bloßen Anwesenheit ein.

„Natürlich nicht", sagte er, bemüht zwanglos und ruhig zu klingen. Er hasste sich für diese Schwäche, Lord Traidor nicht die Stirn bieten zu können und dass er ihm nicht sagen konnte, was er von ihm dachte.

„Wo ist dann das Problem, mein Prinz?", fragte er mit einem überlegenen Lächeln.

„Es gibt keines", erwiderte Terco zerknirscht. *Ich werde schon wieder wie ein aufsässiges Balg behandelt.*

„Ganz recht", stimmte der Lord und Anhänger Gott Sombras zu.

Nach dem Essen hatte Gobierno den Arzt Rain auf dessen Wunsch hin in seinem Gemach empfangen.

„Warum habt Ihr das zugelassen?", fragte Rain leise und völlig fassungslos. „Wie könnt Ihr ihn den Dunklen auf dem Silbertablett servieren?"

„Wenn Euer Informant Recht hat und die Dunklen an ihm interessiert sind, werde ich sie aus ihren Löchern locken und dann endgültig vernichten!", erwiderte der König mit einem besessenen Glitzern in den Augen.

Das ist Wahnsinn! Wie will er denn die Schwarzen Magier besiegen?, dachte Rain schockiert.

Laut sagte er aber: „Wenn er stirbt, sind wir alle verloren!"

„Ach wirklich?", spottete Gobierno. „Wenn er stirbt, verschwindet auch endlich der letzte Beweis der Treulosigkeit meiner Frau und meines ehrlosen Bruders! Sagt mir, warum also sollte ich seinen Tod bedauern? Wenn er stirbt, ist er wenigstens für eine gute Sache gestorben!"

„Das weiß ich auch nicht genau! Aber mein Informant hat ausdrücklich gesagt, dass nur er das kann!"

Gobierno lachte spöttisch. „Geht Rain! Ich habe Euch nichts mehr zu sagen!"

Der Arzt verbeugte sich enttäuscht und verließ das Gemach. Er lehnte sich außen an die geschlossene Tür. Michael würde das nicht gefallen, geschweige denn Herrin Lyneri. Er musste sie unbedingt informieren.

Rain hämmerte ungeduldig an die Tür. Linda, Jasmins Mutter, öffnete ihm. Sofort erkannte sie die Dringlichkeit in seinen gehetzten Augen. Sie warf einen Blick hinüber zu Jack, der nichts ahnend die jungen Adligen trainierte. Dann winkte sie den Arzt rasch ins Haus. Hinter ihm schloss sie die Tür. In der Küche angekommen, bot sie ihm einen Stuhl an. Er setzte sich ungeduldig und kam sofort zur Sache.

„Der König will Terco als Köder benutzen, um die Dunklen in die Offensive zu locken. Er will ihn opfern! Aber wenn der Prinz bei diesem Ritual stirbt, dann waren Darks Bemühungen völlig umsonst! Du kennst die Prophezeiung, der Drachenmagier und der Weiße Drache werden nicht gegen die Dunklen kämpfen, wenn Terco stirbt! Wir müssen Herrin Lyneri unbedingt informieren", schloss er aufgebracht.

„Das sollten wir wirklich", stimmte ihm Linda zu und Rain atmete auf. „Aber du solltest wissen, dass die Göttin der Erweckung nicht abgeneigt gegenübersteht."

„Bitte?" Ungläubig starrte er Jacks Frau an.

„Sie ist der Auffassung, dass er nur mit einem harten Schlag auf den rechten Weg zurückzubringen ist, so verzogen wie er ist", erklärte Linda geduldig.

„Verstehe", sagte Rain nur wenig von der Richtigkeit dieser Aussage überzeugt.

„Ich werde gleich zum Tempel reiten und ihr alles sagen! Mach dir keine Sorgen, es wird alles gut gehen!"

„Ich frage mich nur, wen sie schicken will, um den Prinzen zu retten", warf Rain nachdenklich ein, „Michael ist doch in Sugiawa und hat ein Auge auf Aléjandro."

„Wird er nicht gut bewacht?", fragte Ricardo und strich sich mit der Hand über das mit Bartstoppeln übersäte Kinn.

„Er hat nur eine Leibwache", erwiderte Lord Traidor achselzuckend. „Es dürfte keine Schwierigkeiten bereiten, ihn zu entführen."

„Bei allem gebührenden Respekt, Mylord. Wenn er wirklich nur eine Leibwache hat, dann wohl nicht ohne Grund. Um Himmelswillen, er ist der Kronprinz. Auch wenn sein Vater ihn nicht liebt, er wird ihn zumindest zum König machen wollen!"

Marek blickte ausdruckslos auf Ricardo hinab. Er wusste, dass er keine Angst hatte, den Auftrag anzunehmen. Nur wollte der General der Söldner umfassend über den Auftrag informiert sein.

„Wie ist sein Name? Hat er die Elitekämpfe bestritten?", wollte Ricardo wissen. Er blickte zu dem Mann auf, den er mit Mylord angeredet hatte, und wartete geduldig auf eine Antwort.

„Ihr Name ..."

Doch Ricardo unterbrach ihn überrascht: „Ihr? Eine Frau?"

Der andere nickte zustimmend und fuhr fort: „Ihr Name ist Jasmin Rubens. Ich bin sicher, sie ist Euch bekannt, General?"

„Ja, Mylord."

„Sie hat vor ein paar Wochen die Elitekämpfe gewonnen und wurde gegen jedwede Vernunft zum zweiten General des Königs geschlagen. Tötet sie und bringt mir den kleinen Prinzen. Dann erhaltet Ihr Eure Belohnung."

Ricardo rieb sich das Kinn und blickte nachdenklich in die schwarz glitzernden Augen des Adligen, der ihn mit dem Auftrag betraute, den Kronprinzen für ihn zu entführen. „Eine Anzahlung von fünftausend Goldstücken wäre schon vonnöten", meinte er schließlich. „Immerhin ist ja wohl nicht gewährleistet, dass wir alle mit dem Leben davonkommen, oder irre ich da?"

„Ihr liegt vollkommen richtig, General", stimmte der hochgewachsene Adlige ihm zu und neigte ein wenig den Kopf. „Ihr sollt die fünftausend Goldstücke erhalten und noch fünfzigtausend weitere, wenn ihr meinen Auftrag erfolgreich durchgeführt habt!"

„Wann soll der Angriff erfolgen?", fragte der Söldnerkönig gleichgültig.

„Sofort", erwiderte Lord Traidor mit einem täuschend freundlichen Lächeln. „Heute reitet er nur mit Jasmin aus. Er wird auf der großen Hauptstraße in Richtung Wasserfall unterwegs sein. Ihr könnt die beiden gar nicht verfehlen."

Ricardo nickte, dann schüttelte er die Hand, die der andere ihm hinhielt. Damit besiegelten sie ihren Pakt. Er verließ das Zelt und trat in den Sonnenschein. Seine Gedanken schweiften zu Jack ab. Es versetzte seinem Herz einen schmerzhaften Stich, als er an ihren Streit zurückdachte. Er hatte eigentlich auf eine Versöhnung mit ihm gehofft. Doch jetzt, wo sie seine Tochter töten sollten, rückte diese Hoffnung in unerreichbare Ferne. Ihm war kalt. Nach und nach verlor er den Glauben an eine bessere Zukunft. Er straffte die Schultern und ging zu der kleinen Gruppe Männer, die auf ihren General warteten.

„Und? Was wollte er? Welcher Adlige soll diesmal dran glauben?", fragte ein junger Mann Anfang zwanzig mit kurzen, dunkelbraunen Haaren und rehbraunen Augen. Seine Haut war dunkel gebräunt durch die Strahlen der Sonne.

Ricardo setzte sich neben ihn ans erloschene Lagerfeuer. Die Sonne war schon vor ein paar Stunden aufgegangen.

„Wir sollen den Kronprinzen entführen, Ray, und seine Leibwache töten", beantwortete Ricardo die Frage. „Ich hoffe doch, dass du dabei bist und nicht wieder irgendwas Wichtiges vorhast!"

„Natürlich bin ich dabei!", Ray glaubte schon länger, dass sein Vater einen Verdacht hatte. Immerhin war er fast jede Nacht unterwegs. Sprich, er war bei Jasmin. Ricardo musste der plötzliche Stimmungsumschwung seines Sohnes von Depression zum Glücklichsein arg zu denken gegeben haben.

Noch drei weitere junge Männer saßen an der Feuerstelle.

„Wieso hat der nur eine Leibwache?", fragte der Jüngste von ihnen. Er hatte kastanienbraunes Haar und stechend blaue Augen. Er war der zweite Sohn Ricardos, aber kein so guter Schwertkämpfer wie sein Bruder Ray und sein Vater. Er bevorzugte eher den Langbogen als Waffe.

„Seine Leibwache ist der zweite General des Königs, aber erst seit Kurzem, seit den Elitekämpfen", sagte der Söldnerkönig resigniert.

Balios, ein ruhiger, besonnener Krieger, der als Einziger von den fünf Männern an den Gott Tompra, den Gott des Krieges, glaubte, blickte zu Ricardo auf.

„General, das würde aber auch bedeuten, dass nur Jack Rubens besser wäre als die Leibwache unseres Kronprinzen." Seine eisblauen Augen blickten den General forschend an.

Als dieser nickte, fuhr er fort. „Dann ist es also nicht auszuschließen, dass wir wahrscheinlich einige Krieger verlieren werden?", hakte er nach und strich einige blonde Haarsträhnen aus den Augen.

Abermals nickte Ricardo.

Bevor Balios weitersprechen konnte, fragte Ray mit hochgezogenen Augenbrauen: „Wie heißt diese Leibwache überhaupt?"

„Jasmin Rubens!"

„Was?"

Eine Frau sollte die Leibwache des Kronprinzen sein, das war einfach lächerlich. Drei der jungen Söldner brachen in schallendes Gelächter aus – nur Ray nicht. Er war ein wenig erbleicht. Konnte es sein, dass Jasmin, die so friedlich und unschuldig wirkte, jene Jasmin war, die zum General geschlagen worden war? Er musste sie sehen, musste mit ihr sprechen. Er musste es einfach wissen. Denn wenn sie es wirklich war, dann würde er sie auf keinen Fall töten können. Wahrscheinlich würde er seinen Vater und seine Freunde daran hindern, sie zu töten.

„Gut, Spaß beiseite", sagte Hektor grinsend. Er war ein Bär von einem Meter fünfundneunzig. Sein langes Haar, das er zu einem Pferdeschwanz gebunden hatte, und auch seine Augen waren braun. Er wischte sich eine Träne weg, dann sprach er weiter: „Wer ist es nun wirklich?"

Ricardo sah sie der Reihe nach an.

„Das war kein Scherz. Das war mein voller Ernst!"

Sprachlos starrten sie ihren General an. Rick war der Erste, der sich wieder fing. „Das ist doch albern, keine Frau darf Kriegerin werden. Wieso sollte das Jacks Tochter plötzlich dürfen?"

„Weil sie es einfach draufhat", erwiderte Ricardo. „Vergesst nicht, sie ist die Tochter von Jack und sein einziges Kind seit diesem Vorfall vor sechzehn Jahren. Natürlich wird er sie trainiert haben, wenn sie das unbedingt wollte. Er wird sie in die

Elitespiele geschmuggelt haben und dann hat sie allen gezeigt, wozu Frauen fähig sein können, wenn man sie nur lässt."

„Und jetzt sollen wir sie töten?", fragte Ray ungläubig. „Wir sollen die Frau töten, die drauf und dran ist, eine lebende Legende zu werden?" Es war ein kläglicher Versuch, seinen Vater davon zu überzeugen, den Auftrag doch noch abzulehnen.

Ricardo nickte und sie verfielen in Schweigen.

Wenige Stunden später, als Jasmin missmutig den Kronprinzen auf seinem Ausritt begleitete, überfielen sie die Söldner.

Jasmin schrie dem Prinzen zu, er solle sich in Sicherheit bringen, was er auch sofort befolgte, indem er sein Pferd in den Wald hineintrieb.

Sie hingegen war von ihrem Hengst Cäser gesprungen und kämpfte wie eine Löwin, die ihre Jungen verteidigte. Bald stand sie in einem Kreis von Leichen und Blut. Ihre Rüstung war mit dem Blut ihrer Gegner übergossen. Sie schwang sich wieder auf Cäser und trieb ihn in einen schnellen Galopp in die Richtung, in die der Prinz verschwunden war. Sie fluchte leise vor sich hin und bemerkte nicht, dass jemand mit einer Armbrust auf sie zielte. Der Söldner drückte ab und der Bolzen schoss zielstrebig auf Jasmins Brust zu. Doch Cäser stolperte seitlich, der Bolzen durchbohrte nur ihren Oberarm, Jasmin schrie auf und stürzte rücklings vom Pferd. Beim Aufprall schlug sie sich den Kopf an und blieb bewusstlos liegen. Der Schütze verschwand unbemerkt. Cäser lief besorgt zu seiner Herrin zurück und stupste sie hoffnungsvoll an. Doch sie rührte sich nicht.

Ricardo, seine beiden Söhne und die zwei Meisterschwertträger beobachteten, wie Jasmin durch den Armbrustbolzen vom Pferd gerissen wurde.

„Das war's", sagte der General leise. „Gehen wir und suchen den Prinzen."

Ray starrte noch eine ganze Weile zu der Kriegerin hinüber. Konnte er es riskieren, sich davonzuschleichen, um zu sehen, ob sie es wirklich war?

„Ray, nun komm endlich!"

Seufzend wandte er sich ab und folgte den anderen Söldnern. Er würde später wiederkommen und hoffen, dass sie dann noch lebte.

Ein Knacken im Unterholz ließ Cäser aufhorchen. Der Wind trug den Geruch eines verschwitzten und mit Blut besudelten Mannes heran. Ein Pferd führte er mit sich. Als er den Schimmel gewahr wurde, blieb er verdutzt stehen. Sein Blick fiel auf Jasmin, dann zu dem Bolzen in ihrem Oberarm und zurück zu ihrem wachsamen Pferd.

Er legte den Kopf schief und musterte den Hengst abschätzend.

„Du bist eines der *Artuso*", sagte er schließlich. „Ich hätte nie gedacht, solch einem außergewöhnlichen Wesen je begegnen zu dürfen." Er verneigte sich vor Cäser, der ihn interessiert beobachtete. „Darf ich dich nach deinem Namen fragen?"

Cäser.

„Cäser, lässt du mich deiner Freundin helfen?"

Der junge Hengst nickte mit dem Kopf und trat ein paar Schritte zur Seite, damit der Fremde die Verletzung von Jasmin ansehen und behandeln konnte. Das Pferd, was er mitgebracht hatte, war an einen Baum gebunden. Es glotzte dumm Löcher in die Luft. Es begriff nichts von dem, was Cäser begriff. *Hat mich der Fremde deshalb Artuso genannt? Was weiß er über meine Rasse? Wenn Jasmin wieder auf die Beine kommt, frag ich ihn!*

Als die Nacht hereinbrach, kam Jasmin mit einem leisen Stöhnen zu sich. Mit einem schmerzverzerrten Gesichtsausdruck setzte sie sich auf, die Hand fest um ihren verwundeten, rechten Oberarm gekrallt. Sie sah sich um. Cäser lag wachsam neben ihr. Jemand hatte ein kleines Feuer entfacht und dieser Jemand saß ihr gegenüber auf der anderen Seite des kleinen Lagerfeuers. Ein Kessel hing über dem Feuer und ein warmer, heimeliger Geruch ging von dem Kessel aus. Etwas Köstliches schien der Fremde köcheln zu lassen.

„Du bist endlich wach?", fragte er. Sein Haar glühte wie die Feuerzungen des Lagerfeuers. Es wehte im Takt des Windes und es schien, als ob Flammen auf seinem Kopf tanzten.

„Äh... ja, danke für deine Hilfe, aber Cäser und ich müssen weiter", sagte sie und zog sich an Cäser hoch, der derweilen aufgestanden war. Sie stöhnte Schmerz gepeinigt auf und ihre Knie gaben nach. Bevor sie auf dem Boden aufschlug, fing der fremde, junge Mann sie auf und legte sie zurück auf das Lager.

„Du bist noch zu geschwächt", sagte er. Seine Stimme klang müde. In seinen grünen Augen leuchtete dennoch eine Wachsamkeit, die Jasmin noch nie gesehen hatte, nicht einmal bei ihrem Vater.

„Aber ich muss doch ..."

„Ausruhen musst du dich!"

„Nein, du verstehst nicht. Ich muss den Kronprinzen retten!"

„Das weiß ich", erwiderte er ruhig und fühlte ihr die Stirn. „Aber wenn du dich jetzt sofort in den Sattel schwingst, kannst du in ein paar Stunden Fieber bekommen. Willst du deine Gesundheit wegen eines verwöhnten Prinzen aufs Spiel setzen?"

„Woher weißt du das?"

„Dein Freund erzählte es mir", und er nickte zu Cäser hinüber, was allerdings nur die halbe Wahrheit war. „Deshalb hab ich eine Freundin von mir losgeschickt. Wenn sie den Prinzen findet, wird sie mir sofort Bericht erstatten."

Jasmin beruhigte sich ein wenig.

„Wie heißt du eigentlich?", fragte sie schließlich und sah zu ihm auf.

„Antonio de Grafia."

„Und ich nehme an, dass Cäser dir meinen Namen schon verraten hat?!"

Er nickte und grinste.

„Wo bist du ihm begegnet?"

„Cäser? Mein Vater brachte eine trächtige Stute aus der Schlacht vor sieben Jahren mit. Sie fohlte einige Wochen darauf und da war er! Seitdem sind wir ein Team. Er wird in ein paar Tagen sieben."

Ein trauriger Gesichtsausdruck legte sich wie ein Schatten auf Antonios Gesicht.

„Was hast du?", fragte Jasmin besorgt.

„Ach nichts weiter. Hab nur gerade an meinen Vater denken müssen. Er starb, als ich acht war."

„Das tut mir leid", sagte Jasmin mitfühlend.

„Schon gut, das ist schon fünfzehn Jahre her. Vielleicht sollte ich ihn langsam vergessen ..."

„Das darfst du nicht. Denn wenn du ihn vergisst, wird er für immer sterben", sagte Jasmin aufgebracht.

Antonio sah sie lange mit seinen traurigen, grünen Augen an. Dann nickte er schließlich.

„Du hast ja Recht ..."

Er unterbrach sich und stand auf. Jemand näherte sich ihnen zu Pferde. Das spürte er deutlich, bald würde er ihn auch hören können. Keinerlei Magie ging von dem Reiter aus. *Wohl einer dieser Söldner*, überlegte er und zog das Wurfrad, das an seiner linken Hüfte in der Halterung steckte. Es war aus einem flachen, dunklen Metall, der gebogene Rand war mit messerscharfen Zacken versehen. Seine Hand war mit einem Drachenlederhandschuh geschützt, wobei die vorderen beiden Gelenkknochen seiner langen, feingliedrigen Finger unbedeckt blieben, um zu verhindern, dass er sich an seiner Waffe selbst verletzte.

„Was ist? Hörst du was?", fragte Jasmin flüsternd.

„Da kommt ein Reiter auf uns zu. Ich würde ihn ja verjagen, bevor er uns sieht. Aber ich glaube nicht, dass er uns schaden will, sonst würde er nicht so offensichtlich auf uns zureiten. Ich denke, er hat das Feuer glimmen sehen und weiß genau, wo wir uns befinden."

„Du willst mit ihm reden?"

„Warum nicht", erwiderte Antonio schulterzuckend. „Wenn er uns ein unliebsamer Gast ist, können wir ihn immer noch beseitigen."

Jasmin nickte zustimmend.

Ein Schnauben ertönte und sie wandten sich in die Richtung, aus der es gekommen war. Hufe knisterten fast lautlos durch das Unterholz. Das Erste, was sie sahen, waren tanzende Flammen in der Luft. Antonio kniff die Augen zusammen, Jasmin schüttelte den Kopf. Die feuerähnlichen, flatternden Strähnen kamen auf sie zu. Als der Schein des Lagerfeuers auf sie fiel, erkannten sie ein kohlrabenschwarzes Pferd mit feuerroter Mähne. Sein Reiter war ebenfalls schwarz gekleidet. Er sprang aus dem Sattel und betrachtete die beiden abwechselnd. Als er die Lage zufriedenstellend erkundet hatte, nahm er den Umhang ab und legte ihn über den Sattel seines treuen, schwarzen Hengstes. Ein Schwert hing an seiner Hüfte.

„Ich bin Ray Taylor", stellte er sich vor und nahm den schwarzen Hut ab, damit sie sein Gesicht sehen konnten. „Ich nehme an, dass Ihr Jasmin Rubens seid, der zweite General der königlichen Armeen?" Ray musterte sie. *Kann es sein? Hab ich mich wirklich an Jacks Tochter rangemacht? Was für ein Dilemma!*

„Das ist richtig", sagte sie steif. Entsetzt starrte sie ihn an. Nur ein Gedanke jagte in ihrem Kopf herum: *Ich habe mir von einem Söldner den Kopf verdrehen lassen! Und dann auch noch von Ricardos Sohn!*

„Euer Name ist mir nicht bekannt", fuhr Ray fort und musterte Antonio abschätzend, der sein Wurfrad zurück in die Halterung schob und verankerte.

„Das ist auch nicht vonnöten, nennt mich einfach Tony", sagte er ausweichend. „Ihr gehört zu den Söldnern, nicht wahr?" Ray nickte, Jasmin warf ihm daraufhin mordlustige Blicke zu. Ray schaute ihr gleichgültig in die lodernden Augen. *Also ist sie es doch,* dachte er. Nur wusste er nicht, was er davon halten sollte. Antonios Blick fiel auf den schwarzen Hengst und er staunte nicht schlecht. In seinem ganzen Leben war er keinem dieser Pferde begegnet, die mit der Intelligenz der Menschen mithalten konnten, und heute begegnete er gleich zwei dieser Prachtexemplare.

„Wie kommt ein Söldner zu einem solch schönen Wesen, wie es die Artuso sind?"

„Bitte?", fragte Ray verwirrt. Auch Jasmin hob fragend die Augenbrauen.

„Habt ihr beide auch nur die geringste Ahnung, was eure Pferde wert sind?"

„Meines ist jedenfalls unbezahlbar! Aber bei dem Söldner wird es wohl anders aussehen", sagte Jasmin hochmütig. Sie hasste sich dafür, dass sie so den Kopf wegen eines gekauften Mörders verloren hatte.

„Ihr traut mir also wirklich zu, meinen besten Freund für Gold und Essen zu verscherbeln, Weib?", herrschte Ray sie daraufhin wütend an. *Ich glaubs's nicht, wie konnte ich mich in die verlieben?*

Jasmin sprang mit hassfunkelnden Augen auf. Doch gleich darauf sank sie wieder auf das Laken, welches Antonio für sie ausgebreitet hatte, und hielt sich mit schmerzverzerrter Miene den pochenden Arm. Blut sickerte zwischen ihren schlanken Fingern hindurch.

Ray unterdrückte den Impuls, sich ihr zu nähern und Hilfe anzubieten.

Cäser rieb sein weiches Maul sanft an Jasmins Wange. Antonio hingegen nahm Kontakt mit dem schwarzen Hengst auf, der ihn neugierig aus den klugen, braunen Augen anblickte.

„Sagst du mir deinen Namen?", fragte er sanft und hob die Hand ein wenig. Der Hengst trat auf ihn zu und ließ es zu, dass Antonio seine Hand auf sein weiches Maul legte.

Ich bin Black Stalshion und Ihr seid ein Magier, der tief verwurzelten Hass in seinem Herzen trägt.

Antonio senkte den Blick und nahm die Hand runter. Jasmin und Ray schauten Antonio erwartungsvoll an. Als er nichts sagte, drängte Ray: „Was sind die Artuso?" Auch tat er es, um Jasmin nicht ansehen zu müssen.

„Wie?", Antonio wurde durch die Frage des jungen Söldners unsanft aus seinen Gedanken gerissen.

„Was sind die Artuso?", wiederholte Ray geduldig.

„Sie erschienen vor vielen Hunderten Jahren. Da soll es ein unfruchtbares, schwarz-braun-weiß gescheckes Pferd mit roter Mähne und rotem Schweif gegeben haben. Es war klein und hatte nur drei Beine und die waren auch noch krumm. Die Göttin der Fruchtbarkeit Nylera, die Göttin der Schönheit Lolita und der Kriegsgott Tombra sollen Mitleid mit dem verkrüppelten Pferd gehabt haben. Sie küssten es. Nylera schenkte ihm die Fruchtbarkeit. Lolita wandelte seine kurzen, krummen in lange, elegante Beine um. Es bekam ein viertes Bein, das in allen Farben des Regenbogens geschimmert haben soll. Tombra der Kriegsgott aber schenkte ihm die Intelligenz und die Ausdauer sowie einen starken Willen. Das Regenbogenpferd, wie es heute genannt wird, hatte viele Nachkommen und sie alle besaßen die Fähigkeiten ihres Vorfahren. Bald gab man diesen Pferden den Namen Artuso, der in der alten Sprache so viel wie klug bedeutet. Es gibt sie in allen möglichen Farben. Den wenigsten aber sieht man an, dass sie von dem Regenbogenpferd abstammen, Black Stalshion ist eines von diesen wenigen."

Ray sah seinen Hengst lange an. Dann wandte er sich wieder an Antonio. „Was tut Ihr eigentlich in dieser verwilderten Gegend von Herradura?"

„Das ist meine Sache", sagte Antonio abwehrend. „Momentan helfe ich der jungen Kriegerin auf der Suche nach dem Prinzen. Ihr könnt uns sicherlich sagen, wo er ist?"

Doch Ray schüttelte den Kopf.

„Was soll das jetzt heißen, dass du es nicht weißt, oder dass du es uns nicht erzählen willst, Söldner?", giftete Jasmin.

Ich hatte gehofft, dass sie ein wenig toleranter ist. Aber da hab ich wohl zu viel erwartet, dachte Ray bitter.

„Ich weiß, dass er nicht bei uns ist. Wir haben ihn nicht gefunden, nachdem er geflohen ist. Wenn ihr mich fragt, steckt da Magie dahinter."

„Wo habt ihr seine Spur verloren?", hakte Antonio nach.

„In der Nähe der Klippen."

„Wir sollten noch ein paar Stunden schlafen. Sobald die Sonne aufgeht, machen wir uns auf den Weg zu den Klippen. Irgendwelche Einwände?"

„Nein", sagten Ray und Jasmin wie aus einem Mund. Daraufhin warfen sie sich einen kurzen giftigen Blick zu.

Ray wandte sich von ihr ab und lehnte sich sitzend an seinen Hengst, der sich niedergelegt hatte. Jasmin legte sich ebenfalls hin sowie Cäser, doch der Hengst hielt die Augen offen.

Ich werde diese Nacht über euch wachen, sagte er zu Antonio gewandt. Damit dieser sich auch schlafen legen konnte. *Gute Nacht.*

„Nacht", murmelte Antonio schläfrig. Gleich darauf war er eingeschlafen.

Lange schwiegen Ray und Jasmin sich an. Sie konnten beide nicht schlafen und bekämpften alle möglichen Fragen und Verwünschungen, die sie für den anderen hatten. Schließlich brach Jasmin die drückende Stille, weil sie es einfach wissen musste.

„Hat es dir Spaß gebracht, mir den Kopf verdreht zu haben?"

„Ist es mir denn gelungen?", fragte er und lächelte unsicher. Ihr Blick schickte ihn zum Teufel.

„Entschuldige bitte", sagte er rasch. „Du glaubst, dass ich dich nur benutzt habe, nicht wahr?"

Ein gequältes Stöhnen unterbrach sie. Unangenehm überrascht blickten beide zu Antonio, dem Schweiß auf dem Gesicht stand. Er warf sich unruhig auf dem Lager hin und her.

Antonio war in Albträume gefallen, in denen er immer wieder den Mord an seinen Eltern sehen und ihre Schreie hören konnte. Als die Zauberin ihre Hand nach ihm ausstreckte, schrak er Schweiß gebadet aus dem Schlaf hoch. Jasmin fühlte ihm besorgt die Stirn und selbst Ray hockte neben ihm und musterte ihn unsicher. Die beiden Hengste schauten ihnen über die Schultern und beobachteten Antonio interessiert.

„Alles in Ordnung bei dir?", fragte sie nervös. „Du hast im Schlaf geschrien."

„Es geht mir gut ...", erwiderte Antonio rasch und setzte sich auf.

Wieder Alpträume, mein Kleiner?, erklang die sanfte, besorgte Stimme seiner Freundin, die den Prinzen suchte, in seinem Kopf

Ja ... sie lassen mich einfach nicht los. Hast du was gefunden, Conny?, erwiderte er gedanklich.

Ja, Spuren von Magie, bei den Klippen! Zwei Stunden von euch entfernt. Ich erwarte euch dort.

Antonio stand auf.

„Wir reiten zu den Klippen, Conny hat Spuren von Magie gefunden", sagte er knapp und sattelte sein Pferd rasch.

„Wer ist Conny?", fragte Ray.

„Die Freundin, die ich gebeten hatte, nach dem Prinzen zu suchen."

Der junge Magier half Jasmin, ihren Hengst zu satteln. Dann ritten sie los. Weil Jasmin noch immer Schmerzen hatte, kamen sie nur langsam voran. Bei Sonnenaufgang ritten sie aus dem Wald. Ein Nebelfeld hatte sich ausgebreitet und ging den Pferden bis zu den Sprunggelenken.

Sie hielten an und sahen sich um.

„Nebel? Hier? Das ist sehr ungewöhnlich", bemerkte Ray stirnrunzelnd.

„Magie", flüsterte Antonio und suchte mit dem Geist die Umgebung ab.

Das habe ich auch schon getan, unterbrach eine sanfte Stimme seinen tastenden Geist. *Aber ich konnte nichts feststellen. Es ist, als ob der Nebel die Magie fräße.*

Wo bist du, Conny?

Über euch. Da es mir nicht geheuer ist, in diesem Nebel zu landen. Vielleicht ist in der Nähe ein Dämonentor. Es könnte für einen Magier gefährlich sein, in dem Nebel umherzuwandern, genauso wie für mich!

Dann saugen Dämonen wirklich die Magie auf?

Sie besetzen deinen Körper, wenn du Magie gegen sie einsetzt. Kehrt um!

Seit wann ist der Nebel hier?

Kurz bevor ihr hier angekommen seid, tauchte er wie aus dem Nichts auf. Reitet zurück zu der kleinen Lichtung. Ich werde dort auf euch warten. Dann können wir alles Weitere entscheiden!

In Ordnung.

Antonio wendete sein Pferd.

„Wir reiten erst mal zurück zu der kleinen Lichtung, an der wir vorbei sind."

„Wieso?", fragte Jasmin sofort.

„Conny warnt uns davor, in diesen Nebel zu reiten. Er könnte durch ein Dämonentor entstanden sein."

Ray warf noch einen letzten Blick in den dicken Dunst, der den Pferden allmählich unter den Bauch kroch.

Er hat Recht, wir sollten erst einmal von hier verschwinden, ertönte Black Stalshions Stimme in seinem Kopf.

Sie ritten zu der Lichtung, die sonderbarerweise Nebel frei war. *Also handelt es sich wohl doch um Dämonenwerk, sonst wäre der Nebel hier auch,* dachte Antonio und sah sich wachsam um. Vor ihnen lag ein kupferfarbener Steinhügel, der sich, als sie näher ritten, als Drache entpuppte. Er öffnete die opalförmigen, goldenen Augen und blickte geduldig wartend auf die drei Menschen herab. Cäser und Black Stalshion nahmen gedanklich Kontakt zu der Drachendame auf, während Ray sein Schwert zog. Die Klinge schimmerte silbern. Der Griff war mit silbernen Schnörkeln verziert und lag gut ausbalanciert in Rays rechter Hand. Jasmin hielt sich dicht neben Antonio.

„Ich nehme an, das ist deine Freundin", sagte sie hoffnungsvoll.

Er nickte zustimmend und stieg von seinem Pferd.

„Ray, steck dein Schwert weg. Sie tut uns nichts! Darf ich vorstellen, die liebste Drachendame auf der ganzen Welt, Conny!" Dann ging er mit federnden Schritten auf den Drachen zu. Mit knapp fünf Meter Länge und sechzehn Meter Flügelspanne war Lyneri ein kleiner Drache. Sie lächelte innerlich anerkennend über die Vorsicht des Söldners. Immerhin hatten sie es mit einer Fremden zu tun, die obendrein noch ein Drache war. Ray begutachtete jeden Zoll ihres muskulösen, aber dennoch schlanken Körpers. Dann schob er das Schwert misstrauisch zurück in die Scheide.

Kronprinz Terco hielt seinen weißen Hengst an. Das gehetzte Tier atmete schnell und schnaubte dankbar für die Pause, die ihm der junge Mann gewährte. Suchend blickte er sich um. Dann fluchte er leise. Er hatte nicht mehr die geringste Ahnung, wo er war. Im Schritt trieb er sein Pferd weiter. Mit etwas Glück würde er eine Straße erreichen und vielleicht auch auf Bauern treffen, die er nach dem Weg fragen konnte. Obwohl es ihm mehr als alles andere widerstrebte, sich so tief herabzulassen.

Nach über einer Stunde irrte er immer noch orientierungslos durch den Wald, als plötzlich ein Ast knackte. Ein Schrei folgte, dann ein Geräusch, als ob etwas Schweres zu Boden gefallen wäre, daraufhin lautes Fluchen.

Der Prinz blickte erschrocken und gebannt in die Richtung, wo er bald darauf einen kleinen, dicken Mann mit Feuerholz auf dem Rücken und einen fetten Esel, der mit Vorräten beladen war, erblickte. Der Mann blieb stehen und blickte zu dem jungen Adligen hoch, der in edlen Gewändern auf seinem prächtigen Pferd saß und ihn von oben herab belächelte.

„Ich suche die Stadt des Königs, Custodio! Wisst Ihr, wo ich sie finden kann?", fragte er hochmütig.

„Ich könnte Euch Euren Standpunkt auf einer Karte zeigen, Mylord. Aber dazu müsstet Ihr mir zu meinem bescheidenen Heim folgen", erwiderte der ältere Mann mit einem listigen Funkeln in den Augen, das dem Prinzen entging.

Terco nickte ihm zu und gebot ihm, vorauszugehen.

Es kam ihm wie Stunden vor, die sie sinnlos durch den Wald streiften. Vor wenigen Minuten hatte der verarmt aussehende Bauer angefangen zu schnaufen. Immer und immer wieder leierte er einen monotonen Singsang herunter: „Ach, ich armer, alter Mann, wenn mir doch jemand meine schwere Last abnehmen und tragen helfen würde. Dann bräuchte ich mich nicht in meinem Alter so zu foltern ..."

„Würde es Euch was ausmachen, die Klappe zu halten?", fuhr Terco ihn nach einer Weile schließlich genervt an. Der Alte warf ihm einen undefinierbaren Blick zu und verstummte. Er hatte genug gehört und gesehen von dem jungen Mann, um zu wissen, wie er sich anderen Menschen gegenüber gab. Mehr brauchte er nicht, nun konnte er den arroganten Adligen zurechtstutzen. Wie er es schon mit so vielen getan hatte. Bedauerlicherweise hatte das nur ein Einziger jemals überlebt. Die anderen hatten sich nicht von ihrem einstigen Leben lösen wollen. Außerdem wäre der Meister bestimmt ungehalten, wenn der Kronprinz umkommen würde.

Eine alte Holzhütte tauchte zwischen den Bäumen auf. Davor hielten sie an und der Alte entledigte sich seiner Last. Den Esel band er an, während Terco von seinem Pferd stieg und dieses ebenfalls anband.

„Da wären wir", sagte er und winkte Terco auffordernd zu. „Immer rein in die gute Stube!" Er öffnete die Tür, trat zurück und verbeugte sich tief.

Terco folgte der Aufforderung, wenn auch widerstrebend, und stolzierte an dem Alten vorbei in die Hütte. Er musste den Kopf einziehen, damit er sich nicht am Türrahmen stieß und stand nun in einem überfüllten quadratischen Raum.

An der einen Wand stapelten sich Bücher auf halb zerfallenen Regalen. In der Mitte des Raumes befand sich ein größerer Holztisch, auf dem das Essen noch von vor Tagen stand und langsam verfaulte. Auch ungewaschene Teller, Besteck und Töpfe bevölkerten den einzigen Tisch des Einzimmerhauses. Zwischen den Tellern und den Töpfen lagen ebenfalls Bücher und beschriebene Zettel. Sein Blick fiel auf die Wand gegenüber der Tür. Die Schränke dort waren anscheinend der Abstellplatz für alles Mögliche. Einige Schranktüren gingen schon gar nicht mehr zu und auch auf den Ablagen häufte sich Geschirr und Abfall. An der Wand zu seiner Rechten stand ein Feldbett mit fleckiger Bettwäsche.

Terco hatte nicht registriert, dass der alte Mann ins Zimmer getreten war, und der Prinz hörte auch nicht, wie der Schlüssel im Schloss knarrte, als dieser gedreht wurde.

„Ihr seid nicht gerade ein Freund der Ordnung", bemerkte Terco. Doch den Ekel in der Stimme konnte er nicht verbergen.

„Räumt Ihr denn auf?"

„Dafür gibt es Diener!"

Als Terco sich zu seinem Gastgeber umdrehen wollte, traf ihn ein stumpfer Gegenstand heftig am Hinterkopf. Ohnmächtig sank er nieder und blieb bewusstlos liegen.

Langsam kam er wieder zu sich. Sein Kopf hämmerte fürchterlich und er fror auch noch. Er wollte sich auf die Seite drehen. Doch dann merkte er, dass er gefesselt war. Alle viere von sich gestreckt, lag er mit dem Rücken auf einem Steinblock. Um ihn herum war alles aus purem Fels. Als ob er in irgendeiner Höhle tief unter der Erde wäre. Die Wände des kreisrunden Raumes waren mit Fackeln dekoriert und verliehen dem Ort eine düstere, ja sogar furchteinflößende Stimmung.

Jemand hatte ihn ausgezogen und auf den Block gefesselt. Er versuchte krampfhaft, sich der vergangenen Ereignisse bewusst zu werden. Als ihm der Alte in den Sinn kam, war ihm alles klar. Nur nicht, was dieser mit der Aktion beabsichtigte.

Er hörte leise, schlurfende Schritte und eine weite Robe strich über den Felsen. Der Alte kam in Tercos Blickfeld. Ein zufriedenes Lächeln glitt über sein zerfurchtes Gesicht, als sein Blick über den Kronprinzen wanderte.

„Was soll das alles hier?", herrschte dieser ihn an. „Bindet mich sofort los, oder es wird Euch noch leidtun!"

„Wir alle müssen irgendwann für unsere Sünden büßen und heute seid Ihr an der Reihe, Kronprinz Terco", erwiderte der Alte gelassen.

„Woher wisst Ihr, wer ich bin?", hauchte Terco. Er war plötzlich ganz blass geworden.

„Das spielt keine Rolle."

„Wer seid Ihr überhaupt?", allmählich schnürte ihm die Angst die Kehle zu. Sein Atem ging stockend und kalter Schweiß bildete sich auf seiner Stirn.

„Mein Name ist Argo. Doch ist es Zeitverschwendung, ihn sich zu merken, da du dich sowieso später an nichts mehr erinnern wirst."

Er legte seine eiskalte, rechte Hand auf Tercos Brust, genau über dem Herzen. Der junge Prinz erschauderte unter der eisigen Berührung und begann nicht nur vor Kälte zu zittern.

Argo murmelte Worte in der alten Sprache. Immer lauter sang er sie vor sich hin. Ein heftiger Stich durchfuhr Tercos Herz und raubte ihm für einen Moment den Atem. Verschwommene Bilder tanzten vor seinen Augen, die allmählich klarer wurden. Er sah fremde Gesichter, die er noch nie zuvor gesehen hatte. Eine Frauenstimme schrie: „Deine Arroganz wird uns das Leben kosten ..." Die Stimme versank ungehört im Schlachtenlärm, als der Jahrhundertkrieg vor Tercos Augen wiedererweckt wurde. Er sah einen jungen Mann auf einem giftgrünen Drachen und spürte am eigenen Körper seine magische Stärke. Der Mann auf dem Drachen rief ihm etwas in der alten Sprache zu, was er nicht verstand. Er reichte ihm die Hand. Doch selbst im Geiste ergriff Terco sie nicht. Er war durch seinen Vater geprägt. Magie war durch und durch böse und niemand sollte sich ihr unterwerfen.

„Unterwirf dich der Magie nicht", erklang eine sanfte Stimme in seinem Kopf, die irgendeine anziehende Wirkung auf Terco hatte. Er kannte sie. Vor langer Zeit hatte er sie schon einmal gehört. „Beherrsche sie!" Ein Kind mit langen spitzen Ohren und goldenen Augen tauchte kurz aus dem Dunst seiner Erinnerungen auf. Dann verschwand es wieder.

Innerlich begann alles an seinem Körper zu zerren. Eine innere Stimme wiederholte die Worte so lange, bis Terco in einen weißen Nebel sank und Bilder von Leid ihn umnebelten, ohne eine Aussicht auf ein baldiges Erwachen.

Dichter, weißer Nebel zog sich um die alte Hütte zusammen und breitete sich bis zu den Klippen aus, wo er herabstürzte und ein weißes Meer zwischen den Felshängen bildete.

Den ganzen Tag saßen sie schweigend im Gras und warteten auf die Nacht. Lyneri hatte ihnen erklärt, dass Dämonennebel in der Dunkelheit eine Lilafärbung annahm. Wenn dem nicht so sei, musste der Nebel einen anderen Ursprung haben.

Jasmin hatte sich an Cäser gelehnt und schlief friedlich. Ray war mit Lyneri und Black Stalshion jagen gegangen, während Antonio nicht nur mit den Augen, sondern auch im Geiste seine Umgebung beobachtete.

Eine plötzliche Macht fuhr durch seine Knochen, dass es ihn schüttelte und ihm den Schweiß auf die Stirn trieb. Er keuchte überrascht. Doch so schnell wie die Woge der Macht gekommen war, verschwand sie auch wieder.

„Der Nebel …", hauchte Antonio und begriff schlagartig. Hierbei handelte es sich nicht um ein Dämonentor, sondern um etwas weitaus Schlimmeres.

Er stand wankend auf und ging zu Jasmin, um sie wachzurütteln. Cäser beobachtete ihn neugierig. Gähnend blickte die Kriegerin zu dem Magier auf.

„Ist es schon dunkel?"

„Nein, aber wir müssen trotzdem los. Der Prinz schwebt in Lebensgefahr", erwiderte Antonio trocken.

Conny, komm zurück, ich weiß jetzt, was dieser Nebel bedeutet! Und was?

Erinnerst du dich an den Vorfall vor zwei Jahren? An den verkohlten Leichnam eines jungen Adligen? Der wurde auch hier in der Nähe der Klippen gefunden. Damals sagte man, dass die Götter Rache geübt haben. Aber egal. In einem Punkt ist man sich aber einig, es steckt jedenfalls Magie dahinter. Ich geh mit Jasmin schon mal vor. Kommt so bald wie möglich.

„Und du bist sicher, dass wir einfach durch den Nebel reiten können?", fragte Jasmin skeptisch.

Antonio nickte und ritt voraus in den weißen Dunst. Jasmin folgte dicht hinter ihm.

„Wir müssen dort lang. Da befindet sich der Ursprung des Nebels!"

Nach einer Weile erblickten sie eine kleine Hütte. Dort stand ein weißes Pferd mit reich verziertem Sattelzeug.

„Das ist das Pferd von Kronprinz Terco", flüsterte Jasmin angespannt. Antonio nickte verstehend, das hatte er sich schon gedacht. Sie hielten die Pferde vor der Hütte an und stiegen langsam ab. Vorsichtig näherten sie sich der Tür. Jasmin hielt sich dicht hinter Antonio, während dieser die Tür aufstieß. Klagelaute von Verstorbenen umwehten sie, als sie eintraten. Gestalten bildeten sich aus dem Nebel und umkreisten sie wütend, aber auch neugierig.

Jasmins Finger krallten sich in Antonios Arm.

„Beruhige dich, die können uns nichts anhaben."

Eine der dunstigen Gestalten glitt durch einen Stuhl. Kurz darauf zerfiel dieser zu Staub.

„Ach ja?!", zischte Jasmin in erstickter Panik. Geister konnte sie nicht mit Fußtritten oder ihrem Schwert töten.

„Wir dürfen keine Angst zeigen. Also reiß dich zusammen!"

Er sendete seinen Geist aus und suchte nach irgendetwas, was den Aufenthaltsort des Prinzen preisgeben konnte. Doch er erreichte nichts.

„Der Nebel macht meine Magie unwirksam. Wir müssen so sehen, ob wir irgendeinen Hinweis finden", flüsterte er Jasmin zu. Sie nickte und ließ ihn los. Jasmin bückte sich und tastete den Boden ab. Als sie an dem Bett vorbei kroch, spürte sie einen kühlen Luftzug. Sie zog das Bett beiseite und tastete weiter. Ein quadratisches Loch – einmal ein Meter – befand sich dort. Sie rief nach Antonio, der wenige Augenblicke später neben ihr kniete. Sie blickten gebannt in die gähnende Schwärze.

„Ich geh zuerst", sagte Jasmin und kletterte langsam, da ihr Arm noch immer schmerzte, an einer Sprossenwand hinab.

Nach einer Weile fragte Antonio: „Bist du unten?"

„Ja!"

Nach der Lautstärke ihrer Stimme zu schließen, war es nicht besonders tief. Antonio schwang seine Beine in das Loch und kletterte ihr flink hinterher. Seine Stiefel sanken bis zu den Knöcheln in eine dickflüssige Brühe. Mit dem Zeh stieß er gegen etwas Härteres. In seine Nase stieg der Gestank von Verwesung. Er wankte und hielt sich an Jasmin fest, um nicht zu stürzen.

„Jetzt wissen wir, wo die Körper der Geister sind", sagte Jasmin leise. Sie schien sehr gefasst. „Komm, lass uns weitergehen."

Halb blind tasteten sie sich an der Wand entlang. Als ihre Füße auf festen Stein traten, atmete Antonio erleichtert aus. Er beschwor seine Kräfte herauf und formte eine Kugel aus Licht, die ihnen den weiteren Weg leuchten sollte.

Jasmin nickte ihm dankend zu und sie gingen weiter, ohne sich auch nur einmal umzudrehen. Sie waren nicht scharf darauf, die vielen Toten in ihrem feuchten Grab zu begutachten.

„Da vorn ist Licht", wisperte Jasmin in Antonios Ohr und deutete mit der linken Hand in eine bestimmte Richtung. In der Rechten hielt sie ihr Schwert.

Antonio löschte die Magiekugel. Noch vorsichtiger glitten sie an den harten Steinwänden entlang und näherten sich lautlos der Lichtquelle. Jasmin drückte sich fest an die steinerne Fassade und spähte um die Ecke. Sie blickte in einen kreisrunden Raum mit einem Durchmesser von etwa fünf Metern. Zwölf Fackeln, die in gleichmäßigen Abständen in die Wand eingelassen waren, erhellten ihn. Ein schwarzer Altar aus Marmor stand verlassen in der Mitte des Raumes. Nichts und niemand war ansonsten hier.

Jasmin winkte Antonio zu und gemeinsam traten sie auf den pechschwarzen Altar zu, der gut zwei Meter lang und einen hoch war. Antonio sah sich den Steinblock näher an. Getrocknetes Blut klebte auf der sonst glatten Oberfläche. An den Ecken des Quaders befanden sich Eisenmanschetten.

„Sieht aus, als kämen wir zu spät", sagte Antonio ruhig, wobei er Jasmin einen kurzen Blick zuwarf.

Sie hatte das Ohr an die Wand gelegt und schien zu lauschen. Dann sah sie sich um. Ihr Blick blieb auf den Fackeln hängen. Vorsichtig griff sie nach einer und zog daran. Sie gab nach und bewegte sich wie ein Hebel leicht nach unten. Antonio sah sie gebannt an. Ein Beben ließ die Kammer erzittern und warf Jasmin und Antonio um. Ein Fallgitter versperrte den Weg, den sie gekommen waren.

Antonio fluchte, während er sich aufrappelte.

„Wieso hast du das getan?"

„Der Fels hier ist hohl! Da führt ein weiterer Tunnel entlang. Außerdem hör ich Wasser rauschen. Wenn wir den richtigen Hebel finden, können wir die Wand öffnen."

Er sah sie zweifelnd an, nickte aber. Sein Geist tastete die Umgebung ab. Jede dieser Fackeln war ein Hebel. Wenn sie nicht den

Richtigen fänden, würden sie sich noch umbringen. Als er versuchte, mithilfe der Magie den Richtigen ausfindig zu machen, wurde er durch eine starke Blockade in seine Schranken gewiesen.

„Verflucht noch mal!", zischte Antonio und versuchte, sich wieder zu fassen. „Irgendeine Macht hindert mich daran, den Hebel zu finden, den wir suchen!"

„Dann müssen wir wohl raten", erwiderte Jasmin todesmutig.

„Das kann gar nicht gut gehen", stöhnte Antonio verzweifelt.

Jasmin sah sich eine Weile um, dann ging sie auf eine der Fackeln zu. Doch ein Zauber ließ sie erstarren. Bewegungsunfähig blieb sie stehen.

Toni, sieh dich um! Das ist Norogies Werk!

Norogie???

Ihr müsst in einer bestimmten Reihenfolge die Hebel betätigen, erklang erneut Lyneris Stimme in seinem Kopf. *Ich werde Jasmin von meinem Erstarrungszauber befreien, wenn sie nichts anfasst!*

Und sie erlöste Jasmin.

„Warst du das?", fragte sie und blickte Antonio missmutig an.

„Nein, Conny. Sie sagt, dass irgendein Norogie dahintersteckt und ..."

Doch Jasmin schnitt ihm das Wort ab: „Norogie, der Gott der Unscheinbaren?"

„Gott?"

So ist es, erklang Lyneris Stimme für beide hörbar. *Die jüngeren Völker nennen ihn so, aber die wenigsten wissen, wie er Menschen zu seinen Paladinen macht. Die meisten sterben bei der Prozedur.*

„Dann hat er wohl vor, den Kronprinzen zu seinem Paladin zu machen", murmelte Antonio nachdenklich.

Es ist jemand in der Nähe der Hütte. Ray und ich werden uns darum kümmern. Sucht die Hinweise! Norogie stellt gern Rätsel und tödliche Fallen!

„Wie beruhigend", sagte Jasmin mit einem sarkastischen Unterton.

Stück für Stück suchten sie ihr steinernes Gefängnis ab.

„Sieh' mal!", sagte Jasmin und deutete auf ein einziges Schriftzeichen, das in eine der Bodenplatten eingeprägt worden war.

Antonio kniete sich stirnrunzelnd neben sie.

„Was denkst du, ist das?"

„Könnte das Symbol einer Gottheit sein", vermutete er und strich prüfend über die Kerben im Stein. Augenblicklich zerbrach das Gestein unter ihren Füßen und sie stürzten ohne Vorwarnung in die Tiefe.

Lyneri zuckte heftig zusammen.

„Was ist?", fragte Ray erschrocken. Sie befanden sich am Rande des Nebelfeldes, von wo aus sie gerade so die Hütte und auch die Klippen erkennen konnten.

Ich hab Toni und wahrscheinlich auch das Mädchen verloren. Sie sind anscheinend in das Reich der Dunklen Götter vorgedrungen.

„Und was heißt das?", fragte Ray skeptisch. Das Gerede über Götter hatte er noch nie für bare Münze genommen.

Es heißt, dass sie jetzt auf sich allein gestellt sind.

Lyneri hob den Kopf und spähte in Richtung Klippen. *Da ist jemand. Ich spüre Schwarze Magie.*

Ray folgte ihren Blicken. Er konnte eine in einen schwarzen Umhang gehüllte Gestalt erkennen. Am Anfang hielt Ray es für ein Phantom, da es sich schwebend und lautlos auf sie zuzubewegen schien. Doch dann erkannte er einen jungen Mann um die zwanzig mit flammend rotem Haar, glühender noch als Black Stalshions Mähne. Er war fast einen Kopf größer als Ray, aber nicht bewaffnet. Seine Augen waren schwarz, bis auf den unscheinbaren Graustich und vor allen Dingen kalt. Nicht nur sein Gesicht, sondern auch seine gesamte Gestalt war schmal und kantig. Seine Haut war ungewöhnlich blass. Wie er so aus dem Nebel schwebte, wirkte er fast wie ein Gespenst.

Black Stalshion stieß ein warnendes Wiehern hervor und Lyneri knurrte drohend. Der Fremde hielt inne und belächelte die Bemühungen der beiden nur. Dann hob er die linke Hand und richtete sie auf Ray.

Jasmin lag mit dem Bauch nach unten auf kaltem Stein. Ihr Arm pochte wieder schmerzhaft. Trotzdem stemmte sie sich mit zusammengebissenen Zähnen hoch. Antonio stand neben ihr. Mit wachsender Besorgnis blickte er sich nervös um.

„Wo sind wir?", fragte Jasmin flüsternd, stellte sich direkt neben ihn und musterte ihre Umgebung misstrauisch.

Bevor Antonio zu einer Antwort ansetzen konnte, erklang eine eisige Stimme hinter ihnen.

„Ihr seid in dem Reich von Gott Norogie!"

Sie wirbelten herum und sahen sich einem kleinen alten Mann gegenüber.

„Wer seid Ihr?", fragte Jasmin ebenso scharf, wie sie beabsichtigt hatte.

„Ich bin der Hohepriester Norogies. Mein Name ist Argo. Ihr seid Jasmin Rubens, die Tochter von Jack und Linda Rubens, geboren im Dorf beim Silbersee."

Jasmin starrte den Alten nur sprachlos an. *Woher weiß er das?*

„Du fragst dich, woher ich es weiß? Das will ich dir sagen: Deine Gedanken sind für mich ein Buch, was nur darauf wartet, gelesen zu werden. Das hab' ich Norogies Großzügigkeit zu verdanken."

„Was???"

„Er gibt jedem seiner Paladine eine besondere Gabe. Meine ist es, die Gedanken anderer Menschen lesen zu können."

„Du kannst meine Gedanken lesen?!", wiederholte Jasmin ungläubig.

„Ganz genau, dein Freund hier fragt sich schon die ganze Zeit, ob Norogie persönlich anwesend ist."

Antonios Blick heftete sich auf den Paladin. Es war gleich, wie gut er seine Gedanken abzuschirmen versuchte. Argo konnte sie dennoch lesen.

„Und ist er?", erkundigte sich Jasmin.

„Nein, aber das ist auch nicht nötig. Es reicht voll und ganz, wenn ich mich Eurer annehme. Hofft gar nicht erst auf die Rettung durch eure Freunde. Athanasius kümmert sich bereits um sie."

„Wer ist Athanasius?", fragte jetzt Antonio. Sorge breitete sich in seinem Herzen aus.

„Der Seelensammler", erwiderte Argo mit einem boshaften Glitzern in den Augen.

„Seelensammler? Welcher Seelen denn?", wollte Jasmin mit misstrauisch klingender Stimme wissen.

Argo sah erst zu Antonio auf. Dann blickte er in ihre Augen, bevor er antwortete: „Menschenseelen wie die des Söldners zum Beispiel."

Jasmin und Toni warfen sich entsetzte Blicke zu. Dann fasste Antonio einen Entschluss. Er würde Argo herausfordern.

Argo blickte überrascht in das Gesicht des jungen Vampirjägers. Woraufhin er anfing zu lachen. „Du willst gegen mich kämpfen?"

„Ja allerdings", er hatte es satt, dass Argo in seinen Gedanken blätterte wie in einem offenen Buch.

Während Argo erheitert weiter lachte, löste sich Jasmin durch Antonios Zutun ins Nichts auf.

Das Lachen erstarb. „Wie kannst du es wagen?" Doch sein Lächeln kehrte schnell zurück und er zuckte gleichgültig mit den Schultern. „Aber egal, jetzt sind es zwei Seelen für Cäcilia."

„Cäcilia?"

„Die Göttin der verlorenen Seelen. Du müsstest eigentlich schon von ihr gehört haben. Schließlich verfolgst du eine ihrer Priesterinnen."

„Was soll das jetzt heißen?" Neugierde hatte ihn gepackt.

Argo reichte ihm die Hand: „Komm mit mir und du wirst die ganze Wahrheit erfahren. Dann wirst du Raum für deine Rache haben."

Antonio sah die ihm gereichte Hand unschlüssig an. Er würde seine Eltern rächen können! Aber für welchen Preis?

Ray lag am Boden. Sein Schwert steckte außerhalb seiner Reichweite im Gras. Lyneri und Black Stalshion wurden von dem Nebel gefesselt und waren außerstande, dem jungen Söldner beizustehen. Sie konnten sich ja nicht mal bewegen. Athanasius stand nicht weit entfernt von Ray in der Nähe des Klippenrandes.

„Ihr könnt mich nicht besiegen. Versteht es endlich", sagte der Seelensammler mit leiser Stimme. Man hätte sie fast beruhigend nennen können, wenn nicht dieser kalte Hauch darin enthalten gewesen wäre. Ray versuchte vergeblich, sich aufzurichten, schaffte es aber gerade mal, sich auf allen vieren zu halten. Blut rann an seiner Schläfe herab und tropfte auf seine Hand, die sich krampfhaft ins Gras gekrallt hatte. Er hob den Kopf und blickte in Athanasiuss Gesicht.

„Was willst du von uns? Wieso hast du uns angegriffen?", würgte Ray hustend hervor.

„Ich bin wegen dir gekommen!", erwiderte Athanasius geheimnisvoll.

„Wegen mir?", flüsterte Ray überrascht.

„Wegen deiner Seele!"Athanasius hob wieder seine linke Hand. Doch ein plötzlicher Tritt in seine Magengegend ließ ihn keuchend in die Knie gehen. Ein lautes Knacken verkündete den Bruch von zwei seiner Rippen. Jasmin stand neben ihm und holte noch einmal mit dem Bein aus.

Abermals schnellte ihr Fuß im Halbkreis auf ihn zu. Er wich weitestgehend nach hinten aus, wurde dennoch an der Schulter getroffen und zurückgeschleudert. Er stürzte über den Rand der Klippe. Unaufhaltsam verschlang der Nebel in der Schlucht ihn und seine gellenden Schreie.

Jasmin eilte, nachdem sie sich vergewissert hatte, dass der Seelensammler wirklich abgestürzt war, zu Ray, der in sich zusammengesackt war. Sie drehte ihn auf den Rücken und fühlte fieberhaft seinen Puls. Erst als sie ihn spürte, beruhigte sie sich wieder. Sie konnte sich ihr Verhalten nicht wirklich erklären. Doch irgendwie mochte sie den Söldner.

Der Nebel hatte sich mit Athanasiuss Verschwinden ins Nichts aufgelöst und sie alle waren wieder vereint. Die drei Pferde grasten in der Nähe. Lyneri hockte neben Jasmin, die Rays Kopf in ihren Schoß gebettet hatte und Antonio kniete abseits im Gras. Seine Augen schwammen in Tränen. Wieder hatte ihm das Schicksal einen Tritt verpasst. Das passierte immer dann, wenn er seiner Rache einen guten Schritt näherzukommen drohte. Alles schien mit dem Seelensammler verschwunden zu sein. Anscheinend war er sehr wichtig für Argo und seinen Gott Norogie – oder besser gesagt für Sombra. Am Ende dienten doch alle Dunklen, ob sterblich, unsterblich oder göttlich, Sombra, dem Mächtigsten unter ihnen; in der Hoffnung, etwas von seiner Macht abzubekommen.

Antonio war wirklich kurz davor gewesen, mit dem Paladin zu gehen. Doch dann war dieser plötzlich verschwunden. Genau wie die Gruft, die Geisterhütte und der sonderbare Nebel. Außer Rays Verletzungen deutete nichts auf die kurzzeitige Anwesenheit der Dunklen Götter hin.

Kapitel 9

Unschuldig verurteilt

Sonnenstrahlen drangen durch seine geschlossenen Augenlider. Sein Körper ruhte in einer Blutlache, er fühlte sich völlig zerschmettert. In der Tat hatte er nun drei gebrochene Rippen. Von seinem rechten Handgelenk waren Knochenstücke abgesplittert und stachen aus der Haut hervor. Außerdem hatte er sich die linke Schulter ausgekugelt und den Oberarm gebrochen. Sein rechtes Bein war sowohl am Oberschenkel als auch am Schienbein gebrochen. Dafür aber schien sein linkes Bein heil geblieben zu sein. Zu guter Letzt schien er sich noch eine Gehirnerschütterung zugezogen zu haben. Aber wenn man bedachte, dass er eben viele Meter tief gefallen und auf nacktem Stein gelandet war, konnte er von mehr als Glück reden, dass er noch lebte.

Sein Ohr zuckte plötzlich – Athanasius war verwirrt. Er konnte doch gar nicht mit den Ohren wackeln. Schnelle Schritte näherten sich. Der Seelensammler war zu schwach, um die Augen zu öffnen, geschweige denn zu verstehen, was die Stimmen flüsterten. Einen kurzen Moment darauf fiel er in eine tiefe Ohnmacht.

Als er stöhnend wieder zur Besinnung kam, spürte er weichen Stoff unter sich. Er versuchte, den linken Arm zu heben. Ließ es aber gleich wieder, denn ein heftiger Schmerz durchzuckte seinen Körper. Er öffnete die Augen ein wenig und blickte eine grasgrüne Zeltplane an. Verwirrt und mit rasendem Herzen riss er die Augen ganz auf. War er in einem Sklavenlager gelandet? Doch so schnell, wie er sich erregt hatte, beruhigte er sich auch wieder. Es spielte keine Rolle. Selbst wenn seine Vermutung stimmte, gab es keinen Grund zur Beunruhigung. Sie brauchten gesunde Menschen, die sie verkaufen konnten, sonst brachte das ihnen keinen Pfifferling ein. Aber genau da war der Punkt, den Athanasius nicht verstand. Wenn sie gesunde Männer und Frauen oder auch Kinder brauchten, wieso hatten sie ihn schwer verletzt mitgenommen?

Sein Blick wanderte durch das kleine, gemütliche Zelt. An der einen Wand links von ihm stand ein schmales Klappbett. An der anderen nahm eine längliche Truhe aus Eichenholz den Platz in Anspruch. Gegenüber dem Bett, auf dem Athanasius lag, war der Zelteingang.

Eine der Zeltklappen, die den Eingang bildeten, war zurückgeschlagen, sodass er hinaus in den Sonnenschein blicken konnte. Ein herrlicher Duft von wilden Blumen, den Bäumen und Gräsern stieg ihm in die Nase. Verträumt genoss er den Hauch des Morgens.

Das Zucken seines rechten Ohres riss ihn aus den Tagträumen. Jemand näherte sich der Zeltklappe. Wenig später trat eine junge Frau mit langen, braunen Haaren, die sie kunstvoll mit einem Lederband zurückgebunden hatte, ein. Sie blickte ihn mit ihren tiefgrünen Augen an und lächelte warmherzig. Athanasius konnte die Augen nicht von ihrem bezaubernden Gesicht lassen. Mit halbgeöffnetem Mund starrte er sie an.

„Wie heißt du?", fragte sie. Ihre Stimme war Musik in seinen Ohren, die schon wieder zuckten. Allmählich kam ihm der Verdacht, dass er nicht mehr der war, der er sein sollte.

„I... ich ... heiße ..." Er schloss abrupt den Mund, wie hieß er denn überhaupt? Er versuchte, sich krampfhaft zu erinnern. *Wie hieß ich gleich noch mal? Ich dachte, es wäre was mit T gewesen, oder A? Vielleicht fing er auch mit K an?! Verdammt, ich ...* Seine Augen weiteten sich vor Entsetzen. *Ich habe nicht nur meinen Namen, sondern alles vergessen!*

„Ja?", fragte sie freundlich. „Oh entschuldige, wie dumm von mir! Ich bin die Gastgeberin. Ich muss mich ja zuerst vorstellen!" Sie machte eine leichte Verbeugung vor ihm und sagte: „Mein Name ist Tapsy Nagoja!"

„Ich ... ich bin ...", er überlegte kurz, dann sagte er leise: „Zarpa. Ja, ich heiße Zarpa!"

Zarpa, überlegte er, *das heißt „Unbeugsam" in der alten Sprache.*
Aber auch das war merkwürdig. Er konnte sich nicht erinnern,
je von der alten Sprache gehört zu haben, geschweige denn Wörter
aus ihr zu kennen. Er legte den Kopf müde auf die Seite und warf
Tapsy noch einen kurzen, ratlosen Blick zu, bevor er einschlief.

„Er ist Euch also entkommen", stellte der Adlige mit den kalten,
schwarzen Augen fest. „Zu Eurem Pech ist es Euch nicht einmal
gelungen, Jasmin ganz auszuschalten."

„Meine Männer suchen die beiden überall. Und wir werden
sie finden!", erwiderte Ricardo leise.

„Nein", sagte Lord Traidor ruhig. „Vergesst Jasmin! Der König wird sich ihrer annehmen. Ruft Eure Männer zurück und
sammelt sie. Ich weiß, wo der kleine Prinz ist!"

Ricardo nickte knapp und verließ das Zelt.

Marek blickte ihm nach. Wenn er nur wüsste, was der Meister
wirklich beabsichtigte. Verstimmt rieb er sich das glatte Kinn.
Gott Sombra hatte zwar gesagt, dass er Argo nicht helfen sollte,
den Prinzen gefangen zu nehmen, doch konnte er einfach nicht
anders. Er hatte gesagt, dass ohne Terco sein Plan nicht gelingen
könnte. Außerdem rief er ihn jetzt nicht zurück. Daraus schloss
Marek, um sein Gewissen zu beruhigen, dass er das Richtige tat.
Und was die zwei Begleiter von Jasmin anging, um die würde
sich Lary mit einem seiner Freunde kümmern. *Ich sollte ihn sofort losschicken*, dachte Marek und lächelte böse. *Mal sehen, wie
sie mit der neuen Bedrohung fertig werden!*

Als der Morgen dämmerte, saßen sie noch immer bewegungslos
am Rand der Klippe. Ray war vor Erschöpfung eingedöst. Doch
die anderen hingen ratlos ihren Gedanken nach. Antonio war
wütend und enttäuscht. Bilder jagten wie im Wahn durch seinen
Kopf, bis ihm schwindlig wurde und er sich rücklings ins Gras
fallen ließ. Warum kam er seiner Rache einfach nicht näher?

*Hast du vielleicht schon mal in Betracht gezogen, dass es falsch
ist, Rache zu üben? Wenn du die Mörderin deiner Eltern tötest, dann
bist du nämlich auch keinen Deut besser als sie!*

„Lass mich in Ruhe, Conny!", erwiderte er müde, aber mit Nachdruck.

Sie schüttelte kritisierend den Kopf, sagte aber nichts mehr dazu.

Jasmin hingegen zerbrach sich unaufhörlich darüber den Kopf, wie sie dem König erklären sollte, dass sein Sohn leider unauffindbar war. Sie wusste, dass es sie den Kopf kosten konnte zu versagen oder zumindest ihre Stelle. Sie würde ihren Vater entehren und auch sich selbst konnte sie nie wieder in die Augen blicken, wenn sie den Prinzen nicht bald wiederfand.

Wir finden ihn schon, schnurrte Lyneri zärtlich. *Es wird alles wieder gut. Glaub mir, ich weiß genau, wovon ich rede.*

„Das Problem ist nur, dass wir längst hätten zurück sein müssen", seufzte Jasmin gequält. „Der König wird Patrouillen nach uns ausschicken. Wenn sie mich hier ohne ihn antreffen mit Fremden an meiner Seite, von denen auch noch einer ein Drache ist, wird das unangenehme Folgen haben. Aus dem Grund werde ich allein weitersuchen. Ich will nicht, dass ihr euch meinetwegen in Gefahr begebt. Geht nach Hause!"

„Soll das ein Witz sein?", knurrte Ray sie plötzlich an und setzte sich stöhnend auf. „Es kommt gar nicht infrage, dass ich dich allein weiterziehen lasse!"

„Aber …"

„Nein!", sagte plötzlich Antonio. Er hatte sich hochgerafft und stand mit verschränkten Armen vor ihr. „Wir haben das gemeinsam angefangen und wir werden es auch bis zum bitteren Ende gemeinsam durchziehen. Koste es, was es wolle!" Etwas sanfter fügte er noch hinzu: „Und außerdem hab ich kein Zuhause, zu dem ich zurückkehren könnte."

Lyneri streckte wortlos ihren Kopf und stupste Ray behutsam an. Sogleich verheilten seine Wunden sekundenschnell.

„Wieso hast du das erst jetzt getan?", wollte Jasmin sprachlos wissen.

Ich musste doch erst mal feststellen, ob ihr solch ein Geschenk verdient oder? Kein Drache sollte leichtfertig mit seiner Macht umgehen. Dies besagt der uralte Kodex der Drachenmagier, log die Göttin glaubwürdig. Sie konnte ja schlecht erzählen, dass sie die Göttin des Lebens und der Liebe war und damit die mächtigste Heilmagierin – zumindest noch nicht. Dann stupste sie Jasmin ebenfalls zärtlich an der verwundeten Schulter an, die sogleich heilte und nicht mal eine Narbe zurückließ.

Jasmin lächelte und stand auf. Dann reichte sie Ray ihre Hand und zog ihn ebenfalls auf die Beine. Sie pfiff nach den Pferden und Cäser und Black Stalshion reagierten sofort. Doch das dumme Tier von Antonio blieb störrisch am Waldrand stehen.

Jasmin warf Antonio einen fragenden Blick zu. Dieser setzte sich mit einem lauten Seufzer in Bewegung. Er fluchte leise vor sich hin, als er auf das Tier zuging. Ein plötzliches Rascheln im Dickicht des Waldrandes ließ ihn aufhorchen. Misstrauisch starrte er auf das Gestrüpp. Ein riesiger Wolf sprang plötzlich daraus hervor. Die Stute geriet völlig in Panik und rannte Antonio fast über den Haufen. Dadurch verfehlte das große, pelzige Ungeheuer den jungen Magier knapp und versenkte seine rasiermesserscharfen Zähne in das Fleisch des Pferdes. Die Stute schrie gepeinigt auf und stürzte zu Boden. Die wolfsähnliche Kreatur rammte seine Reißzähne nun in die Kehle des Tieres und tötete es auf der Stelle.

Antonio hatte sich von seinem Schreck erholt und wich rückwärts krauchend vor dem Monster zurück. Als er mit dem Rücken an einem Baum stieß, zog er sich sehr langsam auf die Beine, um nicht die Aufmerksamkeit des Wesens auf sich zu lenken.

Ray hatte sein Schwert gezogen. Jasmin griff nach ihrem Dolch und warf ihn zielsicher nach dem Wesen. Die Klinge traf es zwischen den Augen. Doch das schwarze Ungetüm zeigte keinerlei Reaktion darauf, sondern stürmte auf die beiden Menschen zu. Lyneri stellte sich dazwischen und stieß ein lautes, bedrohliches Brüllen aus. Der gigantische Wolf hielt abrupt inne. Er starrte zu dem Drachen auf, als hätte er ihn gerade erst jetzt wahrgenommen.

Während sich die beiden Giganten lauernd beäugten, sprang ein weiterer Wolf Jasmin von hinten an. Ray stellte sich blitzschnell vor sie, das Schwert erhoben. Das Ungeheuer spießte sich an der Klinge unausweichlich auf. Doch es schaffte es noch, die fingerlangen, rasiermesserscharfen Zähne in Rays Arm zu schlagen. Der Söldner schrie Schmerz gepeinigt auf, stürzte zu Boden und wurde unter dem massigen Körper des Untieres begraben.

Lyneri hatte sich einen Moment von dem Geschehenem ablenken lassen und der andere Monsterwolf sprang an ihre Kehle.

Antonio schrie und ein grüner Energiepfeil schoss aus seiner Hand auf das Ungetüm und traf es seitlich im Rücken, es wurde von dem Drachen weggeschleudert. Ein fürchterliches Kreischen ließ die Luft erzittern, als das nadelspitze Gebiss über die Drachenschuppen schabte. Der Wolf schlug heftig auf, kam aber fast zeitgleich wieder auf die Beine und setzte erneut zum Sprung an. Plötzlich stutzte er, hob prüfend die Nase in den Wind, machte kurz darauf kehrt und verschwand im Wald. Er setzte über im Weg stehende Sträucher hinweg und kam in einem sehr dunklen Teil des Waldes zum Stehen. Er sah sich kurz um und fand sie. Die junge Frau hatte die Hand nach ihm ausgestreckt und er folgte der Aufforderung. Zärtlich strich sie ihm über den Kopf.

„Gut gemacht Lary", sagte sie leise, „Marek wird zufrieden sein."

Jasmin hatte den toten Pelzhaufen von Ray weggestoßen und bettete dessen Kopf sorgsam auf ihren Schoß. Jetzt hatte er ihr das Leben gerettet. Ein warmes Lächeln huschte über ihr verdrecktes Gesicht, als ihr allmählich dämmerte, dass sie sogar sehr an diesem Söldner hing.

Antonio kam mit weichen Knien auf seine Freunde zu gestrauchelt, als ihn zwei Männer von hinten an den Armen packten und zu Boden stießen. Lyneri wollte zu ihm setzen, blieb aber dann unschlüssig stehen, als sie die zahlreichen Soldaten bemerkte, die sie umzingelt hatten. Sie stellte sich abermals schützend vor Ray und Jasmin. Ein warnendes Grollen drang aus ihrer Kehle, als die Männer zaghaft und immer langsamer werdend näherkamen. Schließlich blieben sie außerhalb ihrer Reichweite stehen. Nur ein einzelner Mann trat so weit heran, dass sie ihn ohne Federlesen hätte verspeisen können. Er machte vor ihr eine respektvolle Verbeugung. Erst danach richtete er das Wort an sie.

„Ich bitte Euch, edle Drachendame, mich zu meiner Tochter zu lassen." Es lag sogar ein flehender Unterton in Jack Rubens Stimme, der seinen Männern entging, aber nicht Lyneri und Jasmin schon gar nicht.

Lyneri blickte Jasmin fragend an. Sie ließ Ray ins Gras gleiten und erhob sich mit zitternden Beinen. Sie machte nur einen Schritt, als Rays Hand sie urplötzlich am Arm packte. Sie starrte ihn halb entsetzt, halb gequält an.

„Geh nicht ...", brachte er stockend heraus.

„Ich hab keine Wahl. Wir haben soeben einen Sohn von Lord Lavodor getötet", flüsterte sie und deutete mit einem Nicken auf den durchbohrten Leichnam des ehemaligen Wolfes, aus dessen Körper noch immer Rays Schwert ragte. Aus dem Gesicht des Söldners wich jegliche Farbe – ein Werwolf hatte ihn gebissen!

Jasmin hatte ihren Arm aus seinem Griff befreit und schritt nun erhobenen Hauptes an ihrem Vater vorbei, in dessen Augen Tränen schimmerten. Zwei junge Krieger ergriffen sie und zerrten sie möglichst weit weg von dem Drachen.

Sie stemmte sich mit einem Ruck gegen die beiden Soldaten, die dadurch beinahe gestürzt wären. Noch ein letztes Mal wendete sie den Kopf und sah Lyneri direkt in die Augen.

„Beschützt du ihn an meiner statt?"

Natürlich! Mach dir keine Sorgen. Wir werden den Prinzen finden. Dann kann er für dich bürgen!

Sie verzog das Gesicht zu einem gequälten Lächeln: „Das würde er nicht tun ..."

Doch, denn er hat sich geändert!

„Woher willst du das wissen?"

„Komm jetzt!", sagte einer der Krieger mit leicht nervöser Stimme. Sie sah ihn an, dann ließ sie sich anstandslos abführen.

Ich weiß es eben, mein Engel.

Jasmin wurde an Adrian vorbeigeführt und lächelte ihn tapfer an, während er sie nur mit entsetzten Augen wortlos anstarrte.

„General Jack", sagte der zweite Offizier Pérfido und salutierte vor Jack. „Wir müssen den Söldner töten. Er wurde von einem Werwolf gebissen!"

Jack blickte zu Ray hinüber, der sich mühsam aufgerichtet hatte und nun sein Meisterschwert aus dem Körper des Adligen zog. Lyneri hatte eine ihrer langen Schwingen um ihn gebreitet und stützte ihn leicht mit dem Kopf.

Jack nickte zustimmend und wandte sich ab. „Dann tut das. Wenn Ihr Euch zutraut, es mit dem Drachen aufzunehmen, bitte. Aber wenn Ihr noch ein wenig Verstand habt, dann lasst Ihr es bleiben." *So weit kommt's noch*, dachte er säuerlich, *dass ich Ricardos Sohn töte. Wie undankbar das wäre, nachdem er Jasmin das Leben gerettet hat.*

Er schwang sich gerade auf sein Pferd, als Pérfido auf Antonio wies: „Was ist mit dem anderen?"

„Wie heißt Ihr?", fragte Jack und musterte Antonio interessiert.

„Wüsste nicht, was Euch das anginge?", erwiderte Tony lachend.

Er sammelte seine Magie und die beiden Krieger, die ihn zu Boden drückten, schrien auf, als sie sich die Hände verbrannten. Abrupt ließen sie ihn los. Antonio erhob sich und klopfte sich den Dreck aus der Kleidung, doch einer der Krieger hatte sofort den Bogen gespannt, gezielt und mit dem Pfeil des Magiers linke Schulter durchbohrt.

Antonio stieß zischend die Luft aus. Mit Hass funkelnden Augen starrte er den Bogenschützen an, der unter seinen Blicken immer mehr zusammenschrumpfte.

Lyneri hatte Ray mit einer Klaue gepackt und stand nun neben dem Vampirjäger, der sich elegant auf ihren Rücken schwang. Sie sprang mit einem mächtigen Satz in den Himmel und schlug kräftig mit den Flügeln. Wind kam auf und hob sie noch weiter in die Höhe. Als sie die Soldaten des Königs nur noch als winzige Punkte erkennen konnten, flog sie über das weite Meer aus Baumkronen.

„He!", Ray schrie sie entgeistert an. „Lass mich sofort runter! Black Stalshion ist noch dort. Ich kann ihn nicht alleinlassen und ich will es auch gar nicht! Außerdem hättest du die Soldaten in Stücke reißen können! Wieso sind wir geflüchtet, anstatt Jasmin zu retten?"

Ich bin keine Mörderin, Mensch!, sagte sie ungemein schärfer, als sie beabsichtigt hatte. Etwas sanfter fügte sie dann hinzu, *Wenn wir sie getötet hätten, wäre Jasmin eine Geächtete. Sie wäre dann vogelfrei, Ray. Und das war ja wohl kaum in ihrem und in Eurem Sinne oder?* Damit sprach sie auch gleich Antonio an, der mit versteinerter Miene auf ihrem Halsansatz saß. Er hatte den Pfeil durch seine Magie aufgelöst und verband nun seine Schulter straff. Dazu benutzte er einem Streifen aus seinem Umhang.

Auch wenn er umstandslos aufgesessen war, so war er keineswegs erfreut über Lyneris Entscheidung. Seine Gedanken und Empfindungen glichen denen Rays. Doch hatte er gelernt, dem Urteilsvermögen seiner schuppigen Freundin ausnahmslos zu vertrauen und wenn sie sagte, dass es Zeit war zu gehen, dann war es auch Zeit zu gehen!

„Und was sollen wir deiner Meinung nach tun?", fragte er mit knirschenden Zähnen.

Wir müssen den Prinzen finden und schnellstens nach Custodio zurückbringen, dann kann er Jasmin retten. Sein Wort hat beim König sehr hohes Gewicht.

„Aber du hast doch schon überall nach ihm gesucht", protestierte Antonio verzweifelt. „Wo ...?"

Ich habe eine Vermutung, wo er sein könnte, erwiderte Lyneri ruhig. Mehr verriet sie nicht. *Das Ritual ist offenbar gut verlaufen. Nun muss ich nur noch seine Erinnerungen wachrufen und dann Jasmin retten. Es könnte ganz schön eng werden*, dachte sie ruhig.

„Und was ist mit Black Stalshion und Cäser?", fragte Ray erneut und riss sie aus ihren Gedanken.

Sieh nach unten, forderte Lyneri ihn geduldig auf.

Er tat wie ihm geheißen. Die beiden Pferde schossen genau unter ihnen über eine weite Lichtung, die sich in dem Wald aufgetan hatte.

Mach dir keine Sorgen, Herr, klang Black Stalshions tiefe Stimme in Rays Kopf. *Wir können ohne Mühe mit euch mithalten.*

Antonio blickte in die Ferne und grübelte über die Möglichkeiten nach. Der Prinz konnte irgendwo in den Wäldern umherirren. Wenn er großes Pech hatte, entdeckten ihn die Amazonen. Aber in dem Fall war an Flucht nicht mehr zu denken. Er hatte gehört, dass sie gnadenlose Kriegerinnen waren, die sich für die jahrhundertelange Unterdrückung der Frauen rächen wollten.

„Conny, sieh' mal, da unten! Könnte das ein Lager sein?"

Ja, das könnten die Viajero sein. Ich lande hinter dem Hügel dort unten, damit sie mich nicht sehen! Es würde ihnen unnötig Angst machen.

Sie setzte lautlos auf dem Gras auf und die beiden Artuso standen im nächsten Moment neben ihr. Sie waren weder außer Atem noch glänzten ihre mächtigen Körper von Schweiß.

Ray strauchelte mit weichen Knien auf Black Stalshion zu.

Deine Verletzung, sagte der schwarze Hengst verwundert, *sie ist schon fast verheilt!*

Ray zuckte nur mit den Schultern und stieg in den Sattel. Antonio war von Lyneris Rücken geklettert und kroch den Hügel hinauf. Vorsichtig spähte er zum Lager hinunter. Die Drachendame lag neben ihm und legte den Kopf schief. *Das sind die Viajero,* sagte sie. Ein seltsamer Unterton schwang in ihrer Stimme mit.

Was stört dich daran?, wollte Antonio wissen.

Nun ja, sie müssen sich eigentlich immer vor allem und jedem verstecken. Warum also lagern sie hier mitten auf einer großen Lichtung? Ich meine, wir sind doch nicht die Einzigen, die sie aus der Luft entdecken könnten!

Vielleicht sollten wir einfach mal hinunterreiten, schlug Cäser gähnend vor. *Du kannst ausnahmsweise auf mir reiten, Tony. Wenn wir Euch brauchen, Herrin des Lichts,* sagte er ehrfürchtig an Lyneri gewandt, *dann werden wir uns bemerkbar machen. Aber ich glaube nicht, dass es nötig ist, diese armen Menschen zu erschrecken.*

Lyneri nickte ihm verstehend zu und rollte sich hinter dem Hügel zusammen. Einen Wimpernschlag später sah sie aus wie ein kupferfarbener Stein.

Wenn ihr im Lager seid, fragt nach Tapsy. Sagt ihr: Das Licht ist gekommen!

Ray und Antonio sahen sich stirnrunzelnd an.

„Und was soll das heißen?", fragte der Söldner verwirrt.

Nichts, erwiderte Lyneri kichernd, *das sagt ihr nur, dass ich euch geschickt habe.*

Die beiden Männer wandten sich den Pferden zu. Sie würden einfach tun, was Lyneri gesagt hatte.

Antonio nahm Cäsers Einladung gerne an. Doch bevor er aufstieg, entfernte er die Symbole an Sattel und Trense, die klar und deutlich zeigten, dass dieses Ross zur Armee des Königs gehörte. Denn keiner der beiden, weder Cäser noch Antonio, konnte sich vorstellen, dass Gobiernos Soldaten hier mit offenen Armen empfangen würden.

Nachdem sie dieses Problem behoben hatten, ritten sie in einem gemächlichen Trab hinunter zum Lagerplatz der Viajero.

Aus einem Ausläufer des Waldes rechts von ihnen brach eine Schar Reiter heraus und jagte im gestreckten Galopp auf das Lager der ahnungslosen Viajero zu.

„Die haben nicht mal ein Banner", bemerkte Antonio skeptisch. Er warf Ray einen kurzen Seitenblick zu und der nickte bestätigend.

„Söldner!", das war das einzige Wort, das Ray sagte, bevor er Black Stalshion die Sporen gab. Cäser, durch Antonio ebenfalls ermutigt, stürmte hinter dem schwarzen Hengst den Hügel hinunter.

Zarpa saß auf der Strohpritsche und blickte gebannt in die Wasserschale, die ihm Tapsy mit dem Frühstück, das aus gesammelten Beeren und etwas Brot bestand, gereicht hatte. Nachdem sie wieder gegangen war, hatte er endlich das Geheimnis um seine zuckenden Ohren gelöst. Es waren die Ohren eines Schneefuchses im Winter. Sein kurzes ungezähmtes Haar war silbern. Das traf zwar auch auf seine großen Augen zu, doch diese hatten keine Pupillen. Wenn man sie anblickte, war es, als würde man in einen tiefen See eintauchen. Aber das Merkwürdigste an ihm waren seine Hände. Sie waren schmal. Seine Finger waren lang und feingliedrig und die Nägel waren spitzzulaufende, scharfe Krallen.

Er legte die Schale weg, ohne auch nur einen Schluck zu nehmen, und erhob sich mühsam. Die paar Stunden, die er geschlafen hatte, hatten seine Genesung sehr rasch voranschreiten lassen. Alle seine gebrochenen Knochen waren geheilt. Auch drehte sich nicht mehr alles, wenn er den Kopf bewegte. Zwar tat ihm noch alles weh, doch er konnte zufrieden sein mit dieser rasanten Heilung. Er jedenfalls schrieb es Tapsys heilenden Händen zu.

Er verließ etwas wankend das Zelt. Als er aufgewacht war, hatte ihm Tapsy erklärt, wer sie war und vor allem, wo er war. Jetzt wusste er zumindest, dass er sich in der Nähe der Grenze zu Estado befand, irgendwo zwischen dem Gebirge und dem Fluss. Sie hatte ihm auch gesagt, dass auf der anderen Seite des Flusses eine alte Kräuterhexe wohnte, zu der sie unbedingt wollte. Warum hatte sie nicht gesagt.

Da nun sicher war, dass er sich bei den Viajeros befand und nicht in einem Sklavenlager, hatte er großes Interesse daran, seine Umgebung genauer in Augenschein zu nehmen. Er schlenderte gerade an einem besonders schmuddeligen Zelt vorbei und dachte: *Schon verwunderlich. Trotz ihrer Armut sind sie bemerkenswert gastfreundlich – und dann noch zu jemandem, der nicht mal ein Mensch ist.* Sein Gedankengang wurde je von einem jungen Mann, der mit einem Dolch und Pfeil und Bogen bewaffnet war, unterbrochen.

„Ihr seid also wieder bei Kräften?", fragte er mit unüberhörbarem Misstrauen in der Stimme. Er war größer als Zarpa und hatte braunes Haar und grüne Augen, die er zu Schlitzen verengt hatte. Ein dunkelgrünes Stirnband hatte er um seinen Kopf gebunden. Er trug ein weißes, mit Stickereien verziertes Hemd und eine dunkelbraune Kniehose, an die sich schwarze Stiefel anschlossen. An seinem schwarzen Gürtel über dem Steiß hing der Dolch.

„Ihr misstraut mir, weil Ihr Angst vor dem habt, was mich so übel zugerichtet hat. Ihr fürchtet, dass es wieder kommen wird, um sein Werk zu vollenden und Eure Familie gleich mit tötet, habe ich Recht?", entgegnete Zarpa, ohne wirklich eine Antwort zu erwarten. Es war so leicht, das aus dem Gesicht des jungen Viajeros abzulesen.

Sein Gegenüber bis sich auf die Lippen. Es machte ihn wütend, dass dieser Mann offenbar sein Gedanken und Gefühle lesen konnte.

„Ich heiße Zarpa", sagte er, damit sich die Luft nicht noch mehr mit der Wut des jungen Mannes auflud. „Ihr müsst Tapsys Bruder sein", bemerkte er schließlich, als seine Nase ihn auf den vertrauten Geruch von Tapsy aufmerksam machte.

„Es überrascht mich, dass Ihr nicht auch gleich noch meinen Namen wisst", erwiderte der Viajero gereizt. „Seid Ihr in Eurem früheren Leben mal ein Spion gewesen?!"

Zarpa lachte. Es war ein warmes, erfreutes Lachen, nicht so grausam, wie er es in Erinnerung hatte.

„Sagt Ihr mir nun Euren Namen oder nicht?"

„Manuel", erwiderte er schließlich und legte den Kopf schief. „Hat sie Euch gesagt, warum sie zur Kräuterfrau will?"

Zarpa schüttelte den Kopf und seine Ohren schlackerten.

Manuel verkniff sich ein Grinsen, bevor er wieder sprach: „Sie macht es in erster Linie wegen Euch."

„Wegen mir?", echote Zarpa und blickte ihn ehrlich verwirrt an.

„Ja, wegen Euch. Sie glaubt, dass die Kräuterhexe vielleicht ein Mittel kennt, um Eure Erinnerungen wachzurufen", Manuel zuckte die Schultern. „Ich will ehrlich zu Euch sein. Dass ich Euch nicht vertraue, ist kein Geheimnis. Ich bin auch überhaupt nicht damit einverstanden, Euch Euer Gedächtnis wiederzugeben. Versteht mich nicht falsch. Es hat nichts mit Eurem Verhalten uns gegenüber zu tun. Es ist eher Ungewissheit. Wir können nicht wissen, was es für uns bedeutet, Euch zu helfen. Was, wenn Ihr ein Anbeter der Dunklen Götter seid? Was, wenn Ihr Euch dann einen Spaß daraus macht, jeden Einzelnen von uns zu töten? Ich hoffe, Ihr versteht meine Sorgen. Immerhin ist mein Vater das Oberhaupt dieser großen Familie und ich werde eines Tages seinen Platz einnehmen. Verzeiht, dass ich

Euch mit so viel Misstrauen begegne. Aber ich bin davon überzeugt, dass es berechtigt ist."

Zarpa nickte verstehend. Er wollte etwas sagen, doch Hufgeklapper aus der Ferne ließ ihn herumfahren. Eine Schar Reiter preschte auf großen Schlachtrössern heran. Zarpa kniff die Augen zusammen und stellte erstaunt fest, dass er das Bild näher heranziehen konnte. Er betrachtete die bannerlose Kriegerschar. An ihrer Spitze ritten drei Männer, die jeweils eines der fünf legendären Meisterschwerter trugen. Er schloss kurz die Augen und wandte sich Manuel zu, als er sie wieder aufschlug.

„Da kommt eine Horde Krieger auf Kriegsrössern", sagte er sachlich und beobachtete das entsetzte Gesicht Manuels. „Sie haben kein Banner ..."

„Söldner", zischte Manuel. Er machte auf dem Absatz kehrt und eilte Warnrufe schreiend durch das Lager. Zarpa blieb allein zurück und beobachtete neugierig die immer näherkommenden Reiter. Der Wind trug ihm den Klang von Hufschlägen auch aus einer anderen Richtung zu. Er wandte den Kopf und gewahrte noch zwei weitere Reiter, die dem Lager immer näherkamen. Sie ritten den Hügel in einem halsbrecherischen Tempo hinab und selbst als sie die Ebene erreicht hatten, wurden sie immer schneller. *Ob sie zu denen gehören?*, fragte er sich und drehte den Kopf wieder der Reiterschar zu.

Manuel tauchte unerwartet wieder neben ihm auf. „Was schätzt Ihr, wie viele?"

„Einhundertfünfundvierzig", erwiderte Zarpa, ohne zu zögern. Manuel starrte ihn sprachlos an. Dann fing er sich aber wieder und gab diese Information an all die weiter, die bereit waren zu kämpfen.

Wieso wollen sie unbedingt kämpfen?, fragte Zarpa sich verwirrt. *Sie müssen doch wissen, dass sie gegen ausgebildete Soldaten keine Chance haben!*

Weil sie ihre Würde bewahren wollen!

Zarpa drehte sich fast unmöglich schnell um sich selbst, als er den Quell dieser sanften, beruhigenden Stimme ausmachen wollte. Doch da war niemand. *Vielleicht habe ich es mir auch nur eingebildet*, dachte er nicht sehr überzeugt.

Als die beiden Artuso auf fünfzig Meter an das Lager herangekommen waren, zischte ein Pfeil knapp an Rays Kopf vorbei. Magier und Söldner schmiegten sich nun noch dichter an den Hals der beiden Artuso, die mit jedem Galoppsprung schneller wurden. Obwohl sie eine fast doppelt so weite Strecke hatten zurücklegen müssen, erreichten sie das Lager zeitgleich mit der Reiterschar der Söldner.

Die gekauften Krieger schlachteten jeden, der ihnen vor die Klinge kam, ab und machten auch vor Frauen und Kindern nicht Halt. Die wenigen Pfeile, die einige junge Viajero nach ihnen abschossen, wurden zumeist von den Schilden der Söldner abgefangen. Wenn doch mal einer tödlich traf, dann wurde diese Lücke gleich durch drei weitere ersetzt. Die Viajero hatten nicht die geringste Chance.

Ein besonders hässlich vernarbter Krieger hatte seine Klinge erhoben, um eine junge Mutter zu meucheln. Sie hielt ihren Säugling verkrampft in den Armen und schrie mit panisch flehender Stimme um Gnade. Ray ritt den Krieger kurzerhand über den Haufen und sprang dann leichtfüßig aus dem Sattel. Während Black Stalshion noch auf dem Krieger herumtrampelte, um sicherzugehen, dass dieser auch nie wieder aufstand, ging Ray vorsichtig auf die zitternde Frau zu.

„Es ist gut, er wird Euch nichts mehr tun", sagte er leise und blieb auf Abstand, um sie nicht zu bedrängen und ihr noch mehr Angst einzujagen.

Die Viajero erhob sich mit zitternden Beinen und brachte sogar ein zaghaftes Lächeln zustande, als sie Ray ansah. „Ich danke Euch von ganzem Herzen!" Plötzlich fiel ihr Gesicht ein und sie starrte an Ray vorbei. Ein Schrei blieb ihr im Hals stecken.

Ray wirbelte herum. Dabei zog er sein Meisterschwert und wehrte die schon halb verrostete Schwertklinge eines Söldners ab, der ihn hinterrücks erdolchen wollte.

„Na, na, Boregar", tadelte Ray ihn mit einem spöttischen Grinsen auf dem Gesicht, als er den Krieger erkannte. „Pass besser auf, wo du mit deinem Schwert ungelenk herumfuchtelst. Sonst stichst du noch jemanden das Auge aus!"

Boregar knurrte vernehmlich. Er war ein muskelbepackter Mann, wenn auch nicht so groß und breitschultrig, wie es Hektor war, doch immer noch kräftiger als Ray. Boregar hatte weit mehr Muskeln als Verstand. Er trug einen alten Lederwams und Ledergamaschen. Sein Schwertgehänge war ebenfalls ausgefranst und der Zweihänder, den er normalerweise auf dem Rücken trug, war nun mit ohrenbetäubendem Getöse auf dem Meisterschwert gelandet. Ray wehrte ihn verbissen ab, ohne auch nur einen Schritt zu weichen. Er trug ebenfalls ein Lederwams und Ledergamaschen. Lederarmbänder hatte er sich um die Oberarme und Handgelenke geschlungen. Handschuhe trug er im Gegensatz zu Boregar keine.

Der Hüne hätte bei jedem anderen abermals mit seinem Zweihänder ausgeholt, um ihm den Schädel zu spalten. Aber nicht bei einem Meisterschwertträger. Er wäre des Todes, bevor er auch nur die Ausholbewegung vollendet hätte.

Zur selben Zeit durchkämmten Antonio und Cäser getrennt das Lager auf der Suche nach dem verschollenen Prinzen. Mehrfach wurde Antonio angegriffen. Mit einer bloßen Handbewegung schossen den Söldnern, die so dumm gewesen waren, es mit einem Magier aufzunehmen, irgendwelche Klingen ins Gehirn, die auf dem Schlachtfeld verstreut lagen. Der Vampirjäger würdigte sie nicht mal eines Blickes.

Als er sich zum wiederholten Mal mit Blut besudelt hatte, bemerkte er eine junge Frau, die von einem nicht menschlichen Wesen mit Fuchsohren verteidigt wurde. Er sprang wie der leibhaftige Teufel zwischen den Söldnern hin und her und tötete sie mit seinen rasiermesserscharfen Klauen. Antonio war so gebannt von dem Anblick, dass er die aufblitzende Klinge, die auf ihn zu sauste, fast nicht mehr rechtzeitig wahrgenommen hatte. Er riss im buchstäblich letzten Moment den Kopf zurück, stolperte über einen Leichnam und stürzte rücklings. Antonio spürte den eisigen Stahl durch den dünnen Stoff seines ärmellosen Hemdes. Sein dunkelgrüner Umhang war nur noch ein Fetzen. Der Magier blickte zu seinem Angreifer hoch und wurde eines sehr großen Mannes gewahr, der sich über ihm aufgebaut hatte. Sein langes, braunes Haar hatte sich aus dem Zopf gelöst und hing ihm wild ins Gesicht. Sein Meisterschwert, das er Antonio aufs Herz drückte, schimmerte silbrig im Sonnenlicht.

Conny, komm her! Hier ist ein Halbmensch, der in gewisser Weise Athanasiuss Aura teilt!

Bin unterwegs! „Keine Bewegung, Hexer!", knurrte der Hüne düster. Seine braunen Augen waren zu Schlitzen verengt.

„Ich bin Magier, kein Teufelsanbeter", erwiderte Antonio trocken und blickte den Mann herablassend an.

„Das macht keinen Unterschied", erwiderte dieser mit einem abwehrenden Schulterzucken. „Ihr habt viele Söldner getötet. Deshalb bin ich der Meinung, dass Ihr ein Hexer der Viajero sein müsst! Oh Pardon, ein Magier natürlich, versteht sich von selbst", höhnte er mit einem schiefen Grinsen.

Ray trat Boregar unvermittelt zwischen die Beine und sprang rasch aus dessen Reichweite, während sein Gegenüber vor Schmerz in die Knie sank. Boregar biss die Zähne zusammen und raffte sich mit gepeinigtem Gesichtsausdruck auf. Diesmal würde er Ray besiegen. Der Söldner war noch immer der Auffassung, dass Ray sein Meisterschwert nur durch die Tatsache erhalten hatte, dass er Ricardos Sohn war und nicht durch sein Können. Weitere Krieger kamen heran. Doch Boregar wies sie mit einer Handbewegung an zu warten: „Ich werde ihn allein fertigmachen. Jemand, der sich auf die Seite der Schwachen stellt, ist selbst schwach! Jetzt kann ich dir endlich zeigen, dass dieses Schwert schon immer mir zustand und nicht dir!", schrie Boregar, während er auf den jüngeren Söldner zu rannte, das Schwert wie eine Lanze vorgestreckt.

Kurz bevor er zustechen konnte, änderte er die Richtung der Klinge, die nun seitlich auf Rays Arm zuschoss. Dieser duckte sich unter dem Streich weg und riss seinerseits sein Schwert hoch. Die Spitze des Meisterschwerts, die so scharf war wie eine Drachenklaue, schlitzte Boregar den Lederwams auf Brusthöhe auf. Noch während Ray seinem Kontrahenten diese oberflächliche Verletzung beibrachte, stieß dieser ihm seinen Dolch in die Seite. Ray schrie mehr vor Überraschung als vor Schmerz auf. Um ehrlich zu sein, verspürte er überhaupt keinen Schmerz, nur ein unangenehmes Kribbeln, dem ein merkwürdiger, dennoch sanfter Druck folgte, als Boregar die Klinge drehte, bevor er sie wieder herauszog. Ein wölfisches Grollen entrang sich Rays Kehle und er schlug mit einem einzigen Streich Boregar das Schwert aus der Hand, bevor er ihm das Herz durchbohrte.

Als der Söldner tot zu seinen Füßen lag, erlangte er erst die Kontrolle über seinen zitternden Körper zurück. Ray wandte sich von dem Leichnam ab.

Herr, Antonio wird von Hektor bedroht. Wenn du dich nicht beeilst, ist Hektor so gut wie tot, erklang Black Stalshions Stimme leise in Rays Kopf.

Ray drehte sich langsam mit erhobenem Schwert um seine eigene Achse und sah jeden der Söldner scharf an. „Ist hier noch jemand, der meine Fähigkeiten und Loyalität infrage stellt?"

Keiner der Umstehenden antwortete. Sie senkten nur betreten den Blick.

Black Stalshion trottete zu seinem Herrn und wartete geduldig, bis dieser aufgestiegen war. Als er sich in Bewegung setzen wollte, hielt Ray ihn zurück.

„Wenn ich auch nur einen von euch erwische, der sich an wehrlose Viajero heranmacht, dem schneide ich ihm eigenhändig die Kehle durch!" Jetzt ließ er den Hengst gewähren und sie galoppierten suchend durch das brennende Lager.

Dein Vater ist jetzt offensichtlich auch auf Feuerpfeile umgestiegen, bemerkte der Hengst düster.

„Ich warne Euch nur noch einmal", sagte Antonio gerade, als Ray in Hörweite kam. „Ihr solltet Euer Leben nicht so unbesonnen aufs Spiel setzen!"

„Ich bin kein Feigling, Jungchen …", begann Hektor.

Doch Antonio fiel ihm lachend ins Wort: „Nein, Ihr seid ein tollkühner Narr!"

„Jetzt reicht's aber!"

Hektor machte eine knappe Bewegung aus dem Handgelenk heraus. Antonio hingegen sammelte seine Magie, die den Krieger sofort töten würde, wenn sein Schwert Antonio auch nur einen kleinen Kratzer zufügte. Es gab einen metallenen Knall. Hektor und Antonio starrten beiden das plötzlich aufgetauchte zweite Meisterschwert an, welches das des Hünen blockierte.

„Wollt ihr euch denn sinnlos töten?", herrschte Ray sie an. Seine Augen sprühten Funken.

„Ray?! Wo hast du gesteckt? Wir haben uns Sorgen gemacht", fragte Hektor überrascht.

„Natürlich habt ihr euch Sorgen gemacht", spottete Ray. „Vor allem Boregar!"

„Hast du ihm endlich das verdorbene Herz aus der Brust gerissen?", fragte Hektor begierig.

Ray nickte nur, schob den alten Freund beiseite und reichte Antonio seine linke Hand. Dieser ergriff sie und stemmte sich hoch.

„Ich glaube, ich habe Athanasius gefunden", sagte er eilig, wobei er Hektor noch immer misstrauisch musterte. „Er scheint von Norogie die Fähigkeit der Gestaltwandlung erhalten zu haben."

„Wo ist er?"

„Da drüben, siehst du?" Antonio deutete mit dem Finger auf den jungen Mann mit den schneeweißen Haaren und ebenso weißen Fuchsohren, der noch immer nicht müde wurde, die Söldner auseinanderzunehmen. Noch immer bewegte er sich in diesem rasanten Tempo, sodass er für die Menschen nur noch als verschwommener Schemen wahrzunehmen war.

„Ähm…ja", erwiderte Ray unsicher. In Wirklichkeit konnte er ihn gar nicht sehen. Aber er nahm an, dass Antonio ihn zumindest aufgrund der magischen Aura spüren konnte.

Zarpa stand in einem Berg von Söldnerleichen. Ihre Kameraden waren auf Abstand gegangen, um die Lage besser einschätzen zu können. Manuel war Blut bespritzt an Tapsys Seite aufgetaucht und nahm sie nun tröstend in den Arm. Auch Antonio, Ray und Hektor waren mit Black Stalshion auf den Fersen herangekommen.

Einer der Söldner wollte einen Pfeil auflegen, als ihn Zarpas warnendes Knurren von dessen Missfallen in Kenntnis setzte. Vor Schreck glitt ihm der Pfeil aus den starren Händen.

Hört auf mit dem unnötigen Gemetzel, kleiner Prinz, erklang diese seltsame, fremde Stimme tadelnd in seinem Kopf. Zarpa zuckte vor Schreck zusammen. Die angelegten Ohren stellten sich auf und er blickte über sich in den Himmel. Die kupferfarbene Drachin setzte zwischen ihm und den Söldnern zur Landung an. Ein Rascheln erklang, als sie ihre Flügel zusammengefaltet an den Körper schmiegte. Ihr Blick ruhte auf Zarpa. Cäser erschien neben ihr und blickte fragend zu Lyneri auf.

Die Söldner wichen eilig einige Meter zurück, um aus der Reichweite des Drachens zu kommen, während Zarpa unbewegt stehen geblieben war.

„Wie hast du mich genannt?", fragte Zarpa neugierig. Er verspürte keine Angst. Um der Wahrheit die Ehre zu geben, er wusste nicht einmal, was dieses Wort bedeutete.

Kleiner Prinz, wiederholte sie. *Ihr seid der Kronprinz von Carrera, Terco. Ich sage es Euch so direkt, weil Eure Leibwache hingerichtet werden soll.*

Zarpa war sprachlos. Sein gesunder Menschenverstand sagte ihm, dass es völlig absurd war, was dieses Geschöpf von sich gab. Doch eine leise Stimme in seinem Kopf sagte: *Sie spricht die Wahrheit. Du bist der Kronprinz von Carrera. Auch stimmt es vollkommen, was sie über deine Leibwache erzählt hat. Man wirft ihr den Mord an dir vor!*

„Aber warum sehe ich so ... fremd aus ...?", fragte er leise.

Ihr seid der erste Gestaltwandler seit über fünfhundert Jahren. Das Problem liegt darin, dass Ihr das nicht bewusst, sondern instinktiv tut. Norogie hat diese Gabe in Euch geweckt, damit Ihr seinen Zwecken dient. Als Ihr dann die Klippe hinuntergestürzt seid, habt Ihr eine Gestalt erschaffen, die Euch schützt, selbst vor der Kontrolle der Götter. Aber wenn Ihr lernen wollt, Eure Fähigkeiten bewusst einzusetzen, dann müsst Ihr zunächst erst einmal zu Euch selbst zurückfinden.

„Ihr seid kein Drache", sagte er plötzlich unvermittelt.

Nein, das bin ich nicht, bestätigte sie. *Werdet Ihr mit uns kommen, um Eure Leibwache zu retten?*

Zarpa wandte den Kopf und blickte Tapsy in die vor Angst geweiteten Augen. Dann sah er Lyneri wieder an. „Wann werde ich sie wiedersehen?"

Die Welt ist klein, sagte sie lächelnd. *Eure Chancen stehen gut, dass es sehr bald ein Wiedersehen gibt, Hoheit.*

Er lächelte. „Ach, bitte nennt mich nicht, Hoheit", erwiderte er verlegen und so leise, dass ihn nur Lyneri verstehen konnte.

Die Göttin wandte sich nun an Tapsy: *Das Licht ist gekommen.*

Sie öffnete überrascht den Mund. Dann schloss sie ihn wieder und sammelte sich. Tapsy ging ehrfürchtig vor Lyneri in die Knie: „Ich hatte gehofft, Ihr würdet kommen, Herrin."

Hab vielen Dank, dass du dich so gut um ihn gekümmert hast, Tapsy.

„Das war doch selbstverständlich, Herrin!"

Darf ich dich dennoch belohnen, fragte sie schmunzelnd.

„Wenn Ihr glaubt, dass ich es verdient habe, werde ich Euer Geschenk gerne annehmen, Herrin", sagte sie dankbar.

Lyneri stieß ein knurrendes Lachen aus, was die Umstehenden nervös machte: *Natürlich hast du das!*

Ray und Zarpa warteten in Tapsys Zelt. Denn Lyneri hatte erklärt, dass sie alle Verwundeten heilen würde, wobei sie auch bei den Söldnern keine Ausnahme machte. Antonio war kurz fortgegangen, um Kontakt zu einem seiner engsten Freunde aufzunehmen. Wer das war, wollte er nicht sagen. Nach einer Weile hatten sich Hektor, Balios und Rick sowie Ricardo zu ihnen gesellt. Ray hatte sich auf eine der Pritschen gesetzt. Sein Vater lehnte ebenfalls an der Liegestätte und schwieg. Er wusste nicht so recht, was er sagen sollte. Obwohl er nur zu gern gewusst hätte, warum Ray die Viajero verteidigt hatte. Hektor,

Balios und Rick hingegen hatten sich auf dem Boden niedergelassen und beobachteten Zarpa, der unruhig im Zelt auf und ab lief und seinen arg verwirrten Gedanken nachhing. Er sollte der Kronprinz Carreras sein? Er musste es glauben. Sein Instinkt war untrüglich. Dennoch konnte er die Tragweite ihrer Worte nicht wirklich erfassen. Er warf den drei Söldnern einen bösen Blick zu. Es störte ihn, so beobachtet zu werden, und sie wendeten rasch den Blick, als sie dem seinen begegneten.

In dem Moment betrat Antonio das Zelt.

„Conny ist so weit, wir können los", verkündete er.

„Wohin?", platzte es aus Ricardo heraus, als einer nach dem anderen das Zelt verließ. Nur noch sein Sohn Ray und Antonio waren anwesend.

„Zu meinem besten Freund", antwortete Antonio sachlich. „Er wird Zarpa helfen können."

„Kann ich bitte kurz mit meinem Sohn allein sprechen?", fragte Ricardo nach einer Weile des Schweigens.

Antonio nickte und ging hinaus zu Lyneri.

Ray wandte sich seinem Vater zu.

„Wieso hilfst du ihnen?"

„Weil ...", Ray fühlte sich unwohl. Er wusste nicht, wie sein Vater reagieren würde, wenn er ihm die ganze Wahrheit sagte. Andererseits würde er ihn nicht aufhalten können zu gehen. Dennoch bestand auch das Risiko, dass er mit ihm brechen würde, aber das war das Letzte, was Ray wollte. Schließlich entschied er sich für die Wahrheit. Wenn er es ihm jetzt nicht sagte, wann dann? „Es ist wegen Jasmin", sagte er leise und vermied es, seinem Vater in die Augen zu sehen.

Ricardo musterte ihn lange. Ray fürchtete schon, er würde wortlos hinausgehen und ihn einfach hier stehenlassen. Es würde einem Bruch gleichkommen.

Schließlich glättete sich die steinerne Fassade des Generals und er lächelte sanft: „Dann geh!"

Ray strahlte ihn überglücklich an. Dann umarmte er seinen Vater. „Danke!" Nachdem er sich von ihm gelöst hatte, eilte er mit beschwingten Schritten hinaus.

Der Söldnerkönig sah ihm nach. Vielleicht konnten Ray und Jasmin in Ordnung bringen, was ihre Väter durch ihre Sturheit zerstört hatten. Noch immer verspürte er einen schwach pochenden Schmerz, wenn er an die verlorene Freundschaft zu Jack dachte.

Schwach drang silbernes Mondlicht in die Zelle. Jasmin hatte mit den Armen ihre Knie umschlungen und den Kopf auf jene gebettet. Mit halbgeöffneten Augen starrte sie ins Leere. Ihre Rüstung hatte sie gegen einen zerfetzten Lappen tauschen müssen, der zwar ihre Rundungen relativ gut bedeckte. Doch schützte er nicht vor der nächtlichen Kälte in dem Kerkergewölbe. Ihr einst seidiges, glänzendes Haar war strähnig und stumpf von der schweren Arbeit im Steinbruch. Der König wollte, dass sie Reue zeigte für das, was sie seinem Sohn angetan hatte. Er wollte, dass sie vor ihm kroch und um Gnade winselte. Doch den Gefallen würde Jasmin ihm nicht tun. Denn das würde zur Folge haben, dass sie zwar begnadigt wurde, aber dann als Mätresse für Gobierno herhalten musste. Jack hatte Recht gehabt, als er sagte, Jasmin sei zu einer wunderschönen Frau geworden. Selbst dem König war dies aufgefallen. Warum eine schöne Frau töten, wenn sie auch anders Reue lernen konnte? Dafür war sie sich aber eindeutig zu schade. Noch dazu hatte sie ja gar nichts getan.

Ihr Vater hatte gar nicht erst versucht, Jasmin aus dem Kerker zu schmuggeln, damit sie fliehen konnte. Er wusste nur zu gut, dass sie das niemals hingenommen hätte. Als Geächtete ihr Dasein zu fristen, empfand sie als noch viel schlimmer, vor allem aber war es erniedrigender, als hingerichtet zu werden.

Jack, Adrian und die drei anderen jungen Krieger Benno, Brandark und Mike, die mit ihr an den Elitespielen teilgenommen hatten, bildeten zwei Suchtrupps, die noch immer nach dem Prinzen suchten. Wenn sie ihn fanden, dann wäre Jasmin frei von jedweder Schuld. Außerdem musste sich dann der König vor ihr – einer Frau – entschuldigen, da er ihr Unrecht getan hatte. Doch je länger sie suchten, je weiter sie ritten, desto mehr schwand ihre Hoffnung, Jasmin doch noch retten zu können.

Linda hingegen war zum Tempel Lyneris am Rande der Stadt Custodio gegangen. Sie kniete mit Tränen in den Augen vor dem Altar nieder, faltete die Hände und flehte die Göttin um Hilfe an.

„Herrin des Lichts, ich hoffe inständig, dass ihr mich hören könnt, denn ich brauche dringend Eure Hilfe. Meine Tochter ist unrechtmäßig zum Tode verurteilt worden, in zwei Tagen soll sie gerichtet werden, wenn sie keine Reue zeigt und um Gnade winselt. Doch das wird sie niemals tun, da sie nicht als des Königs Hure enden möchte", sagte Linda ungewollt scharf und angewidert. Sie bemerkte ihren missratenen Tonfall und korrigierte ihn eiligst. „Ich flehe Euch an. Bitte helft ihr, steht ihr bei! Bitte rettet sie vor dem Beil!"

Beruhigt Euch, mein Kind, erklang Lyneris sanfte Stimme.

Linda schaute hoffnungsvoll und mit tränenüberströmtem Gesicht zu der Statue Lyneris hinter dem Altar auf. Hoffnung glitzerte in ihren Augen, denn noch nie hatte ihr die Göttin so schnell geantwortet.

„Herrin, wisst ihr, wo der Prinz ist?", fragte sie mit erstickter Stimme, die nur noch ein Flüstern war.

Er ist bei mir, antwortete die Göttin ruhig. Doch Sorge schwang in ihrer Stimme mit, die Linda nicht entging.

„Was ist passiert?"

Es gibt Komplikationen mit den magischen Fähigkeiten, die der Prinz durch Norogies beherztes Eingreifen entdeckt hat.

„Komplikationen?"

Er hat durch mächtige Gefühlsausbrüche wie Hass und Angst Gesichter geschaffen, die er der Welt zeigt. Es bedeutet, dass er nicht mehr wie der Kronprinz von Carrera aussieht. Wir sind auf den Weg nach Custodio. Es ist auch kein Problem für uns, rechtzeitig anzukommen. Wann soll das Urteil vollstreckt werden, früh oder abends?

Linda schluckte ihre Tränen bitter hinunter, als Lyneri sie wieder an die Hinrichtung erinnerte.

Bitte verzeih meine ungehobelte Direktheit. Doch wir haben nur wenig Zeit, entschuldigte sie sich eilig. Sie wusste sehr wohl, wie nah dieses Thema Linda ging.

Doch diese schüttelte eilig den Kopf. „Es ist schon gut. Es soll eine Stunde vor der Abenddämmerung geschehen, weil da die meisten Menschen auf dem Marktplatz sind."

Verstehe. Mach dir keine allzu großen Sorgen. Wir kommen auf jeden Fall rechtzeitig, sagte Lyneri zuversichtlich, doch innerlich dachte sie mürrisch: *Nur in welcher Form der kleine Prinz kommt, kann ich noch nicht sagen.*

„Habt vielen Dank, Herrin Lyneri!", sagte Linda ehrfürchtig und warf sich vor dem Altar zu Boden.

Steh auf, mein Kind. Ach ja, du kannst deinem Mann ausrichten, dass er nicht weiterzusuchen braucht. Der Prinz wird sicher nach Hause kommen.

„Du wirst langsam alt Argo", die Stimme des Herrn der Finsternis peitschte mit eisiger Gelassenheit auf den Hohen Priester Norogies herab. Sombra saß auf einem pechschwarzen, steinernen Thron. Seine boshaften Konturen verzerrten sich, flossen auseinander und wieder zusammen. Er war nur noch ein gespenstischer Dunst ohne feste Materie. Seinen Körper hatte er vor fünfhundert Jahren eingebüßt, als er versucht hatte, sich Joaquins zu bemächtigen. Bei diesem Vorfall hatte Lecto dem Erzmagier tiefe Gefühle wie Mitgefühl, Liebe und Hilfsbereitschaft geraubt. Nun war er ein Mensch ohne humanistische Neigungen, ein Wesen unvorstellbarer Macht, das seine Stärke nun niemals den Kräften des Lichtes opfern würde. Das war zwar kein zufriedenstellendes Ergebnis, aber immerhin fürs erste akzeptabel. Joaquin de la Vega, der einzige Sohn des Drachenmagiers und ernstzunehmender Gegner für Sombra würde niemals gegen den Meister der Finsternis kämpfen. Es würde eine Glanzleistung Lyneris erfordern, damit der Erzmagier sich ihm stellte. So wie Sombra Lyneri kannte, würde sie nichts unversucht lassen. Aber im Moment war die Göttin mit der Rettung Tercos beschäftigt. Sie würde ihn gewiss zu Chris bringen.

„Deine Aufgabe war denkbar einfach. Du solltest den Kronprinzen von Carrera zu einem Paladin machen, zu einem mächtigen, einem Paladin namens Athanasius, der dann als grausamster meiner Diener bekannt werden sollte. Sobald das geschehen wäre, hätten wir dem König einen Besuch abstatten können mit dem Prinzen in seiner wahren Gestalt. Der alte Narr hätte seinen Sohn auf Mareks Drängen hin zum König gekrönt und der Prinz hätte aus Treue zu mir die Krone an mich weitergegeben. Jetzt frag ich mich, was du an diesem simplen Plan nicht verstanden hast? Ich frage mich, wie du zulassen konntest, dass der Kronprinz mit seinen geweckten Fähigkeiten einfach entfliehen konnte? Ich frage mich, warum du ihn bis jetzt noch nicht ausfindig gemacht hast?"

Sombras Stimme wurde immer kälter und unerbittlicher. Er wollte keine Antworten, er kannte sie. Doch es spielte keine Rolle, dass er wusste, dass sich Lyneri eingemischt hatte. Das Einzige, was jetzt von Belang für ihn war, war die Unfähigkeit von einem seiner minderwertigen Handlanger zu bestrafen, damit dieser seine weiteren Aufträge ernster nahm. Es war egal, welchem Dunklen Gott sie Treue geschworen hatten. Am Ende dienten sie doch alle ihm, dem Meister der Finsternis, der keine Gnade kannte und kein Misslingen verzieh.

„Oktra!"

Ein Tiermensch Mitte zwanzig tauchte neben Sombra auf und kniete sofort nieder. Er war knapp eins neunzig, hatte ein hübsches, schmales, zartgebräuntes Gesicht, aus dem gelbliche katzenartige Augen herausstachen. Berggelb gepelzte Luchsohren ragten zwischen den glänzenden, ockerfarbenen Haaren hervor.

„Ihr habt mich gerufen, Meister?"

„Argo hat vergessen, wem er dient", erklärte Sombra mit einem eisigen Lächeln. In seinen silbrigen Augen tobte ein Schneesturm. „Ich möchte, dass du ihm das nachhaltig ins Gedächtnis zurückrufst. Wenn du deine Lektion gelernt hast, Argo, kommst du wieder hierher, um einen neuen Auftrag entgegenzunehmen. Wenn du erfolgreich bist, kannst du deinen Rang als Hoher Priester behalten. Aber solltest du mich abermals enttäuschen, kannst du Trian schöne Grüße von mir ausrichten."

Argo zitterte heftig und schluckte schwer. Trian war dem dunklen Gott ein Dorn im Auge gewesen. Warum wusste nur er selbst. Er war von ihm ins Feuergebirge verbannt worden. Dort litt er unter ewiger Folter, Tag für Tag, Monat für Monat, Jahr für Jahr. Ohne die geringste Aussicht auf Erlösung.

Oktra erhob sich. Er hatte sich so schnell bewegt, dass er nur einen Bruchteil einer Sekunde gebraucht hatte, um die zwanzig Meter zwischen seinem Meister und Argo zu überwinden. Er zog den Priester auf die Beine und führte sein Folteropfer hinaus aus der kahlen Halle aus schwarzem Marmor.

„Prior!"

Ein Mann in schwarzer Rüstung und mit einem Breitschwert an der Hüfte betrat mit festem Schritt den Raum. Einige Meter vor Sombra fiel er auf sein Knie.

„Hier bin ich, Meister! Womit kann ich Euch dienen?"

„Stell einen Trupp von etwa zwanzig Männern zusammen und schick sie nach Estado. Ich will, dass sie mir Prinzessin Joy bringen, lebendig und unversehrt. Tötet ihre Begleiter!" Er warf dem obersten Führer des Schwarzen Heeres ein Bild zu, der es geschickt auffing. Ein junges Mädchen mit gelocktem, braungoldenem Haar und graublauen Augen war darauf abgebildet. Sie konnte nicht mehr als vierzehn Sommer zählen.

„Ich weiß schon, wen ich da losschicke", sagte Prior grinsend. „Sagt mir nur eins, Meister. Werden Elitekämpfer vonnöten sein?"

Sombra lachte schallend. „Gewiss nicht. So wie ich sie kenne, wird sie sich, nachdem Tristan, der Sohn von Lord Malvado, um ihre Hand angehalten hat, still und heimlich fortschleichen und nach Adaptarse flüchten zu Lord Rioga, ihrem Patenonkel."

Prior grinste. „Dann schick ich Krimbold. Er soll den Trupp anführen."

Sombra nickte zufrieden und Prior entfernte sich rückwärtsgehend. Augenblicklich war Marek zur Stelle. Er sah zu seinem Gott auf. Misstrauen funkelte in seinen Augen. „Warum habt Ihr gelogen, Meister?", fragte er leise.

„Was spielt es für eine Rolle?", erwiderte Sombra. „Wenn ich zu ehrlich zu meinen Untergebenen wäre, würde mein Plan doch fehlschlagen."

„Das meinte ich nicht", sagte Lord Traidor. „Warum habt Ihr Argo bestrafen lassen, obwohl Ihr wolltet, dass er den Kronprinzen entkommen lässt?"

Der Gott schwebte auf seinen treusten und zurzeit mächtigsten Untergebenen zu. „Sehr scharfsinnig", sagte er im Plauderton. „Aber ich kann Oktra doch nicht um eine Beute mehr betrügen." Er lachte leise. „Bedauerst du Argos Schicksal etwa?"

Marek hob eine Augenbraue: „Ihr wisst, dass das damit absolut nichts zu tun hat. Ich versuche nur, Eure Beweggründe zu verstehen."

„Ich lasse ihn foltern, damit er meinen grandiosen Plan nicht ruiniert. Soll er nur glauben, dass er einen fatalen Fehler begangen hat. Umso mehr bemüht er sich um seinen nächsten Auftrag. Es wird nicht mehr lange dauern, dann sind alle Schachfiguren versammelt und ich werde meine frühere Stärke wiedererlangen."

Lyneri flog gemächlich über die weite Steppe Estados. Vor einigen Stunden hatten sie einen Ausläufer des Tüpfelstroms überquert und steuerten nun direkt auf die Drachenberge zu. Viele Meter unter der Drachin jagten drei Pferde entlang. Eines der beiden Schwarzen trug einen Reiter, während das andere nicht einmal des Reitgeschirrs mächtig war. Das Dritte war strahlend weiß wie frisch gefallener Schnee.

Terco hatte alle überrascht. Es stellte sich heraus, dass er seine Gabe schon so weit im Griff hatte, dass er sich bewusst in einige Tiere verwandeln konnte.

„Es ist bereits Mittag ...", sagte Antonio nach einer Weile nachdenklich.

Wir sind in nicht mal einer Stunde da, erwiderte Lyneri gelassen.

„Ja schon. Aber wir werden es nie rechtzeitig zurückschaffen, selbst wenn wir sofort umkehren würden!"

Ein leises, freundliches Lachen ertönte in seinem Kopf. *Mach dir keine Gedanken, mein Junge ist ein Magier ersten Grades mit Potenzial zu einem Großen. Er ist sehr wohl in der Lage, ein Portal zu errichten.*

Antonio blickte hinunter zu dem reiterlosen, schwarzen Hengst. *Der Gestaltwandler, ausgerechnet der Kronprinz, wie soll das noch enden …*

Lyneri glitt geschmeidig zur Erde nieder und setzte behutsam auf. Sie wartete, bis die zwei Artuso mit Ray und Terco zu ihnen aufgeschlossen hatten.

Würdet Ihr Euch in etwas Kleineres verwandeln und bei Ray bleiben?

Zarpa verwandelte sich wieder in sich selbst zurück. Er warf Ray einen undefinierbaren Blick zu, bevor er sich in ein Eichhörnchen verwandelte und an dem Bein des Söldners hochsprang. Schnell hatte er sich auf Rays Schulter zusammengerollt. Lyneri nickte zufrieden. Der Prinz hatte mit der willentlichen Verwandlung in Tiere absolut keine Probleme. So würde er wohl auch sehr schnell wieder zu sich selbst zurückfinden.

Sie trottete voran in den Canyon. Cäser folgte ihr. Den Schluss bildete Black Stalshion mit seinem Herrn und dem Gestaltwandler. Nach einer Viertelstunde, die Antonio wie eine Ewigkeit vorkam, standen sie in einer Sackgasse, die so schmal war, dass nicht mal ans Umdrehen, geschweige denn ans Fliegen zu denken war. Doch das schien Lyneri nicht zu stören. Antonio war von ihrem Rücken geglitten und stand mit gerunzelter Stirn vor dem gigantischen Steinwall.

„Er ist nicht echt …", murmelte er und spürte etwas Weiches an seiner Wange. Er blickte aus dem Augenwinkel auf seine Schulter und wurde Tercos gewahr, der offensichtlich zu demselben Schluss gekommen war.

Lyneri stieß ein ohrenbetäubendes Brüllen aus, welches Antonio einen Luftsprung machen ließ. Terco wäre fast von der Schulter des Magiers gefallen und Ray zuckte heftig zusammen, während die beiden Hengste unwirsch die Köpfe zurückwarfen.

Eine Weile herrschte Stille. Lyneri hatte den Kopf schräg gelegt und schien zu lauschen. Ein Wesen, in einen schwarzen Umhang gehüllt und die Kapuze tief ins Gesicht gezogen, tauchte unerwartet neben Antonio auf.

Es wandte den Blick zu dem Magier und das auf dessen Schulter sitzende Eichhörnchen, dann blickte es zu der Drachin auf.

„Er erwartet euch bereits", sagte es mit lieblicher Stimme. Das Wesen, was möglicherweise auch ein Mensch sein konnte, verscheuchte mit einer einzigen Bewegung der zierlichen Hand den Illusionsschleier. Die Steilwand verschwand, stattdessen blickten sie in ein weites, grünes Tal. In den Felsketten, die das Tal einsäumten, waren zahlreiche Drachenhöhlen hineingemeißelt wurden. Weiter hinten in der Ebene erhob sich eine kleine Siedlung von Steinhütten.

Lyneri hob mit einem mächtigen Flügelrauschen ab und flog wie ein Pfeil auf die Siedlung zu.

Die schwarze Gestalt, die sie hereingeführt hatte, erneuerte die Illusion, damit niemand unentdeckt hereinkonnte. Dann nahm sie die Kapuze ab und stellte sich mit einem freundlichen Lächeln vor.

„Mein Name ist Jebra. Ich bin Drachenreiterin und die rechte Hand des Herrn der Drachen. Ihr müsst Antonio sein, nicht wahr?"

„Woher kennt Ihr meinen Namen?"

„Weil ich von dir erzählt habe", sagte eine lachende Stimme hinter ihm. Der Vampirjäger wandte sich dem Sprecher zu. Einen Moment war er wie erstarrt. Dann sprang er Chris in die Arme und warf den Herrn der Drachen durch seine stürmische Umarmung zu Boden.

„Entschuldige!", sagte Antonio lachend. „Aber es ist schon so lange her, dass wir uns gesehen haben."

Chris stimmte in sein Lachen ein. „Tut mir leid, Toni. Ich wünschte, wir hätten mehr Zeit füreinander haben können. Aber Mutter ist eben in den letzten Jahren so gestresst wegen Sombra."

Ray stieg gemächlich aus dem Sattel und lehnte sich geduldig an Black Stalshions Schulter. Das Eichhörnchen zeterte lautstark über Antonio und schwang sich zurück auf Rays Schulter, der darüber nur schmunzeln konnte.

Lyneri war ebenfalls wieder da sowie ein weiterer Drache. Dieser aber war grau-schwarz mit einem blauen Schimmer auf den Schuppen. Er maß knapp acht Meter und blickte mit seinen

Bernsteinaugen aufmerksam auf Antonio und seinen Meister. Jebra lächelte und wandte sich dem Drachen zu. Mühelos kletterte sie auf dessen Rücken und nahm auf dem Sattel Platz. Schon im nächsten Moment schwangen sie sich in die warmen Lüfte.

Inzwischen standen Antonio und Chris wieder. Der Sohn Lyneris ging auf Ray zu, blickte aber an dem Söldner vorbei auf das Eichhörnchen. „Was hast du nur angestellt, Kleiner." Ein spöttisches Grinsen huschte über sein Gesicht. „Sag Mutter, wieso glaubst du, dass ausgerechnet ich ihm helfen könnte? Er wird sich nicht mal an mich erinnern. Wir haben uns nur zweimal gesehen und da war er noch ein Baby."

Terco war von Rays Schulter gesprungen und verwandelte sich in Zarpa zurück ... na ja, zumindest fast. Die Klauen waren verschwunden und auch die Ohren waren die eines Menschen.

Siehst du! Ich wusste, dass es funktionieren würde!, sagte Lyneri triumphierend. *Er kommt langsam zu sich selbst zurück, weil er sich an den Tag erinnert, an dem du ihn gerettet hast!*

„Ich ... ich kenne dich ...", sagte Terco unsicher und strich sich die silbernen Haare aus dem Gesicht.

Chris warf seiner Mutter einen kurzen Blick zu, dann wandte er sich an Terco. „Komm! Ich will versuchen, dir zu helfen."

Er reichte ihm die Hand und der Kronprinz ergriff sie, ohne zu zögern. Chris breitete seine Schwingen aus, zog Terco an sich und sie schossen wie ein Pfeil in den blauen Himmel.

Prinzessin Joy lehnte an der Tür und drückte ihr Ohr gegen das Holz. Ihr Vater hatte soeben Lord Malvados Sohn empfangen. *Wenn er es wagt, diesem arroganten Ekel meine Hand zu versprechen, bin ich die längste Zeit seine Tochter gewesen*, dachte sie wütend.

Sie maß mit ihren vierzehn Jahren einen Meter fünfundsechzig. Ihr langes, braungoldenes Haar lag wellengleich und glänzend auf ihrem Rücken. Sie hatte schlanke, zarte Finger und ein schmales, elfenbeinfarbenes Gesicht. Ihre graublauen Augen blickten missmutig ins Nichts, als Tristans Stimme erklang.

„Ich bin gekommen, mein hochgeschätzter Gebieter, um Euch um die bezaubernde Hand Eurer lieblichen Tochter zu bitten", sagte er gerade. Tristan war mit seinen eins-neunzig ein hochgewachsener, junger Adliger. Sein mittellanges, schwarzes Haar umrahmte sein knochiges Gesicht. Größe und Gesicht ließen ihn irgendwie dürr wirken. Aber dies hinderte ihn keinesfalls daran, ein ernst zu nehmender Gegner zu sein, dem es alles andere als schwerfiel zu morden.

Lieblich? Bezaubernd? Hochgeschätzter? Was glaubt der, wer er ist? Aber mit diesen Schmeicheleien wird er Vater nicht umgarnen können ..., dachte die Prinzessin überzeugt.

„Oh, charmant der Junge", sagte da ihr Vater zu Marek, seinem Berater.

... ich kann nicht glauben, dass Vater mal ein unerschrockener und vor allen Dingen kluger Kriegsherr gewesen sein soll ...

„Er ist der Sohn von Lord Malvado. Ihn mit Eurer Tochter zu vermählen, würde ungeahnte Vorteile für Euch bringen. Aloja liegt am See der Einheit, der reiche Handelserträge hervorbringt. Außerdem ist es das Land, wo die Lieferungen der Zwerge hindurch geleitet werden, mein König", sagte Marek zu Gobierno.

... natürlich, unser Herr Besserwisser muss ihm wieder in den Ohren liegen, wie toll Aloja ist, nur um mich loszuwerden! Dem bin ich wohl doch zu kritisch gegenübergetreten, jetzt rächt sich das ... Langsam machte sich Prinzessin Joy ernsthaft Sorgen um ihre Zukunft.

„Gut, ich werde meiner Tochter die freudige Nachricht überbringen, doch müsst Ihr Euch ihre Hand verdienen! Nehmt heute Nachmittag am Turnier teil und gewinnt es. Dann gebe ich Euch meine Tochter. Geht jetzt!"

Tristan bedankte sich mit übertriebenen Ausschmückungen und ging hinaus.

... im Halse sollen dir deine schleimigen Worte stecken bleiben!

Auch Marek empfahl sich und eilte dem jungen Adligen nach. Während die beiden die Halle durch die eine Tür verließen, trat Joy, nachdem sie höflich geklopft hatte, durch eine andere ein.

„Lieber Vater, ich habe gehört, dass Herr Tristan hier gewesen ist. Was hat er gewollt, wenn Ihr mir diese Frage erlaubt?"

„Ich erlaube sie", erwiderte er und lächelte milde. „Er hat um deine Hand angehalten, Liebes."

„Und du hast zugesagt?!", sie konnte ihre Stimme gerade noch so weit unter Kontrolle bringen, dass sie ihn nicht böse anfauchte. Stattdessen klang ihr Vorwurf etwas gepresst.

Gobierno hob eine Braue. In letzter Zeit passierte es seiner Tochter ständig, dass sie ihn wieder duzte.

„Ich habe ihm gesagt, dass ich eurer Hochzeit zustimme, wenn er das Turnier gewinnt. Wenn nicht, brauchst du dir gar keine Gedanken zu machen."

„Entschuldigt, Vater, es war ungebührlich", sagte Joy beschämt. Sie wandte sich ab, um die Halle wieder zu verlassen, als ihr plötzlich noch etwas sehr Wichtiges einfiel.

Sie drehte sich wieder ihrem Vater zu. „Mein König, was passiert nun mit General Jasmin?"

Gobierno blickte kühl auf sie herab.

„Sie wird hingerichtet, gleich nach dem Turnier", antwortete er.

„Geschmacklos!", entfuhr es Joy. Doch bevor Gobierno aufbrausen konnte, fuhr sie ihm dazwischen. „Verzeiht mir, *ehrenwerter* Vater", das „*Ehrenwert*" kam ihr nur mit triefendem Spott über die Lippen, „aber wie könnt Ihr sie verurteilen, obwohl es keinen Beweis für ihre Schuld gibt …?"

„Es gibt auch keinen für ihre Unschuld …", brauste der König wütend auf.

Doch Joy hielt dagegen.

„Im Zweifel für den Angeklagten!"

„Wo hast du denn diesen Schwachsinn her?"

„Von Prinz Ruz, Eurem Neffen und meinem Cousin!", erwiderte sie prompt. „Er hat begriffen, was Gerechtigkeit bedeutet! Nehmt Euch doch ein Beispiel an ihm, Vater, ich bitte Euch. Er würde mit allen Mitteln versuchen, die Wahrheit herauszufinden, aber Ihr …"

„Das reicht jetzt, Joy! Du scheinst vergessen zu haben, wo dein Platz ist!", brüllte Gobierno. „Egal, wie das Turnier ausgeht. Tristan wird dich zur Frau bekommen!"

Joy machte auf dem Absatz kehrt und stürmte zur Tür. Dort blieb sie noch einmal stehen, die Hand schon auf der Klinke.

„Jetzt versteh ich, Vater", sagte sie leise. Als Gobierno sie nur verständnislos anstarrte, fügte sie hinzu: „Jetzt versteh ich, warum Ihr Jasmin hinrichten wollt. Sie ist Euch ein Dorn im Auge wie jedem anderen adligen Mann, da sie Euch Eure eigene Unfähigkeit noch unter die Nase reibt." Noch bevor Gobierno ein zweites Mal explodieren konnte, entschwand sie rasch durch die Tür hinaus auf den Gang.

„Ich glaube, selbst Ihr habt gehört, dass der König seiner Tochter die freudige Nachricht mitgeteilt hat", lachte Marek spöttisch. Er und Tristan entfernten sich nun von der Tür und gingen nebeneinander den Gang hinunter.

„Nun, jetzt ist mir ihre Hand jedenfalls sicher", erwiderte der Adlige ungerührt.

Marek öffnete eine Tür und gebot Tristan einzutreten. Er wies auf das Sofa und Joys Anwärter ließ sich zufrieden nieder. Der Berater setzte sich ihm gegenüber in einen Sessel.

„Es scheint, dass Euer Anschlag durch die Söldner auf Jasmin geglückt wäre", sagte Tristan und hob das Weinglas, welches, nachdem Marek sich gesetzt hatte, auf dem Tisch erschienen war. Magie war doch etwas Wunderbares.

Der Schwarze Magier nickte zustimmend. „Hattet Ihr je daran gezweifelt?"

„Nein", gab Tristan ehrlich zu. „Soweit ich weiß, habt Ihr den Meister noch nie enttäuscht."

„Dafür aber Argo", log Marek kalt. „Er hat den Prinzen mit seinen geweckten Fähigkeiten entkommen lassen. Nun befindet er sich in den Klauen Lyneris."

„Verflucht! Muss diese Lichtfigur sich überall einmischen!", stieß Tristan wütend hervor.

Marek seufzte tief, als flehe er die Dunklen Götter an, ihm Kraft zu geben, um diesem dummen Jüngling zumindest die Wichtigkeit seiner Mission klarzumachen. Aber wenn er so darüber nachdachte, war es Sombra wohl auch völlig gleichgültig, ob Joy diesen Idioten von einem Adligen heiratete oder nicht. Entscheidend war ihre Flucht. Oder auch Joys geplante Entführung war wieder eine der unzähligen Finten und Ablenkungen Sombras. *Was solls, früher oder später wird er schon mit der ganzen Wahrheit herausrücken.*

„Es ist halb so wild, da Ihr Prinzessin Joy heiraten werdet. Mit ihr in unserer Gewalt ist es ein Leichtes, den kleinen Prinzen in eine Falle zu locken."

Tristan nickte: „Ich verstehe."

Nichts verstehst du, dachte Marek wütend. *Ich verstehe es ja nicht mal und dabei stehe ich dem Meister am nächsten.*

„Also seid weiterhin ekelhaft freundlich zu dem alten Narren und lasst Euch nicht von Joy über den Mund fahren. Das wäre alles Herr Tristan, Ihr könnt Euch entfernen!" Der Spott in Lord Traidors Stimme war unüberhörbar.

Tristan knirschte mit den Zähnen, riss sich aber klugerweise zusammen. Er stellte das volle Weinglas auf den kleinen Tisch, machte eine knappe Verbeugung und ging zur Tür. Er spürte Mareks hämischen Blick noch, als er schon die Tür hinter sich geschlossen hatte.

Prinz Ruz sah ihm nach, als Tristan den Gang hinunterging und verschwand. Wem sollte er erzählen, was er gehört hatte? Der König kam nicht infrage. Jasmin selbst wäre eine gute Wahl gewesen, doch sie saß im Gefängnis und wartete auf die Hinrichtung. Es Joy zu sagen, würde ihre Flucht nur beschleunigen. Jack konnte er es auch nicht anvertrauen. Denn er würde sich mit den Anschuldigungen, die er Marek dann an den Kopf werfen würde, nur selbst ans Messer liefern.

Ruz verließ rasch den Gang und lief in sein Gemach. Als er die Tür hinter sich geschlossen hatte, löste er den kleinen Zauber, der ihn unaufspürbar machte, selbst für Marek. Wenn sein Onkel je dahinterkommen würde, dass er ein wenig Magie beherrschte, wäre er wahrscheinlich nicht besser dran als Chris und Aléjandro, wie der Arzt ihm einst anvertraut hatte. Aber selbst Rain wusste nichts von seinem kleinen Talent, was womöglich so auch besser war.

„Lilien!", schrie Joy. „Wo bist du? Komm her!"

„Ihr habt gerufen, Prinzessin?" Eine Frau mittleren Alters kam zur Tür hereingestürzt und fiel vor Joy auf die Knie.

„Steh auf und hilf mir packen!"

Lilien erhob sich und blickte die Prinzessin verwirrt an. „Verzeiht, aber warum tragt Ihr Eure Reiterkleidung?"

„Wir reiten aus, Lilien", erwiderte Joy fest. „Er wird etwas länger dauern. Deshalb pack ein Paar Decken ein, Wasser und Essen!"

Die Zofe entfernte sich katzbuckelnd.

Joy verließ kurz darauf ihr Zimmer und eilte zu den Stallungen. Sie holte das Geschirr und wollte es gerade ihrer Falbestute anlegen, als man ihren Namen rief.

„Joy, komm her!"

Das war ihr Vater. Die Hoffnung auf eine schnelle, unerkannte Flucht sank stark.

Trotzdem verließ sie die Box und merkte, dass so einige Leute hier waren. Hinter ihrem Vater standen Marek, Tristan – verflucht sollte er sein – General Jack, ein Stallbursche, viele Zuschauer und – sie hätte es wissen sollen – die Zofe Lilien.

„Ihr wünscht, mit mir zu sprechen, Vater?", fragte sie schnippisch.

„Ich verbiete dir hiermit, auszureiten, solange Eure Verlobung ...", und er nickte zu Tristan hinüber, der schmierig grinste „... nicht offiziell ist! General Jack wird ab sofort in deiner Nähe bleiben! Da er sehr wohl weiß, dass die Pflicht gegenüber seinem König, der seiner Familie vorgeht!"

Joy warf dem General einen Blick zu und fing seinen gequälten auf. Eine Idee nahm in ihrem Kopf Gestalt an. Vielleicht konnte sie ja doch noch fliehen.

Marek entging dieser kurze Blickkontakt nicht. *Wie viel habt ihr noch vorausgesehen, Meister?*, fragte er sich. *Aber dann hat er wieder gelogen! Er sagte, es wären keine Elitekämpfer vonnöten, um Joy zu fangen. Es sei denn, er will Jack gar nicht töten.*

„Schön!", fauchte Joy bissig. „Wenn das alles war, *hochgeschätzter Herr Vater*, dann entschuldigt mich. Ich habe mich zum Platz zu begeben, auf dem bei den letzten Strahlen der Sonne eine Frau gerichtet wird, weil die adlige Männergesellschaft Angst vor ihr hat! Ihr solltet ihr Können schätzen und nutzen, Vater. Sie hat Euch doch nun schon Treue geschworen. Aber nein, man muss sie ja köpfen, weil sie *leider* nicht ins Bild eines Elitekämpfers passt! *Wirklich schrecklich!*" Ihr Zynismus hätte selbst Sombra zum Schweigen gebracht. Niemand wagte, etwas zu entgegnen. Nur Jack warf ihr einen dankbaren Blick zu. Als die Prinzessin erhobenen Hauptes die Stallungen verließ, folgte er ihr. Er holte sie bei ihrem Lieblingsbaum ein.

„Ich danke Euch, Prinzessin", sagte Jack und verbeugte sich aufrichtig vor ihr. „Es war sehr mutig von Euch, vor Eurem Vater für meine Tochter zu sprechen."

„Warum seid Ihr hier, Jack?", fragte sie leise. „Habt Ihr die Suche nach meinem Bruder denn auch für aussichtslos erklärt?"

„Deshalb bin ich nicht zurückgekommen." Joy blickte verständnislos auf. „Meine Frau benachrichtigte mich auf ihre ganz eigene Weise. Sie teilte mir mit, umzukehren ..."

„Und Ihr habt es getan?", hauchte Joy fassungslos.

„Als ich zu Hause ankam, fragte ich sie, ob man Prinz Terco gefunden habe, doch sie antwortete nicht, sondern lächelte nur geheimnisvoll. So kann ich Euch nur raten, sie selbst zu fragen, Prinzessin."

„Ich verstehe nicht, warum Ihr auf sie gehört habt, obwohl sie Euch keinerlei Gründe zum Umkehren genannt hat?"

„Das kann ich nicht erklären. Es wird wohl auf die enge Bindung zwischen uns zurückzuführen sein. Ihr solltet wissen, dass ich meine Frau wirklich aufrichtig liebe, so wie meine Tochter ..." Die Stimme brach ihm und er sank in die Knie. Er kämpfte hilflos gegen die Tränen an, die sich unaufhaltsam Bahnen brachen. Joy kniete neben dem General nieder und legte ihm den Arm um die Schultern.

„Es wird alles gut, Ihr werdet schon sehen", sagte sie leise und drückte ihn fest.

Doch Jack schien sie nicht zu hören. Er murmelte nur vor sich hin.

„Es passiert wieder. Wieder nimmt man uns das Kind weg ..."

„Ihr habt schon einmal Euer Kind verloren?", hackte Joy vorsichtig nach.

„Ja ... meinen Sohn ... vor langer Zeit ...", er verfiel in Schweigen. Joy dachte niedergeschlagen nach. Wie musste es sein, wenn die Kinder geraubt oder schlimmer noch wie in Jacks Fall hingerichtet wurden, vor den eigenen Augen und man nichts tun konnte. Doch was sie am meisten anstößig fand, waren die Worte ihres Vaters: *„Da er sehr wohl weiß, dass die Pflicht gegenüber seinem König, der seiner Familie vorgeht!"* Sie hätte fast losgelacht. Wie konnte man nur so engstirnig auf sein Recht pochen. Sie konnte nicht glauben, dass ihr Vater zu so einem selbstgefälligen, egoistischen Dummkopf geworden war. Jetzt fehlte nur noch, dass er den Dunklen Göttern huldigte und die Welt wäre *perfekt*!

Terco saß auf einem Felsvorsprung in den Drachenbergen. Mit nachdenklichen, traurigen Augen starrte er ins Leere. Er stieß einen tiefen Seufzer aus. *Jetzt, wo ich gesehen habe, wie die Welt wirklich ist, weiß ich nicht mehr, ob es gut ist, wenn jemand wie ich auf dem Thron Carreras sitzt.* Abermals seufzte er. *Ich habe weder Verantwortungsgefühl noch den Mut, meinem Volk zu helfen. Sich gegen die bestehende Ordnung zu lehnen, heißt doch auch gleichzeitig, sich gegen die Dunklen Götter aufzulehnen. Der bloße Gedanke daran jagt mir ja schon einen kalten Angstschauer über den Rücken.* Er raufte sich die Haare. Dann legte er den Kopf niedergeschlagen in die Hände. „Ich kann das nicht. Ich kann das einfach nicht!", jammerte er.

„Natürlich kannst du!"

Terco warf einen Blick über die Schulter und sah Chris hinter sich stehen. Der Herr der Drachen ließ sich neben ihm nieder.

„Nein, Bruder, ich kann nicht und ich will auch gar nicht. Seit ich hier bin, fühle ich mich frei. Dieses Gefühl habe ich zu Hause nie gehabt."

„Natürlich nicht", erwiderte Chris scharf. „Es gibt eine Verantwortung zu Hause, der du dich nicht entziehen darfst! Du kannst es, Terco. Wenn du nur willst! Wie heißt es doch so schön: Der Wille versetzt Berge!"

Doch Terco wandte nur den noch immer hoffnungslosen Blick ab.

„Terc, Kleiner", sagte Chris nun sanfter. „Du musst nur an dich selbst glauben."

„An mich glauben?" Terco starrte ihn fassungslos an und sprang auf. „Verstehst du nicht? Ich bin nicht geeignet! Ich habe so wenig Verantwortungsbewusstsein, dass selbst ein Hund nach spätestens einer Woche sterben würde! Wie sollte ich da ein Land regieren?"

Chris lächelte und sagte nur: „Ich glaube an dich!"

Der Kronprinz war wie vor den Kopf gestoßen. Chris wollte offensichtlich nicht hören, was er zu sagen hatte. Etwas benommen setzte er sich wieder neben seinen Bruder.

Lange schwiegen sie, bis Chris die drückende Stille endlich durchbrach.

„Terc, ich war auch mal so", sagte er unvermittelt.

„Was? Du? Das kann nicht sein! Du bist der Herr der Drachen! Sie lieben dich ohne Ausnahme!"

Der Magier lächelte verschwommen.

„Das war nicht immer so", erwiderte er. „Als ich die Magierstadt verlassen habe, kehrte ich nach Carrera zurück, um meine Mutter zu suchen. Doch statt auf sie traf ich in den Drachenbergen auf einen fremden Drachen. Ich hatte Angst, da ich noch nie zuvor einen ausgewachsenen Drachen gesehen hatte. Also tat ich das für mich einzig Vernünftige. Ich floh!

Ich war in der Nähe des Wasserfalls, als Mutter mich fand. Sie hat sich wahnsinnig gefreut, mich wiederzusehen, und ich mich natürlich auch. Ich erzählte ihr von meinem Zusammentreffen mit dem Drachen und sie war entsetzt. Sie schickte mich zurück. Ich sollte denen zeigen, wer das Sagen hatte. Sie meinte, dass ich nach Veneno der größte Drache wäre und außerdem sei ich ein Magier. Dass ich mich fürchtete, stempelte sie als irrelevant ab."

„Bist du wirklich zurückgegangen?", fragte Terco ungläubig.

„Es hat eine Weile gedauert. Doch ja, ich bin zurückgegangen. Der Drache hat mich natürlich ausgelacht und wollte mich erneut vertreiben. Als er angriff, war die Angst wie weggeblasen. Die Magie brauste durch meine Adern. Unerwartet schnell hatte ich ihn besiegt. Wie sich herausstellte, lebten in den Bergen noch viele weitere Drachen. Dieses Tal hier ist auch damals schon ein Brutplatz gewesen. Ich weiß nicht warum. Aber als ich dort aufkreuzte, umgab mich noch immer die goldene Aura meiner Magie und alle, wirklich alle Drachen, senkten vor mir ehrerbietig den Kopf. Meine Mutter war wieder da und sagte nur: ‚So schlimm war es doch gar nicht!'" Terco musste schmunzeln.

„Terc, was ich dir damit sagen will, ist, dass du wenigstens mal versuchen solltest, das Vertrauen deines Volkes zu gewinnen."

„Als Kronprinz?! Das ist lächerlich!"

Chris wusste, dass er Terco allmählich so weit hatte, dass dieser den Versuch wagen würde.

„Wer sagt, dass du es als Prinz tun sollst? Die Armen warten schon lange auf ein Zeichen von Gottes Gnade."

„Wie jetzt?"

„Du bist der Gestaltwandler, Terco. Und das Wesen Zarpa, was du erschaffen hast, ist bestens geeignet für eine solche Aufgabe."

„Meinst du wirklich?" Der Zweifel in Tercos Stimme war unüberhörbar.

„Natürlich nicht allein, das versteht sich von selbst."

Terco lachte freudlos. „Ich bitte dich, Bruder, wer sollte mir helfen wollen?"

Jack führte seinen dunkelbraunen Andalusierhengst Sturmwind zum Tor der Schlossmauer hinaus. Sein Begleiter hatte die Kapuze seines Umhangs ins Gesicht gezogen und führte eine Falbestute mit sich. Niemand versuchte, den General aufzuhalten und so gelangten sie unbehelligt aus dem Schlosshof hinaus. Dort stiegen sie schwungvoll auf ihre Pferde und trieben sie in einem leichten Trab auf den Wald zu, damit sie nicht zu viel Aufmerksamkeit auf sich zogen. Es war Verrat, das wusste Jack. Doch das war ihm jetzt auch egal. Er dachte an Ricardo und verzog das Gesicht. Wenn er damals geahnt hätte, dass er seinen König hintergehen würde, wäre es nie zum Bruch zwischen ihnen gekommen.

Jack hatte sich von Linda verabschiedet, die gegen all seine Erwartungen nichts gesagt hatte, sondern nur wissend gelächelt hatte. Er liebte diese Frau mehr als sein eigenes Leben und doch hatte sie es abgelehnt, mit ihm nach Adaptarse zu fliehen. Offenbar schien sie den Glauben an die Rettung ihrer Tochter durch Lyneris Hand noch nicht aufgegeben zu haben. Nur er hatte kein Vertrauen mehr in die Götter, seit sie ihn damals im Stich gelassen hatten, als er sie um Hilfe für seinen Sohn gebeten hatte. Niemand von den auch so tollen Göttern hatte auch nur einen Finger gerührt, warum sollte es diesmal anders sein?

„Ich danke Euch, General Jack", sagte Joy mit einem dankbaren Lächeln auf den Lippen. „Ohne Euch hätte ich das nicht geschafft."

Er lächelte zurück und nickte ihr aufmunternd zu. Am Waldrand brachten sie die beiden Rösser in einen Reisegalopp und schlugen die Straße zu Lord Riogas Residenz ein.

„Ich habe das Portal aufgestellt", sagte Chris und deutete auf einen schwarzen Torbogen, in dessen Inneren nur gähnende Finsternis auszumachen war. „Ihr kommt oberhalb von Custodio heraus. Wenn ihr jetzt geht, kommt ihr keinesfalls zu spät."

„Ich bleibe hier", sagte Antonio und lehnte sich an Lyneris Schulter.

Chris nickte ihm zu. Dann sah er seinen Bruder und den Söldner auffordernd an. „Wenn ihr wollt, begleite ich euch", sagte er lachend, als er ihre misstrauischen Blicke auf dem Portal ruhen sah.

Black Stalshion rieb seine Nüstern an Rays Nacken, als wollte er sagen: *Geh schon mal vor. Ich komme ganz bestimmt nach.*

Nur Cäser zögerte nicht. Er rannte an Chris vorbei und sprang in die Schwärze. Fast im selben Moment kam er auf der anderen Seite wieder heraus. Unter ihm lag Custodio. Er wieherte schrill und stürmte lautstark den Hügel hinunter durch das Dorf, an den verschreckten Wachen vorbei und direkt zum Podest, auf dem Jasmin geköpft werden sollte. Aller Augen wandten sich dem schneeweißen Pferd zu, das mit gebleckten Zähnen durch die Zuschauer sprang und mit todbringenden, krachenden Hufen neben seiner Herrin auf dem Podest landete. Der Henker sprang zurück, stolperte über seine eigenen Füße und stürzte schwer. Seine Axt bohrte sich direkt vor seiner Nase ins Holz.

Abermals wieherte der Hengst schrill und ging mit scharrenden Hufen auf den gestürzten Henker zu.

„Cäser, komm her!", Jasmins Stimme knallte wie eine Peitsche durch die Luft und der Artuso kam zu ihr zurück. Er wollte ihre Handfesseln lösen. Doch sie drehte sich ihm zu, sodass er nicht an sie herankam.

„Was machst du nur, Süßer?", sagte sie leise. „Ich will nicht. Denn wenn ich mich retten lasse, bin ich entweder geächtet und vogelfrei oder des Königs Mätresse. Du weißt, dass ich das nicht ertragen würde. Lieber sterbe ich hier."

Aber ...

„Majestät, fahrt fort. Ich bin bereit zu sterben! Cäser ..."

Ach, halt die Klappe!, fuhr der Hengst sie an. Jasmin starrte ihn ungläubig an. Was war nur in ihn gefahren, konnte er sie nicht mehr verstehen? *Terco ist schon auf dem Weg hierher, also wirst du gefälligst am Leben bleiben, bis er die Sache richtiggestellt hat!*

„Terco ist was???", Jasmin konnte nicht glauben, was sie da hörte. Es war einfach zu schön, um wahr zu sein.

Er ist auf den Weg hierher! Eigentlich müsste er jeden Moment da sein. Göttin Lyneri hat ihn mit Unterstützung von Ray und Antonio gefunden. Er hat sein Gedächtnis verloren. Doch mithilfe von Lyneris Sohn hat er es wiedererlangt. Er ist auch nicht mehr so arrogant und hat vermutlich vor, seinem Volk zu einem besseren Leben zu verhelfen.

„Lyneri? Warum sollte eine Göttin sich für jemanden wie mich einsetzen?"

Linda sprang zu ihrer Tochter und Cäser hinauf, als der Name ihrer Gottheit fiel.

Rain, der hinter dem König stand, seufzte unbemerkt. Alle Anspannung fiel von ihm ab. Lyneri hatte es offenbar geschafft.

„Ich wusste es, Lyneri lässt uns nicht im Stich", Linda umarmte ihre Tochter überschwänglich. „Wo ist der Kronprinz, Cäser?"

Der Hengst hob den Kopf und blickte in Richtung des Tores, welches Black Stalshion mit zwei Reitern auf dem Rücken gerade passierte. In einem schnellen Galopp kam er auf sie zu. Gobierno war aufgestanden und starrte die beiden Menschen auf dem schwarzen Pferd mit der feurigen Mähne an. Der Mann vorn hatte sich in einen Umhang gehüllt. Nur noch seine braunen Augen waren zu sehen. Hinter ihm saß – der König traute seinen Augen kaum – Terco, der Kronprinz von Carrera.

Neben dem Podest kam Black Stalshion zum Stehen und Terco schwang sich aus dem Sattel. Er ging auf Jasmin zu, zückte einen kleinen Dolch und durchschnitt mit einem Streich ihre Fesseln an den Handgelenken. Verblüfft starrte sie ihn an. Cäser stieß ein freudiges Wiehern aus und rieb seinen großen Kopf zwischen ihren Brüsten. Abrupt zog er ihn wieder weg und blickte sie mit geweiteten Nüstern an.

Mein Gott, stinkst du! Du brauchst dringend ein Bad!

„Frechheit", sagte sie leise zu Cäser und gab ihm einen sanften Klaps auf die Nase.

„Terco", rief Gobierno. Er war sich nicht sicher, ob er sich darüber freuen sollte. „Wie schön, dass du unbehelligt zurück bist! Ich …"

Doch der Kronprinz fiel ihm mit einem eisigen Tonfall ins Wort. „Ich verlange die sofortige Freilassung meiner Leibwache! Es ist ein ungeheuerliches Verbrechen, eine Unschuldige hinrichten zu wollen!" Er atmete schwer, um die in ihm erneut aufsteigende Wut zu unterdrücken. „Ich verstehe Euch nicht, Vater. Warum wollt Ihr immer die vernichten, die ihr Leben für das Eure gegeben hätten?"

Gobierno bemerkte die Anspielung auf seine ersten Söhne und erstarrte. *Hat er Kontakt zu diesen Bestien gehabt?*

Die Wachen waren irritiert und wussten nicht mehr, auf wen sie hören sollten. Fragend blickten sie ihren König an. Dieser nickte.

„Hiermit begnadige ich Euch, Jasmin Rubens."

„Nein", sagte Jasmin plötzlich und stemmte die Hände in die Hüften. „Nicht begnadigen, sondern freisprechen von jedweder Schuld!"

Gobierno knirschte mit den Zähnen, Terco jedoch schmunzelte. Er blickte seinen Vater fordernd an.

„Gut. Ihr seid freigesprochen von jedweder Schuld."

„Eine Sache wäre da noch, Vater", sagte Terco gelassen.

„Ach ja, und das wäre?"

„Ihr habt vergessen, ihr die Titel des zweiten Generals der königlichen Armeen und Leibwache des Kronprinzen zurückzugeben", sagte er unschuldig. Doch unmissverständlich lag eine zwingende Aufforderung in seinen schlichten Worten.

Dem König schoss das Blut vor Wut ins Gesicht und er ballte die Fäuste. Er rang eine Weile mit sich, bevor er schließlich sagte: „Aufgrund Eurer bewiesenen Unschuld gebe ich Euch Eure rechtmäßig verdienten Ämter zurück."

Jasmin strahlte und musste sich bremsen, dass sie dem Kronprinzen nicht um den Hals fiel. Stattdessen drückte sie Cäsers Kopf fest an sich. Sie hielt ihn so fest, dass er sich nur mit Mühe von ihr losreißen konnte. Er schrie regelrecht in ihren Kopf: *Wasch dich!!!*

Marek war der Einzige, der nicht vor Freude aufgesprungen war, als der Kronprinz erschien. Doch in seinem Inneren war er alles andere als gelassen. Wut packte ihn. Was hatte Argo noch alles ruiniert und das nur, weil er den Prinzen nicht hatte gefangen halten können. *Wer weiß, was der Kleine mit seinen geweckten Fähigkeiten anrichten wird.* Der Meister der Vampire seufzte tief. *Was solls. Wer sagt denn, dass der verwöhnte Bengel den Mut aufbringt, Sombra zu trotzen. Die Macht der Schwarzen Magie hin oder her, er ist und bleibt ein unerfahrenes Kind. Auch wird es ein*

Leichtes sein, ihn wieder einzufangen, wenn Joy erst mal in unserer Gewalt ist. Nur der General hat sie begleitet. Die Attentäter werden ihn beschäftigen, vielleicht sogar töten und Joy gehört dann für immer dem Kult von Cäcilia an, der Göttin der verlorenen Seelen. Es sei denn, dies alles hier bedeutet wirklich nicht viel und Meister Sombra hat längst einen weit größeren Plan. Manchmal frage ich mich, was in seinem Kopf eigentlich vorgeht. Was ist sein Hauptziel? Nur ein neuer Körper? Nein, das wäre zu wenig für so viel Aufwand. Marek blickte nachdenklich auf den Kronprinzen. *Was hat er, dass er so eine große Bedeutung für den Meister hat?*

Ich sollte aufhören, mir andauernd den Kopf zu zerbrechen. Meine Gedanken drehen sich seit Tagen nur noch im Kreis.

Kapitel 10

Tränen der Vergangenheit

Die Sonnenstrahlen fielen mit goldenem Glanz zwischen den Bäumen hindurch und auf eine junge Frau, die am Flussufer saß und ihre nackten Füße im Bach kühlte. Sie hatte langes, goldblondes Haar, das durch ein Lederband um ihre Stirn zurückgehalten wurde. Ihre Gesichtszüge waren edel und ihre saphirblauen Augen wirkten durch die längliche Form exotisch. Auf den ersten Blick hätte sie durchaus als gewöhnliche Frau gelten können, aber ein Blick auf ihre spitzen Ohren verriet, was sie war, nämlich eine Elbe. Auch unterschied sie sich von den Waldelben, obwohl sie eine der Ihren war, denn sie hatte seit ihrer Geburt silberne Engelsflügel. In ihren herrlichen Schwingen befand sich genau eine einzige Feder, die schneeweiß war.

Gabria und ihr Zwillingsbruder Gabriel waren dazu bestimmt, der Göttin des Lebens und der Liebe Lyneri zu dienen, als ihre Erzengel. Gabria freute es, solch große Verantwortung übernehmen zu dürfen. Sie liebte die Menschen, auch wenn sie nicht all ihre Gedanken und Gefühle nachvollziehen und verstehen konnte. Doch als Erzengel Lyneris und damit Beschützerin der jüngeren Völker würde sie viel Zeit haben, sie besser verstehen zu lernen.

Doch Gabriel war nicht ihrer Meinung. Obwohl er wie sie silberne Schwingen hatte, klebte an seinem Gefieder eine schwarze Feder, von der Gabria nicht sagen konnte, was sie zu bedeuten hatte. Er war der Prinz des Elbenvolkes und sich durchaus bewusst, was er für eine Verantwortung zu übernehmen hatte, wenn er erst einmal ihr Herrscher war. Doch er wollte ganz offensichtlich nichts mit irgendwelchen Göttern zu tun haben, weder mit den bösen noch mit den guten! Auch mochte er das menschliche Volk nicht leiden. Gabria schmunzelte. Irgendwann würde er seine Einstellung den Menschen und den Göttern gegenüber ändern. Es war nur eine Frage der Zeit.

Sie hörte, wie der Wind ihren Namen herantrug und erhob sich geschwind. Dann eilte sie geräuschlos durch den Wald. Am Rande der großen Wiese erwartete sie Gabriel. Er trug ein ärmelloses, weißes, dünnes Seidenhemd und eine ebenso weiße Hose. Ein goldener Gürtel war um seine schlanke Taille gewunden und er trug keine Schuhe. Seine Flügel hatte er zusammengefaltet an den Rücken geschmiegt. Das sternenweiße, lange Haar wehte im Takt des Windes.

Gabria, die nur in ein dünnes Seidenkleid gehüllt war, fiel ihm um den Hals. Ihr Bruder war gut zwei Meter groß. Doch trotz der Größe war er schnell und ungeschlagen im Zweikampf mit anderen Elben. Was natürlich hieß, dass auch Menschen ihm nicht gefährlich werden konnten, da Elben dem jüngeren Volk körperlich weit überlegen waren.

„Warst du wieder am Fluss?", fragte Gabriel mit sanfter Stimme. „Was erzählte er dir?"

„Er sprach über Schatten, die herankämen und die Welt in Dunkelheit tauchen würden in nicht allzu ferner Zeit."

„Schatten kommen und gehen", erwiderte Gabriel ungerührt. „So wie die Sonne jeden Tag auf- und untergeht. Es ist kein Grund zur Beunruhigung."

„Aber die Schatten werden bleibende Spuren hinterlassen, so wie ein zu heißer Sommertag die Pflanzen verdorren und die Flüsse austrocknen lässt. Wir können dem Elend nicht ewig zuschauen, auch wir Elben müssen mal handeln!"

„Der Streit zwischen den jüngeren Völkern geht uns nichts an, wenn Menschen glauben, sich gegenseitig abschlachten zu müssen, dann sollen sie das tun, aber ohne uns. Wir haben genug verloren ..." Er wandte sich von seiner Schwester ab und wollte zurück in die Elbenstadt tief in den Wäldern Sugiawas gehen, als ein eisiges Lachen die Luft durchschnitt.

Gabriel wirbelte herum. Seine Nackenhaare sträubten sich und er suchte nach dem Wesen, dessen finstere Aura er hier spüren konnte. Gabria stand dicht neben ihm und suchte ebenso erfolglos wie er ihre Umgebung ab. Ein plötzlicher, dicker Nebel zog auf, sodass Gabriel nicht einmal die Hand vor Augen sehen konnte. Gabria klammerte sich an seinen Arm, um ihn nicht zu verlieren.

„Was ist hier los?", fragte sie und Furcht vor dem Unbekannten schwang in ihrer melodischen Stimme mit.

„Ich weiß nicht genau ..."

Plötzlich schlug ein schwarzer Blitz genau vor ihren Füßen ein und zerriss die Nebelschwaden mit lautem Getöse. Die Druckwelle warf sie um und an der Stelle, wo das Licht die Erde geschlagen hatte, stand ein zeitlos wirkender Mann in einem schwarzen Gewand, auf dem sich ein roter Salamander abhob. Ein schiefes Lächeln offenbarte perfekte, weiße Zähne.

„Ist das ... ein Mensch?", fragte Gabria leise.

„Eher ein Schatten seiner selbst. Aber irgendetwas sagt mir, dass dieses Wesen nichts Gutes im Schilde führt. Bleib dicht hinter mir!"

Unerwartet war hier die vertraute Welt für Gabria vorbei. Nie wieder sollte sie ein freundliches Lächeln von ihrem Bruder sehen.

Wenn der Drachenmagier sein Erbe nicht antreten würde, versänke die Welt im Chaos. So stand es in einer jahrtausendealten Prophezeiung, die die Götter des Lichts und die der Dunkelheit untereinander als Abkommen geschaffen hatten, um die Welt nicht mit ihren ungeheuren Kräften auszulöschen. Lyneri spielte dieses Spiel mit, deshalb wollte sie auch Elben und Menschen als ihre Paladine, um besser auf das Geschehen einwirken zu können, da ihr selbst die Hände gebunden waren. Doch Sombra, der Gott der Finsternis, der nun vor den Elbengeschwistern stand, spielte dieses Spiel mit Heimtücke und mit List und dadurch auch effektiver als Lyneri.

„Was wollt Ihr von uns?", fragte Gabriel mit fester Stimme und blickte in die kalten, silbrigen Augen, in denen ein Schneesturm tobte. Wie gebannt starrte er in diese fremdartigen, glitzernden Opale, die Sombras Augen waren und verlor sich in ihnen. Seine Seele wurde aus seinem Körper gerissen und lag wie ein weißer Dunstschleier, der zu Eis erstarrt war, vor Sombras Füßen. Gabriel ging in die Knie, unfähig auch nur einen Muskel bewegen zu können. In Gedanken wob er noch einen letzten, rettenden Zauber für seine Seele. Dann brach er zusammen.

Gabria schrie, doch ihr Schrei schien aus weiter Ferne zu kommen, als sich kleine Dämonen um die verlorene Seele ihres Bruders scharrten, um sie zu verschlingen. Sombra ignorierte sie großzügig und trat nun auf das verängstigte Mädchen zu, das ihren kleinen Bruder anschrie, er möge aufwachen, zu sich kommen, damit sie fliehen konnten. Sie konnte nicht verstehen, dass das silberne Ding, welches die Dämonen zu verschlingen gedachten, die Seele Gabriels war. Sie war noch viel zu jung, um das alles zu verstehen.

Sombra streckte die Hand nach Gabria aus. Doch bevor er sie berühren konnte, schlug ein weißer Lichtstrahl auf der Lichtung ein. Die Dämonen lösten sich sofort zu Staub auf. Sombras Lächeln schwand erst, als er den Arm von den Augen nahm und bemerkte, dass nicht nur Gabriels Seele verschwunden war, sondern auch Gabria die Elbenprinzessin. Das Einzige, was ihm noch blieb, war die leere Hülle, die Gabriels Körper darstellte. Da Sombra schon Besitz von ihm ergriffen hatte, konnte Lyneri den Körper nicht auch mitnehmen.

Der Gott der Finsternis stampfte wütend mit dem Fuß auf den Boden, wo sogleich das Gras verdorrte, und schrie seinen Hass gegen die Göttin heraus. Doch dann besann er sich schließlich und blickte auf Gabriel hinab, der noch immer wie versteinert im Gras kniete.

„So gesehen, könntest du mir durchaus nützlich sein. Ich werde dich zu einem solchen Scheusal machen, dass dein Schwesterherz sich gezwungen sieht, dir zu helfen und dich wieder zurückzuholen!"

Sein Lachen war so grausig, dass ein Vogel, der gerade in ihrer Nähe saß, tot vom Baum kippte und in dem verdorrten Gras zu Sombras Füßen landete. Bevor er sich mit Gabriel ins Nichts auflöste, ließ er es sich nicht nehmen, auf den toten Vogel zu treten. Dann war er verschwunden.

Von seiner Ankunft zeugten nur das verdorrte Gras und die kleine Schwalbe, die er reuelos getötet hatte.

„Was ist mit meinem Bruder?", fragte Gabria, das Entsetzen stand ihr ins Gesicht geschrieben.

„Dein Bruder befindet sich in den Händen von Sombra, dem Gott der Finsternis. Nun ja, nicht ganz, nur sein Körper. Seine Seele hat er selbst mit einem Zauber belegt, der für eine Wiedergeburt seines liebevollen Geistes in einem seiner Nachkommen sorgt", sagte Lyneri. Sie saß auf einer Art Thron im Wolkenmeer und ihre Hand wies an Gabria vorbei auf einen jungen Mann. Er hatte lange, weiße Haare und schneeweiße Flügel. Er war einen Kopf kleiner als Gabriel und hatte saphirblaue Augen.

„Sein Name ist Michael. Er ist nun der Hüter der Seele deines Bruders. Wenn sie wiedergeboren wird, dann wird er sie beschützen. Er ist mein einziger Paladin, doch das mit Recht."

„Aber wann? Wann?", fragte Gabria. Ihre Stimme war nur noch ein Flüstern.

„Sie wird wiedergeboren, wenn der zukünftige Drachenmagier seine erste schwere Seelenprüfung durchgestanden hat!", prophezeite die Göttin leise.

Sie rannte, flog teilweise und weinte bitterlich. Als sie nicht mehr laufen konnte, warf sie sich schluchzend in einen kleinen Wolkenberg und hämmerte mit den Fäusten verzweifelt auf ihn ein. Immer und immer wieder schrie sie Gabriels Namen ...

... und fuhr wie fast jede Nacht aus dem Schlaf hoch. Sie war wieder einmal schweißgebadet. Seit gut fünfhundert Jahren verfolgte sie jener Tag, der ihr den Bruder genommen hatte. Jede Nacht aufs Neue sah sie die leeren Augen Gabriels und seinen vor Überraschung halb geöffneten Mund.

Sie rieb sich die Augen, erschöpft ließ sie sich in die Kissen zurückfallen und versuchte nachzudenken. Lyneri hatte es für keine gute Idee gehalten, nach Gabriel zu suchen. Er war nicht mehr der liebevolle, verständnisvolle Bruder, den sie gekannt hatte. Nein, das war schon lange vorbei, schon sehr lange. Sombra hatte ihn zu einem Monster gemacht, einem grausigen Monster mit ledernen Flügeln und spitzen Eckzähnen, das Menschen gebissen und infiziert hatte. Das Ergebnis hatte die Menschheit vor fünfhundert Jahren, als diese Wesen das erste Mal auftauchten, Vampire getauft. Sie nannten sie so, da sie das Blut von Menschen tranken, um ewiges Leben und dauerhafte Schönheit zu erhalten.

Schönheit, schoss es Gabria durch den Kopf, *na, ich weiß ja nicht. Schön sehen sie nun wirklich nicht aus, wenn sie Wehrlose aussaugen.*

Sie fürchtete sich davor, was Gabriel alles tun würde, nur weil Sombra ihn darum bat. Sie hatte sein Grinsen gesehen, ein bösartiges, gnadenloses Grinsen, das ihr einen kalten Schauer über den Rücken gejagt hatte.

Auch Michael hielt sich von Gabriel fern. *Warum? Warum versucht er nicht, seine wiedergeborene Seele zu finden? Der zukünftige Drachenmagier war doch nun schon vor gut siebzehn Jahren geprüft worden! Hat Lyneri es vielleicht sogar verboten? Worauf wartet sie?*

Ich warte auf den Moment, in dem sein Kind die Träume für wahr befindet und sie nicht als Albträume aufgrund einer zu langen Nacht abtut.

Gabria setzte sich so plötzlich auf, dass es ihr schwindlig wurde. Doch das legte sich rasch wieder. „Wollt Ihr damit sagen, Ihr wisst, wer es ist?"

Ja.

„Wer? Ich bitte Euch, sagt es mir. Dann kann ich doch zu seinem Kind gehen und es überzeugen!"

Auch wenn Gabria die Göttin nicht sehen konnte, wusste sie doch, dass sie lächelte. *Du hältst das Warten nicht mehr aus. Nicht wahr, mein Engel?*

„Ich muss zu meiner Schande gestehen, dass Ihr Recht habt", erwiderte Gabria mit gesenktem Blick.

Es ist keine Schande, Gutes tun zu wollen. Man muss nur aufpassen, dass man dadurch nichts Böses schafft. Aber sei es drum, du darfst zu ihr. Sie wohnt in Alexandreta und heißt Annabelle Josephin Marien de Castio.

Kapitel 11

Der verlorene Engel

Alexandreta war die Insel der Regenbogen. Ein Land voller Harmonie und Gerechtigkeit. Die Frauen litten nicht unter der Terrorherrschaft der Männer, wie es in Carrera und vielen anderen Inseln der Umgebung der Fall war. Auch handelte es sich um ein fortschrittliches Land. Es gab Schulen, Bibliotheken, große Einkaufsstraßen, Parks, Kinos, Bäder, die Häuser waren aus Ziegelsteinen erbaut, die mit Styropor ausgekleidet und obendrein auch noch verputzt waren, weiterhin gab es große Siedlungen, Dörfer und sogar Städte, die als Handelsmetropole dienten. Kurzum, es war ein sehr gemütliches und leichtes Leben, in dem man nicht zu fürchten hatte, dass man von Banditen mit rostigen Klingen, Dämonen oder anderem überfallen wurde. Natürlich gab es auch hier Kriminalität, aber auf einem völlig anderen Niveau.

In diesem Land wohnte eine junge Frau, die vor Kurzem achtzehn geworden war. Sie absolvierte auf dem Gymnasium in Grandos die zwölfte Klasse. In vier Monaten würden die Prüfungen beginnen und sie war seit gut anderthalb Jahren immer vorbereitet. Ihr Name war Annabelle Josephin Marien de Castio. Sie hatte hüftlanges, schwarz-rotes Haar und dunkelbraune Augen. Ihr schmales Gesicht war elfenbeinfarbig.

Sie warf sich gerade die Schultasche über die Schulter, als es an ihrer Tür klingelte. Sie flitzte die Treppen hinunter und öffnete. Eine rothaarige Frau, die glatt als Topmodell gelten konnte, stand an ihrer Tür und strahlte. Diese hatte ihr Haar zu einem hohen Zopf gebunden. Nur zwei Strähnen umrahmten geschmeidig ihr Gesicht. Sie hatte hellgrüne Augen und eine zarte, kleine Nase. Außerdem trug die junge Frau einen kurzen, blauen Rock und eine weiße Bluse. Ein blaues Halstuch hatte sie wie eine Krawatte gebunden.

Anna, die genauso gekleidet war, da es sich hierbei um ihre Schuluniform handelte, nahm einen Schlüssel vom Haken und zeigte ihn feixend ihrer Freundin.

„Komm, ich will dir mein Baby zeigen!", sagte Anna glücklich.

Die beiden Freundinnen gingen zur Garage und Anna schloss auf. Sie ging hinein, setzte sich in ihr rotes Cabrio und fuhr es langsam ins Freie.

„Na, wie findest du ihn, Mana?", fragte sie und strahlte übers ganze Gesicht. „Endlich muss ich nicht mehr zum Bus rennen!"

„Geil!" Mana stieg eiligst auf den Beifahrersitz und Anna fuhr auf die Straße hinaus. Einige Straßen weiter hielt sie vor einem Zweietagenhaus und hupte kräftig.

Sofort kam eine junge, kleine Frau in ihrem Alter aus dem Haus. Ihr Name war Jeanette Brown. Sie hatte blaue Augen und trug ihr langes, blondes Haar offen. Wie immer war sie geschminkt und trug zu ihrer Uniform Sandaletten mit einem zehn Zentimeter hohen Absatz, die sie so groß wie Anna machten. Sie ließ sich auf die Rückbank des Cabrios sinken und Anna fuhr wieder an. Nicht wissend, dass sie nicht nur von einer Frau beobachtet wurde.

Auf dem Parkplatz ihrer Schule hielt sie und die drei stiegen aus. Sie stolzierten nebeneinander auf den Vordereingang zu. Auf dem Weg dorthin wurde ihnen nachgerufen und auch gepfiffen.

Jane, eine Schülerin mit schulterlangen, braunen Haaren und grünen Augen, empfing die Drei kopfschüttelnd. Sie war eins-achtzig und schlank.

„Und Babe, hast du die Fahrprüfung bestanden?", fragte sie an Anna gewandt.

„Na logo!", erwiderte diese grinsend. „Du hättest auch mitfahren können, Jane. Aber du bist ja nicht an dein Handy gegangen."

„Na, dann sehen wir uns später zum Mittagessen", sagte Mana und ging mit Jane den rechten Treppenaufgang hoch, um zu ihrem Matheleistungskurs im Zimmer zweihundertneun zu gelangen. Anna verabschiedete sich von Jenny und eilte zu ihrem Biologieleistungskurs, während Jenny zum Musikkurs unterwegs war.

Punkt zwölf trafen sie zum Mittagessen im Speisesaal ein und setzten sich an den beliebtesten Tisch, an dem gepolsterte Stühle standen. Es war ihr Privileg, denn sie waren die begehrteste Clique der ganzen Schule. Mana und Jenny rissen die Typen nach Belieben auf, während Anna und Jane eher auf ihre Ausbildung Wert legten. Immerhin wollte Jane einmal Archäologin und Anna Tierärztin werden. Mana hingegen strebte eine Ausbildung als Topmodel an und Jenny hatte vor, einmal eine berühmte Sängerin zu werden. Beiden waren die Talente dafür offenbar in die Wiege gelegt worden.

„Darf ich euch die Neue vorstellen", sagte Jenny und deutete neben sich auf ein Mädchen, das etwa einen Meter fünfundsechzig groß war, lange, goldblonde Haare und exotische, blaue Augen hatte. „Das ist Gabria de Castio."

Anna starrte sie verblüfft an. „De Castio?!"

„Ja", erwiderte Jenny. „Ihr seid offenbar verwandt. Ich meine, wie viele Leute heißen de Castio?"

„Also hierzulande niemand", bemerkte Mana.

„Setz dich doch Gabria", sagte Anna und wies ihr einen Platz zu.

Sie unterhielten sich nett, bis Anna auf das Thema ihres Wohnortes kam.

„Wo wohnst du eigentlich?"

„Na bei dir", erwiderte Gabria lächelnd. Anna blickte sie verdutzt an und wollte schon protestieren, da machte die Elbenprinzessin eine flüchtige Handbewegung und die Gesichtszüge ihrer Nichte glätteten sich wieder. „Ich hatte doch angerufen und Bescheid gegeben."

„Ja, natürlich", sagte Anna und hätte sich am liebsten selbst in den Hintern getreten. *Was red' ich da für einen Müll? Ich kenn die doch gar net! Was ist nur los?* „Du kannst gleich nach der Schule mitfahren." *Ich erwürg sie, wenn ich wieder Kontrolle über mich habe!*

Die Schulglocke schrillte und Anna rannte zu ihrem Auto. *Wenn ich mich beeile, kann ich mich verdrücken, bevor die aufkreuzt.* Doch als sie beim Parkplatz ankam, sah sie Gabria schon bei ihrem Wagen stehen. *Das ist doch unmöglich!*

„Wollen wir?", fragte sie. Als wäre es das Normalste der Welt.

„Gern", hörte Anna sich sagen und schrie innerlich auf. *In der Hölle soll sie schmoren, dieses kleine Biest!*

Sie stiegen in den Wagen und Anna fuhr los, ohne Notiz von ihren drei Freundinnen zu nehmen, die wie gelähmt am Straßenrand standen und ihr nachschauten.

„Babe, warte! Ich dachte, du wolltest uns mitnehmen?", rief Jenny ihr hinterher.

Anna knirschte mit den Zähnen, als der Zauber allmählich von ihr abrückte. Mit bösen Seitenblicken durchbohrte sie ihre Beifahrerin, die nur zufrieden zurücklächelte.

„Das ist Entführung", zischte sie boshaft.

„Nein, denn dann würdest du nicht nach Hause fahren. Ich muss dringend mit dir unter vier Augen reden. Es geht um meinen Bruder."

„Was kümmert mich dein Bruder?", herrschte Anna sie an.

„Er ist dein Vater, also denke ich schon, dass es dich interessiert, was er tut und warum er dich allein gelassen hat."

Anna trat die Bremse durch und kam kurz darauf mit quietschenden Reifen zum Stehen. Sie starrte Gabria fassungslos an. Dann verdunkelten sich ihre Züge.

„Er hat mich wie meine Mutter im Stich gelassen. Warum sollte es mich kümmern, welche Probleme er hat? Nach meinen fragt auch keiner."

„Fahr bitte nach Hause und ich erzähl dir alles", erwiderte Gabria ruhig, der allmählich schlecht von der Fahrt wurde. *Wie hält sie das in diesem Blechkasten nur aus?*

Anna knallte die Wohnungstür hinter sich zu, nachdem sie Gabria eingelassen hatte. Sie schleuderte ihre Tasche in die Ecke und trat ihre Schuhe blindwütig durch den Flur.

Gabria stand geduldig wartend neben ihr.

„Das Wohnzimmer ist links", sagte Anna knapp. Dann wandte sie sich von der Fremden ab. „Tessy, Stupsy, Frauchen ist wieder zu Hause!"

Gabria lächelte. *Wie schnell sich ihre Stimmung doch wandelt*, dachte sie und betrat das Wohnzimmer. Auf der Couch ließ sie sich nieder.

Es klang wie eine Horde Elefanten, die die Treppe herunter donnerten. Doch es handelte sich nur um zwei Schäferhund- und Settermischlinge. Sie waren schwarz-braun-weiß gescheckt und hatten beide jeweils ein spitzes Ohr und ein geknicktes. Neugierig beschnupperten sie Gabria, dann trotteten sie zu ihrer Decke und legten sich aneinander gekuschelt nieder.

Anna trat ein und stellte ihr einen Tee hin. „Bitte", sagte sie steif und setzte sich in den Sessel. „Schieß los!"

„Losschießen?" Gabria sah sie verwirrt an.

„Fang an zu erzählen", sagte Anna und schluckte ihre Wut und Ungeduld hinunter.

„Wo soll ich da anfangen", erwiderte Gabria seufzend.

„Am besten mit dem Namen meines Vaters!"

„Er hieß Gabriel de Castio. Du hast ihn in deinen Träumen gesehen."

„Woher weißt du von meinen Träumen? Ich habe niemanden davon erzählt, nicht einmal Jane."

„Lyneri, die Göttin der Liebe und des Lebens ..."

„Klar!", höhnte Anna. „Du erzählst mir jetzt bestimmt, dass eine Göttin auf mich aufmerksam geworden ist und durch Albträume versucht, mir die Vergangenheit ans Herz zu legen, damit ich einschreite und meinen Vater rette."

„Wie ich sehe, begreifst du schnell. Das freut mich!" Gabria tat so, als hätte sie den Spott in Annas Stimme nicht gehört. Diese funkelte sie sprachlos an.

„Der Mann mit den schwarzen Haaren und schwarzen, leeren Augen in deinem Traum, den man auch Marek, den Meister der Vampire, nennt, ist dein Vater heute. Er hat seine Seele eingebüßt, als Sombra, der Gott der Finsternis, hinter mir her war. Ich ..."

„Dann ist die Sache für mich klar", erwiderte Anna gefühllos. „Du hast es ihm eingebrockt, also rettest du ihn auch."

„Das kann ich aber nur mit deiner Hilfe", erwiderte Gabria. „Da Gabriels Seele in dir schlummert."

„Jetzt mach aber mal 'nen Punkt", fauchte Anna ungehalten. „Ich komme mir vor, als würde ich mit einer Verrückten reden. Götter, Seelenwanderung, Vampire, hörst du dir eigentlich mal selbst zu? Was du sagst, ist weder glaubwürdig noch ..."

„Triff mich um Mitternacht im Sternenpark. Dann werde ich dir beweisen, dass es stimmt. Wenn du möchtest, kannst du deine Freundinnen gerne mitbringen, doch ich rate davon ab."

Gabria erhob sich und blickte auf ihre Nichte herab. „Ich hoffe, dass du mich dann verstehen wirst, Prinzessin", sagte sie leise, dann löste sie sich vor Annas Augen in Luft auf.

„Die hat doch 'ne totale Klatsche!", schrie sie erbost und die Hunde blickten verschreckt zu ihr auf.

Anna stand auf und ging zum Telefon, hatte den Hörer schon in der Hand und Janes Nummer fast gewählt, als sie wieder auflegte. Sie blickte auf die Uhr, die auf fünf Uhr stand und war sich noch immer unschlüssig, ob sie zum Park gehen sollte. So gesehen, war es ja nicht weit, gleich um die Ecke, wie man so schön sagte.

Sie ging die Treppe hinauf in ihr Schlafzimmer und holte ihre Trainingstasche. Dann verließ sie das Haus, gefolgt von den Hündinnen. Sie fuhr zehn Minuten, dann hielt sie vor einer großen, modernen Turnhalle. Sie nahm ihre Tasche und warf sie sich über die Schulter. Dann öffnete Anna die hintere Autotür, um die zwei Hunde aus dem Auto zu lassen.

Nachdem sie sich den Karate-Gi angezogen und den schwarzen Gürtel umgebunden hatte, betrat sie die Halle. An deren Tür machte sie eine respektvolle Verbeugung. Die Hündinnen lagen an der Tür und beobachteten ihre Herrin.

Anna war ein wenig früh, aber im Moment war sie nur froh darüber. Sie musste sich erst einmal wieder beruhigen, bevor sie das Training leiten konnte.

Als sie wieder zu Hause war, fühlte sie sich wunderbar. Das Training hatte ihr sehr gutgetan. Sie war danach mit ihren Hündinnen noch spazieren gewesen. Jetzt war es mittlerweile zehn Uhr abends. Sie stellte ihre Tasche im Flur ab, zog die Schuhe aus und ging dann ins Wohnzimmer. Anna hockte sich vor ihr DVD-Regal, während Tessy und Stupsy auf ihrer Decke Platz nahmen. Sie suchte sich einen Film raus und legte ihn ein. Es war einer mit viel Action, damit sie nicht einschlief. So schön das Training auch gewesen war, es hatte sie ganz schön ausgepowert.

Die Kirchturmuhr in der Nähe ihres Hauses schlug halb zwölf und Anna blickte von dem Film auf. Sie schaltete die Flimmerkiste aus und pfiff nach den zwei Hunden. Sofort erhoben sich die zwei von ihrer Decke und kamen auf sie zu.

„Wir gehen spazieren, Mädels", sagte sie und ging in den Flur. Dort zog sie sich ihre weiße Jacke an. Ihre Schuluniform hatte sie gegen eine Hüfthose aus Jeansstoff und ein schwarzes Shirt, auf dem stand: „Ruck, zuck, hängt der Kiefer tiefer", getauscht. Sie nahm die Leinen vom Haken der Garderobe und öffnete die Tür. Nachdem sie abgeschlossen hatte, steckte sie den Wohnungsschlüssel in die Jackentasche und folgte den Hunden, die bereits den Bürgersteig erreicht hatten und nun treuherzig auf sie warteten.

Beim Park angekommen, nahm sie die Hunde an die Leine. Sie wollte nicht allein sein in der schwach erleuchteten Anlage. Wachsam und mit flatternden Nerven lief sie den Hauptweg entlang. Tessy und Stupsy hielten sich dicht an ihren Beinen. Sie spürten offenbar, dass hier etwas nicht stimmte. Als sie das Zentrum erreichte, blieb sie stehen und sah sich um. Sie sah nur ein Denkmal eines verstorbenen Helden, der vor mehr als tausend Jahren einmal gelebt hatte. Sie setzte sich auf eine der Parkbänke und starrte den Mann aus Stein an. Er wirkte irgendwie magisch.

Anna lachte leise. Wie kam sie denn auf so ein Wort? Doch als sie weiter darüber nachdachte, fühlte sie sich plötzlich beobachtet. Nach zehn Minuten stummer Blicke in ihrem Rücken stand sie abrupt auf. Sie blickte sich verängstigt um und erwartete, jemanden zu sehen wie zum Beispiel einen Taschendieb. Doch es irritierte sie, dass ihre Hunde, die eigentlich gut abgerichtet waren, nicht einmal zuckten.

„Kommt Mädels, wir gehen besser. Sonst werde ich noch wahnsinnig, weil ich mir sonst was einbilde. Soll die doch sehen, wo sie bleibt."

Sie drehte sich um und versteifte sich. Direkt vor ihr stand eine verhüllte Gestalt. Sie war etwas kleiner als Anna. Die Fremde schlug die Kapuze zurück und Anna atmete auf, es war nur Gabria.

„Musst du mir so einen Schrecken einjagen?", zischte sie wütend.

„Leise", erwiderte Gabria. Irgendwie kam sie Anna blass vor. „Ich ..." Doch sie wandte den Blick und starrte mit gehetzten Augen umher. Anna hatte offenbar nicht Gabrias Blicke im Nacken gespürt, sondern die eines Fremden, vor dem die Elbenprinzessin offenbar Panik hatte.

„Hey, mach keinen Scheiß", flüsterte Anna, allmählich steckte sie die Angst Gabrias an. „Was ist hier los, nun sag schon!"

Tessy und Stupsy spitzten nun doch die Ohren und hoben ihre Nasen in den Wind, der eben gedreht hatte. Dann fingen sie drohend an zu knurren.

„Still!", mahnte Anna schnell. „Kannst du was erkennen?"

„Ja ...", und sie war verschwunden.

„Warte, du kannst doch nicht abhauen!", stieß Anna zwischen den Zähnen hervor. Die Nackenhaare der Hunde stellten sich auf und sie knurrten warnend, als plötzliche Schritte auf dem Kiesweg ertönten. Anna starrte gebannt auf die näherkommende Gestalt. Sie selbst war fast einen Kopf größer als die in einen schwarzen Umhang gekleidete Person. Sie schluckte den Kloß in ihrem Hals mühsam hinunter und wartete. Tessy ging einen Schritt auf den Fremden zu und knurrte abermals drohend.

„Wer sind Sie?", fragte Anna. Es fiel ihr schwer, die aufsteigende Angst vor ihrem Gegenüber zu verbergen.

„Mein Name ist Argo. Ich bin der Hohepriester Norogies, des Gottes der Arglist. Der Herr der Finsternis hat mich geschickt, um dich auf den Pfad der Erleuchtung zu führen, mein Kind", sagte er in einem Tonfall, der ihr einen Angstschauer über den Rücken jagte. Dennoch fasste sie sich, als sie die Worte *Pfad der Erleuchtung* und *mein Kind* vernahm.

„Nun hör mir mal gut zu, du kleiner Wichser! Wenn du dich nicht sofort aus dem Staub machst, dann reißt mir der Geduldsfaden endgültig und das ist noch keinem bekommen!"

Anna pfiff einmal kurz und die beiden Hunde hörten auf zu knurren und gingen brav bei Fuß.

„Du wirst nirgendwohin gehen, Prinzessin", sagte Argo und seine Blicke bohrten sich in ihren Rücken. Es war dasselbe unangenehme Gefühl, wie sie es schon vorhin auf der Parkbank gespürt hatte. Sie wandte sich mit tödlichen Blicken zu ihm um. „Verrat mir eins. Bist du vielleicht meine Mutter?" Argo schüttelte verblüfft den Kopf. „Mein Vater? Oder irgendein verschollener Großonkel?" Wieder schüttelte der Hohepriester den Kopf, nicht wissend, wohin das führen sollte. „Dann hör auf, mir Befehle erteilen zu wollen und troll dich, bevor du deine Manneskraft einbüßt!"

„Ich wusste wohl, dass die Frauen in Alexandreta ein starkes Selbstbewusstsein haben, aber dass es zu derartigen Drohungen kommt, hätte ich nie für möglich gehalten."

„Sag mal, bist du aus 'nem Irrenhaus entlaufen, oder was?"

„Ich habe dir doch gesagt, wer ich bin. Wieso zweifelst du an der Richtigkeit meiner Aussage?"

„Oh bitte! Das ist doch völliger Humbug! Götter, Aufträge, am Ende spricht Gott noch zu dir!", höhnte Anna.

„Bist du von Sinnen? Du kannst doch nicht die allmächtigen Götter beleidigen. Sie werden dich schwer bestrafen und mich mit dir, weil ich es mir angehört habe", schrie Argo und echte Panik lag in seiner schrillen Stimme.

Jetzt hatte Anna die Nase voll und brüllte zurück. „Ich scheiß auf deine Götter und wenn du meine Faust nicht in deinem Gesicht haben willst, dann mach dich vom Acker!"

„Wenn du nicht seine Tochter wärst, müsste ich mich nicht mit dir herumärgern", murmelte er mürrisch.

„Wie bitte? Du kennst meinen Vater?", verdutzt kehrte Anna zu einer angenehmeren Lautstärke zurück.

„Ob ich ihn kenne?" Argo lachte. „Er ist der Liebling vom Herrn der Finsternis."

„Sag ihm einen schönen Gruß von mir und gib ihm einen Arschtritt!" Damit wandte sich Anna von dem kleinen Mann ab und ging den Weg zurück, den sie gekommen war. Sie war noch keine drei Schritte gegangen, als sie hinter sich eine steinerne, hohle Stimme vernahm, der sie sich nicht widersetzen konnte.

„Komm zurück Annabelle Josephin Marien de Castio!"

Sie konnte sich erst bremsen, als sie schon wieder neben Argo stand, der nun ehrerbietig vor der Skulptur kniete. Die Steinstatue vor ihr *blickte* sie an. Fassungslos starrte sie in die Augen, die das einzige Lebendige des fremdartigen Wesens zu sein schienen.

„Ich sehe schon, mein Verschleierungszauber scheint nach wie vor gut zu wirken. Du hast keine Ahnung von Magie und du glaubst auch nicht an sie. Ihr seid weiterhin blind für alles Außergewöhnliche und die anderen Länder missachten euch. Ich habe vor einem knappen Jahrtausend Alexandreta vor Trian und seinen Kriegern des Feuers gerettet. Danach brachte ich alle Magier fort, nach Sugiawa. Nur Menschen, die keine bösen Absichten haben, können zwischen Alexandreta und den anderen Ländern reisen. So schuf ich ein Paradies, einen Zufluchtsort, um etwas sehr Wertvolles hier lange Zeit zu verbergen. Dich!"

„Wer bist du? Was willst du von mir?", rief Anna. Durch die Angst getrieben, sprach sie sehr schnell.

„Mein Name ist Sombra, Herr der Finsternis ..."

„Ach, kein Gott?!", spottete Anna. Rasch fand sie ihren Mut sowie ihr Selbstbewusstsein wieder. Sombra starrte sie eine Weile durchdringend an. Dann entschied er, ihre Bemerkung zu überhören.

„Ich bin gekommen, um mir die Seele Gabriels zu holen, die tief im Inneren deines Herzens begraben liegt."

„Versuchs mal!", erwiderte Anna überheblich. „Was soll das hier eigentlich alles, spielen wir hier versteckte Kamera, oder was?"

Argo und Sombra tauschten einen Blick. Heißer Qualm stieg von der Statue auf und vor ihr bildete sich ein Torbogen, dessen Inneres mit undurchdringbarer Schwärze ausgefüllt war. Anna starrte nur sprachlos auf das Tor, während sich ihre Hunde winselnd an ihre Beine drückten.

„Geht hinein, Prinzessin!", sagte Sombras verführerische Stimme in ihrem Kopf, der sie nichts entgegenzusetzen hatte. Argo hatte vorsorglich mithilfe seiner Magie die Kontrolle über ihren Körper übernommen. Sie ließ die Leinen los und trat in das Portal. Tessy und Stupsy fiepten einmal und als Anna nicht zu ihnen zurückkam, sprangen sie kurzerhand hinterher. Nachdem Argo es ebenfalls durchschritten hatte, schloss es sich.

Anna bekam erst wieder die Gewalt über ihren Körper, als sie in einem großen Saal mit schwarzen Marmorwänden stand. Am Kopf des gigantischen Raumes erhob sich ein Thron aus schwarz glänzendem Stein, in dem nun ein geisterhafter Schemen ruhte, der dieselben unergründlichen, magischen Augen hatte wie die Statue im Sternenpark.

Vier ganz in Schwarz gehüllte Gestalten knieten vor ihm. Sie sahen sie über die Schulter hinweg an. Der Gott der Finsternis machte eine flüchtige Bewegung mit der rechten Hand und sie erhoben sich zeitgleich. Einer nach dem anderem schlug die Kapuze zurück. Der Größte von ihnen sah genau wie der Mann in ihren Träumen aus. Seine Traurigkeit fesselte sie so sehr, dass es in ihr den Wunsch aufkeimen ließ, ihm doch helfen zu wollen. Langsam ging sie auf ihren Vater zu, ohne die anderen zu beachten. Eine Armlänge von ihm entfernt, blieb sie stehen. Eine Weile musterte sie ihn scharf, bis sie schließlich seufzte und ihm ihre Hand zum Gruß hinstreckte.

„Hallo", sagte sie plump. „Ich bin Anna, deine Tochter, falls du es weißt."

Marek starrte sie verblüfft an und ergriff zögerlich ihre Hand. Er blickte zu seinem Gott auf und fragte verwirrt: „Warum habt Ihr sie kommen lassen, Herr?"

Doch bevor dieser antworten konnte, konnte Anna sich nicht bremsen, eine Bemerkung über die Unterwürfigkeit ihres Vaters verlauten zu lassen.

„Herr? Wo lebst du? Wie kommst du dazu, eine illusionäre Nebelerscheinung Herr zu nennen?"

Marek blickte sie abermals völlig verwirrt an. Doch Sombra lachte.

„Ich werde sie nehmen, sobald ich mich eines passenden Körpers bemächtigt habe. Bis dahin kannst du sie haben", sagte der Herr der Finsternis grinsend.

„Was is' los? Ich bin kein Stück Fleisch, das ihr untereinander aufteilen könnt!", protestierte Anna scharf. Sie stemmte dabei die Hände in die Hüften und blitzte Sombra mit respektlosen, hassfunkelnden Augen an.

Der Gott reagierte darauf nur mit einem Grinsen. Anna bemerkte nun auch lüsterne Blicke von den anderen drei Männern. Der Erste hatte ein leicht gebräuntes, junges, schönes Gesicht, gelbe Augen und luchsähnliche Ohren. Der zweite hingegen war breitschultrig, etwa einen halben Kopf größer als Anna und hatte meerblaue Augen. Sie hätte ihn sogar als hübsch beschrieben, wenn er sie nicht so ekelerregend lüstern angegrinst hätte. Was sie allerdings verwunderte, war, dass er eine Rüstung aus schwarzem Leder und Eisen trug. Der dritte war nicht viel kleiner als ihr Vater, hatte täuschend sanfte, braune Augen, kurzes schwarzes Haar und scharfe Gesichtszüge.

„Wie heißt Ihr?", fragte sie lauernd.

Marek grinste, er ahnte, was Anna beabsichtigte. „Das ist Oktra, der Tiermensch, Prior, der oberste General des Schwarzen Heeres und Timius, ein Magier ersten Grades."

„Oktra", Anna sah ihn lächelnd an, was bei ihm erregtes Hecheln auslöste. „Erstens hechelt man eine Frau nicht an und zweitens sollte dir doch klar sein, dass sich ein so edles und wunderbares Wesen wie eine Frau niemals dazu herablassen würde, sich von einem Knochengerüst beglücken zu lassen. Nicht so lang es noch echte Männer gibt."

Prustendes Gelächter ergoss sich über einem wutschnaubenden Oktra. Anna lachte nicht, sondern bedachte ihn derweilen mit überheblichen Blicken, die ihm noch einmal nachhaltig verdeutlichten, dass sie ihn für Dreck hielt.

„Oh, Prio ...“

„Prior“, verbesserte er sie in dem Wissen, dass man gleich über ihn lachen würde.

„Ist doch egal, klingt beides scheiße. Du brauchst hier gar nicht den Dicken zu markieren, nur weil du 'ne Rüstung trägst und mit einem Schwert herumfuchtelst. Weißt du eigentlich, dass du total veraltet bist? Schwerter als Waffen. Ich bitte dich. In welcher Zeit lebst du? Du brauchst dich nicht zu wundern, wenn die Frauen kein Interesse an dir haben.“

„Jede Frau will einen Mann, der sie beschützen kann“, erwiderte Prior mit glühenden Ohren. Noch verkniffen sich die anderen das Lachen.

„Klar, jede, die eines frühen Todes sterben will, da der Mann die Gebrauchsanweisung für seinen Zahnstocher verlegt hat!“

Die Magier lachten schallend über Priors vor Wut rot brennenden Kopf.

„Und Tim, ich darf dich doch Tim nennen? Mit der Einstellung kriegst du nicht mal ein Huhn rum.“

„Das reicht, Kleines ...“, begann Timius mit zusammengekniffenen Augen.

„Nenn mich noch einmal Kleines und du wirst nie mehr in der Lage sein, einen hochzubekommen!“

Sombra lachte mit zufriedener Grausamkeit auf. Allmählich blieb ihm die Luft weg. Wenn die Kleine so weitermachte, würde er vor Lachen *sterben*.

„Hör auf, Anna“, mischte sich Marek unerwartet ein.

„Wie bitte? Du glaubst doch nicht ernsthaft, dass ich mir von dir was sagen lasse?! Du hattest deine Chance, mein Vater zu sein. Jetzt isses zu spät. Nun brauchst du nicht mehr mit Zurechtweisungen und Befehlen kommen!“

Marek packte sie am Arm und zog sie an sich heran. Anna fackelte nicht lange und schlug ihm ihre Faust gezielt ins Gesicht. Ein hässliches Knacken durchschnitt die Luft wie ein Gewehrschuss und Marek ließ sie augenblicklich los. Seine Hände griffen verdattert an seine Nase. Brüllendes Gelächter brach wieder aus Sombra heraus und er krümmte sich nach Atem ringend auf seinem Thron. Anna wandte sich von Marek ab und starrte Argo wütend an, der die ganze Zeit nur stillschweigend einen Meter hinter ihr gewartet hatte.

„Wo sind Tessy und Stupsy?", fragte sie mit vor Wut bebender Stimme. Sie konnte noch nicht glauben, dass ihr Vater wirklich vorgehabt hatte, ihr etwas anzutun. Aber was sie am meisten erzürnte, war Gabrias Unzuverlässigkeit. *Wenn ich die jemals in die Finger kriege, mach' ich sie so was von alle, dass sie sich wünscht, nie geboren worden zu sein.*

Argo beging einen fatalen Fehler, als er fragte: „Wer?"

Annas Augen blitzten böse auf, sie ging auf den Hohen Priester zu und packte ihn grob am Kragen.

„Wag es nicht, mir zu erzählen, dass du meine Gedanken lesen kannst, denn dann bist du der Erste von euch, der ein Leben als Eunuch führen wird."

Argo hob abwehrend die Hände und begann zu stottern. Aber er kam mit seinem Satz nie zu Ende, denn Sombra meldete sich leicht außer Atem zu Wort.

„Warum schließt du dich mir nicht an?", fragte er Anna fast liebevoll. „Du würdest eine ausgezeichneten Paladin eines Dunklen Gottes abgeben."

Anna blickte über ihre Schulter auf Sombra und seufzte tief, als flehe sie um Geduld.

„Ist das nicht offensichtlich?"

Als Sombra sie nur lauernd musterte, fuhr sie leicht entnervt fort. „Fassen wir mal zusammen: Du hast mich entführt, damit du dir die Seele meines Vaters einheimsen kannst." Marek blickte mit neugieriger Berechnung auf. „Dann willst du zulassen, dass mich mein eigener Vater vergewaltigen kann und die anderen drei Deppen am besten auch noch gleich. Und jetzt fragst du mich, ob ich deinem Verein beitrete?"

„Was ist so schlimm daran?"

Anna zuckte ironisch mit den Schultern. „Du hast Recht, was ist schon dabei, wenn der Vater einen vergewaltigt? Ist doch besser als ein Fremder, nicht wahr? Und was ist schon so schlimm daran, wenn man gegen seinen Willen verschleppt wird?"

„Sag ich doch, alles halb so wild ...", erwiderte Sombra, doch Anna fuhr ihm erbarmungslos dazwischen.

„Halb so wild? Sag mal, hast du einen an der Waffel? Haste zu lang in der Sonne gelegen? Bekommt dir vielleicht der Kaffee nicht? ,Halb so wild', sagt der, nicht zu fassen! Du bist offensichtlich noch nie verschleppt worden und dir hat man auch wohl noch nie eine – nein, was sag ich – mehrere Vergewaltigungen angeboten, die du unmöglich ablehnen kannst."

Sombra kicherte und bedeutete Marek, seine Tochter mitzunehmen, bevor sie Argo wirklich noch etwas Fatales antat. Er zog Anna an sich heran, doch diesmal darauf achtend, sie nicht zu grob an sich zu zerren.

„Warte!", stieß sie panisch hervor. Ihr Vater hatte offensichtlich die Kontrolle über ihren Körper übernommen. „Wo sind meine Hunde?"

„Müssen wohl im Portal falsch abgebogen sein", erwiderte Sombra lachend und Marek führte Anna aus dem Raum, die völlig unfähig war, sich zu wehren.

Er brachte sie in ein kaltes Zimmer, in dem nur ein großes Bett stand, sonst nichts. Er stieß sie unsanft vorwärts, sodass sie mit dem Gesicht in den weichen Kissen landete. Mit einer schrecklichen Vorahnung, die ihr die Angst in den Körper trieb, blickte sie sich zu ihm um. Marek hatte den Umhang ausgezogen und achtlos auf den kalten Marmorboden fallenlassen. Sein schwarzes Hemd stand halb offen. Er hatte einen atemberaubenden Körper, was Anna aber im Moment nicht beruhigen konnte. Bedrohlich langsam kam er auf sie zu. Sie wollte gerade flüchten, als er sie grob an der Schulter packte und herumriss. Ihre angstgeweiteten Augen starrten in seinen vor Gier wahnsinnigen Blick.

Der ist total verrückt! Wie konnte Gabria glauben, dass ich den Psycho retten könnte? Jetzt hab ich's! Das hier ist alles nur wieder einer dieser Albträume, wenn es zu schlimm wird, wach ich bestimmt auf!

Doch es war kein Albtraum, also würde sie auch nicht aufwachen.

Marek drückte ihre Handgelenke in den weichen Stoff, als er sich über sie legte.

„Du zitterst ja, meine Kleine. Hat dich jetzt der Mut verlassen?", flüsterte er ihr mit grausamer Genugtuung ins Ohr.

„Pass lieber auf, dass dich nicht deine Manneskraft verlässt", zischte sie böse zurück und rammte ihm im selben Moment ihr Knie zwischen seine Beine.

Er stöhnte Schmerz gepeinigt auf, ließ sie aber nicht los. Sein Gesicht war eine wütende Grimasse.

„Das bereust du, Liebes", sagte er mit einem drohenden Unterton.

Verzweiflung packte sie nun. *Warum um Himmelswillen hat der Arsch nicht losgelassen? Was mach ich denn jetzt?*

„Jetzt kannst du nur noch beten!"

Er kam mit seinem Gesicht dem ihrem immer näher, sodass sie rasch den Kopf wegdrehte. Marek lachte.

„Glaubst du wirklich, das hilft dir?"

Ein innerer Zwang erfüllte sie und brachte sie dazu, Marek in die Augen zu sehen. Ein entsetztes Stöhnen entrang sich ihrer Kehle, als sie merkte, dass sie sich nicht dagegen wehren konnte. Seine Lippen berührten ihre nur flüchtig, als ein blendender, weißer Blitz zwischen ihnen mit ohrenbetäubendem Getöse explodierte. Marek wurde mit einer unvorstellbaren Kraft von Anna heruntergeschleudert und krachte unsanft auf den Marmorboden. Während sie unbeschädigt und mit zusammengekniffenen Augen auf dem Bett lag. Nach einer Weile getraute sie sich, die Augen zu öffnen und sich aufzusetzen. Ihr Blick schweifte umher. Doch anstatt Marek saß ein fremder Mann vor ihr auf dem Fußboden, der sich verwirrt umschaute. Er hatte schulterlanges, sternenfarbenes Haar und sanfte, braune Augen. Sein Gesicht war schmal und kantig, aber auf seine ganz eigene Art wirkte es sogar exotisch. Silberne Schwingen ragten aus seinem Rücken hervor wie bei einem Engel.

Er stand auf und Anna wich augenblicklich vor ihm zurück. Ein fragender Blick seinerseits ruhte nun auf ihr.

„Wer bist du?"

„Sag mal, willst du mich verarschen? Vor zwei Minuten wolltest du mich noch vergewaltigen und jetzt fragst du mich, wer ich bin? Bei dir ist doch echt 'ne Schraube locker!", fuhr sie ihn entgeistert an.

„Ich … wollte was?" Entsetzen stand in seinem hübschen, jungen Gesicht.

Anna war sprachlos. Ihre Gedanken rasten auf der Suche nach einer Lösung. Plötzlich kam ihr wieder in Erinnerung, was Gabria gesagt hatte: „Das kann ich aber nur mit deiner Hilfe, da Gabriels Seele in dir schlummert!" *Das ist es! Er hat seine Seele wieder und ist jetzt nett! Also werde ich seine momentane Situation ausnutzen und mich aus dem Staub machen! Das ist genial! Trotzdem, es ist und bleibt ein komischer Traum!*

„Gabriel?", fragte sie zögerlich und stand langsam vom Bett auf. Als wollte sie verhindern, dass sie ein scheues Tier verjagte.

Er blickte sie nun direkt an. „Woher kennst du meinen Namen?"

„Ich bin Annabelle de Castio." Gabriel stutzte. „Deine Tochter, ich komme aus Alexandreta."

„Deshalb also diese derbe Begrüßung", Gabriel lachte. Es war ein freundliches, liebevolles Lachen, nicht im Entferntesten mit Mareks zu vergleichen.

„Bringst du mich nach Hause?", fragte sie zaghaft.

„Den Teufel wird er tun", Sombra tauchte hinter Gabriel auf, der blitzschnell zu ihm herumwirbelte. „Nun werde ich mir also doch noch deine Seele holen. Dumm von Lyneri, sie dir wiederzugeben."

Sombra streckte die Hand nach Gabriel aus, doch Anna packte ihren Vater grob am Arm und zog ihn hinter sich.

„Fass ihn ja nicht an!", fauchte sie drohend wie eine Löwin, die ihre Jungen verteidigte.

„Glaubst du ernsthaft, dass du mich aufhalten könntest?"

„Du bist nur Luft, du kannst ihm und mir gar nichts!", erwiderte Anna ruhig.

„Direkt nicht, da magst du Recht haben. Aber wozu hat man seine Diener?" Er befahl per Gedanken Timius zu sich, der sich mit einem breiten Grinsen vor Anna aufbaute.

Ich muss mir seine Seele wieder zurückholen, bevor dieser sogenannte Gott sie nimmt, dachte Anna fiebrig. *Aber wie mach ich das?*

Küss ihn noch mal!

Was? Ihn küssen? Na, das kann ja was werden. Wehe dir Gabria, wenn du unrecht hast!

Anna drehte sich zu Gabriel. Sie legte ihre Hände an seine Wangen und zog ihn schnell zu sich herunter. Diesmal blieb es nicht bei einer flüchtigen Berührung, sondern kam zu einem innigen Kuss. Sie hatten beide die Augen geschlossen. So sahen nur Sombra und Timius, dass seine Seele wieder zu ihr zurückwanderte. Sie konnte die Veränderungen Gabriels körperlich spüren. Am Anfang hatte er sich ihren Kuss verdutzt gefallen lassen, doch nun hatte er seine Arme um sie gelegt und hielt sie immer fester an sich gedrückt. Doch das Schlimmste war, dass er nicht mehr aufhörte, sie zu küssen. Seine Zunge war in ihren Mund brutal vorgedrungen.

Nachdem sie es endlich geschafft hatte, ihre Lippen von den seinen zu lösen und zu ihm aufsah, war es wieder Marek, der sie mit seinem lüsternen Blicken regelrecht verschlang.

Sie stieß ihn grob von sich. „Bilde dir bloß nichts darauf ein!", zischte sie und wischte sich mit dem Handrücken über die Lippen. „Ich hab' das nur getan, um deine Seele zu retten!"

„Meine Seele?" Marek war der Einzige, der nicht wusste, dass er eine menschliche, leere Hülle war, die nach Sombras Pfeife tanzte. Er glaubte noch immer, dass er all das hier freiwillig machte. Annas Worte hingegen verwirrten ihn und ließen ihn nachdenklich werden. Er warf dem Gott des Hasses einen misstrauischen Blick zu. Allmählich glaubte er, dass die Träume, die er von einem Elbenprinzen mit weißen Federschwingen hatte, möglicherweise doch einen bitteren Wahrheitsgeschmack aufwiesen.

„Jetzt reicht es mir langsam mit dir", sagte Sombra gerade und riss Marek aus seinen Gedanken. „Oktra!" Wie aus dem Nichts erschien dieser hinter Anna und packte ihre Arme mit seinen langen, spinnenartigen Fingern, die in Krallen endeten.

„Bring sie hinunter in eines der dunklen Verliese. Bewacht sie gut. Aber tut ihr nichts zuleide, auch gebt ihr anständig zu essen."

„Wenn ich es nicht besser wüsste, würde ich meinen, dir liegt mein Wohlbefinden am Herzen", giftete Anna.

„Aber zum Glück weißt du es ja besser, meine Liebe", erwiderte Sombra mit einem Unheil verkündenden Lächeln.

Kapitel 12

Der Steinerne Tisch

„Und du bist sicher, dass du allein gehen willst?", fragte Terco sie nun schon zum fünften Mal.

„Ja, außerdem lautet mein Befehl auch so", erwiderte Jasmin und stieg auf ihren treuen Freund Cäser. „Aber ich danke dir …", sie verstummte und sah ihn unsicher an.

„Es ist okay. Es gefällt mir sowieso besser."

Sie lächelte und fuhr dann fort. „Ich danke dir trotzdem für dein Angebot. Und danke noch mal, dass ihr mir das Leben gerettet habt. Eure Unterstützung bedeutet mir wirklich sehr viel. Bis demnächst. Ich hoffe, dass ich sie schnell einholen werde." Der letzte Satz galt mehr ihr selbst. Sie wendete den Hengst. Als sie an Ray vorbeiritt, beugte sie sich hinunter und gab ihm einen Kuss auf die Wange. Ohne ein Wort ritt sie weiter. Augenblicklich hellte sich seine Miene auf.

„Beeil dich! Hörst du Cäser?", rief er ihnen hinterher.

Jasmin drehte sich noch mal verdutzt zu ihm um und er grinste sie an.

„Desto eher bist du wieder bei mir, Jasmin."

Sie schenkte ihm ihr bezauberndstes Lächeln und Ray wurden die Knie weich. Er musste sich auf seinen Hengst stützen, um nicht umzufallen.

„Sie mag mich doch", flüsterte er verträumt.

Liebeskranker Gockel, schnaubte Black Stalshion geringschätzig.

Als die Nacht hereinbrach, hielten sie ihre erschöpften Pferde an und glitten von deren Rücken. Ein leises, unterdrücktes Stöhnen entrang sich Joys Kehle. Jack hob den Kopf und blickte sie an. Daraufhin wandte sie beschämt das Gesicht ab und versteckte sich hinter ihrem Pferd. Nachdem sie es abgesattelt hatte, kam der General zu ihr und führte das müde Tier zu seinem Artgenossen. Dort band er ihre Vorderbeine jeweils mit einem Seil zusammen, damit sie nicht wegliefen.

Sie setzten sich schweigend nebeneinander. Joy hatte etwas Essbares ausgepackt und reichte nun dem General einen getrockneten Fleischstreifen und Fladenbrot. Nachdem auch sie sich bedient hatte, packte sie den übrigen Proviant wieder in eine der Satteltaschen.

Mühsam würgte die Prinzessin das karge Mahl hinunter und legte sich dann auf dem kalten, harten Waldboden nieder. Den Kopf hatte sie auf den Sattel gebettet, der stark nach Leder roch.

Trotzdem flüsterte sie glückselig: „Ich danke Euch, Jack!"

„Bedank dich, wenn wir diese Reise überlebt haben", erwiderte er. Doch sie konnte ihn nicht mehr hören, denn die Erschöpfung hatte sie schon ins Land der Träume entführt.

Jack warf sich auf seinem Nachtlager hin und her. Doch er vermochte nicht einzuschlafen. Irgendetwas stimmte nicht. Er konnte es fast körperlich spüren. Etwas Böses war hinter ihnen her. Nur wusste er nicht was.

„Lasst sie uns angreifen! Ihr habt hier keine Befugnis, Priesterin", fauchte Krimbold, der Unteroffizier des Schwarzen Heeres, wütend.

„Verzeiht, Krimbold", erwiderte Sina mit süßer Gehässigkeit in der Stimme. „Ich vergaß, dass du Veränderungen der Lage nicht so rasch erfassen kannst. Deswegen will ich gnädig sein und es dir erklären. Siehst du den Mann dort, der neben der Prinzessin liegt?" Krimbold nickte mürrisch. „Weißt du, wer das ist?"

„Irgendein Leibwächter von ihr", erwiderte er geringschätzig. „Den mach ich mit Leichtigkeit fertig."

„Das bezweifle ich stark", entgegnete sie unbeeindruckt. „Das ist der erste General der königlichen Armeen. Sein Name ist Jack Rubens. Übrigens auch einer der fünf, die ein Meisterschwert tragen. Verstehst selbst du jetzt, dass wir mit List vorgehen müssen?"

Der große Krieger knurrte wütend und starrte sie finster an. Seine Mannen standen unbeweglich wie Bäume hinter ihm und schwiegen sich aus. Schließlich nickte er und bekundete der Priesterin seine Zustimmung.

Terco stand auf dem Balkon seines Zimmers. Neben ihm auf dem Geländer saß Chris. Selbstverständlich hatte niemand dessen Ankunft bemerkt. Gobierno würde einen Anfall bekommen, wenn er wüsste, dass Chris im Schloss war und dann auch noch bei Terco. Beide blickten Gedanken versunken in die pechschwarze Nacht.

Es klopfte an der Tür und der Kronprinz wandte den Kopf. „Herein?" Die Tür öffnete sich und sein Cousin Prinz Ruz betrat den Raum. Er war genauso groß wie Terco und hatte ebenfalls schwarzes Haar. Doch keines von Gobiernos Kindern sah dem König so ähnlich wie Ruz. Er war eine Widerspiegelung Gobiernos in dessen Jugend. Aber in Wirklichkeit galt er unter den Adligen nur als Bastard der in den Flammen gestorbenen Königin.

„Was gibt es?", fragte Terco gleichgültig.

„Ich hab' ein Gespräch belauscht", begann er. Da er Chris auf der Brüstung sitzen sah, war er sich zu hundert Prozent sicher das Richtige zu tun.

„Schon wieder?", fragte Terco milde lächelnd.

„Ja, aber diesmal nur zufällig", verteidigte sich Ruz. „Es war ein Gespräch zwischen Tristan und Lord Traidor."

Selbst Chris blickte nun den Prinzen neugierig an. Da war es wieder! Diesmal bestand kein Zweifel mehr. Nun war er sicher, dass man die zwei als Säuglinge vertauscht hatte. Nur war ihm immer noch schleierhaft zu welchem Zweck.

Terco hingegen warf ihm einen kurzen, bewundernden Seitenblick zu. *Wie schafft er es nur immer wieder, unentdeckt zu bleiben?*, fragte er sich nun zum abertausendsten Mal.

„Worum ging es?", fragte Chris, während Terco Ruz anwies, die Tür zu schließen und sich zu setzen. Danach scheuchte er den Halbdrachen ebenfalls zum Sofa und schloss die Balkontüren. Zu guter Letzt setzte er sich ebenfalls.

„Nun sag endlich", forderte Chris den Bastard ungeduldig auf und Ruz begann zu erzählen.

Als er geendet hatte, schwiegen sie sich eine Weile nachdenklich an.

„Wenn Marek wirklich den Anschlag auf Jasmin befohlen hat, dann werden sie es wieder versuchen. Immerhin hat man sie ja nicht hingerichtet", überlegte Chris gähnend und brach damit die Stille.

„Ja, und Joy ist ebenfalls in Gefahr! Wir müssen ihnen nach. Egal, was Vater befohlen hat!"

„Eine Sache wäre da noch", sagte Ruz eilig, als Terco aufsprang. Verwirrt blickte der Kronprinz ihn an. „Ich kann deinen kleinen Bruder Kail nirgends finden. Er ist wie vom Erdboden verschluckt."

„Fragt mich nicht warum, aber ich denke, dass Marek dahintersteckt", sagte Chris alarmiert. „Irgendetwas stimmt hier ganz und gar nicht."

„Lasst uns keine Zeit verlieren. Jede Sekunde ist kostbar", sagte Terco sorgenvoll.

Damit war es beschlossen. Terco und Ruz machten sich zu Pferde auf. Der Söldner und sein schwarzer Artuso schlossen sich ihnen voller Tatendrang an, während Chris vorausflog. Vielleicht konnte er die beiden Frauen und den General noch rechtzeitig aufspüren, bevor es die Dunklen Anhänger taten.

Hufgetrappel eines einzelnen Pferdes ließ Jack in die Höhe schnellen. Er hatte sein Schwert gezogen und wartete angespannt. In seinem Kopf schrillten die Alarmglocken ununterbrochen. Ein Reiter in einem schwarzen Umhang auf einem weißen Pferd hielt vor ihm an, noch außer Reichweite seines Langschwertes.

„Ihr seid aber nicht weit gekommen", sagte eine ihm wohlbekannte, lachende, weibliche Stimme und die Warnsignale in seinem Inneren läuteten noch erregter und intensiver.

Die Frau schlug die Kapuze zurück und strahlte ihren Vater frech an.

„Höre ich noch einmal Spott über die Art meiner Reisegeschwindigkeit, dann leg ich dich übers Knie!", erwiderte Jack entspannter. Die Stimme in seinem Kopf, die immer und immer wieder Falle schrie, verdrängte er, bis sie kaum noch ein Flüstern war. Er ging auf Jasmin zu und diese schwang sich von ihrem Hengst, um Jack in die Arme zu schließen.

Erst als ein Entsetzensschrei hinter ihm ertönte, begriff auch endlich sein Herz, dass er in eine Falle getappt war. Jasmin war tot und er hatte sich dennoch dazu hinreißen lassen, die lauernde Gefahr zu verdrängen, als er diese Illusion gesehen hatte. Er wollte sich umdrehen und nachsehen, was mit Joy geschehen war. Doch diese Frau, die ihm vorgegaukelt hatte, seine Tochter zu sein, hielt ihn in ihrem Bann. Sie hatte langes, blaues Haar und gefühlskalte Augen. Ihr junges Gesicht war eine Maske der erbarmungslosen Bosheit. Ihr schlanker Körper war aber dennoch mit dem seidigen, grünmelierten Gewand eines Priesters der Drachenmagier gekleidet.

Während Jack sich von Sina hatte täuschen lassen, hatten zwei von Krimbolds Kriegern Joy hochgerissen und hielten sie nun mit schmerzhaftem Griff an den Oberarmen fest. Anfangs versuchte sie sich noch zu wehren. Aber schnell merkte sie, dass sie nichts gegen diese Männer ausrichten konnte.

„Jack! Tut doch was! Ich bitte Euch, helft mir!"

Sina streichelte dem General sanft über die Wangen, während hinter ihnen die Prinzessin erfolglos nach Jack rief. „Lass dein Schwert fallen, mein Süßer", flötete sie lieblich und er tat es augenblicklich. Innerlich jedoch verfluchte er diese Hexe.

Plötzlich blickte Sina auf. Irgendetwas hatte ihre Aufmerksamkeit geweckt. Ein böses, wissendes Lächeln huschte über ihr jugendliches Gesicht. „Komm heraus, Meister der Vampire. Ich weiß, dass du hier bist."

Ein eisiger Wind kam auf und ließ außer Sina alle frösteln. Ein Wirbel aus schwarzer Luft bildete sich. Als er sich verflüchtigte, stand vor Joy ein Mann mit mörderischen, kalten Augen – Marek

Traidor, der Berater des Königs. Der Prinzessin blieben alle Worte im Halse stecken. So groß war der Schock. In den Armen trug er einen Jungen, der Joy wie aus dem Gesicht geschnitten war.

„Oh, mein Gott", hauchte sie entsetzt, als sie ihn erkannte. „Was hast du mit ihm gemacht, Verräter? Was hast du mit meinem kleinen Bruder gemacht?"

„Nichts, er ist nur ohnmächtig, Prinzessin. Kail wird es überleben, wenn du tust, was wir dir sagen."

Joy wurde langsam panisch. *Tun, was sie mir sagen? Da könnten sie ja alles von mir verlangen! Oh bitte, verlangt nicht, dass ich jemanden töte*, flehte sie stumm.

„Ich hoffe doch, dass du dafür sorgen wirst, dass sie jungfräulich zum Steinernen Tisch gebracht wird?!", bemerkte Sina.

„Natürlich", erwiderte Marek mit einem geduldigen Lächeln auf den Lippen. „Ich werde sie erst nach dem Blutgeld zureiten."

Joy starrte ihn nur fassungslos an. *Mich zureiten? Der spinnt doch völlig! Hilf mir doch jemand, irgendwer!*

Die rostige, alte Zellentür quietschte und Anna blickte mit Hass funkelnden Augen auf, als Oktra eintrat.

„Zisch ab, Ratte!", fauchte sie.

„Oh entschuldigt, dass ich störe, ich bin sicher, dass Ihr noch viele wichtige Dinge zu erledigen habt. Aber der Meister wünscht Euch am *Tisch* zu sehen und er duldet keine Verspätung!"

Der Tiermensch kam auf sie zu und zerrte sie grob auf die Beine.

„Lass mich los", zeterte Anna und wollte sich aus seinem eisernen Griff befreien. Doch es gelang ihr nicht. „Ich kann selbst laufen!"

Oktra ignorierte ihre Gegenwehr, die ihm auch einen schmerzhaften Tritt ins Schienbein einbrachte, und bugsierte sie mit schnellen Schritten die Kerkergänge entlang, bis sie vor einem großen, schwarzen Portal standen.

„Wenn du glaubst, dass ich noch einmal durch so ein Ding gehe, dann hast du dich wirklich ge–" Doch der Magier überging ihre Worte und stieß sie ungefragt hinein. Dann folgte er ihr ohne Zögern.

„Sagst du mir jetzt endlich, wo wir eigentlich hinwollen?", fragte Antonio müde. Er lag auf Lyneris Hals. Die Beine am Sattel des Drachens festgezurrt. Er hatte gehofft, sie würden ein paar Tage im Drachenhort bleiben und sich mal so richtig ausruhen. Doch daraus war nichts geworden, denn Lyneri schien einen straffen Zeitplan zu verfolgen. Was auch immer der Grund für ihren neuerlichen Aufbruch war. Er würde es sicher bald wissen.

Sieh!, forderte sie ihn auf und deutete mit der schuppigen Nase auf ein baumloses Plateau, auf dem ein Ring aus fünf Meter hohen, steinernen Torbögen stand. In dessen Mitte ragte ein großer, steinerner Tisch aus der aschgrauen Erde.

„Was ist das?", fragte er und Lyneri setzte zur Landung an. Als sie neben dem Steinring aufsetzte, antwortete sie: *Das ist der Steinerne Tisch. Auf ihm finden Rituale der Dunklen Anhänger statt.*

„Heißt das, er dient zur Opferung?"

„Allerdings!"

Magier und Drache hoben ihren Kopf und starrten den Mann an, der gelassen auf einer Kante des Steinernen Tisches saß und sie von oben herab belächelte.

„Wer bist du?", fragte Antonio misstrauisch und machte sich bereit zum Kampf.

„Timius! Ich bin ein Magier ersten Grades, während du nur zweitklassig bist, Vampirjäger! Ich habe keine Lust mit dir meine Zeit zu vertrödeln, also verschwinde lieber ganz schnell wieder und nimm deine zu groß geratene Echse gleich mit."

Lyneri knurrte vernehmlich. Doch der Schwarze Magier belächelte das bloß.

Lass uns gehen!, sagte sie unerwartet in seinem Kopf.

„Was? Aber wieso …?"

Allein können wir hier nicht viel ausrichten. Also gehen wir und holen Chris und die anderen.

Obwohl er unsicher war, ob Lyneri die richtige Entscheidung getroffen hatte oder nicht, ließ er sie gewähren und sie entfernten sich von dem Plateau in Richtung Wald.

Timius wandte sich zu dem gerade entstandenen Portal um und einen Augenblick später stürzte Anna hervor. Unsanft landete sie auf Händen und Knien. Es verging nur ein Bruchteil einer Sekunde, als Oktra schließlich folgte. Mit einem gehässigen Grinsen stand er hinter ihr. Er packte sie wieder am Oberarm und zog sie auf die Beine. Grob stieß er sie die Stufen zum Steinernen Tisch hinauf. Timius hatte sich erhoben und erwartete sie. Der junge Schwarze Magier packte sie mit einer Hand am Genick und zog sie an sich heran. Anna wollte ihm zwischen die Beine treten. Doch eine dunkle Macht, die offensichtlich von diesem Mann ausging, verhinderte jegliche Bewegung, die ihm missfiel.

Er schnippte mit dem Finger und Anna trug ganz plötzlich ein weißes, knielanges Kleid mit Ärmeln, die bis zu den Handgelenken reichten.

„Wieso ...?"

„Also bitte", sagte Timius mit gespielter Entrüstung. „Dies hier ist ein heiliger Ort. Es ist unverzeihlich, dass du hier in verdreckter Hose und grauer Jacke auftauchst."

„Weiß!"

„Wie bitte?"

„Die Jacke war weiß!"

„Du sagst es: War! Außerdem ist auf so einem klaren Weiß der Kontrast zum Blut viel besser, wirkt alles lebendiger."

„Blut?! Meines?", fragte Anna geschockt, vor der Antwort war ihr ganz bange.

„Wessen sonst, Prinzessin? Du bist nur ein Hindernis für den Meister. Also wirst du ausgelöscht und warum sollen wir das nicht gleich mit einer Opferung auf dem Steinernen Tisch verbinden, um einen neuen Paladin zu weihen?"

„Neuer Paladin?"

„Es ist gut Timius. Lass uns anfangen!"

Timius nickte zustimmend und die beiden Magier zerrten die sich heftig wehrende Anna zum Steinernen Tisch. Erst jetzt fiel ihr auf, dass an den Ecken Eisenmanschetten in den Felsen getrieben waren. Sie zwangen sie mit dem Rücken auf den kalten Stein und ketteten mühsam ihre Arme fest. Anna schrie, schlug und trat um sich. Oktra, der das feine Gehör eines Luchses hatte, klangen die Ohren und er war einen Moment zu lang unaufmerksam. Anna nutzte ihre Chance und knallte ihm ihren Spann ans linke Ohr. Oktra stolperte Schmerz gepeinigt seitwärts. Er verfehlte die erste Stufe und trat ins Leere. Während er mit Ohren betäubendem Getöse die Steintreppe hinabstürzte, hatte Timius schnell ihre Fußgelenke festgebunden.

„Warum habt ihr zwei Spinner nicht auch hier eure Magie benutzt?", forschte Anna geringschätzig nach.

„Weil man das Opfer nicht mit Magie auf den Stein binden darf. Dann funktionieren die Rituale nicht."

Oktra kam wutschnaubend wieder zurück und starrte Anna so durchdringend böse an, als wollte er sie bei lebendigem Leibe häuten.

Sina war mit Jack bei dem kleinen Lager zurückgeblieben. Sie hatte ihn fast liebevoll mit ihrer Magie in den Dreck gelegt. Und begann ihm nun das Wams auszuziehen.

„Was ist General?", fragte sie lachend. „Du zitterst ja. Ist es Angst, Wut oder gar Hass? Oder alles zusammen?"

„Wer bist du überhaupt", fragte er mühsam beherrscht.

„Oh, ich Dummerchen. Ich habe ja völlig vergessen, mich vorzustellen. Mein Name ist Sina. Ich bin die Hohepriesterin Cäcilias, der Göttin der verlorenen Seelen."

„Obwohl Ihr einer Dunklen Göttin huldigt, tragt Ihr das Gewand einer Priesterin der Drachenmagier. Wenn mich nicht alles täuscht, war das ein Kult, den Dark, der Bruder Lyneris, gegründet hat."

Sina sah ihn kalt an. „Es spielt keine Rolle, wessen Gewand ich trage. Ich bleibe dennoch eine Schwarze Zauberin und Ihr,

General, seid nichts weiter als ein weiteres meiner unzähligen Opfer."

Jack knirschte wütend mit den Zähnen. Er konnte noch immer keinen Muskel rühren. Wie um Himmelswillen sollte er sich da gegen diese Frau wehren? Verzweiflung machte sich in ihm breit, während sie sich herab beugte und ihn mit aller jugendlichen Wildheit küsste.

Linda verzeiht mir das nie!, schoss es ihm unwillkürlich durch den Kopf und er hätte beinah gelacht. Wie konnte er jetzt an so was denken?

„Sieh mal da unten", sagte Antonio und deutete zwischen die Bäume auf zwei Personen, die am Waldboden lagen und sich offenbar sehr nahe waren.

Ich kann hier nicht landen, Toni, erwiderte Lyneri schuldbewusst.

„Flieg, so tief du kannst", forderte er sie auf und sie tat es.

Als sie den für sie möglichsten Tiefpunkt erreicht hatte, schnallte Antonio seine Beine los und sprang aus dem Sattel. Geschickt landete er auf einem der dickeren Äste einer alten Eiche. Die beiden schienen ihn nicht bemerkt zu haben und so kletterte er geschmeidig wie eine Katze hinunter und versteckte sich. Lyneri flog zurück zum Plateau. Denn sie wusste, dass Chris ganz in der Nähe war.

Vorsichtig schaute er an dem Stamm vorbei auf die zwei Menschen. Einen Moment setzte sein Herzschlag aus, als er die Frau erkannte – Sina. Wer auch immer dieser Mann war, er sollte offenbar dasselbe Schicksal erleiden wie einst André.

Diesmal nicht du Hexe, dachte er wütend. *Diesmal werde ich das verhindern.*

„Komm raus!" Sinas Befehl knallte wie eine Peitsche durch die kühle Nachtluft.

Antonio konnte sich nur mit Mühe davon abhalten, ihrem Aufruf zu folgen. *Verflucht, sie ist wirklich sehr stark.*

Erst nach einer Weile, als ihr Einfluss verklungen war, trat er hinter dem Baum vor.

Die Zauberin starrte ihn eine geschlagene Minute sprachlos an. Dann lächelte sie plötzlich, aber es war kein unfreundliches Lächeln, man konnte es sogar als liebevoll bezeichnen.

„Ich hatte gehofft, dass dieses weiße Licht damals deine Rettung war", sagte sie sanft und klang merkwürdigerweise glücklich. Der Wahnsinn war aus ihren Augen verschwunden, während sie den Anblick des Vampirjägers genoss.

„Warum interessiert es dich so, dass ich noch am Leben bin? Meine Eltern hast du doch auch ohne mit der Wimper zu zucken erledigt."

„Nur deinen Vater!", Sina machte eine herrische Geste. „Bleib liegen!", und Jack, der sich gerade auf die Knie erhoben und den Dolch gezückt hatte, knallte unsanft auf den Rücken zurück. Antonio warf ihm einen kurzen Blick zu. Dann sah er wieder Sina an. „Wie konnte ich nur vergessen, dass deine verfluchten Diener sie ermordet hatten!"

„Das würden sie niemals wagen!", erwiderte die Zauberin geheimnisvoll. „Aber das erklär ich dir ein anderes Mal. Sieh nur, wie spät es ist. Ich muss los!"

„Feige Hexe!", zischte Chris, der hinter ihr zwischen den Bäumen stand und bedrohlicher denn je wirkte. Sein ganzer Körper lag im Schwarz des nächtlichen Waldes, nur seine goldenen Katzenaugen funkelten im schwachen Licht der Sterne.

„Na, hör mal, Herr der Drachen. Es ist schon unfair zwei gegen eine", erwiderte Sina mit einem honigsüßen Lächeln.

Ein mordlustiges Knurren erklang aus der Tiefe seiner Kehle. Sina war verschwunden, bevor auch nur einer von ihnen einen Finger hatte rühren können.

Chris blickte in die Neumondnacht und sah sie mit einem ihrer Vampirkollegen fortfliegen.

„Sie ist und bleibt die Herrin der Vampire", sagte der junge Drache Kopf schüttelnd.

Jack hatte sich inzwischen wieder aufgerafft und sattelte sein Pferd. Antonio tat es ihm mit Joys Falbestute gleich. Er löste ihr die Beinbinde und stieg wortlos auf. Der General blickte ihn misstrauisch an.

„Du bist doch dieser Magier, dem ich bei den Klippen begegnet bin?!" Dann sah er Chris an. „Und du?"

„Ist jetzt egal", erwiderte Antonio abwehrend. „Wir müssen zum Steinernen Tisch. Dort soll eine Opferung stattfinden. Wenn wir uns nicht beeilen, könnte sonst was passieren."

„Wer soll geopfert werden?", fragte Jack bleich.

„Keine Ahnung! Aber die Prinzessin hat bestimmt was damit zu tun."

„Geht schon mal vor", sagte Chris. „Ich warte hier auf die anderen."

Als Antonio und Jack die Pferde wendeten und in den Galopp trieben, rief Chris: „Und mach bloß keine Dummheiten, Toni!"

Der Vampirjäger drehte ihm den Kopf zu und grinste frech. „Ich doch nicht!"

Joy stand wie in Trance an Mareks Seite. Ihr Verstand weigerte sich hartnäckig zu glauben, was hier geschah. Aber vor allem sträubte sich alles in ihr gegen das, was ihr zu tun befohlen war. Sie blickte zu Kail, der von diesem Tiermenschen, den die Schwarzen Hexer Oktra riefen, an einen Baum gebunden worden war. Er hatte den Jungen kopfüber aufgehangen und ihm die Hände auf den Rücken gefesselt. Damit er nicht schrie, hatte er ihm einen muffigen Knebel verpasst. „Geisterstunde", sagte der Meister der Vampire mit leiser, grauenerregender Stimme. Dann sah er sie mit einem wissenden, bösen Grinsen an. „Es ist so weit, Prinzessin. Wollen wir?"

Sie starrte noch immer zu Boden und war alles andere als bereit, auch nur einen Schritt in Richtung Altar zu tun.

„Ich kann das nicht ...", murmelte sie verstört.

„Sicher könnt Ihr. Es ist nichts dabei", erwiderte Marek schulterzuckend und führte sie die Treppen zum Altar hinauf.

„Es ist nichts dabei?", fuhr sie ihn mit leichenblassem Gesicht hysterisch an. „Ihr verlangt, dass ich ... dass ich ..." Sie brachte dieses Wort, welches ihr einen eisigen Angstschauer über den Rücken jagte, nicht über die zitternden Lippen.

„Dass Ihr tötet!", beendete er hilfsbereit ihren Satz. „Und? Überwindet Euch, Prinzessin. Die weiteren Male sind mit der Zeit dann sogar vergnüglich."

„Ihr seid wahnsinnig", entfuhr es ihr. „Wie könnt Ihr nur Freude beim Töten empfinden?"

Sie waren am Ende der Treppe angekommen und standen nun vor dem Steinernen Tisch, auf dem Anna noch immer gefesselt lag. Oktra hatte auch ihr vorsorglich einen Knebel in den Mund gestopft. Um zu verhindern, dass sie sich heißer schrie, wie er mit vorgetäuschter Freundlichkeit gemeint hatte. Marek zog einen goldenen Dolch, dessen Griff mit Rubinen und Smaragden durchsetzt war, aus der Tasche und schloss Joys heftig zitternde Finger darum.

„Keine Angst, nur ein kurzer Stich. Ein wenig Blut wird spritzen und dann ist es auch schon vorbei", erklangen seine tröstenden Worte in ihrem Ohr.

„Ich kann nicht", wimmerte die Prinzessin elend. „Warum wollt ihr sie töten. Was hat sie euch getan?"

„Was sie uns getan hat?", wiederholte Marek mit hochgezogenen Augenbrauen. „Das tut nichts zur Sache. Sie hatte schlicht und einfach Pech."

Joys Arm vibrierte so heftig, dass Mareks Hand mit zitterte. Er hielt ihre Hand fest, damit sie den Dolch nicht fallen ließ.

„Oh Gott", flüsterte Joy flehend. „Hilf mir, hilf uns!"

Sombra tauchte auf der anderen Seite des Opferaltars auf: „Kein anderer Gott kann hier eindringen, solange ich hier bin. Was hast du geglaubt, wofür die Barriere der Schwarzen Magie ist?" Er lachte schallend mit eisiger Bosheit in der grausamen Stimme auf.

Joy starrte ihn fassungslos an. Beinahe wäre sie in Ohnmacht gefallen. Doch mit eiskalter Hand hielt Marek sie wach, zwang sie zu sehen, was sie im Begriff zu tun war.

„Da", flüsterte Terco, der zwischen Ray und Ruz am Boden lag und zwischen den Blättern der Sträucher hindurch spähte. „Chris, wie viele?"

„Ohne Sombra ... einer beim Altar. Einer bei deinem Bruder. Ein Trupp von zwanzig Soldaten, die unbeteiligt im Schatten der Baumgruppe dort drüben sitzen. Und der Letzte steht am Fuße der Treppe zum Altar hinauf. Aber auf der anderen Seite, die wir nicht einsehen können, dort wo Mutter gelandet ist."

„Sie sagt, dass sie uns nicht helfen kann", flüsterte Antonio, der mit Jasmin und Jack hinter zwei Bäumen hockte und vorsichtig auf das Plateau hinaus spähte.

Jack und Jasmin waren sich überglücklich in die Arme gefallen, als sie sich hier getroffen hatten. Der General hatte sich eine Glücksträne nicht verkneifen können. Dennoch waren sie schnell wieder ernst geworden und hatten sich nun auf die vor ihnen liegende Aufgabe konzentriert.

„Hört zu", zischte Terco unruhig. „Jasmin, Ray und Jack, ihr geht und kümmert euch um die Soldaten. Chris, du kümmerst dich um den Typen, der am Fuße der Treppe steht. Antonio, du musst den Tiermenschen dort drüben ablenken, damit Ruz Kail befreien kann. Dann verschwindet ihr zu Conny, sie wird euch Schutz geben. Toni, noch was. Sei vorsichtig! Der Tiermensch ist Magier ersten Grades!"

„Eine Sache noch, mein Prinz", sagte Jack leise. „Was ist aus dieser Frau geworden, Sina?"

„Sie ist nicht mehr hier", antwortete Chris an Tercos Stelle.

„Also los! Und euch allen viel Glück. Hoffen wir, dass wir das überleben."

„Vor allem du wirst es brauchen, Terc", erwiderte Chris mit einem besorgten Glanz in den Augen. „Marek ist unsterblich, heißt es ..."

„Keine Sorge, Bruder, ich pass schon auf!"

Lautlos huschten sie wie Schatten in verschiedene Richtungen davon, um diesen waghalsigen Plan in die Tat umzusetzen.

Zeitgleich schlugen sie zu. Überraschte Entsetzensschreie gellten durch die von Angst geschwängerte Luft. Bevor auch nur einer der Schwarzen Anhänger begriff, was über sie herfiel, war auch schon die Hälfte der Soldaten gefallen und Oktra in ein magisches Geflecht, welches Antonio mit seiner Magie gewoben hatte, gefangen. Ruz hatte Kail vom Baum heruntergeholt, als die Kämpfe erst richtig losgingen. Kampfschreie wurden laut, Blut befleckte die unschuldige Natur.

Marek aber ignorierte das Geschrei. Er zog Joys Arm nach oben, um auszuholen und den Dolch mit einem gut gezielten Stoß in Annas Herz zu treiben. Panik lag sowohl in Annas Augen als auch in Joys tränenverschmiertem Gesicht. Unfähig sich gegen Mareks Griff zu wehren, konnte Joy nur noch auf ein Wunder hoffen.

Der Dolch fuhr herab ins Fleisch. Blut spritzte aus der Wunde hervor und befleckte die Prinzessin, der sogleich ein entsetztes Wimmern entfuhr.

„Wir haben das gesamte Schloss durchsucht, mein König. Aber wir haben weder Prinz Kail noch Ruz finden können", sagte ein junger Diener völlig außer Atem.

„Verflucht, die können sich doch nicht in Luft aufgelöst haben!", tobte Gobierno wütend. „Wenn nur Ruz nicht da wäre, würde ich das ja noch verstehen. Der reitet oft einfach allein weg, aber doch nicht Kail!"

Er war von seinem Thron aufgesprungen und lief aufgewühlt im Thronsaal hin und her. *Ich versteh das nicht. Welchen Grund sollte es geben, dass mein Jüngster das Schloss ohne Erlaubnis verlässt? Er macht doch sonst immer so ein großes Geschrei drum, wenn er was will! Es ist nicht typisch für ihn, sich aus dem Schloss zu stehlen. Und wenn man ihn entführt hat?*

„Ähm... Majestät", begann der Diener schüchtern. Irgendwie schien er sich unwohl in seiner Haut zu fühlen.

Fragend blickte Gobierno ihn an. „Was gibt es denn noch?"

„Euer Sohn, Kronprinz Terco, er ist ..."

„Sag mir jetzt nicht, dass er auch weg ist!", fuhr Gobierno ihn an.

„Äh... doch!", der Junge war zurückgewichen, als der König einen Wutanfall bekam und gegen den Thron trat. Als er sich schwer atmend auf die Lehne stützte, getraute sich der Diener, weiterzusprechen. „Aber das ist nicht alles, Herr." Gobierno sah ihn böse an.

„Was denn noch?"

„Lord Traidor ist seit der verpatzten Hinrichtung auch nicht mehr gesehen worden ..."

„Marek ist auch nicht da?", forschte Gobierno nach, um sicherzugehen, dass er richtig verstanden hatte.

„So ist es, mein König!"

„Schick mir den General ..."

„Herr, der ist nicht –"

„Ja ich weiß. Dann schick mir den ersten Offizier", herrschte er den Jungen an, der sofort kehrtmachte und zur Tür hinausrannte.

Offenbar hat Rain Recht gehabt, dachte Gobierno säuerlich.

Wenig später kam Adrian herein. Er salutierte vor dem König und wartete, bis dieser zu sprechen begann.

„Hör zu, ich möchte, dass du dir einen Suchtrupp mit den besten Männern zusammenstellst und dich zum Steinernen Tisch begibst!"

Adrian blickte verdutzt auf. „Zum Steinernen Tisch, Majestät?"

„Ja", Gobierno ließ sich wieder auf seinen Thron sinken. „Das ist ein Opferaltar. Ich war schon lange der Meinung, dass Marek irgendwas mit den dunklen Göttern zu schaffen hat und jetzt, da er verschwunden ist, bestätigt sich das für mich. Ich befürchte, dass meine Kinder darin verwickelt sind. Ich glaube, dass Marek Kail entführt hat, um ein Druckmittel zu haben, und ich denke, dass Terco und Ruz ihnen gefolgt sind, um sie zu retten. Also reitet ihr zuerst zum Steinernen Tisch, um sicherzugehen."

„Wie Ihr wünscht, mein König!", Adrian salutierte und entfernte sich eilig, um keine Sekunde zu verlieren.

Mit einem Trupp von zehn Mann ritt er eine Viertelstunde später im gestreckten Galopp aus dem Schlosstor.

Gobierno blickte ihm nervös nach. Er bemerkte nicht, dass hinter ihm eine junge Frau mit langen, blauen Haaren aus einem Portal trat, eine Phiole aus der Tasche zog und ein paar Tropfen in seinen Kelch träufelte. Dieser stand auf einem kleinen Tisch, links von dem königlichen Stuhl. Sie schob das Glasröhrchen zurück in eine Innentasche ihres Priesterinnengewandes und verschwand ebenso lautlos und unbemerkt, wie sie gekommen war. Nur die Flamme der Kerze, die neben dem Kelch stand, flackerte unruhig.

Annas Panik verwandelte sich in ungläubige Überraschung, als ein Fremder über ihr lehnte, aus dessen rechter Schulter der Dolch ragte. Er lächelte erleichtert. Dann drehte er sich zu Marek um. Der Meister der Vampire stieß einen Fluch aus, als er ihn erkannte. Es war ihm schleierhaft, wie er ihn nicht hatte bemerken können. Doch das klärte sich schnell, als er der schwarzen Aura um ihn gewahr wurde, die allmählich verblasste.

„Oh Hoheit, willkommen zur Opferung!" Ein geringschätziges Lächeln lag auf Mareks Gesicht.

„Es freut mich ebenso, Euch wiederzusehen", erwiderte Terco höflich. Noch nie hatte er so gut gelogen. Lord Traidors Augen verengten sich zu Schlitzen. Es war für ihn unmöglich geworden, den Kronprinzen einzuschätzen. *Argo, du verfluchter Idiot, was hast du nur angerichtet!* Er stieß Joy beiseite und umschloss sie mit einem tiefschwarzen, magischen Geflecht.

„Nun, mein Prinz", begann er mit einem gezwungenen Lächeln. „Ich rate Euch, nach Hause zu gehen und Dinge zu tun, von denen Ihr auch etwas versteht! Ihr wisst genauso gut wie ich, dass Ihr Euch nicht für einen Helden eignet. Noch könnt Ihr Euer erbärmliches Leben retten."

„Ich bleibe", erwiderte Terco mit einem dankenden Lächeln. „Aber seid bedankt, dass Ihr mir die Wahl gelassen habt."

Joy starrte ihren Bruder nur fassungslos an. So kannte sie ihn gar nicht. *Seit wann ist er so selbstsicher? Seit wann wagt er es, Marek die Stirn zu bieten? Sei bitte vorsichtig Terc!*

Marek schäumte. „Du elender Narr, glaubst du wirklich, dass du ein Zusammentreffen mit mir überleben würdest?" Jedwede Höflichkeit war von ihm abgefallen. Er war kurz davor, den Prinzen bei lebendigem Leibe zu häuten. Nur Sombras Anwesenheit erinnerte ihn an den Plan und damit daran, dass er den Prinzen nicht töten durfte.

Terco zuckte mit den Schultern. „Man kann es ja mal probieren."

Alle drei – Anna, Joy und Marek – starrten ihn ungläubig, ja fassungslos an. Die Augen des ehemaligen Elben blitzten gefährlich.

Doch Terco kümmerte das nicht. Er zog sich mit Schmerz verzerrtem Gesicht den Dolch aus der Schulter und reichte ihn Marek liebenswürdig zurück.

„Der gehört dir!"

„Willst du mich auf den Arm nehmen?", schrie dieser ihn an. „Wir sind hier bei einer Opferung!"

Terco blickte ihn verständnislos an. „Aber er gehört doch dir?" Wieder bedeutete er dem Vampirfürsten, ihn zu nehmen.

Im Inneren des Prinzen staute sich der Hass in ungeahnten Ausmaßen an, nur darauf wartend auf die nächstbeste Kreatur loszubrechen. Tercos Herz zog sich schmerzgepeinigt zusammen. Lange würde es diese böse Energie nicht aushalten. Ein Ventil war bitternötig.

Als Marek die Hand nach der Waffe ausstreckte, verfinsterte sich Tercos Gesicht und der Dolch zerfloss in seiner Hand. Nun war die Zeit gekommen, all den angestauten Hass, der über Jahre in seinem Herzen gewartet hatte, loszulassen. Marek bot dafür ein ausgezeichnetes Ziel.

Lord Traidor hatte die schwarze Aura, die um die Hand des Prinzen aufgeglüht war und das Metall zerstört hatte, nur am Rande berührt. Doch sogleich begann er sich von den Fingerspitzen an aufzulösen. Qualvolle Schreie quollen aus seinem Mund, als ihn die Schwarze Magie, die Gott Norogie Terco gegeben hatte, verätzte. Nach einer endlosen Minute war es vorbei. Das schwarze Geflecht um Joy hatte sich aufgelöst. Sie war zu Boden gesunken und starrte ihren Bruder fassungslos an.

„Warum?", schluchzte sie. „Warum hast du das getan? Warum musstest du ihn gleich umbringen?"

Terco wirbelte wütend zu ihr herum und blitzte sie mit kalten Augen an. Sein Körper hatte eine unvollständige Verwandlung durchgemacht, was der Prinzessin das Entsetzten und die Angst erneut in die Knochen trieb.

„Was ist nur mit dir geschehen?", hauchte sie. „Bist du der Paladin, den sie in ihren Kreis aufnehmen wollen?"

Sein Haar war glühend rot. Seine rechte Gesichtshälfte war noch genau, wie Joy sie kannte – dunkle Haut, weiche Gesichtszüge, Lebensfreude und Hoffnung konnte man in seinem grauen Auge noch ablesen. Doch die linke war bleich, hatte kantige, scharfe Gesichtszüge und in seinem Blick waren nur Hass und Verachtung für ihre Schwäche zu erkennen.

„Red' keinen Blödsinn", schrie er sie an. „Ich habe mich nicht verändert, es geht mir bestens! Klar? Und jetzt hör auf zu heulen und lass uns gehen!"

Joy stand mit zitternden Beinen auf und wankte auf ihren geliebten Bruder zu.

„Das bist nicht du, der da redet. Nein, das bist nicht du –"

„Was soll das? Weißt du nicht, wo dein Platz ist, Weibsbild?", herrschte er sie an. „Komm mir ja nicht zu nahe und wage es bloß nicht, mich anzufassen!"

Doch sie kam näher, zögerlich und unsicher. Aber sie kam. Als sie in seine Reichweite kam, holte er aus und schlug ihr den Handrücken brutal ins Gesicht. Sie stürzte und schlug hart auf dem Stein auf.

Chris' Ohren zuckten und er blickte zum Altar auf. Er sah gerade, wie Terco seine Schwester zu Boden schlug. Antonio tauchte neben ihm auf.

„Er ist völlig wahnsinnig, ich hab's doch immer gewusst!", sagte der Vampirjäger Kopf schüttelnd.

„Nein, das ist er nicht", erwiderte der Drache besorgt. „Passt auf sie auf." Er nickte zu Timius, Oktra und den Soldaten, die überlebt hatten und nun durch Chris Magie gebannt waren, hinüber. Dann spannte er seine Flügel und schoss auf den Altar zu. Seine Mutter folgte ihm ungefragt.

„Sehr gut!", säuselte Sombra in Tercos Ohr. „Lass dir von einer Frau nichts befehlen. Zeige ihr, dass du das Sagen hast, und zwar, indem du ihr deutlich machst, dass du zu allem fähig bist!

Die beste Möglichkeit, ihr das klarzumachen, ist, die Opferung zu Ende zu bringen. Damit du endlich frei sein kannst, Athanasius!"

Gott Sombra sah sich nun kurz vorm Ziel der ersten Etappe seines grandiosen Plans. Er hatte nie vorgehabt, dass Joy Anna tötete. Von Anfang an sollte es Terco selbst tun. Seine kleine Schwester hatte nur als Köder gedient. Zumindest sollte alle Welt das glauben.

Vor dem Kronprinzen, der noch immer in seinem eigenen Hass gefangen war, tauchte ein Dolch derselben Art auf wie der Mareks. Er ergriff ihn und trat auf Anna zu, die nun wieder wie wild an ihren Fesseln zerrte, obwohl sie wusste, dass das nichts brachte. Todesangst breitete sich erneut in ihrem Herzen aus.

„Los, stich zu!", rief Sombra ungeduldig.

„NEIN!!!", Joy sprang trotz Schmerzen hoch und packte Tercos Arm, der zitterte. Sie sah in sein graues Auge und erkannte die Tränen, die darin schimmerten. Jetzt erst begriff sie. Er litt unter seinem eigenen Hass. Und den konnte man nur besiegen, wenn man ihm mit Liebe entgegentrat.

„Terco, es tut mir leid", begann sie und sofort hatte sie seinen verstörten Blick auf sich gezogen. „Ich weiß jetzt, dass du viel durchgemacht hast. Ich weiß auch, dass du oft allein warst, dass du niemanden hattest, der dir einfach mal zugehört hat. Ich weiß, wie du dich fühlst. Du bist einsam und so was tut furchtbar weh. Vermutlich hätte ich mehr für dich da sein müssen. Es tut mir schrecklich leid. Weißt du was? Wie wäre es, wenn wir alle zusammen Vater fragen, ob er mit uns mal wieder Polo spielen geht? Das hast du früher doch immer so gerne gemacht."

Tränen flossen nun auch ihr über die Wangen. Doch ein hoffnungsvolles Lächeln lag auf ihren Lippen. Sein Haar wurde allmählich wieder schwarz, während seine Haut wieder dunkelte. Doch die Iris seines linken Auges blieb finster. Der Dolch klirrte zu Boden und Joy umarmte ihn erleichtert. Er erwiderte ihre Geste ebenso glücklich.

„Nun ja", sagte Sombra unerwartet im Plauderton. „Wenn sich der hochgeschätzte Kronprinz zu fein zum Töten ist, dann muss es eben Marek tun."

Wie gerufen stand der Schwarze Magier neben den beiden. Terco stellte sich rasch zwischen ihn und Joy. Sein Herz raste vor Angst und er hatte nicht den geringsten Schimmer, wie er Marek aufhalten konnte. Doch das musste er offenbar auch nicht, denn hinter dem Meister der Vampire ragte der glänzende Schuppenpanzer Lyneris auf.

Marek wirbelte mit Angst und Überraschung im Blick herum. „Wie ...?"

„Das ist unmöglich!", tobte Sombra außer sich. „Du kannst nicht hier sein! Das ist mein Reich!"

„Mit der Liebe, *Eric*, ist alles möglich!", erwiderte Lyneri an Sombra gewandt. „Irgendwann wirst auch du es verstehen. Vielleicht verzeihst du deinem Vater dann."

Chris stand plötzlich bei Terco und legte ihm eine Hand auf die Schulter. Dieser sah ihn über die Schulter hinweg mit seinem schwarzen Auge an.

„Wolltest du sie nicht retten?"

Die Schwärze schwand und wurde zu dem liebevollen Grau, als er sanft lächelte und nickte.

Marek drehte sich noch einmal dem Kronprinzen zu. „Wir sehen uns wieder und wenn es so weit ist, dann wird dich Lyneri nicht mehr schützen können!" Ein schwarzes Portal, erschaffen von einem Lichten Magier, wie Lyneri und Chris verwundert feststellten, öffnete sich unter seinen Füßen und verschluckte ihn. Sombra löste sich ins Nichts auf und mit ihm auch der schwarze Nebel.

Terco ging langsam auf Anna zu, doch diese starrte ihn immer noch panisch an und versuchte erneut, aber erfolglos zu fliehen.

Allen fiel auf, dass die fremde, junge Frau noch immer glaubte, von dem Prinzen gehe Gefahr aus. Joy fasste sich ein Herz und trat neben ihn. Behutsam legte sie ihm die Hand auf den Unterarm und schüttelte den Kopf. Er trat verwirrt zurück, während sie sich dem Altar näherte.

„Hab' keine Angst, ich werde dir helfen", sagte sie in einem sanften, beruhigenden Tonfall, während sie die Fesseln ihrer Knöchel und dann auch ihrer Handgelenke löste.

Ganz langsam setzte Anna sich auf. Terco und den anderen Mann mit den spitzen Ohren behielt sie scharf im Visier. Den Drachen hinter den beiden nahm sie nicht für voll.

Die Prinzessin half ihr aufzustehen und führte sie die steinernen Stufen des Altars hinunter.

„Was ist denn noch, Kleiner? Wollen wir nicht auch gehen?"

„Sie hatte Angst vor mir! Warum?" Fragend und völlig verstört blickte der Kronprinz seinen Bruder an.

Ein schockierter Ausdruck legte sich auf Chris' Gesicht.

„Du ... du hast keine Ahnung, warum sie Angst vor dir hatte?", fragte er mit einer dunklen Vorahnung im Bauch, die sich bestätigte, als Terco beschämt den Kopf schüttelte.

„Komm her", sagte Chris sanfter und schloss seinen kleinen Bruder in die Arme. „Es wird alles wieder gut." Er konnte ihm nicht sagen, dass Anna fast durch seine Hand gerichtet worden wäre.

„Was ist nur mit mir los?" Tränen flossen Terco in Strömen über das Gesicht. „Ich sehe ständig Gesichter, so viele Gesichter ..."

„Weißt du, wer sie sind?"

„Nein, ich weiß nur, dass sie nichts Gutes wollen."

Zarpa, Athanasius ..., sagte Lyneri nachdenklich und lenkte die Blicke der Prinzen auf sich.

„Was ist mit denen?", fragte Chris. „Wieso hat Sombra Terco Athanasius genannt?"

Terco ist von Argo entführt und einem Ritual der Schwarzen Hexer unterzogen worden. Sein jahrelang angestauter Hass wurde freigesetzt und schuf Athanasius, den Seelensammler, sagte Lyneri gedanklich zu den beiden.

„Was? Soll das heißen, dieses Monster wohnt in mir?", Terco war bleich geworden und musste sich an seinem Bruder festhalten, um nicht zu stürzen. Ganz plötzlich waren seine Beine weich.

Es war schon immer ein Teil deiner Seele, den Norogie erweckt und mit Schwarzer Magie verstärkt hatte. Eigentlich bist du weder licht noch dunkel. Du hast eigentlich nur neutrale Magie. Durch die erhaltene Schwarze Magie ist deine Seele aus dem Gleichgewicht geraten.

„Und wer ist Zarpa?", wollte Chris wissen.

Er ist durch Tercos Todesangst entstanden, als er von den Klippen stürzte. Diese Verwandlung hat dir das Leben gerettet, Kronprinz. Aber durch sie hast du viele Menschen getötet, zwar Söldner, die ein Viajerolager angegriffen haben, was du aus Dankbarkeit verteidigt hast, aber du hast getötet. Es bringt nichts, es dir zu verschweigen.

Terco wandte sich von ihr ab und hockte sich hin. „Was bin ich doch nur für ein schlechter Mensch ..." Er umschlang seine Knie mit den Armen und vergrub seinen Kopf. Chris setzte sich neben ihn und legte ihm tröstend eine Hand auf die Schulter.

Du musst lernen, deine gegebene Macht zu kontrollieren, denn wegschließen kannst du sie nicht, ließ sich Lyneri hinter ihm vernehmen.

„Wie denn, du hast doch gesehen, was passiert ist", erwiderte Terco hoffnungslos. Durch ihre Erzählungen erinnerte er sich wieder an das Grauen, das er verursacht hatte.

Ich kann das nicht für dich tun. Deinen Weg musst du selbst finden. Aber ich kann dir dies geben, um ein Gleichgewicht in deiner aufgewühlten Seele zu schaffen.

Er sah sie fragend und mit einem schwachen Hoffnungsschimmer in den Augen an. Lyneri beugte ihren großen schuppigen Kopf zu ihm hinunter und legte ihn sanft auf sein Haupt. Ein plötzliches, strahlend helles Licht begann sich von ihrer Nasenspitze über ihren und seinen Körper auszubreiten.

Chris hatte sich erhoben und wich zurück.

Gegen den Hass gebe ich dir Liebe und gegen die Angst erhalte nun innere Ruhe und Ausgeglichenheit.

Terco konnte in seinem Geiste zwei Lichter sehen, die nun langsam Gestalt annahmen. Das eine wurde zu einer jungen Frau mit langen, braunen Haaren und großen, hellgrünen Augen. Ihre Gesichtszüge waren oval. Ein liebevolles Lächeln lag auf ihren zarten Lippen. Das zweite Licht nahm die Gestalt eines großen Mannes mit spitzen Ohren an. Terco erkannte sofort, dass er ein Elb war. Er hatte langes, blondes Haar und regenbogenfarbene Augen. Sein Gesicht strahlte ungebrochene Ruhe und Gelassenheit aus. Er war wie ein Fels und gleichzeitig konnte man in seinen Augen Bewegungen eines Flusses erkennen, der mal ruhig und mal wild dahin strömte. Er war einer der Flusselben, die vor langer Zeit in Reino este Cascada gelebt hatten, auf der Insel der Wasserfälle.

Das Licht verblasste und löste sich schließlich ganz auf.

Jetzt ist es an dir, kleiner Prinz. Erweckst du sie, dann ist es dir und nur dir möglich, Sombra in die Schranken zu weisen. Doch sei gewarnt, dass der Gott der Finsternis seinerseits auf eine weitere Gelegenheit wartet, Athanasius zu erwecken. Je schneller du handelst, desto geringer ist das Risiko, dass Sombra dich kontrollieren kann. Ich weiß, dass du es schaffst, Terco. Ich weiß, dass du dein Volk und dein Land vor der Finsternis beschützen kannst, erklärte Lyneri – Conny – ruhig.

„Muss ich diese Bürde wirklich allein tragen?", er wirkte unsicher und mutlos.

Doch nicht Lyneri antwortete ihm. „Nein, Kleiner, denn ich werde dir helfen! Und ich müsste mich schon sehr irren, wenn die anderen dort unten uns nicht beistehen, wenn es darum geht, den Schwarzen Hexern in den Hintern zu treten."

Ein Lächeln stahl sich auf Tercos Gesicht und er wischte sich die Tränen fort.

„Habt vielen Dank, Herrin Lyneri!" Er machte Anstalten, sich zu verbeugen, doch die Göttin hinderte ihn daran.

Nein, tut das nicht. Ich will, dass Ihr stolz durch das Leben geht und Euer Knie nicht vor irgendwelchen sogenannten Göttern beugt. Unsere Tage sind gezählt. In nicht allzu ferner Zukunft werden wir aufhören zu existieren. Das Ende des Götterzeitalters wird eingeläutet mit einer Niederlage Sombras. Wir sind nur Schatten, die sich im aufgehenden Licht eines neuen Zeitalters auflösen.

„Mutter, was redest du da?"

Wir haben schon zu lange gelebt. Sie schüttelte den Kopf. *Ach, hör nicht auf mich, mein Kleiner.* Sie stupste ihren geliebten Sohn an die Brust. Er legte ihr die Hände auf das Maul und strich gedankenverloren darüber. Doch Schreie rissen sie aus den Gedanken. Sie starrten hinunter und sahen, dass der Kampf wieder im vollen Gange war.

„Wie haben die sich befreit?", wollte Chris verwundert wissen.

Marek, war Lyneris Antwort, *Terco steigt auf meinen Rücken! Ihr bleibt bei mir!*

Er tat, wie ihm befohlen, während Chris die Flügel spannte und sich in die Lüfte schwang. Er verwandelte sich in einen ausgewachsenen Drachen, dessen schwarze Schuppen todbringend glänzten. Er riss das Maul auf und brüllte ohrenbetäubend. Marek und Oktra gerieten ins Schwanken. Ihnen klangen die Ohren. Anna nutzte diese Gelegenheit und rammte erst Marek, dann Oktra ihr Knie zwischen die Beine. Schmerzgepeinigt sanken sie zu Boden.

„Ergreift das Weibsbild", schrie Marek unter Schmerzen.

Zwei Soldaten rannten auf sie zu. Als sie Gefangene gewesen waren, hatte Jasmin dafür gesorgt, dass keiner mehr eine Rüstung oder gar Waffen trug. Einer der beiden wurde von der Kriegerin gestoppt, indem sie ihm ihr Bein mit voller Wucht in den Bauch rammte. Laut krachend zersprangen die Rippen. Er stürzte zu Boden und wand sich wimmernd im Staub. Der andere erreichte Anna. Jasmin wollte ihr gerade zu Hilfe eilen, als sie sah, dass dies nicht nötig war. Die Fremde nahm plötzlich eine Kampfhaltung ein. Sie glitt geschmeidig an dem ausgestreckten Arm, der sie versucht hatte zu packen, vorbei, packte das Handgelenk mit der einen und den Ellenbogen mit der anderen Hand. Dann setzte sie den Hebel an. Es ging so schnell, dass der Arm des Mannes am Gelenk brach und er sich ebenso vor Schmerzen krümmend zu seinem Freund in den Dreck gesellte.

Anna sah sich um, wobei sie Jasmins Blick begegnete. Die junge Kriegerin nickte ihr anerkennend zu und sie erwiderte die Geste.

Das unerwartete Auftauchen des gigantischen, fast dreißig Meter langen Drachens reichte aus, um die Anhänger des Schwarzen Kults und die Söldner in die Flucht zu schlagen.

Timius, der sich mit Antonio gemessen hatte, verpasste dem Vampirjäger eine Verbrennung am linken Arm, bevor er sich aus dem Staub machte. Erst nachdem Marek und Oktra Anna noch Rache geschworen hatten, verschwanden auch sie. Und wieder traten sie durch ein Portal, welches ein Lichter Magier errichtet hatte. Ray und Ruz schoben ihr Schwert wieder in die Scheide. Die beiden Männer hatten mit dem General Kail und Joy beschützt. Um sie herum lagen einige Tote. Chris verwandelte sich zurück und landete behutsam neben Antonio. Er bemerkte die Verbrennung sofort.

„Lass mich mal sehen", forderte er seinen Freund auf. Dieser reichte ihm den Arm. Chris schloss die Augen und legte seine Hände, die anfingen golden zu glühen, um die Wunde. Der Schmerz schwand und die Haut heilte allmählich wieder.

Lyneri hatte Terco bei Jasmin abgesetzt.

„Alles in Ordnung mit dir?", fragte sie.

Er nickte. „Und bei dir?"

Die Frage überraschte sie, dennoch bejahte sie. Allein die fünf Worte erwärmten sein erkaltetes Herz. Er blickte sich um und sah Anna am Fuß der Treppe sitzen. Gefühllos beobachtete sie die leidenden Männer am Boden.

Terco ging zu ihr und setzte sich mit Abstand neben sie. Misstrauisch blitzte sie ihn an.

„Was willst du?"

„Ich wollte mich bei dir entschuldigen. Ich hab' dir ungewollt Angst eingejagt. Das tut mir sehr leid. Es wird nicht wieder vorkommen."

„Sonst noch was?"

Er blickte sie mit seinen grauen Augen verunsichert an wie ein Kind, das nicht wusste, ob es nun für seine Tat bestraft würde. Anna konnte sich ein Schmunzeln nicht verkneifen. Der Prinz sah einfach zu niedlich aus, wie er dasaß und sie mit großen, glänzenden Augen ansah.

„Ich verstehe allmählich, dass in dieser Welt, in der du lebst, einiges anders ist als in meiner. Daher denke ich, dass ich dir verzeihen kann. Aber so schnell werde ich es nicht vergessen können ..., wenn du verstehst."

Terco nickte.

„Es wird wirklich nie wieder vorkommen, da ich tun werde, was Conny gesagt hat: Ich werde lernen, meine Macht zu kontrollieren!"

„Ich glaube, wir haben uns noch nicht vorgestellt", bemerkte Anna nach einer Weile. Sie stand auf und reichte ihm die Hand. „Ich bin Annabelle Josephin Marien de Castio."

Er ergriff sie zaghaft, lächelte aber erleichtert, da sie ihm die Chance für einen Neuanfang gewährte.

„Ich heiße Terco."

Kapitel 13

Hoffnungsschimmer in der Finsternis

„Majestät, soeben sind Lord Sanguin und Graf Ladron de Prisa eingetroffen. Sie bitten Euch um eine Audienz. Es sei sehr wichtig ..."
„Sie sollen reinkommen."

Der schon etwas ergraute Diener ging hinaus und bat die beiden Edelmänner herein, die ungeduldig vor dem Thronsaal gewartet hatten.

Lord Sanguin war ein großer, schlanker Mann Ende vierzig. Er hatte rehbraune Augen und mittellanges, schwarzes Haar, welches er zu einem eleganten Zopf gebunden hatte. Mit großen Schritten durchmaß er die Halle. Er hielt nur knapp vor dem Thron an, um eine flüchtige Verbeugung zu machen und die Worte „Mein König" zu murmeln, damit er schnell zur Sache kommen konnte. Auch der junge Graf hielt sich nicht gerade übermäßig an die Gepflogenheiten. Ungeduldig trat er von einem Fuß auf den anderen und lauerte wie ein Schakal darauf, dass der ältere Mann endlich das Wort ergreifen würde. Ladron war einen Kopf kleiner als der Lord, hatte kakaobraune Haare, strahlend grüne Augen und er trug eigentlich immer ein verschmitztes Lächeln zur Schau, doch heute blieb dies aus. Obwohl er erst vor Kurzem den Platz seines Vaters eingenommen hatte, sah er sehr ernst, fast zu ernst für seine zweiundzwanzig Jahre aus.

„Ich bin neugierig, Sanguin", sagte der König schließlich, nachdem er die beiden Adligen eine ganze Weile gemustert hatte. „Was bringt Euch dazu, mit dem Zwergenflüsterer vom Tüpfelsee bis hierher nach Custodio zu reisen?"

„Die Zwerge haben jeglichen Handel mit uns eingestellt", erwiderte der Lord ruhig, doch tiefe Besorgnis lag in seiner Stimme.

„Wieso das?", wollte der König wissen.

„Sie sagen, dass ...", Ladron zögerte. Unsicher sah er Sanguin an.

„Was sagen sie?", verlangte der König mit Nachdruck zu erfahren.

„Sie sagen", antwortete der Graf leise, „dass ein Mitglied der königlichen Familie mit dem Teufel im Bunde sei."

„Das ist lächerlich!"

„Mein König", meldete sich der Lord wieder. „Sie sagen, dass die Schwarze Magie hier im Schloss noch nie so stark pulsiert hätte wie vor Kurzem. Sie lehnen es strikt ab, mit Teufelsanbetern zu handeln."

Gobierno war blass geworden. *Ohne die Zwerge werden die Metalle, Erze und vieles mehr auf dem Markt fehlen.*

„Auch sagen sie, dass sie diesem Land den Krieg erklären wollen, wenn der Schwarze Hexer nicht von seinem Machtposten im Schloss verwiesen wird."

„Marek", flüsterte der König.

„Was sagtet Ihr, Hoheit?", fragte Lord Sanguin rasch nach. Weder er noch Ladron hatten verstanden, was Gobierno gesagt hatte.

„Marek", wiederholte er. „Wache!"

Ein Soldat mittleren Alters kam hereingestürzt und fiel auf die Knie. „Ihr habt gerufen, Majestät?"

„Ja, schick mir den Schreiber! Ich habe etwas Wichtiges zu verkünden." Die Wache eilte davon und der König wandte sich an den Lord. „Mein guter, alter Freund und Waffengenosse, seid Ihr noch einmal bereit, mein Leben zu retten?"

„Jederzeit Gobierno", erwiderte Sanguin mit einem Lächeln.

„Ich möchte, dass Ihr der neue Berater an meiner Seite seid, würdet Ihr das tun?"

„Natürlich, solang es nicht auf Dauer ist", antwortete der Lord.

„Bestimmt nicht. Wir werden sicher bald jemand anderes finden. Doch wenn ich Marek absetzen will, brauche ich einen fähigen Nachfolger, sonst könnte er diese Entscheidung anfechten."

„Es wird mir eine Ehre sein, dem Land zu dienen."

Als Sanguin den Satz beendet hatte, stürzte der Schreiber herein und fiel vor dem König augenblicklich auf die Knie.

„Steht auf und notiert Folgendes: Ich verordne die sofortige Entlassung von Lord Traidor, an dessen Stelle wird Lord Sanguin treten als der neue Berater des Königs." Er nahm dem Schreiber Feder und Pergament aus den Händen und signierte das Geschriebene. Dann trat er zu dem kleinen Tisch, welcher links neben dem Thron stand, und nahm die Kerze. Geduldig träufelte er Wachs auf die untere rechte Ecke des Pergaments. Dann nahm er das königliche Siegel und presste es darauf. Schließlich reichte er es dem Schreiber zurück.

„Ich will, dass das gesamte Land davon in Kenntnis gesetzt wird, verstanden? Und nun geht!"

Schnell verließ der Schreiber die Halle.

„Es könnte gefährlich sein, wenn das ganze Land es erfährt", sagte Sanguin nachdenklich. „Denn dann wird es auch Marek zu Ohren kommen."

„Dieses Risiko müssen wir eingehen, wenn wir einen Aufstand der Zwerge verhindern wollen. Wichtig ist doch erst mal nur, dass sie es erfahren. Ladron, seid so gut und reist so schnell Ihr könnt zurück nach Cabecera und redet mit den Zwergen. Überbringt ihnen meinen Erlass und sagt ihnen, dass ich es bedaure, erst jetzt bemerkt zu haben, wem Mareks Treue gilt."

Ladron verbeugte sich, nickte dem König zu und verließ den Thronsaal. Gobierno rief einen Diener herein, der mit einer Flasche Wein und einem Kelch für den Lord hereinkam. Gobierno hob den seinen von dem Tischlein neben seinem Thron hoch und ließ sich noch einmal nachschenken. Nachdem auch Sanguin einen vollen Kelch hatte, stießen sie an.

„Auf eine gute Zusammenarbeit wie in den alten Tagen!", rief Gobierno und lächelte endlich mal wieder. Für einen Moment hatte er die Sorge um seine Kinder vergessen. Sanguin prostete ihm zu und sie tranken den kühlen, erfrischenden Wein.

„Meine Mutter arbeitet im Ausland und scheffelt dort Millionen, sagt sie zumindest, wenn du mich fragst, hat sie nur reich geheiratet und hat nicht den Mut, es mir zu sagen. Meinen Vater hab' ich erst kürzlich sehr intensiv kennengelernt. Er ist nicht gerade das, was man von einem fürsorglichen Vater erwartet. Und was ist mit dir?"

Anna sah ihn erwartungsvoll an.

„Mein Vater ist der König von Carrera", begann er schließlich. „Er will, dass ich eines Tages König werde, aber ich glaube nicht, dass ich dafür geschaffen bin. Manchmal glaube ich, dass ich hier gar nicht hingehöre. Ich meine, ich bin meinen Vater so unähnlich, wie man es nur sein kann, während Ruz ..." Terco blickte zu seinem Cousin hinüber, der mit den anderen am Lagerfeuer saß und Geschichten erzählte.

Sie hatten so viel Weg zwischen sich und den Steinernen Tisch gebracht, wie es ihren müden Körpern möglich gewesen war. Nun schlugen sie mit den wenigen Decken und einem Zelt, welches Joy und Jack dabeihatten, ein Nachtlager auf. Die vier Pferde grasten mit zusammengebundenen Vorderbeinen in der Nähe. Während die beiden Artusohengste am Lagerfeuer lagen und lauschten.

„... na ja, er ist Vater so unglaublich ähnlich, nicht nur von den Gesichtszügen her, im Allgemeinen. Ich frag mich nur, warum all die anderen das nicht sehen."

„Nun, ich kenne deinen Vater nicht. Also kann ich das kaum beurteilen", erwiderte Anna schulterzuckend. „Ist das jetzt so wichtig? Wenn wir in Custodio ankommen, kannst du deinen Vater ja mal fragen. Was ist mit deiner Mutter?"

„Sie ist tot", sagte Terco leise.

„Oh, das tut mir sehr leid."

„Schon in Ordnung. Sie starb, als ich noch ein Baby war. Ich erinnere mich kaum an sie."

Lange schwiegen sie. Dann ergriff Terco das Wort: „Wollen wir uns nicht zu den anderen setzen?"

Anna nickte zustimmend und sie gingen zum Lagerfeuer. Dort machte bereits eine Weinflasche die Runde, die Jack aus seinen Satteltaschen gezaubert hatte. Ruz hatte soeben einen Schluck genommen und reichte sie Terco.

„Hier!"

„Danke." Terco setzte die Flasche an, doch Kail griff dazwischen und der Kronprinz verschüttete fast die Hälfte des Inhaltes über seiner Kleidung.

Er prustete und starrte seinen kleinen Bruder aufgebracht an. Doch lange konnte er ihm nicht böse sein, denn das schallende Lachen der anderen war einfach zu ansteckend. Er hielt die Flasche hoch über seinem Kopf, damit Kail sie nicht erreichen konnte.

„Mach das nicht noch mal, verstanden, kleiner Bruder?", sagte Terco, nachdem sie sich wieder beruhigt hatten.

„Ich will auch was", protestierte Kail heftig. „Alle trinken, dann will ich das auch!"

„Das stimmt doch gar nicht", erwiderte Ruz. „Deine Schwester trinkt nichts und selbst der Söldner weiß, wie schädlich Alkohol ist. Also nimm dir ein Beispiel an dem Meisterschwertträger!"

Kail starrte Ray einen Moment an. „Du hast ein Meisterschwert?", fragte er misstrauisch.

Ray nickte und zog es vorsichtig aus der Scheide, um niemanden zu verletzen. Nachdem der Junge es staunend begutachtet hatte, steckte er es wieder weg. Derweilen war die Flasche über Anna, die nicht Nein gesagt hatte zu etwas Wein, zu Jasmin gelangt, die sich ebenfalls einen kräftigen Schluck genehmigte. Sie reichte sie Chris, doch der wehrte ab.

„Ich glaube nicht, dass es gut für Drachen ist, verdorbene Lebensmittel zu sich zu nehmen."

Die Kriegerin zuckte mit den Schultern und da Ray ebenfalls schon abgelehnt hatte, reichte sie den Alkohol an Antonio weiter, der keine Bedenken diesbezüglich hatte.

Sie unterhielten sich und lachten noch lange miteinander.

Doch nach und nach legten sie sich schlafen. Joy und Kail teilten sich das kleine Zelt. Während der Rest der Menschen die Sättel und Pferdedecken zum Schlafen benutzte. Chris war auf einen Baum geflogen und schlief ausgestreckt auf einem der dicken Äste. Lyneri hatte sich zu Füßen der Eiche gelegt und die Augen geschlossen. Dennoch war sie wachsam und übernahm die Wache für diese Nacht. Antonio lag an ihre Flanke gelehnt und döste bereits. Ruz, Terco, Anna und Jack hatten sich um das Lagerfeuer gelegt und schliefen neben den sterbenden Flammen. Ray lag abseits. Jasmin klaubte ihre Sachen zusammen und ging kurz entschlossen zu dem Söldner hinüber. Sie bettete Cäsers Sattel neben den des schwarzen Hengstes, auf dem Rays Kopf ruhte, und legte sich neben ihn auf das spärliche Laub. Die Pferdedecke breitete sie über sich aus. Ray blickte sie verwirrt und angenehm überrascht zugleich an.

„Du bist ganz anders als die Söldner, die ich kenne. Weißt du, was mich am meisten an dir verwundert? Neben den Tatsachen, dass du ein Artuso hast, keine Frauen vergewaltigst und dem Kronprinzen hilfst? Du trinkst nicht mal einen Tropfen Alkohol! Wieso eigentlich nicht, du bist ein Mann!"

„Weißt du, ich habe damals schon getrunken und das nicht zu knapp ..."

„Warum hast du aufgehört?"

„Es war Nacht und wir saßen an der Feuerstelle und haben, wie nicht anders zu erwarten, getrunken. Der Angriff einer Horde Banditen folgte auf dem Fuß. Ich war so betrunken, dass ich nicht mal in der Lage war, allein aufrecht zu stehen. Ein guter Freund von mir hat mich da herausgebracht. Er zerrte mich in den Wald. Pfeile folgten uns. Einer streifte mich an der Hüfte, ein anderer traf meinen Kameraden im Rücken. Er war sofort tot. Mein Vater fand mich. Wir haben nie ein Wort über den Vorfall gewechselt. Er hatte mir immer wieder gepredigt, dass es in Zeiten wie unseren zu gefährlich ist, sich das Gehirn mit Alkohol zu vernebeln. Er hatte Recht, das erkannte ich in jener Nacht endlich. Diese Narbe", er hatte sich aufgesetzt und zog das Hemd hoch und zeigte ihr eine weiße, feine Narbe an seiner linken Seite, „wird mich immer daran erinnern, wie dumm ich war. Ich werde diesen Fehler, den ich beinahe mit meinem Leben bezahlt habe, nie wieder begehen."

Jasmin schwieg. Sie hatte den Blick gesenkt. Dann hob sie den Kopf und schaute zu ihrem Vater hinüber, der friedlich und nichts Böses ahnend schlief. Sie wandte sich wieder dem Söldner zu und richtete sich so weit auf, dass sie fast auf Augenhöhe mit ihm war. Eine ihrer weichen, schlanken Hände legte sie an seine Wange. Er blickte sie gebannt an und kam langsam mit seinem Gesicht dem ihren sehr nahe. Zum ersten Mal in ihrem Leben küsste Jasmin einen Mann leidenschaftlich und voller Liebe und sie spürte, dass er wie sie empfand. Es war nicht wichtig, wie sie es ihren Vätern beibringen sollten. Das Einzige, was jetzt zählte, war ihre brennende Liebe zueinander.

Mit einem zufriedenen Schmunzeln auf den Lippen beobachtete Lyneri das junge Paar. Ein neues Licht strahlte in der tiefschwarzen Finsternis dieser Welt.

Epilog

„Ich bin beeindruckt", sagte Marek kalt und ohne die Spur von Bewunderung. „Das war wirklich eine Glanzleistung an schauspielerischer Darbietung."

„Warum so sauer, Marek? Es läuft doch wunderbar, oder nicht?", erwiderte Sombra ruhig. Er wirkte sehr zufrieden.

„Was läuft wunderbar?", fauchte Lord Traidor. Allmählich verlor er die Geduld. „Wie viele Finten wollt Ihr noch benutzen und wozu um alles in der Welt sollen die gut sein?"

Der Gott schwebte auf ihn zu und verharrte direkt vor ihm. Sie befanden sich wieder in dem großen Saal aus schwarzem Marmor. Wie so oft waren sie allein.

„Du bist doch ein kluger Mann, Marek", begann Sombra gelassen. „Du weißt, was ich will. Denk nach!"

„Euren Körper, aber –"

„Nicht aber, sondern *und*!"

Marek sah ihn scharf an. Was war in den letzten Jahren geschehen? Was konnte der Auslöser dafür sein, warum Sombra seinen ursprünglichen, leichten Plan über den Haufen geworfen hatte, um nun so einen komplizierten zu verfolgen. Sie hatten darüber gesprochen, dass der Meister nach seiner Wiederauferstehung zwei Hohe Dunkle erwecken wollte, aber das musste er nicht so verdreht vorbereiten. Sie hatten auch Zuwachs bekommen, erinnerte der unsterbliche Magier sich. Erst Timius, dann die Herrin der Werwölfe mit ihrem Bruder Lary und schließlich …

„Es ist wegen der Lichten, nicht wahr?", fragte er schließlich.

Sombra sagte nichts. Sein Schweigen war Antwort genug. Er hatte durch diese aufsehenerregenden Aktionen den Menschen nachhaltig ins Gedächtnis gerufen, dass er noch immer da war. Er hatte sich Kraft angeeignet, da nun wieder mehr Menschen an ihn glaubten, ihn fürchteten. Denn durch Vergessen konnten alle Götter getötet werden. Der Meister wollte sicher gehen, dass er so stark wie möglich war, um den nächsten Schritt zu tun.

„Da habt Ihr Euch aber wirklich für den schwersten Weg entschieden", bemerkte Marek trocken.

„Du wirst es niemandem sagen, nicht wahr?"

„Wie Ihr schon sagtet. Es ist besser, wenn Leute wie Argo nicht zu viel wissen", erwiderte Lord Traidor. „Ich werde dafür sorgen, dass Euer Plan gelingt, Meister!"

„Nicht weniger hätte ich von dir erwartet."

Marek wandte sich zum Gehen. An der Saaltür angekommen, drehte er sich noch einmal seinem Gott zu.

„Eine Sache noch Meister, wenn Ihr erlaubt", sagte er leise.

„Ja?"

„Wenn das alles vorbei ist und Ihr Euren Körper wiederhabt, dann hätte ich gern meine Seele zurück!"

„Du verlangst eine Gegenleistung?", fragte Sombra milde überrascht.

„Ich bin ein Schwarzer Magier, wie Ihr sehr wohl wisst", hielt Marek dagegen.

Der Herr der Finsternis lachte: „Du sollst deine Seele haben, wenn es ausgestanden ist. Darauf hast du mein Wort als Gott!"

Marek nickte zufrieden und verließ den Raum. Jetzt musste er sich erst mal um Ladron kümmern. Zweifellos würde Gobierno ihn zu den Zwergen entsenden, wen auch sonst! Die Zwerge verhandelten nur mit dem Grafen, da er der Einzige war, der ihre Sprache perfekt konnte und dem sie bis zu einem gewissen Maß vertrauten. Wie sollte er dem Grafen am besten Beine machen? Schließlich kam ihm ein großartiger, aber auch gemeiner Gedanke: *Peque Calavere.*

Er kicherte vor grausamem Vergnügen. Lyneri würde schon rechtzeitig zur Stelle sein, um ihn zu retten.

Sombra sah seinem treuesten Anhänger entspannt nach. Alles fügte sich. Marek war beinahe bereit, um seine Seele zurückzuerhalten. Lyneri würde sich auf den Weg zu Joaquin machen. Chris und Aléjandro waren bald wieder vereint. Vier der fünf wichtigsten Schachfiguren hatten sich bereits versammelt – Terco, der Gestaltwandler, Ray, der Meisterschwertträger, Antonio der Vampirjäger, Jasmin, die Kriegerin. Es fehlte nur noch die Amazone. Sobald sie zu Chris und seinen Freunden stieß, war Sombras Rückkehr zum Greifen nah. Sina hatte mittlerweile dem König ein schleichendes Gift verabreicht. Schon sehr bald würden Terco und seine Freunde Sombra einen Besuch abstatten, den nur er wusste wie der König noch zu retten war. Der Meister der Finsternis lächelte zufrieden.

Personenregister

- Abalor Lord von Estado
- Adrian 1.Offizier der königlichen Garde; bester Freund von Jasmin
- Aléjandro zweiter Sohn Gobiernos, Halbdrache
- André Vater von Antonio; VampirjägerAthanasius ist die dunkle Seite in Terco
- Annabelle aus Alexandreta; lebt allein; Mareks Tochter; 4.Dan Karate
- Antonio Sohn von André; Vampirjäger; bester Freund von Chris
- Argo Schwarzer Magier; Hohe Priester Norogies; kann Gedanken lesen
- Ataka von Oktra ausgebildeter Attentäter; in Fajos Diensten

- Balios Söldner; Meisterschwertträger; Freund von Ray
- Black Stalshion Rays Artuso (schwarzes Pferd mit roter Mähne)
- Bonado Lord von Herradura; Patenonkel von Terco

- Casey 1. Sohn Bonados
- Cäcilia Göttin der verlorenen Seelen; Dunkle Göttin
- Cäser Jasmins Artuso (Lipizzanerhengst)
- Chris Gobiernos Erstgeborener, Aléjandros Bruder, Halbdrache
- Conny (Lyneri) Göttin Lyneri in Gestalt eines Rotaugendrachens

- Darco Jebras Blauschimmerdrache
- Dark Drachenmagier und -reiter; Vater von Joaquin; Gefährte von Veneno
- Derek Zweiter Sohn von Lord Lavodor; seinem Vater sehr ergeben
- Diana Schwarze Zauberin; liebt Ray; Schwester von Lary

- Fajo Herzog von Cuidadona; Ziehvater Atakas; Vater Ronyas

- Gabria Flusselb; Schwester von Gabriel; Paladin (Engel) Lyneris
- Gabriel Flusselb; Bruder Gabrias; ohne Seele ist er Marek
- Gobierno König von Carrera
- Grosor Lord von Publicio

- Hektor Söldner; Meisterschwertträger; Freund von Ray

- Jack Rubens 1. General der königlichen Garde; Vater von Jasmin
- Jane aus Alexandreta; Freundin von Annabelle, Mana und Jenny
- Jasmin 2. General des Königs; Leibwache Tercos; Jacks & Lindas Tochter
- Jebra Drachenreiterin; Freundin und rechte Hand von Chris
- Jenny aus Alexandreta; Freundin von Annabelle, Jane und Mana
- Joaquin Sohn Darks; Lichter Erzmagier; völlig gefühlskalt
- Joy Tochter von Gobierno; schätzt Jasmin sehr

- Kail Zwillingsbruder von Joy; eifert Terco nach (Arroganz ...)

- Ladron Graf aus Cabecera; Verhandelt mit den Zwergen
- Lary Werwolf; Bruder Dianas
- Lavodor Lord von Casa; immer auf seinen eigenen Vorteil bedacht
- Linda Frau von Jack; Mutter Jasmins; stammt aus Alexandreta
- Lolita Göttin der Schönheit
- Lyneri Göttin der Liebe und des Lebens; Mutter von Chris und Aléjandro

- Malvado Lord von Aloja; Vater von Tristan; Priester Sombras
- Maja Aléjandro rettet sie; verliebt in ihn
- Mana aus Alexandreta; ihr Vater aber aus Carrera
- Manuel Viajero; Bruder von Tapsy

- Marek seelenloser Elbenprinz; Marionette Sombras; Bruder GabriasMichael Erzengel (Paladin) Lyneris

- Naranjo Lord von Barrios; Vater von Tiberius
- Nick Sohn von Lavodor; Werwolf, der Ray und Jasmin angreift
- Norogie Gott der Unscheinbaren und der Arglist
- Nylera Göttin der Fruchtbarkeit

- Oktra Tiermensch; Schwarzer Magier Sombras; Meisterkoch

- Perfido Krieger von Lord Grosor; 2. Offizier des Königs
- Prior General des Schwarzen Heeres; Anhänger Sombras

- Rain Arzt im Palast des Königs
- Ray 1. Sohn Ricardos; Meisterschwertträger; Söldner
- Ricardo Söldnerkönig; Meisterschwertträger; Vater von Rick und Ray
- Rick Söldner; 2.Sohn Ricardos
- Rinaldo Huf- und Waffenschmied in Custodio; Freund von Chris
- Rioga Lord von Adaptarse; Vater von Raya; Patenonkel von Joy
- Ronya Tochter von Herzog Fajo; Freundin von Chris
- Ruz Bastard der Königin; ist froh keine königlichen Verpflichtungen zu haben

- Sailir 1. Sohn von Lavodor; bester Freund von Tiberius
- Sanguin Lord von Cabecera; bester Freund des Königs
- Sina/Selina Schwarze Zauberin Cäcilias; Mutter von Joaquin und Antonio
- Sombra Gott des Hasses und der Finsternis

- Tapsy Viajeromädchen; Ärztin
- Terco Kronprinz Carreras; ist der Gestaltwandler
- Tiberius 1. Sohn Naranjos; bester Freund von Sailir
- Timius Schwarzer Magier Sombras; Illusionist
- Tompra Gott des Krieges

- Tristan Sohn von Lord Malvado; Anhänger Sombras; soll Joy heiraten

- Valor 2. Sohn Bonados
- Veneno Darks Sumpfdrache; Beschützer von Chris und Aléjandro

- Zarpa die Angst Tercos

Die Autorin

Dass A. Schaefer weiß, wie man eine bewegte Ge-
schichte schreibt, ist nicht verwunderlich. Die junge
Mutter kam 1989 zur Welt, machte Abi und zwei
Ausbildungen und arbeitet seit einigen Jahren im
Verkauf, wo man wohl mit jedem Charakter in Kontakt kommt. Doch beim Vergessen des einen oder
anderen Wesenszuges der Kunden oder so mancher
frustrierender Szene helfen ihr ihre zwei aufgeweck-
ten Kinder und der gute Draht zu ihren Eltern.
Trotzdem ist es hin und wieder ganz erholsam, auch
mal allein vom stressigen Alltag etwas Abstand
zu bekommen. So geht die Autorin auch gerne
reiten, spielt Volleyball und schreibt schon seit einer
ganzen Weile an ihrem Herzensprojekt. Seit etwa
zwanzig Jahren schreibt A. Schaefer an ihrer Saga
und nun endlich dürfen wir uns über das erste Buch
„Die Söhne des Windes" freuen.